Rachel Hauck

Unter dem Magnolienbaum

Roman

Über die Autorin

Rachel Hauck ist ein Kind der 1960er-Jahre. Nach dem Journalistik-Studium war sie als Software-Trainerin in der halben Welt unterwegs. Rachel ist seit 1992 verheiratet mit Tony. Die beiden haben keine Kinder, dafür aber zwei sehr verwöhnte Hunde und eine äußerst anspruchsvolle Katze. Rachels wunderbar erzählte, lebensnahe Romane voller Humor wurden vielfach ausgezeichnet.

Rachel Hauck

Unter dem Magnolienbaum

Roman

Deutsch von Eva Weyandt

Für meine Oma Grace Fausnaugh

Verlagsgruppe Random House FSC-DEU-0100
Das FSC-zertifizierte Papier *Super Snowbright* für dieses Buch
liefert Hellefoss AS, Hokksund, Norwegen.

Die amerikanische Originalausgabe
erschien im Verlag Thomas Nelson, Nashville, Tennessee,
unter dem Titel „Love Starts With Elle".
© 2008 by Rachel Hayes Hauck
© der deutschen Ausgabe 2010 by Gerth Medien GmbH, Asslar,
in der Verlagsgruppe Random House GmbH, München

1. Auflage 2010
Bestell-Nr. 816 457
ISBN 978-3-86591-457-6

Umschlaggestaltung: lüchtenborg informationsgestaltung, Oldenburg
Umschlagfotos: Igor Tarasov-Fotolia/Claudiad-istockphoto
Satz: Typostudio Rücker
Druck und Verarbeitung: GGP Media GmbH, Pößneck
Printed in Germany

„Ich stellte fest, dass ich mit Farbe und Formen
ausdrücken konnte,
was ich anders nicht sagen konnte –
wofür ich keine Worte fand."

Georgia O'Keefe (1887-1986)

Kapitel 1

Beaufort, South Carolina
21. Dezember

Im Loft ihrer Galerie in der Bay Street lehnte Ellen Garvey an der hüfthohen Wand und überschaute die „Weihnachtsausstellung" der *GG*-Galerie. Besucher und Kunstmäzene, viele aus Beaufort, aber auch einige neugierige Touristen, schlenderten durch die Räume, plauderten leise miteinander, schlürften heißen Cidre und ließen sich von Andy Williams weicher Stimme einlullen. „Es ist die schönste Zeit des Jahres ..."

„Na, Ellen, du fühlst dich doch bestimmt wie eine Königin, die auf ihr Reich herabblickt, was?" Arlene Coulter schaute vom Fuß der Treppe zu ihr herauf. Ihr selbst entworfenes knallrotes Weihnachtskostüm war ein Kunstwerk für sich.

„Ja, und du bist meine treue Dienerin?"

Arlene machte einen Hofknicks. Ihr flachsblondes Haar fiel ihr wie seidiges Engelshaar ins Gesicht und ihr Rocksaum rutschte über ihr Knie. „Dir und dir allein, oh du, von der die *Art News* schrieb: ‚Eine der besten Galerien des Lowcountry'."

„Das Bestechungsgeld, das mich das gekostet hat, hat sich wirklich gelohnt." Ellen kam die Treppe herunter. Ihr Blick fiel auf ihre kleine Schwester Julianne, die einer Frau mit einer Perlenkette gerade eine Bronzeskulptur verkaufte.

„Schätzchen", Arlene hakte sich bei Ellen ein und führte sie zur hinteren Wand, „dein Künstlerauge ist wahrhaftig eine Gottesgabe. Jetzt sag mir ... stammt diese Arbeit von der großen Alyssa Porter?"

„Allerdings." Ellen betrachtete die Gemälde. Sie sprachen zu ihr, wann immer sie sie anschaute. Sie beneidete Alyssa und andere Künstlerinnen wie sie, die den Mut gehabt hatten, *ihrem* Traum zu folgen.

Ellen hatte ihren schon vor langer Zeit verloren.

„Und was genau magst du so an dieser Künstlerin?" Arlene drückte Ellens Arm fester.

„Ihre Gemälde berühren mich einfach." Ellen löste sich aus Arlenes Griff und ging weiter zu Alyssas *Rosengarten*. Dieses Gemälde würde eines Tages als Meisterwerk gehandelt werden, davon war sie überzeugt.

„Sie berühren dich?" Mit zusammengekniffenen Augen betrachtete Arlene nachdenklich eines der abstrakten Gemälde, die rot lackierten Fingernägel an ihr Kinn gelegt. „Irgendwie berühren sie mich auch. Ich weiß nur nicht so genau, wo."

„Du suchst nach einem deutlich erkennbaren Bild, Arlene. Sei nicht so konkret. Lass deine Fantasie wandern …" Ellen legte ihren Arm um die Schultern ihrer Freundin. „Folge meiner Hand. Erkennst du, wie du dich gerade aus dem Sonnenlicht in den Schatten bewegt hast?"

„Nein, aber deine Armreifen gefallen mir. Wo hast du die denn her?" Arlene umklammerte Ellens Handgelenk, um die dreifarbigen Reifen zu bestaunen.

„Du bist wirklich unmöglich, Arlene." Ellen entwand ihr ihre Hand.

„Na ja, schöne Armreifen sind schwer zu finden." Arlene konzentrierte sich wieder auf das Gemälde. „Also, wie war das jetzt mit dem Bild hier?"

„Kauf es. Die New Yorker Kunstszene hat Alyssa entdeckt, und wenn du nicht vor ihrer ersten Auktion etwas von ihr erwirbst, wirst du es dir nie mehr leisten können. Hier …" Ellen ging zur anderen Seite der Ausstellung. „Das hier unten kostet nur zweitausend Dollar."

Arlene trat einen Schritt von dem Gemälde zurück und legte den Kopf zur Seite. „Ich fürchte, wenn ich eines davon kaufe, wache ich eines Nachts auf und dieses verflixte Ding über meinem Kopf flüstert: ‚Ich sehe tote Menschen!'"

„Wenn das so ist, dann ruf Pastor O'Neal an, nicht mich."

Arlene beugte sich ein Stück vor, dann ruckte ihr Kopf plötzlich hoch. „Was ist denn mit dieser Künstlerin hier? Coco Nelson. Das will ich! Sieh nur – ein Frauengesicht mit Augen und Haaren."

8

„Coco ist eine wundervolle Künstlerin", bemerkte Ellen. „Eine sehr realistische Arbeit. Diese Serie heißt ‚Liebe und Romantik'."

„Wie passend für dich, Süße." Arlene schaute Ellen mit hochgezogenen Augenbrauen bedeutungsvoll an. „Dieses Werk, *Heiratsantrag*, gefällt mir", grinste sie.

Ellen ignorierte ihren Spott. „Ja, es hat was. Ein Mann, der vor seiner Angebeteten einen Kniefall macht und sie bittet, seine Frau zu werden."

In Wirklichkeit weckte diese Szene von Coco Nelson eine ganze Flut von Emotionen bei Ellen. Als die Künstlerin ihr dieses Bild geschickt hatte, hatte Ellen es zuerst nicht aufhängen können. Nach dem Fiasko vom vergangenen Jahr mit der „Operation Hochzeitstag", in deren Rahmen sie sich mit beinahe jedem Junggesellen in Beaufort verabredet hatte, um „Mr Right" zu finden, war ihr das zu peinlich. Sie hatte Liebe und Romantik gemieden, wo es ging.

Bis Jeremiah Franklin kam.

„Also gut." Arlene wirbelte herum. „Ich nehme das von Alyssa Porter und das hier von Coco Nelson."

„Du wirst es nicht bereuen."

„Sagt wer?" Arlene kam erneut an Alyssas abstraktem Gemälde vorbei und machte einen großen Bogen darum, als könnte es lebendig werden und auf sie losgehen.

Ellen lachte und führte sie zur Kasse auf der anderen Seite des ehemaligen Eisenwarenladens. Sie schätzte die talentierte, manchmal etwas verrückte Innenarchitektin, die ihr schon viele Kunden vermittelt hatte, Ärzte, Rechtsanwälte und Hotelentwickler. In der Anfangszeit der *GG*-Galerie hatten die Aufträge von *Coulter Designs* ihr geholfen, die Galerie zu halten und Ellens Hoffnung Nahrung gegeben.

„Wie hoch beläuft sich der Schaden?" Arlene zückte ihr Scheckbuch.

„Einen Augenblick noch, ich muss zuerst noch ein paar Nullen anfügen." Ellen drückte die Null-Taste auf ihrer Rechenmaschine.

„Du kannst so viele Nullen anhängen, wie du möchtest. Ich schreibe nur drei aus." Arlene fächelte sich mit dem aufgeschlagenen Scheckbuch Luft zu. „Also, wie läuft es mit dem heißen Pastor?"

Allein die Erwähnung von Dr. Jeremiah Franklin ließ Ellens Knie weich werden. „Gut."

„Wenn das Glühen deiner Wangen ein Hinweis ist, dann würde ich sagen, es läuft besser als gut. Wie lange seid ihr jetzt schon zusammen? Ein paar Monate?"

„Zwei." Ellen zog von Arlenes Rechnung 10 Prozent Rabatt ab.

„Und ist es die wahre Liebe?" Arlene beugte sich vor, um Ellen in die Augen zu sehen. „Sag nichts; ich kann in deinem Gesicht lesen."

„Hier." Ellen lachte leise und reichte ihr die Rechnung. Die Gesamtsumme hatte sie eingekreist. „Ich weiß deinen Einkauf – und deine Neugier – zu schätzen, Arlene."

„Jederzeit gern, Süße. Jederzeit." Arlene warf einen Blick auf die Gesamtsumme und machte sich ans Unterschreiben.

„Hallo, Schatz."

Jeremiah.

Selbst nach zwei Monaten stockte Ellen bei seinem Anblick immer noch der Atem. Als er ihr bei einem Spaziergang bei Sonnenuntergang am Strand gesagt hatte, dass er sie liebte, hatte ihm Ellen ihr Herz auf einem Silber-, nein, auf einem Goldtablett gereicht. Samt Schlüssel.

„Jerry, was machst du denn hier?" Sie kam um ihren Tresen herum und umarmte ihn. Sein Duft weckte Sehnsüchte in ihr.

„Ich will in der Kirche noch etwas vorbereiten. Und ich konnte nicht an der Galerie vorbeigehen, ohne kurz hereinzuschauen." Sein Kuss war sanft und pastorenhaft-zurückhaltend, aber trotzdem war Ellen in diesem Moment sehr froh, eine Frau zu sein. *Seine* Frau. „Unsere Verabredung zum Abendessen steht?"

„Absolut. Du hast mir noch nicht gesagt, wo wir hingehen."

Jeremiah zwinkerte ihr zu. „Geduld, Mädchen. Du musst nicht alles wissen."

„Kennst du mich nach diesen zwei Monaten denn immer noch nicht?"

„Eben doch …" Er beugte sich vor und gab ihr einen weiteren, weichen Kuss, dann trat er zurück. „Schön, Sie zu sehen, Arlene."

„Gleichfalls, Dr. Franklin." Arlene schaute Jeremiah nach, wie er das Gebäude mit einem Winken verließ. „Hmm-hmm, Ellen, das bricht dir doch bestimmt das Herz." Sie reichte ihr den Scheck.

„Was? Was meinst du denn?" Ellen drehte den Scheck zerstreut zwischen den Fingern.

Arlene starrte sie mit einem ungläubigen Gesichtsausdruck an, dann biss sie sich auf die Unterlippe. „Ich und mein Mundwerk. Verflixt, Dirk wird mich umbringen." Sie drückte ihre teure Handtasche an sich. „Vergiss einfach, was ich gesagt habe, Ellen. Es tut mir so leid." Sie wirbelte herum und eilte hüftschwingend davon. „Wir sehen uns in der Kirche."

„Oh nein, das machst du nicht!"

Arlene war berüchtigt für ihr hervorragendes Netzwerk – sie verfügte immer über die neusten Informationen, eine wilde Mischung aus Wahrheit und Gerüchten, aber meist auf unheimliche Weise zutreffend. Ellen eilte ihr nach und stellte sich ihr in den Weg, bevor sie durch die Tür verschwinden konnte. „Du kannst doch nicht eine solche Bombe abwerfen und dich dann mit einem eleganten Hüftschwung verdünnisieren. Was hast du gemeint?"

„Zuerst einmal: Mein Hüftschwung ist mir angeboren. Das war es übrigens, was Dirks Aufmerksamkeit zuerst an mir gefesselt hatte. Was das andere betrifft, nun, Ellen, Jeremiah wird dir das sicher selbst sagen. Keine Sorge. Es ist eine gute Nachricht, glaube ich." Sie straffte ihre Schultern in der roten Jacke. „Also, wie gesagt, wir sehen uns in der Kirche."

Ellen schaute ihr verblüfft nach. Ihre Gedanken wirbelten durcheinander. Jeremiah war doch gerade erst hier gewesen. Er hatte sich ganz normal verhalten, wie immer. Was hatte Arlene gemeint? Dieses Mal hatte ihr Informationsnetzwerk sie anscheinend mit falschen Informationen versorgt. *Was weißt du, Arlene Coulter?*

„Ellen, Mrs Meissner möchte wissen, wie viel Rabatt du ihr gibst, wenn sie drei Kunstwerke kauft." Ellens Schwester Julianne hielt ihr den Auftragsblock hin und deutete auf die Gesamtsumme. Bei Ausstellungseröffnungen und Kunstmessen half ihr Julianne öfters in der Galerie aus. „Was meinst du – fünfzehn Prozent?"

„Klar." Ellen fuhr sich mit den Fingern durch die Haare. „Sicher."

Julianne betrachtete ihre Schwester mit zusammengekniffenen Augen. „Ellen, alles in Ordnung?"

„Ich weiß nicht." Ellen trat um Julie herum an den Tresen und zog die untere Schublade auf, in der ihre Handtasche lag. „Kannst du hier die Stellung halten?"

„Was hast du vor?"

„Ich muss einem Gerücht nachgehen." Sie hatte das Gefühl, nicht bis zum Abendessen warten zu können, um die Neuigkeiten zu erfahren – falls es Neuigkeiten gab.

„Jetzt?", rief Julianne hinter ihr her.

„Ich bin bald wieder da." Aber in der Eingangstür stand Huckleberry Jones mit seinem Öko-Kunst-Aquarium und versperrte ihr den Weg. *Oh, bitte nicht heute.* „Huck, was machst du da? Das Schmutzwasser tropft auf meinen sauberen Boden."

Mit einem schiefen Grinsen wanderte sein Blick durch die Galerie. „Ich nenne es *Tod am Coffin Creek.*" Er hob seine neueste Komposition aus stinkendem Schlick und Marschgras hoch. „Die Projektentwickler ruinieren unser Ökosystem."

Ellen ließ die Schultern in vorgetäuschter Ergebenheit sinken. „Huckleberry, du siehst zu gut aus und bist zu jung, um so durchgedreht zu sein." Sie packte ihn an den Schultern und drehte ihn um. „Raus. Du verpestest den Laden. Julianne, wir brauchen hier einen Mopp."

Huck hatte die Kunstschule abgebrochen, oder besser gesagt, man hatte ihn rausgeschmissen. Nun machte er fürchterliche „Installationen" aus Pflanzen und Treibgut in einem ausgedien-

12

ten Aquarium und versuchte diese unter dem Begriff „Öko-Kunst" an den Mann zu bringen. Protestierend trat er auf den Bürgersteig. „Ich habe ein Recht, angehört zu werden."

„Nicht in meiner Galerie." Ellen verließ hinter ihm die Galerie.

„Richtige Botschaft, falscher Weg, Huck."

„Du Snob."

Ellens Lächeln erstarb. „Du bist unverschämt, Junge. Lass uns später darüber reden."

„Dann könnte es zu spät sein."

„Für wen? Für dich oder für den Coffin Creek?" Ellen schob sich rückwärts über den Bürgersteig in Richtung ihres Wagens.

„Für dich!", rief Huck breit grinsend im Davongehen.

Ellen hielt die Kirchentür fest, damit sie nicht laut ins Schloss fiel oder quietschte. Sie wartete ab, bis ihre Augen sich an die Dunkelheit gewöhnt hatten. Schließlich entdeckte sie Jeremiah. Er ging auf der Bühne auf und ab und schien seine Predigt zu proben. Nur die Lippen bewegten sich, während er stumm rezitierte.

„Er kann einen Sturm herbeipredigen." Die zierliche Miss Anna Carlisle trat aus einer dunklen Nische im Kirchenschiff und deutete mit dem Finger auf Jeremiah.

„Dann sollten wir morgen unsere Regenschirme mitbringen", grinste Ellen und umarmte Miss Anna.

„Wir sollten zumindest darauf vorbereitet sein, schätze ich." Miss Anna stieß die Tür zum Foyer auf. „Ich bete für diesen Jungen", sagte sie. „Und für dich." Sie sprach ruhig und sehr entschlossen.

„Für mich?", fragte Ellen.

„Ja."

Ellen runzelte die Stirn und begleitete die ältere Frau durch das Foyer zu den Eingangstüren.

„Es ist ein so schöner, kühler Abend, genau richtig für einen Spaziergang." Miss Anna knöpfte den obersten Knopf ihrer blauen Strickjacke zu und steckte die Hände in die ausgefrans-

13

ten Taschen. Ellen fand, dass der grobe Stoff sie kaum vor der Kälte zu schützen vermochte. „Einen schönen Abend noch, Ellen."

„Sind Sie sicher, dass Sie zu Fuß gehen wollen, Miss Anna?"

„Ich bin sicher."

Ellen sah ihr nach, bis sie in der Dunkelheit verschwunden war. Wieder im Kirchenschiff rutschte sie in eine der hinteren Bänke und beobachtete Jeremiah bei seiner Predigt. Sie war noch nie einem Mann wie ihm begegnet – einem Mann, der so viel Selbstbewusstsein und Sicherheit verströmte.

Ihre Gefühle schwankten zwischen Zuversicht und Zweifel. Arlenes Bemerkung ließ ihr keine Ruhe. *Was ist los, Jeremiah? Ist überhaupt etwas los?*

Selbst jetzt am Samstagabend trug Jeremiah eine edle graue Hose und ein Hemd. Zum hundertsten Mal fragte sich Ellen, wie er drei Jahre als Profi-Footballspieler, drei Jahre Bibelschule und sieben Jahre Pastorentätigkeit überstanden hatte, ohne von einer Frau eingefangen zu werden. Aber sie wollte sich nun wirklich nicht beschweren. Gott hatte ihn anscheinend extra für sie aufgehoben.

Jeremiah blieb auf der Bühne stehen, als warte er auf eine Reaktion. Dann lachte er kurz auf und ging zur Kanzel. Er umklammerte beide Seitenwände mit den Händen und schien der Gemeinde seine finalen Worte entgegenzuschleudern. *Könnte bitte jemand „Amen" rufen?*

Warum nicht? „Amen." Ellen erhob sich aus der Bank, während Jeremiah ins dunkle Kirchenschiff spähte.

„Ellen? Bist du das?" Mit energischen Schritten kam er von dem Podest herunter. „Ist alles in Ordnung?"

„Ja, prima, aber ...", sie traf ihn in der Mitte des Ganges, „ich muss einem Gerücht nachgehen."

Brummend neckte er sie. „Na, ob das so gut ist?" Er gab ihr einen Kuss. Wenn sie allein waren, konnten sie ihre Leidenschaft kaum im Zaum halten. „Was ist das für ein Gerücht?"

„Irgendetwas über dich und dass es mir das Herz brechen wird, Jeremiah."

14

„Und wer hat dir solche schlimmen Dinge gesagt?" Er legte seine Arme um ihre Taille und schaute sie mit seinen dunklen Augen prüfend an.

„Arlene Coulter, obwohl sie sich gerade noch rechtzeitig bremsen konnte, als sie merkte, dass ich keine Ahnung hatte, wovon sie redet."

„Und sie hat es von ihrem Mann, einem unserer vertrauenswürdigen Ältesten?"

„Von wem sonst?" Ellen riss ihren Blick von Jeremiahs Augen los und fuhr mit der Hand über den rauen Stoff seines Hemdes.

„Eigentlich sollte er es nach fünfundzwanzig Jahren mit ihr doch besser wissen."

„Und was sollte ich nach zwei Monaten Beziehung vielleicht wissen?"

Er strich ihr die Haare nach hinten und ließ seine Fingerspitzen über ihre Haut gleiten. „Hat das nicht Zeit bis zum Abendessen?"

Seine Berührung brannte auf ihrer Haut. „Sag du es mir. Hat es?"

„Beantworten wir jetzt Fragen mit Gegenfragen?"

„Tun wir das?" Irgendwann in der vergangenen Woche hatten sie mit diesem Fragen- und Gegenfragentanz begonnen.

„Habe ich damit angefangen oder du?"

„Ist das von Bedeutung?"

„Nur wenn wir mit diesem Spiel aufhören wollen." Er drückte seine Lippen auf ihren Mund und brachte sie damit zum Schweigen. Das Gefühl, das in seinem Kuss lag, widerlegte alle bösen Gerüchte.

„Ich sag dir was." Er hielt sein Handgelenk in die Höhe, um seine Uhr im Licht von der Bühne erkennen zu können. „Ich brauche hier ungefähr noch eine halbe Stunde. Wann bist du in der Galerie fertig?"

„Um neun."

„Kann Julianne für dich zumachen? Dann könnten wir schon früher zum Abendessen gehen."

15

„Wenn ich sie bezahle, sicher." Ellen ließ ihre Hand über den Ärmel seines Hemdes gleiten.

„Also, holst du mich in einer halben Stunde ab?" Er ging zurück zum Podest. „Und denk daran, ich liebe dich."

„Was ist los, Dr. Franklin? Wenn du mich besonders daran erinnern musst …" Das Licht des Altarraums unterstrich die markanten Konturen seines Gesichts. „Das ist kein gutes Zeichen."

Sein Lächeln ließ keinen Raum für Selbstmitleid. „Denk einfach daran, Ellen."

Kapitel 2

Ellen folgte Jeremiahs Honda über den Highway 21 und war verblüfft, als er in die Fripp Point Road abbog, die zu ihrem Haus an dem kleinen, sumpfigen Bach Coffin Creek führte. Als Ellen neben Jeremiah unter den herunterhängenden Zweigen einer Eiche parkte, hörte sie das vielstimmige Lied des Lebens, das in dem schlammigen Wasser des Flusses und an seinem Ufer gedieh.

„Hierher führst du mich also zum Abendessen aus?", fragte sie, während sie auf Jeremiah zuging, der im silbrigen Licht der sternenklaren Nacht am Gartentor auf sie wartete.

„Ja." Er zog sie in seine Arme. „Aber du brauchst nicht zu kochen."

„Bitte sag mir nicht, dass *du* kochen willst." Sie lachte. Ihr Kopf ruhte an seiner Brust. Das erste und letzte Mal, als Jeremiah für Ellen gekocht hatte, hatte es sein „Spezialgericht" gegeben – Makkaroni mit Käse und Würstchen.

„Keine Angst." Er legte den Arm um ihre Taille und führte sie zur hinteren Veranda. „Schließ die Augen."

„Ich soll die Augen schließen?"

„Ja, schließ die Augen."

Ellen verzog das Gesicht. Sie schätzte Überraschungen nicht besonders. „Also gut, aber ich zähle bis zehn und dann mache ich sie wieder auf."

„Gib mir zwanzig."

Sie blieb mit geschlossenen Augen stehen und hörte, wie Jeremiah herumhantierte, über die Veranda lief und vor sich hin murmelte: „Heiß, heiß, heiß." Sie hörte, wie ein Zündholz angerissen und anschließend die Küchentür geöffnet wurde und dann ins Schloss fiel. Der Duft von Tomatensoße und Knoblauchbrot drang ihr in die Nase. Prompt begann ihr Magen zu knurren.

„Was machst du da?" Zwanzig Sekunden waren doch jetzt sicher vorbei.

17

„Also gut, Augen auf.“

Als sie es tat, war ihre Veranda von dem warmen und einladenden Licht zahlreicher Kerzen auf einem für zwei Personen festlich gedeckten Tisch erhellt.

„Jeremiah, das ist wunderschön.“ Sie spähte unter die mit Folie abgedeckten Teller. Ihr Pulsschlag beschleunigte sich. Arlene hatte recht gehabt: Irgendetwas war im Busch.

„Die Lasagne hat Mrs Marks für uns zubereitet.“ Jeremiah schob ihr einen Stuhl zurecht, auf dem eine Decke lag. „Für dich.“

Ellen nahm Platz. Innerlich schwebte sie wie auf Wolken. „Wenn es das ist, was Arlene meinte, dann bricht mir das ganz gewiss nicht das Herz.“

Jeremiah kniete neben ihr nieder und schaute ihr in die Augen. Als seine Lippen ihren Mund berührten, schlug Ellen das Herz bis zum Hals. Sie sah nur ihn.

„Ich hoffe, ich habe dich nicht überrumpelt, weil ich zu schnell, zu forsch vorgegangen bin.“

Zu spät.

„Als ehemaliger Footballspieler muss ich doch schnell handeln, wo ich mir dieses unglaubliche Mädchen eingefangen habe.“

Sie atmete seinen Duft ein. „Ja. Ich brauche nur dann und wann eine Verschnaufpause, um wieder zu Atem zu kommen.“

Jeremiah strich ihr mit dem Daumen über die Wange. „An meinem ersten Sonntag in der Gemeinde hat Pastor O'Neal mich vorgestellt und mich gebeten, ein paar Worte zu sagen. Ich hatte meine zweiminütige Grußrede ein Dutzend Mal vor dem Spiegel geprobt.“

„Wie könnte ich das vergessen. An diesem Morgen hast du uns alle in deinen Bann gezogen.“

„Ich war nicht darauf vorbereitet, dass da ein atemberaubendes rotblondes Mädchen mit apfelgrünen Augen sitzen und mich ansehen würde.“

Sie drückte ihre Lippen an seine Handfläche. „Und ich war ganz bestimmt nicht auf dich vorbereitet.“

„Im Bruchteil einer Sekunde war ich in einem Zeitstrudel gefangen, wie in einer Episode von Star Treck. Ich sah nur noch dich und wusste nicht mehr, was ich sagen wollte und wo ich überhaupt war."

„Du übertreibst." Vom Fluss her kam Wind auf.

„Später habe ich dann tunlichst darauf geachtet, beim Predigen nicht in deine Richtung zu schauen, damit ich nicht aus dem Konzept komme."

„Und was hat das alles nun mit Arlene Coulters Spekulationen zu tun?" Ellen drückte sich fest an Jeremiah. Sie zitterte vor Kälte und Spannung.

„Eins nach dem anderen." Jeremiah stellte eine kleine schwarze Samtschachtel neben ihren Teller. Er schaute ihr in die Augen und sagte: „Ellen Garvey, willst du meine Frau werden?"

Was? „Deine Frau werden?" Ihr Blick wanderte von ihm zu der Schachtel und wieder zu ihm. Sie hatte mit allem Möglichen gerechnet, aber nicht damit. Nach nur zwei Monaten – meinte er das ernst!?

„Heirate mich. Ich liebe dich. Du bist eine außergewöhnliche Frau. Ich habe lange gezögert, einer Frau diese Frage zu stellen. Bitte sag Ja, Ellen." Jeremiah klappte die Schachtel auf und hielt sie Ellen hin. Der Diamant funkelte im Kerzenlicht.

„Oh, Jeremiah!" Ihr ganzer Körper prickelte; sein Heiratsantrag kam vollkommen unerwartet. Doch sie klappte die Schachtel erst mal wieder zu. „Warte, warte. Arlene hat von etwas geredet, das mir das Herz brechen würde. Und der Grund dafür soll sein, dass du mir einen Heiratsantrag machst? Das passt doch irgendwie nicht!"

Jeremiah verschränkte seine Finger mit ihren. Er kniete immer noch neben ihrem Stuhl. „Das müsste dir doch eigentlich klarmachen, dass Arlene nicht alles weiß."

„Dann sage mir, was sie weiß, Jeremia."

„Ellen." Jeremiah nahm den Platinring aus der Samtschachtel und steckte ihn Ellen an den Finger. „Liebst du mich?"

Die Lichter und der Duft von Pasta, Knoblauch und Soße, der sich mit dem kühlen Tau der Nacht mischte, erstickten ihre Einwände. „Ja, ich glaube, das tue ich."

„Dann heirate mich. Es ist richtig. Ich weiß es."

„Also gut, ich heirate dich, Jeremiah. Ja!"

Voller Freude warf er die Arme in die Luft. „Sie hat Ja gesagt!"
Er zog sie aus ihrem Stuhl und schloss sie fest in die Arme, besiegelte ihre Verlobung mit einem wilden Kuss. Als sie keine Luft mehr bekam, löste sie sich von ihm.

„Hunger?", fragte er.

„Ja." Ellen ließ sich gegen ihn sinken.

Als sie die Augen öffnete, lächelte Jeremiah sie ein wenig spöttisch an. „Ich meinte eigentlich Hunger auf Lasagne."

Sie schaute ihn kokett von der Seite her an. „Ich auch."

„Oh, unser Leben wird toll!" Er zog sie an sich und küsste sie erneut, drückte sie ganz fest an sich. Seine Hand lag an ihrem Rücken.

Ellen löste sich von ihm. Die Versuchung war zu groß. „Jer, lass uns essen, bevor wir etwas tun, das wir später bereuen."

Er seufzte und sein Atem war heiß an ihrer Wange. „Entschuldige, Ellen, aber wenn ich mit dir zusammen bin …"

Ihre Leidenschaft kühlte sich etwas ab, während Jeremiah Mrs Marks' ausgezeichnete Lasagne auftischte und Ellen ihn mit Fragen löcherte. „Was hat mein Vater gesagt? Und Pastor O'Neal? Wirst du nach der Hochzeit zu mir ins Cottage ziehen? Wollen wir im Frühling heiraten? Jeremiah, ich habe deine Eltern erst einmal getroffen. Freuen sie sich?"

Er antwortete ruhig und begann zu lachen, als er von seinem Besuch bei ihrem Vater erzählte. „Er zögerte so lange damit, mir seinen Segen zu geben, dass mir tatsächlich der Schweiß ausbrach."

„Ha! Als ob er dem Pastor eine Abfuhr erteilen würde! Er führt sich wie ein alter Brummbär auf, aber eigentlich ist er ganz nett."

„Er schien sich zu freuen."

Dieser Tag würde ihr in wunderbarer Erinnerung bleiben, obwohl Arlene ihr einen Riesenschrecken eingejagt hatte. „Warte nur, bis Arlene das hört, Jeremiah. Dieses Mal hat sie sich mit ihren Unkenrufen aber gewaltig geirrt."

Jeremiah griff nach seinem Tee. „Nicht ganz."

Ellen hielt mitten im Kauen inne und schaute ihn an. „Was heißt das?"

„Was Arlene meinte, war, dass mir eine Stelle als Hauptpastor in einer großen Gemeinde in Dallas angeboten wurde, Ellen."

„In Dallas?" Abwesend tupfte sie ihre Mundwinkel mit der gestärkten Leinenserviette ab.

„Du weißt doch noch, dass ich im Oktober nach Hause geflogen bin? Wir hatten uns gerade gefunden und ich wusste nicht, wie sich unsere Beziehung weiterentwickeln würde. Einige Freunde hatten mich zu einem Vorstellungsgespräch in ihre Gemeinde eingeladen – eine große Gemeinde, multikulturell und so stark wachsend, dass sie kaum all den Neuen gerecht werden können."

„Davon hast du mir gar nichts erzählt." Ihr Herz begann zu stolpern. Sie würden Beaufort verlassen?

„Ich dachte ja auch nicht, dass sie mich tatsächlich haben wollten, und ich habe nach dem Gespräch nichts mehr von ihnen gehört. Aber vor zwei Wochen haben sie mir ein Angebot gemacht. Ich hätte es dir schon früher erzählt, aber ich musste noch eine Menge Details klären. Beten. Mit Pastor O'Neal und der Gemeindeleitung sprechen."

„Du hast das Angebot also angenommen?"

„Ja. Heute Morgen habe ich zugesagt. Und ich hoffe, dass wir zusammen hingehen werden, du und ich."

Ellen lehnte sich auf ihrem Stuhl zurück. Sie musste Jeremiahs Neuigkeiten erst einmal verarbeiten. Sie sollte von hier fortgehen? Nach *Texas*? Nach ihrem Studium und einem Aufenthalt in Florenz war sie nach Beaufort zurückgekommen, weil sie zu Hause sein wollte, in der Nähe ihrer vier Schwestern und deren Familien, bei ihren Eltern und ihren Freundinnen aus Kindertagen. Weil sie auf dieser Grundlage ihr Leben aufbauen wollte.

„Eigentlich wollte ich nie wieder von Beaufort wegziehen." Jeremiahs Ring rutschte an ihrem kalten, zitternden Finger herum, sodass der Diamant nun in ihrer Handfläche lag.

Jeremiah wickelte sie in eine Decke ein. „Schatz, ich brauche

21

dich an meiner Seite. Bitte sag jetzt nicht, dass du dein Ja zurücknimmst."

Ihr Ja zurücknehmen? Du meine Güte! War alles zu Ende, schon bevor es begonnen hatte? „Nein, Jeremiah, im Augenblick ist mir das nur alles ein bisschen viel auf einmal." Ihr Lachen war zittrig. „Da bekomme ich einen Heiratsantrag und die Gelegenheit, ans andere Ende des Landes zu ziehen … und das alles an einem Abend."

„Es tut mir leid, dass ich dich so überrumpelt habe. Ich wusste nicht, wie ich es am besten anpacken sollte." Jeremiah blieb fest, zuversichtlich. „Die Gemeinde in Dallas wird dir gefallen. Sie hat an die sechshundert Mitglieder und es kommen immer mehr dazu. Außerdem stecken sie mitten in einem Bauprojekt und wollen noch einen zweiten Sonntagsgottesdienst anbieten." Er rieb sich die Hände. „Es gibt eine tolle Anbetungsband und jede Menge Aktivitäten."

„Und du hast tatsächlich schon zugesagt?" Sie drehte den Ring an ihrem Finger wieder nach oben. Der Diamant funkelte im Kerzenlicht.

Er nahm sein Messer und strich Butter auf sein Brot. „Ich habe überlegt, ob ich dir zuerst den Antrag machen soll, bevor ich die Stelle annehme. Ich habe lange darüber nachgedacht und gebetet und dann beschlossen, ihnen meine Zusage zu geben. Ich wollte unsere Beziehung nicht mit einer Entscheidung von solcher Tragweite belasten. Außerdem, was, wenn du nun Nein gesagt hättest?"

„Aber dir ist schon klar, dass diese Entscheidung die Freude über unsere Verlobung ein wenig trübt?"

Er nickte, während er in sein Brot biss. „Ja, du hast recht. Das lässt sich nicht leugnen."

„Jeremiah, ich lebe gern hier. Ich habe ein erfolgreiches Geschäft aufgebaut."

„Ich verstehe." Jeremiah legte sein Brot auf den letzten Rest seiner Lasagne. „Dann lautet deine Antwort also Nein?"

Ja – nein, ihre Antwort war … Verwirrung. Ellens Pulsschlag beschleunigte sich. „Ich brauche nur ein wenig Zeit, um das alles zu verdauen." Sie schälte sich aus der Decke und trat ans Verandageländer. „Also Dallas, ja?"

Dallas kannte sie nur von der gleichnamigen Seifenoper aus den 1980er-Jahren. Ihre Mama hatte sich die Serie immer angeschaut, nachdem Ellen und ihre Schwestern zu Bett gegangen waren. Wenn sie unvermutet doch noch einmal nach unten gekommen waren, war ihr Papa eingeschritten und hatte sie in der Küche oder im Wohnzimmer abgefangen.

„Dallas ist eine große, spannende Stadt, Ellen. Dort gibt es auch einen stabilen und wachsenden Kunstmarkt. Du kannst deine Galerie dort neu eröffnen, mit ganz anderen Möglichkeiten!" Er trat von hinten an sie heran und umarmte sie. „Ich möchte dich bei mir haben. Ich brauche dich! Du bist die Liebe meines Lebens."

Na, wenn ein solches Bekenntnis einem Mädchen nicht die kalten Füße wärmte! Ellen drehte sich zu ihm um. „Und du bist die Liebe meines Lebens. Aber sieh es doch mal von meinem Standpunkt aus. Ich bin nicht mal dreißig Minuten lang verlobt, und schon muss ich erfahren, dass meine Zukunft bereits vorausgeplant ist. Ich habe mir mein Leben hier aufgebaut. Hier sind meine Wurzeln, meine Familie, meine Freunde, mein Geschäft."

„Das verstehe ich natürlich. Aber ich muss doch dem Ruf Gottes folgen, Ellen. Und ich hoffe, dass du dich an meine Seite gerufen fühlst."

Sie drückte ihre Wange an seine Brust und atmete abgrundtief aus, als er seine Arme um sie legte. „Dann musst du nach Dallas gehen, Jeremiah."

„Und du?"

Ellen legte ihre Arme um seinen Nacken und küsste seinen Halsansatz. „Seit Oktober bist du ein Gesicht und eine Stimme für mich. Du bist real. Ich kann dich Tag für Tag berühren. Wie könnte ich dich jetzt verlassen? Ich liebe dich. Ich möchte deine Frau werden. Ich habe schreckliche Angst, Jeremiah, aber wenn du nach Dallas gehst, dann gehe ich mit."

New York City

Das Klopfen an der Tür war nicht zögernd, sondern fordernd. „Sag mir, dass das nicht wahr ist."

„Okay ... es ist nicht wahr." Heath stellte einen leeren Karton auf seinen Schreibtisch und schaute Catherine Perry, die in ihrem blauen 1980er-Retro-Kostüm in sein Büro stürmte, mit gerunzelter Stirn entgegen.

„Heath, jetzt sei doch mal ernst."

Aha, ihre 1980er-Retro-Power-Stimme. Er würde ihren brillanten Verstand vermissen, aber auf ihren energischen Tonfall konnte er gut verzichten.

„Du hast mit Rick gesprochen, nehme ich an?" Heath sammelte die Fotos von seinem Aktenschrank ein, ohne den Erinnerungen nachzuhängen, die mit diesen gerahmten Bildern verbunden waren.

„Wenn du die Kanzlei verlässt, auch wenn es nur für wenige Monate ist, dann ist das das Ende deiner Karriere!" Catherine schlug mit der flachen Hand auf seinen Schreibtisch. „Rick hat dich immer gegen die anderen Partner verteidigt, vor allem im vergangenen Sommer, als sie dich rausschmeißen wollten. Und so dankst du es ihm? Indem du alles hinwirfst?"

„Ich werfe nicht alles hin. Ich nehme mir eine Auszeit – das ist etwas ganz anderes." Er warf ihr einen harten Blick zu. „Ich kann nicht in Manhattan bleiben, Cate."

„Dann zieh meinetwegen nach Poughkeepsie oder Connecticut. Aber es ist Irrsinn, eine erfolgreiche Kanzlei wie *Calloway & Gardner* zu verlassen, Heath." Sie argumentierte genau wie vor Gericht, wenn ihr die Beweise nicht passten.

„Im Augenblick ist mir meine geistige Gesundheit wichtiger. Habe ich dir eigentlich erzählt, dass ich zur Anklageverlesung im Fall Glendale zu spät kam, weil ich glaubte, Ava auf der Lexington Avenue gesehen zu haben?" Er starrte in den Karton. „Zehn Blocks jagte ich einem verschreckten Teenager hinterher."

Catherine legte sich die Hand auf den Mund. „Oh, Heath."

„Lach nur. Das ist tatsächlich lustig." Heath schob den Karton nach hinten. „Aber auch sehr traurig."

Was er seiner neugierigen Kollegin verschwieg, war, dass Avas Duft immer noch in seiner Wohnung hing, egal wie oft dort sauber gemacht worden war. Oder dass er sich eingeengt und in Ketten gelegt fühlte; und dass Hoffnung für ihn nicht mehr war als ein Wort mit acht Buchstaben. Er gestand Catherine nicht, wie sehr er sich nach einem Ort sehnte, an dem es keine Erinnerungen an *sie* gab. Vielleicht könnte er dann endlich wieder einen Atemzug tun, ohne dass eine Million winziger Nadeln seine Lungen durchbohrten.

„Heilung braucht ihre Zeit, Heath. Seit ihrem Tod sind doch erst wenige Monate vergangen." Catherine ordnete geistesabwesend die Papiere, die auf seinem Schreibtisch lagen. „Rick sagte, du gehst nicht sofort?"

„Erst im März."

„Was ist mit der Kleinen?"

„Ich nehme sie natürlich mit." Er legte den Deckel auf den Karton und brachte ihn zu seinem Schrank, in dem schon einige andere Kartons mit Arbeitsunterlagen und Aufzeichnungen standen. Catherine sah zu, wie er den Inhalt der nächsten Schublade in einen neuen Karton leerte, den Deckel darauf legte und ihn mit Klebeband zuklebte. „Ich tue das auch für sie."

„Tatsächlich? Du tust ihr einen Gefallen, indem du sie in irgendein Kuhkaff in South Carolina schleppst?"

„Wir gehen nach Beaufort, und ehrlich, Cate, manchmal solltest du deinen Verstand einschalten und mitkriegen, was für ein Mist aus deinem Mund herausfällt."

Während sie sich noch über seine Äußerung empörte und sich eine ihrer scharfzüngigen Antworten überlegte, trat Rick Calloway ins Büro, ohne anzuklopfen, und ließ sich in einen der Ledersessel vor Heaths Schreibtisch sinken. „Cate, gib uns eine Minute."

Vor keinem Mann, abgesehen von seinem Vater, hatte Heath größeren Respekt als vor Rick Calloway. Der 64-jährige Anwalt war ein großer Freund des Gesetzes, der Wahrheit und der Recht-

25

sprechung. In seiner altmodischen Art klammerte er sich immer noch an die althergebrachte Vorstellung, dass das Recht immer den Sieg davontragen sollte.

„Ich komme gerade von Doc und Tom. Sie machen sich Sorgen wegen des Glendale-Falles. Dein plötzlicher Ausstieg ist in ihren Augen ein Schlag ins Gesicht des Klienten und der Kanzlei gegenüber illoyal."

„Was sie denken, ist mir eigentlich egal, aber die Wahrheit ist, dass ich schon seit Monaten kein Gewinn mehr für die Kanzlei bin. Wenn ich seinen Fall vertreten würde, würde Art Glendale lebenslänglich ohne Bewährung bekommen."

Trotz seines Alters waren Ricks Zähne immer noch strahlend weiß. „Sie hatten gehofft, du würdest diese Sache mit Ava überwinden, indem du dich in die Arbeit stürzt."

Diese Sache? „Es tut mir leid, dass ich sie enttäuschen muss, aber solange keiner der Partner durchgemacht hat, was ich durchgemacht habe ..."

Rick hob ergeben die Hände. „Ich stehe ja auf deiner Seite, Heath."

„Sag ihnen, ich würde mich bis März nach Kräften für den Fall einsetzen. Aber dann bin ich weg." Heath setzte sich auf seinen Schreibtischstuhl und schaute Rick an. Sein Büro spiegelte seine Stimmung wider: öde und leer. Nur das, was er unbedingt für die Arbeit brauchte, stand noch darin.

„Vermutlich spielst du mit dem Gedanken, dich wieder mit der Schriftstellerei zu versuchen."

„Ja, tatsächlich habe ich vor, die freie Zeit zum Schreiben zu nutzen. Vielleicht bringe ich ja dieses Mal einen Roman zustande, der sich verkaufen lässt." Rick unterdrückte sein Grinsen, aber Heath bemerkte die Belustigung in seinem Blick. „Nur zu, sprich es ruhig aus. Ich weiß sowieso, was du denkst."

Rick lachte leise. „Dein erster Roman war ... na ja, eine rechtliche Abhandlung ist unterhaltsamer."

Heath grinste. Er erinnerte sich, wie er seinen ersten Roman *Ohne jeden Zweifel* in der Kanzlei herumgereicht hatte in der Überzeugung, mit seinen schriftstellerischen Fähigkeiten Hemingway noch übertroffen zu haben. Monatelang hatte er daraufhin in der Kanzlei viel Spott hinnehmen müssen. Aber seither hatte er dazugelernt, sich verbessert und zwei weitere Romane geschrieben. Nate Collins, sein alter Studienkollege aus Yale, inzwischen ein sehr erfolgreicher Literaturagent, hatte sich bereit erklärt, ihn zu vertreten.

„Diese *Sache*", – jetzt hatte Rick Heath dazu gebracht, es auch auszusprechen –, „mit Ava hat mir gezeigt, wie vergänglich das Leben ist. Wir können nicht auf Morgen setzen."

Rick lachte leise. Er schien seine Erkenntnis zu teilen. „Da hast du nicht ganz unrecht."

„Ich habe in Beaufort in South Carolina ein Cottage an einem Fluss gemietet."

Rick kniff die Lippen zusammen und nickte. „Klingt malerisch."

„Mein Großvater besaß in den Achtzigern und Neunzigern ein Haus auf Edisto Island. Mein Bruder Mark und ich sind als Kinder an den Bächen herumgestromert, haben Forts gebaut und Soldaten gespielt. Opas Haus existiert nicht mehr, aber eine Rückkehr in diese Gegend scheint mir ein guter Neuanfang zu sein."

„Heath, länger als ein halbes Jahr kann ich deine Partnerschaft nicht aufrechterhalten. Doc und Tom sind dagegen. Ich habe mich sehr für dich eingesetzt. Es war wirklich nicht leicht, das durchzusetzen. Sie nach Bill Gardners Tod zu Partnern zu machen war das Beste und Schlimmste, was ich je getan habe. Aber es ist, wie es ist, und jetzt bin ich in meinem Entscheidungsfreiraum eingeschränkt."

„Ich verstehe das, Rick, und bin dir dankbar, dass du dich für mich eingesetzt hast."

„Ich kann mir nicht vorstellen, dass das Kleinstadtleben dir auf Dauer zusagen wird. Du bist ein New Yorker, ein Yankee und ein Rechtsanwalt." Rick schlug die Beine übereinander. „Was ist mit deiner Tochter? Ihrer Ausbildung?"

„Sie ist doch erst vier, Rick."

„Willst du mir weismachen, dass ihr Name nicht bereits fünf

Minuten nach ihrer Geburt auf den Anmeldelisten von einem Dutzend Eliteschulen stand? Sie hat doch mittlerweile bestimmt schon einen Platz bekommen und wird im Herbst eingeschult." Heath fuhr sich mit der Hand über den Nacken und streckte sich, um seine ständigen Verspannungen zu lockern. „Na ja, es waren zwei. Aber das Leben hat sich von Grund auf verändert, nicht? Drei Menschen wurden auseinandergerissen. Alices und mein Leben wurde auf den Kopf gestellt. Im Augenblick möchte ich nichts weiter, als unser Leben wieder zusammensetzen. Dieser Umzug wird uns guttun. Nur wir beide in diesem Cottage. Kein Kindermädchen, keine Sechzig-Stunden-Woche."

Rick runzelte die Stirn. „Was? Du hast nur sechzig Stunden gearbeitet? Wenn ich gewusst hätte, dass du so faulenzt …"

Das Lachen tat gut. „Und das von einem Mann, der jeden Nachmittag um vier Uhr mit seiner Tennistasche verschwindet. Ja, schau mich nicht so erstaunt an. Ich beobachte dich."

Rick versuchte es gar nicht erst zu leugnen. Neben dem Gesetz war Tennis seine große Leidenschaft. „Wie ist es, lässt der Schmerz denn nach?"

„Richtig gute Tage sind selten, aber die richtig schlechten werden weniger, wenn du verstehst, was ich meine. Ich fühle mich irgendwie, als hätte ich jede Bodenhaftung verloren … orientierungslos. Ich gehe in die Bibliothek und weiß nicht mehr, was ich dort wollte. Ich gieße mir ein Glas Milch ein und finde es Stunden später unberührt auf dem Tisch vor. Neulich morgens wachte ich von Panik erfüllt auf, weil ich überzeugt war, ein Examen in Vertragsrecht verschlafen zu haben." Heath deutete auf seinen Schrank. „Zehn Jahre arbeite ich nun schon für diese Kanzlei, und alles, was ich angesammelt habe, lässt sich in einigen wenigen Kartons verstauen."

„Die Fälle, die du gewonnen hast, lassen sich nicht in Kartons verstauen. Die Menschen, denen du geholfen hast. Deine ehrenamtliche Arbeit."

„Ich kann auch nicht alle Stunden zurückholen, die ich gearbeitet habe, anstatt bei Ava und Alice zu sein."

„Du gehst zu hart mit dir ins Gericht. Ava hat in ihre Karriere genauso viel Zeit investiert wie du, Heath. Wenn nicht sogar noch mehr."

Heath griff nach einem einsamen gelben Bleistift auf seiner Schreibtischunterlage. „Ja, sicher, aber das kann ich ihr jetzt nicht mehr vorhalten, nicht?"

„Nein, das kannst du nicht." Rick schnaufte laut durch die Nase und schlug sich mit den Handflächen auf die Oberschenkel, als er sich erhob. „Wenn ich dir ein guter Mentor gewesen bin, dann müsstest du jetzt mehr als genug zum Leben haben."

„Ja, Geld ist genug da." Heath räusperte sich.

„Na dann." Ricks Hand lag am Türknauf. Er hielt inne. „Sechs Monate, Heath. Denk dran."

Heath tippte an seine Stirn. „Ist hier abgespeichert."

Rick verließ das Büro und zog die Tür hinter sich ins Schloss. Heath starrte zum Fenster seines im 20. Stockwerk gelegenen Büros hinaus. Manhattan war für ihn vor 13 Jahren, als Ava und er nach dem Studium in Yale hier ankamen, das verheißene Land gewesen. Aber heute empfand er es als eine öde Wüste.

Leichter Schneefall setzte zwischen den Wolkenkratzern Manhattans ein. Heath beobachtete, wie die winzigen Flocken an seinem Fenster vorbeitanzten. Sie würden in der Wärme der Stadt schmelzen, noch bevor sie den Boden erreichten.

Catherine Perry hatte keine Ahnung, nicht einmal Rick Calloway konnte erahnen, wie leer Heath sich fühlte. Wenn er diesen Job, diese Stadt und diesen Ort der Erinnerungen nicht endlich hinter sich ließ, würde in seinem Herzen für immer Winter sein.

Kapitel 3

*Beaufort
im März*

Die leere Galerie wirkte irgendwie kalt und fremd, die nackten Wänden warfen jedes Wort, jeden Schlag, jedes Kratzen zurück. Bewusst hatte Ellen den seltsamen Hohlraum in ihrer Brust ignoriert, als sie im Februar Geoffrey Morleys Ausstellung zusammengepackt hatte, die letzte der *GG*-Galerie in Beaufort. Sie hatte schon einmal in einem leeren Ausstellungsraum gestanden; an dem Tag, an dem sie die Galerie gekauft hatte. Aber damals baute sie ihre Galerie auf, heute zog sie einen Schlussstrich. Die Veränderung fiel ihr schwer. Auch wenn sie sich bewusst dafür entschieden hatte.

Julianne kam mit einem Karton in den Händen die Treppe herunter. „Deine Farben." Sie stellte den Karton auf den Tisch, nahm eine Farbtube heraus und drehte den Deckel ab. „Sind die noch zu gebrauchen?"

„Ich denke schon", erwiderte Ellen, während sie den letzten Karton über den Boden zu den anderen zog, die zur Abholung bereitstanden. „Ölfarben haben eine lange Haltbarkeitsdauer."

Julianne drehte den Deckel wieder zu und warf die Farbtube in den Karton zurück. „Du solltest wieder anfangen zu malen, Ellen. Du hast ein abgeschlossenes Kunststudium, hast sogar in Florenz studiert."

„Die Galerie hat mich voll ausgelastet." Ellen zuckte die Achseln und ging zum Drucker, um ein Blatt Papier zu holen.

„Wirst du in Dallas wieder eine Galerie eröffnen?"

„Natürlich." Mit einem großen schwarzen Filzstift schrieb Ellen auf das Blatt: „Theke zu verkaufen. Hervorragendes Angebot. Informationen im Laden" und klebte es von innen ins Schaufenster.

„Bist du traurig?" Julianne lehnte sich gegen die Theke und verschränkte die Arme. „Dass du verkaufen musst?"

„Ein wenig, aber ...", Ellen lächelte, „... was tut man nicht alles für die Liebe."

„Es kommt mir vor, als hättest du die Galerie gerade erst eröffnet, Ellen."

„Ja, für mich fühlt es sich auch so an."

Julianne brachte den Karton mit den Farben zur Eingangstür und stellte ihn zu den anderen Sachen, die in Ellens Studio über der Garage gebracht werden sollten. „Ich kann mir nicht vorstellen, dass du dich im großen alten Texas wohlfühlst, in einer Stadt, in der es keine Bäume, Flüsse oder Bachläufe gibt. Du bist doch ein Südstaaten-Mädchen durch und durch. Die Partys bei Dean Good, die Sommerabende an der Strandbar, frische Austern und Lowcountry-Feste im Herbst ..."

„Ich werde mich wohl in die hohe Kunst des Barbecue einfinden und einen Cowboyhut tragen müssen." Ellen nahm einen leeren Karton, obwohl sie gar nicht so genau wusste, wofür sie ihn brauchte. Schließlich stellte sie ihn auf den Boden. „In der Liebe ist nicht immer alles leicht, Julie. Aber wenn Jeremiah nun mal nach Dallas geht, dann gehe ich mit."

„Und du denkst nicht, dass du dich angesichts der Tatsache, dass du gerade dreißig geworden bist, vorschnell dazu hast hinreißen lassen, eine feste Bindung einzugehen?" Julianne mied bewusst Ellens Blick.

„Das hat Caroline mich auch gefragt, als ich ihr die Neuigkeiten in einer Mail berichtet habe. Die Antwort lautet Nein. Ich war nicht mehr auf eine Verlobung oder Heirat vor meinem dreißigsten Geburtstag fixiert. Meinen Plan für die *Operation Hochzeitstag* habe ich doch im Kamin verbrannt, weißt du nicht mehr?" In Ellens Stimme lag ein Hauch von Verärgerung, dass ihre beste Freundin und ihre kleine Schwester an ihr zweifelten.

31

Julianne hob die Hände. „Sei doch nicht gleich sauer."

Ellen stieg die Treppe zum Loft hoch. Sie wollte sich auf die vor ihr liegenden Tage freuen, doch in ihr war nichts als eine große Müdigkeit. „Komm schon, hilf mir, hier oben auszuräumen." Seit über einem Monat hatte sie Jeremiah schon nicht mehr gesehen, nur im Video-Chat. Auch wenn sie telefonierten und sich täglich E-Mails schickten, so war er doch vollauf mit den Anforderungen und Problemen seines neuen Amtes beschäftigt, während sie alle Hände voll zu tun hatte mit der Planung der Hochzeit, dem Verkauf der Galerie, der Vermietung des Cottages und all den anderen Dingen, die ein Umzug so mit sich brachte.

Julianne rannte hinter ihr her. „Du liebst ihn doch, stimmt's?"

Ellen schob einen Stapel leerer Kartons neben der obersten Treppenstufe beiseite. „Du meine Güte, Julie. Nein, ich hasse ihn und in unserer Hochzeitsnacht wird er auf geheimnisvolle Weise sterben und ich werde sein ganzes Vermögen erben, das er als Pastor angehäuft hat ... Natürlich liebe ich ihn. Und würdest du bitte an das hier denken, wenn ich dir das nächste Mal eine Frage stelle und du sofort sauer wirst?"

Julie holte einen dicken schwarzen Müllsack aus dem Karton. „Ich habe eine, vielleicht zwei Fragen gestellt. Du stellst immer gleich hundert. Also, was soll ich mit den Papieren im Aktenschrank machen?"

„Wirf sie weg."

Die Schwestern machten sich schweigend an die Arbeit und räumten die letzten Reste von Ellens Galerietagen fort. Es war die schwierigste auf einer langen Liste von Aufgaben.

Jeremiahs Heiratsantrag hatte am Montag vor Weihnachten hektische Betriebsamkeit ausgelöst, weil sie zusammen mit Mama versucht hatten, bereits im Vorfeld möglichst viele Details der Hochzeit zu klären, bevor er nach Dallas aufbrach. *Gästeliste. Kleiderordnung. Trauzeugen. Essen für die Beteiligten an der Probe. Brautwagen, der Ellen zur Kirche bringen sollte. Uhrzeit, Datum und Ort. Vorschläge für den Empfang. Menüvorschläge.*

Am Weihnachtsabend nach dem Essen mit der Familie machten Jeremiah und Ellen einen langen Spaziergang, während die anderen auf der Couch und in den Sesseln dösten. Der Abend war klar und ungewöhnlich kalt und Jeremiah zog sie dicht an sich. Seine Hand lag auf ihrer Taille.

Sie sprachen über die bevorstehenden Monate, den Stress, den ihre Trennung und die Hochzeitsvorbereitungen mit sich bringen würden, über die Suche eines Hauses in Dallas und die Anforderungen seines neuen Postens als Hauptpastor der *3:16 Metro Church*. Als Ellen jetzt auf dem Loft ihrer Galerie stand, erschien ihr das alles irgendwie unwirklich.

„Ellen, willst du die hier behalten?" Julie hielt zwei Behälter mit Pinseln in die Höhe.

„Leg sie zu den Sachen, die ins Studio kommen." Sie hatte sie in dem Sommer gekauft, als sie ein Semester in New York studiert hatte, in dem Sommer, in dem sie eine wichtige Erkenntnis bezüglich ihres Talents gewonnen hatte. Sie war nach Hause zurückgegangen und hatte die Galerie eröffnet.

Ellen warf einen Stapel Zeitschriften in den Müll. Ihre Gedanken wanderten wieder zu Jeremiah und Weihnachten. Noch immer hörte sie den Gleichklang ihrer Schritte auf dem Pflaster. Vor dem Haus der Baxters blieb Jer stehen und bestaunte die Weihnachtsbeleuchtung.

„Ich habe über dein Cottage und die Galerie nachgedacht, Ellen. Die Galerie wirst du verkaufen müssen. Von Dallas aus kannst du sie nicht führen."

Die Direktheit seiner Aussage hatte sie getroffen. Aber natürlich hatte er recht. „Ich wollte mir eigentlich noch eine Weile einreden, es wäre möglich."

Er hatte sie an sich gezogen und ihre Stirn geküsst. „Aber das Cottage könntest du doch eigentlich behalten. Du könntest es vermieten. Das wäre eine schöne Einnahmequelle."

An diesem Weihnachtsabend war Ellen erst richtig aufgegangen, wie groß die Veränderungen waren, die auf sie zukamen. So sehr sie sich wünschte, mit Jeremiah zusammen zu sein; der Umzug nach Dallas würde ihr schwerfallen.

33

„Ich werde dich so vermissen", sagte Julianne gerade, ohne jede Provokation.

Ellen schaute sich um. Sie saß auf einem Stapel ihrer Kunstbücher. „Ich werde dich auch vermissen. Und Rio, Papa und Mama und unsere Schwestern."

„Manchmal warst du mein einziger Halt. Sonst wäre ich verrückt geworden." Juliannes Augen schimmerten feucht, als sie Ellen ansah. „Ich werde dir immer dankbar sein, dass du an diesem Abend mit mir zu Mama und Papa gegangen bist und ihnen von Rio erzählt hast."

„Es war ein schwieriger, aber guter Abend."

Julianne, damals 21, hatte ihren Eltern schluchzend gestanden, dass sie schwanger sei. Vater unbekannt.

„Ellen?", rief eine Männerstimme von unten und hallte in den leeren Räumen wider. „Schatz, bist du da?"

Ellen trat an die niedrige Brüstung des Lofts. „Jeremiah?!"

Mit ausgebreiteten Armen stand er unten. „Überraschung."

„Was machst du denn hier?" *Warum hat er nicht angerufen?* Sie sah schrecklich aus, staubig und verschwitzt, nachdem sie die ganze letzte Woche damit beschäftigt gewesen war, ihr Leben zusammenzupacken. Außerdem wollte sie schon in der kommenden Woche nach Dallas fliegen.

Langsam stieg er die Treppe zum Loft hoch. „Ich dachte, du könntest vielleicht etwas Unterstützung gebrauchen, wenn die Galerie morgen verkauft wird. Hallo, Julianne, wie geht es dir?"

„Ich bin spät dran. Muss Rio abholen." Julianne sprang die Treppe hinunter, umarmte Jeremiah flüchtig und winkte Ellen zu. „Als ich das letzte Mal zu spät kam, hat mich die kleine Maus ganz schön zusammengestaucht. Ellen, ich stelle diese Kartons bei dir zu Hause ab."

„Danke, Julianne." Ellen trat unsicher auf Jeremiah zu. Während sie sich fühlte wie eine Putzfrau, sah er aus wie aus dem Ei gepellt. „Ich fasse es immer noch nicht, dass du hier bist."

„Und es ärgert dich?"

Sie lachte leise über seinen Sarkasmus. „Zwei Monate nur Telefongespräche, gewürzt von E-Mails und einem mickrigen

Besuch. Wie oft habe ich mir gewünscht, wir könnten zusammen sein, und *rumms*, da bist du ... Das ist irgendwie seltsam."

Jeremiah sah sie an. „Komm nur herunter zu mir, dann zeige ich dir, was seltsam ist." Er wackelte mit den Augenbrauen.

„Jeremiah!" Bei seiner Andeutung zog sich ihr Magen zusammen.

„Darf ich meine zukünftige Frau küssen?", fragte er, während er sie in die Arme nahm. Sein heißer Atem floss durch ihre Haare.

„Oh ja. Bitte."

Sein Kuss machte ihr wieder deutlich, warum sie Ja gesagt hatte, warum sie bereit war, ihr ganzes Leben hinter sich zu lassen. „Ich bin froh, dass du hier bist. Danke, dass du gekommen bist."

„Noch zwei Monate und fünf Tage, Ellen, dann werden wir für immer zusammen sein. Für immer!"

Der Klang dieser Worte gefiel Ellen.

Leiser Zweifel überfällt einen zu den unmöglichsten Zeiten.

Karen Harper, Ellens Rechtsanwältin und die dritte der fünf Garvey-Schwestern, trat hinter ihrem polierten Eichenschreibtisch hervor und reichte Ellen den Vertrag.

„Du unterschreibst an den Stellen, die ich markiert habe." Sie senkte die Stimme. „Du kannst dir gratulieren, Ellen. Ein guter Deal."

„Das habe ich dir zu verdanken."

Auf der anderen Seite des Raumes plauderte die frisch gebackene neue Galeriebesitzerin mit ihrem Rechtsanwalt. Angela Dooley war eine schwarzhaarige Schönheit, die an jedem Finger einen auffälligen Ring trug, während ihr Rechtsanwalt Palmer Roth der Inbegriff eines Südstaaten-Gentleman war, mit grauen Schläfen und einem scharfen Verstand.

Ellen mochte die aufgetakelte Angela nicht besonders, die nicht nur sehr schön war, sondern auch noch über die nötigen finanziellen Mittel verfügte, die Galerie noch weitaus schicker und moderner herzurichten, als Ellen das gekonnt hatte. Aber

35

was machte das schon? Sie würde am Ende des Sommers in einer anderen Stadt mit einer pulsierenden Kunstszene neu anfangen.

Am vergangenen Abend hatte Ellen ein paar Stunden im Internet gesurft und sich darüber informiert, welche Veranstaltungen für den Sommer in Dallas geplant waren und in welchem Teil der Stadt sie am besten ihre Galerie eröffnete.

„Wo muss ich unterschreiben?" Ellens Armreifen klapperten auf der Schreibtischplatte, als sie die Seiten umblätterte.

„Hier und hier." Jeremiah deutete auf die roten Klebefahnen Ja, natürlich, die Fahnen. Kalter Schweiß stand Ellen auf der Stirn, und die Märzsonne, die durch Karens Fenster hereindrang, konnte sie nicht aufwärmen. Auch schien sie nicht genügend Licht zu spenden, um den dunklen Schatten des Zweifels zu vertreiben, der sich in Ellens Gedanken eingeschlichen hatte.

„Ellen?"

Jeremiah stieß sanft ihre Hand an, in der sie den Stift hielt, aber Ellen legte den Kugelschreiber aus der Hand, anstatt ihre Unterschrift unter den Vertrag zu setzen. „Karen, kann ich kurz mit Jeremiah allein sprechen?"

Karen schaute sie prüfend an, als versuche sie herauszufinden, was Ellen bedrückte. „Eine Minute." Sie begleitete Angela und Palmer in den Konferenzraum und bot ihnen eine Tasse Kaffee an.

„Sag, was los ist, Schatz."

Ellen ging zum Fenster und schaute auf das Wasser hinab. „Hast du denn gar keine Angst, Jeremiah?"

„Davor, dich zu heiraten?"

Sie schaute ihn an. „Zwei Menschen über dreißig, die versuchen, eins zu werden, die ihre ganzen Wünsche und Sehnsüchte zusammenbringen – macht dir das denn keine Angst?"

„Nein, ganz und gar nicht. Wir schaffen das."

Sie beobachtete seine entspannte Körperhaltung, nahm die Zuversicht in seiner Stimme wahr. Er sagte nicht nur, was sie hören wollte – er sprach aus, wovon er fest überzeugt war.

„Jeremiah, ich will ehrlich sein. Mir fällt es schwer zu glauben, dass so ein toller Mann wie du mich liebt und mich zu seiner Frau machen will. Ich liebe dich, aber der Gedanke an den Umzug setzt mir zu. Ich wollte meine Familie hier groß ziehen, meine Kinder sollten mit ihren Cousinen und Cousins spielen, wie kleine Affen an ihren Onkeln hängen und von meinen Eltern und Schwestern alle Geschichten aus meiner Kindheit zu hören bekommen."

Er strich ihr mit dem Finger über den Haaransatz, über das Gesicht. „Schatz, wir werden oft hierher zu Besuch kommen. Sie werden uns besuchen. Außerdem leben meine Eltern in Austin. Wenn du nächste Woche nach Dallas kommst, werden sich deine Ängste sicher zerstreuen. Wir werden ein schönes Haus für uns suchen, den Umzug vorbereiten und, hey, ich kenne sogar schon ein tolles kleines Café, das ‚unser Café' werden kann."

„Das klingt alles sehr verlockend und weckt in mir den Wunsch, dort bei dir zu sein." Sie führte seinen Handrücken an ihre Lippen.

„Das mit uns ging unglaublich schnell, Ellen." In Jeremiahs Worten lag sehr viel Verständnis. „Aber ich weiß, dass es richtig ist. Du nicht?"

Leiser Zweifel überfällt einen zu den unmöglichsten Zeiten.

„Vermutlich hast du recht." Sie lächelte, als ihr eine Erinnerung kam. „An dem ersten Abend, nachdem die Galerie in meinen Besitz übergegangen war, brachten Julianne und ich Rio zu Mama, kramten unsere alten Schlafsäcke hervor und schliefen auf dem kalten Zementboden in der Galerie. Ich hatte nicht den geringsten Zweifel an meiner Entscheidung."

„Du kannst den Erwerb einer Galerie nicht mit einer Ehe vergleichen, Ellen." Jeremiah drückte ihre Hand. „Aber ich verspreche dir, ich halte dich fest, damit du nicht fällst." Er zog ihre Hand an seine Lippen. „Außerdem weißt du gar nicht, welche Möglichkeiten dir offenstehen, nicht? Die Kunstszene in Dallas ist sehr lebendig und aufregend, dort warten tolle Gelegenheiten auf dich. Vertraust du mir? Vertraust du Gott?"

Die Formulierung seiner Fragen ließ keinen Raum für ein Nein. Konnte sie Gott nicht vertrauen? Konnte sie dem Mann, dessen Frau sie werden wollte, nicht vertrauen? Sie *wollte* vertrauen, auch wenn es ihr noch nicht aus dem Herzen kam.

„Ja, aber versprich mir, dass ich in Dallas eine Galerie eröffnen kann."

Er lachte. „Ich verspreche es."

„Ellen?" Karen betrat das Zimmer. „Angela hat noch einen Termin. Wir sollten jetzt langsam zum Abschluss kommen."

Jeremiah küsste sie. *Du schaffst das.*

Ellen griff über den Schreibtisch hinweg nach dem Stift.

„Kommt rein, Karen. Ich bin jetzt soweit."

An: CSweeney
Von: Ellen Garvey
Betreff: Ich habe die Galerie verkauft

Hallo Caroline,

jetzt ist es endgültig. Gestern habe ich den Vertrag unterzeichnet und meine Galerie an Angela Dooley verkauft. Als Karen mir den Vertrag reichte, bekam ich Panik. Ich hatte das Gefühl, mein rechter Arm würde mir abgehackt. Aber Jeremiah lenkte meinen Blick liebevoll auf unsere Zukunft und das Leben, das uns in Dallas erwartet.

Er kam extra nach Beaufort geflogen, um mir beim Verkauf der Galerie zur Seite zu stehen. Das war vielleicht eine Überraschung. Habe ich einen tollen Mann oder nicht? Und er hat mir versprochen, dass ich in Dallas eine neue Galerie eröffnen kann.

Ich weiß nicht, Caroline. Warst du eigentlich nervös, als du nach Barcelona gezogen bist? Was rede ich da!? Ich bin so schwach und ängstlich. War ich es nicht, die gesagt hat, wenn du nicht nach Barcelona gehst, dann würde ich an deiner Stelle gehen? Und jetzt habe ich Angst, meine Mama zu verlas-

sen. Bin traurig über den Verkauf meiner Galerie. Was ein Jahr so ausmacht!

Es ist schwer zu glauben, dass ich herumgerannt bin und die alleinstehenden Männer von Beaufort auf eine Liste für die Operation Hochzeitstag gesetzt habe. LOL. Ich habe eine Menge Schwachköpfe geküsst!

Aber ich liebe Jeremiah. Er ist der Richtige. Bestimmt habe ich nur einfach noch keine Vorstellung von all dem Schönen, das Gott für Jeremiah und mich bereithält. Ich weiß, du hattest zuerst Zweifel an meinen Motiven, aber Caroline, es ist richtig. Ich weiß es.

Oh … hast du übrigens das Foto von den Kleidern für die Brautjungfern bekommen? Mir gefällt der weite Rock. Deines wird denselben Schnitt haben, aber nicht milchkaffeefarben, sondern dunkelbraun sein. Meine Schwestern haben die Kleider anprobiert. Sara Beth trug deine Farbe. Es sah einfach toll aus.

So, es ist spät und ich bin hundemüde. Ich komme gerade vom Flughafen zurück. Jeremiah hat nur noch den Abendflug bekommen. Aber nächste Woche fliege ich nach Dallas, um mit ihm auf Haussuche zu gehen. Jeremiah überlässt die Planung der Hochzeit mir, aber er kümmert sich um die Hochzeitsreise und möchte unbedingt vorher ein Haus für uns finden.

Was gibt es bei dir Neues? Wie ist die Arbeit für den Donald Trump Spaniens? Richte Carlos von mir aus, er soll dich ja gut behandeln. Wie läuft es mit Mitch? Kommt ihr mit der Beziehung auf Distanz klar?

So, das Bett ruft.
Alles Liebe, Ellen

In den wenigen Tagen zwischen dem Verkauf der Galerie und ihrer Reise nach Dallas packte Ellen die Sachen in ihrem Cottage zusammen. Die Kisten wurden in der Garage und in ihrem Studio über der Garage gelagert.

Mamas Freundin, die Maklerin Marsha Downey, hatte ab Mitte April einen Mieter für das Cottage gefunden, und Ellen wollte alles ausräumen, damit der neue Mieter einziehen konnte. Wenn sie aus Dallas zurückkam, würde sie mit dem Umzug und den Hochzeitsplänen vermutlich alle Hände voll zu tun haben.

„Wenn wir von der Hochzeitsreise zurückkommen, Schatz", hatte Jeremiah ihr gestern Abend am Telefon gesagt, „werden wir uns sofort in die Arbeit stürzen müssen. Darauf solltest du dich einstellen. Es wäre nicht schlecht, wenn wir unser neues Haus bereits vor der Hochzeit ausgestattet hätten."

Bei den letzten Telefongesprächen hatte er den Satz „ein Haus kaufen und einrichten" so häufig gebraucht, dass es Ellen beinahe schon aufregte. Sie neckte ihn deswegen und nannte ihn den ‚Wiederholer'. „Ich habe es ja jetzt verstanden, Jeremiah."

Ellen hielt inne und schaute sich im Wohnzimmer ihres Cottages um. Aufgewirbelter Staub tanzte in den Sonnenstrahlen, die durch das Fenster hereinfielen. Die Bücherregale unter dem Esszimmerfenster waren leer geräumt, der Inhalt ihres Schreibtischs und der Kleiderschränke war in Kisten verpackt. Die Möbel würden im Haus bleiben … was noch?

Ellen fächelte sich mit einem alten Gemeindebrief, den sie zwischen den Büchern gefunden hatte, Luft zu. Hier drinnen war es sehr heiß und stickig. Am Morgen hatte sie die Fenster geöffnet, um die kühle, frische Luft vom Fluss hereinzulassen, aber der Wind hatte sich mittlerweile gelegt und die Sonne, die durch die Fenster hereinströmte, heizte das Cottage auf.

Gerade hatte sie beschlossen, die Klimaanlage anzuschalten, als Julianne mit Rio im Schlepptau durch die Haustür trat.

„Wow, ist das heiß hier."

„Die Luft steht." Ellen bückte sich, um ihre Nichte zu umarmen. „Hallo, meine Süße." An Julianne gewandt, fragte sie: „Du bringst mich morgen früh doch zum Flughafen, nicht?"

„Ja, und Mama holt dich ab, wenn du zurückkommst. Das ist geregelt." Julianne ließ sich auf die Couch sinken. „Hier drin ist es so heiß wie in einem Backofen."

„Sieh mal, Tante Ellen." Rio hielt ihren rosa Rucksack hoch, damit Ellen ihn bewundern konnte. „Wir waren beim Wals-Mart."

„Beim Wals-Mart? Ich bin neidisch." Ellen drehte Rio zum Flur hin. „Lauf in dein Zimmer. Ich habe eine Überraschung für dich."

Das brauchte man Rio nicht zweimal zu sagen. Bei Tante Ellen hatte sie ihr eigenes Zimmer, das sie mit ihrer Mama teilte, wenn sie hier übernachteten. Und zum hundertsten Mal dachte Ellen, dass Rio vermutlich das hübscheste Kind war, das sie je gesehen hatte.

„Was hast du ihr gekauft?" Julianne legte die Füße auf Ellens robusten, aber bereits ziemlich ramponierten Couchtisch.

„Nur ein neues Malbuch und Malstifte."

„Kann Rio heute hier schlafen?"

„Was hast du denn vor?" Ellen sah die Wäsche durch, die sie aus dem Schrank im Flur geholt hatte. Sie würde ihre neuen Handtücher und Waschlappen einpacken und den Rest für den neuen Mieter dalassen.

„Ausgehen." Julianne erhob sich von der Couch und ging in die Küche. „Wir haben gerade bei McDonalds gegessen. Hast du irgendwelches Obst da?"

„Um deine Schuldgefühle wegen des Fastfoods zu besänftigen?" Ellen hörte, wie der Kühlschrank geöffnet wurde, gefolgt von dem Zischen einer Coladose.

„Natürlich."

Rio kam mit dem neuen Malbuch und den Buntstiften ins Wohnzimmer gerannt.

„Du kannst am Couchtisch malen." Bei Rios Anblick durchzuckte Ellen ein scharfer Schmerz. In wenigen Wochen würde es keine Überraschungsbesuche von ihrer kleinen Nichte mehr geben.

Julianne kam mit einer Schale Trauben und einer Cola light aus der Küche. „Iss ein paar davon, Rio, bitte." Sie stellte die

Schale neben das Malbuch auf den Tisch und ließ sich auf die Ledercouch sinken. „Also, kann sie bei dir bleiben?"

Ellen stützte ihre Arme auf die Rückenlehne und beugte sich vor. „Wenn du mir verrätst, wo du hingehst."

„Ich habe es dir doch bereits gesagt. Aus."

„Mit wem? Und wohin?"

„Ehrlich, Ellen, du stellst zu viele Fragen." Julianne warf sich eine Weintraube in den Mund. „Rio, das hast du toll gemacht. Ich liebe rote Katzen."

„Ich erinnere mich, dass erst vor Kurzem *mir* jemand viele Fragen gestellt hat", gab Ellen zurück. „Rio, pass auf, dass du nicht über den Strich malst, genau wie ich es dir gezeigt habe."

„Vielleicht *möchte* sie aber über den Strich malen." Julianne bewarf ihre Schwester mit einer Weintraube. „Ich verrate dir nicht, wohin ich gehe. Das geht dich nichts an."

„Moment ... warst nicht du diejenige, die sich erst vor ein paar Tagen in mein Leben eingemischt hat? Und jetzt darf ich nicht mal fragen, wo du hingehst, wenn ich deine Tochter hüte?" Wenn Julie tatsächlich einen Babysitter brauchte, der ihre Tochter über Nacht beaufsichtigte, hatte sie keine andere Wahl, als zu Mama oder einer ihrer Schwestern zu gehen. Und wenn es ihr nicht passte, dass Ellen Fragen stellte ...

„Ich habe eine *Verabredung*." Julianne schien der Meinung zu sein, das reichte als Erklärung aus.

„Eine *Verabredung* über Nacht?"

„Nein, aber wir fahren nach Charleston, um uns ein Theaterstück anzusehen. Ich komme erst spät nach Hause. Außerdem muss ich dich sowieso frühmorgens um sieben abholen. Es würde die Sache erleichtern."

„Wer ist es?"

„Ein Mann."

„Kenne ich den?" Ellens Blick wanderte zu Rio. „Du kannst doch nicht mit jedem x-Beliebigen ausgehen."

„Wenn du nicht auf sie aufpassen willst, sag es einfach." Julianne sprang von der Couch auf und stürmte in die Küche. „Pack deine Sachen zusammen, Rio, wir müssen los."

Ellen wand sich. „Julie, natürlich kann sie hier übernachten, aber warum ist es so schlimm, wenn ich wissen will, wohin du gehst und mit wem? Kenne ich deine *Verabredung?*"

Julianne nahm ihre Handtasche vom Couchtisch. Darin klapperten Schlüssel und wer weiß was sonst noch. „Du kannst mich jederzeit auf dem Handy erreichen." Sie bückte sich und gab Rio einen Kuss. „Sei lieb zu Tante Ellen."

Ellen folgte ihr zur Veranda. „Sei morgen früh genug da, damit wir nicht zu spät zum Flughafen kommen."

Am Fuß der Treppe blieb Julianne noch einmal stehen. „Übrigens – du brauchst ihn nicht zu heiraten, Ellen."

„Hör auf mit deinen Andeutungen, Julie. Was willst du mir sagen? Du magst ihn nicht, richtig?"

„Doch, ich mag ihn. Sehr sogar. Aber es gefällt mir nicht, dass er dich von hier fortschleppt, und ich bin sicher, du bist auch nicht begeistert davon."

Ellen schüttelte den Kopf und wandte sich dem Haus zu. „Einen schönen Abend wünsch ich dir, Julie. Wir sehen uns um sieben, und komm nicht zu spät."

Kapitel 4

Dallas

Schwere Gewitter zogen über das Land hinweg und verzögerten Ellens Abflug nach Dallas um drei Stunden. Als die Maschine endlich auf der Landebahn aufsetzte, atmete sie erleichtert auf und bewegte vorsichtig ihre verspannten Schultern und ihre Beine.

Das Einzige, was diesen blöden Tag und den fürchterlichen Flug erträglich machte, war die Vorfreude darauf, Jeremiah zu sehen. Sie hatte ihre beklemmenden Gefühle und ihre Ängste bekämpft, indem sie sich ausgemalt hatte, wie diese Woche verlaufen würde: Häuser besichtigen, küssen, ihre gemeinsame Zukunft planen, küssen, ihre neue Gemeindefamilie kennenlernen, küssen, alte Filme anschauen und Pizza essen, küssen …

Nachdem die Flugbegleiter grünes Licht zum Einschalten der elektronischen Geräte gegeben hatten, nahm Ellen ihr Handy aus der Tasche und wählte Jeremiahs Nummer. Während es läutete, starrte sie durch das Fenster in den Regen hinaus. Sie konnte nicht viel vom Gate erkennen, aber am Horizont brach der graue Himmel ein wenig auf und ein Stückchen Blau war zu sehen.

Jeremiahs Mailbox meldete sich. „Sie haben Jeremiah Franklin erreicht. Im Augenblick bin ich nicht zu sprechen …"

Ellen erhob sich von ihrem Platz, das Handy ans Ohr gedrückt, ging geduckt unter dem Gepäckfach her zum Gang und wartete darauf, dass die Passagiere in den vorderen Reihen aus dem Flugzeug ausstiegen.

„Hallo, Schatz, ich bin's. Ich bin gelandet. Endlich. Ich kann es gar nicht erwarten, dich zu sehen. Dieser Flug war die reinste Qual." Sie lächelte dem Mann, der ihr ihre Tasche aus dem Gepäckfach gehoben hatte, dankbar zu. „Es fing damit an, dass Julianne zu spät kam, um mich zum Flughafen abzuholen. Dann hat irgendein Kind mir in Atlanta Kakao über den Rücken gegossen … Weißt du was? Das kann warten. Wir sehen uns ja gleich."

Ellen steckte ihr Handy wieder in die Tasche. Bevor sie das Gate erreichte, blieb sie stehen, um ihre Haare aufzulockern und ihr Top und ihre Jeans zu richten, tief durchzuatmen und sich darauf zu freuen, gleich in Jeremiahs gutaussehendes Gesicht zu blicken, der nach ihr Ausschau hielt.

Aber als sie aus den Schiebetüren trat, war er nicht da. *Hmm.* Sie suchte das Nachbargate ab. Kein Jeremiah. Ach so, natürlich, sie musste ja noch durch die Sicherheitsschleuse. Ellen folgte den anderen verärgerten und gereizten Passagieren zur Gepäckausgabe.

Als der Warnton des Gepäckkarussells ertönte und das Fließband sich in Bewegung setzte, hatte er weder angerufen, noch war er aufgetaucht.

Ellen schaute durch die Türen des Ausgangs, um zu sehen, ob er vielleicht draußen wartete, aber er war nicht zu sehen.

Also gut, Jeremiah, wo steckst du? Ihr Magen krampfte sich zusammen und in die Vorfreude mischte sich eine leichte Verärgerung. Ihr voll gestopfter brauner Koffer erschien auf dem Fließband. Sie nahm ihn herunter. Die beiden kleineren Taschen folgten. Sie hatte definitiv zu viel Gepäck mitgenommen. Aber sie war zum ersten Mal in Dallas und hatte nicht gewusst, was sie brauchen würde. Waren die Tage warm und die Abende kalt? Machte man sich am Sonntagmorgen zum Gottesdienst schick oder zog man Jeans und ein hübsches Oberteil an? Hatte Jeremiah vielleicht vor, sie in ein vornehmes Restaurant auszuführen? Würden sie ein texanisches Barbecue erleben oder eine schicke Lounge besuchen?

Bisher wusste sie nur, dass für Sonntagabend in der Gemeinde ein Picknick geplant war und dass sie viel Zeit damit verbringen würden, Häuser anzuschauen. Sie hoffte auf ein altes Texas-Ranchhaus mit viel Ambiente und einer Geschichte.

Mit einigem Kraftaufwand zerrte sie ihr Gepäck auf einen Wagen und wählte erneut Jeremiahs Nummer. Während sie sein Telefon tuten hörte, stellte sie sich vor, wie sie Pizza bestellen,

45

sich einen Film anschauen und sich dazwischen immer wieder küssen würden.

Wieder sprang seine Mailbox an. „Hallo, ich bin es", sagte Ellen. „Ich warte am Flughafen. Ruf mich an." Ellen verließ mit ihrem Gepäck das Terminal und setzte sich vor dem Eingang auf ihre große Tasche, um zu warten. Andere Passagiere aus ihrem Flugzeug sprangen in wartende Autos oder stiegen in Taxis und Busse. In den ersten Minuten beobachtete sie die Menschen, die kamen und gingen, aber im Laufe der Zeit, als die Nässe des regnerischen Tages ihr in die Knochen drang, wurde Ellen zunehmend zornig und ungeduldig.

Zitternd wählte sie noch einmal Jeremiahs Nummer und zog mit klammen Fingern ihre Jacke fester um sich. Die Mailbox. Sie klappte ihr Handy zu und stieß einen Fluch aus, der eines Texaners durchaus würdig war.

Mit 40-minütiger Verspätung traf Jeremiah endlich am Flughafen ein. Ellen war durchgefroren, müde und hungrig. Und zornig. Vor allem zornig. Sie stritten von dem Augenblick an, als er ihr Gepäck in den Kofferraum lud, weiter auf der Fahrt zu dem Schnellrestaurant, in dem sie schnell einen Happen essen wollten.

„Was kann ich Ihnen bringen?" Die Kellnerin schaute sie erwartungsvoll an.

„Ich nehme einen Burger mit Pommes und einen großen Schokoshake." Ellens Armreifen klapperten auf der Tischplatte, als sie die Speisekarte zuklappte.

„Für mich dasselbe", sagte Jeremiah ruhig. Seine betonte Gelassenheit brachte Ellen nur noch mehr gegen ihn auf.

„Ich verstehe immer noch nicht, warum du nicht angerufen oder mir wenigstens eine SMS geschickt hast." Ellen zerrte an ihrer Serviette. Auf keinen Fall durfte sie Jeremiah anschauen, sonst würde sie in Tränen ausbrechen. Und wenn sie ehrlich war, hatte sie dazu keine Energie.

„Schatz, was erwartest du denn? Ich war zu spät. Es tut mir

46

leid. Wir hatten eine Sitzung und sie hat länger gedauert. Mein Telefon sollte auf Vibration geschaltet sein, aber scheinbar hatte ich es aus Versehen ganz abgeschaltet."

„Prima, Jeremiah, für Sitzungen, die länger dauern, und abgeschaltete Handys habe ich ja noch Verständnis, aber ist dir gar nicht in den Sinn gekommen, die Uhr im Blick zu behalten? Ich kann mich des Gefühls nicht erwehren, dass du dich nicht sonderlich auf mein Kommen gefreut hast. Ich habe den ganzen Tag an dich gedacht."

„Natürlich habe ich mich auf dich gefreut. Ich freue mich, seit wir das Datum festgelegt haben. Stell es nicht so dar, als hätte ich dich mit Absicht warten lassen. Aber als Pastor kann ich in einer wichtigen Sitzung nicht einfach aufstehen und gehen."

„Ich verstehe. Wenn du in einer Sitzung bist und ich anrufe und sage: ‚Schatz, meine Fruchtblase ist geplatzt; das Baby kommt', kann ich also nur hoffen, dass es keine wichtige Sitzung ist?"

„Ellen, das ist nicht fair. Ich kann kaum glauben –"

„Nein, das ist nicht fair. Es ist aber auch nicht fair, dass du mich mutterseelenallein am Flughafen sitzen lässt und dir nicht einmal der Gedanke kommt, mir Bescheid zu geben. Warum hast du überhaupt an dieser Sitzung teilgenommen? Was hättest du denn gemacht, wenn mein Flugzeug planmäßig gelandet wäre?" Dieser Streit erschöpfte sie.

„Deine Gastfamilie, die Farmers, wollten mit dir zum Abendessen gehen." Jeremiah rutschte neben Ellen auf die Bank. „Schatz, komm schon, lass uns nicht streiten. Das ist ein schlechter Einstieg in die Woche."

Sein liebevoller Kuss besänftigte sie ein wenig. „Bitte, Jeremiah, gib mir nicht das Gefühl, eine Nebensache für dich zu sein. Deine Arbeit ist wichtig, ja. Jeder Beruf erfordert Hingabe. Aber nicht auf Kosten unserer Beziehung."

Er verschränkte die Finger mit ihren. „Du bist ganz bestimmt keine Nebensache für mich, Ellen."

Sie legte den Kopf an seine Schulter. „Heute Abend fühle ich mich so."

„Lass uns den heutigen Abend vergessen, ja? Morgen fangen wir neu an. Wir gehen frühstücken und schauen uns Dallas an." Ellen hob den Kopf und küsste ihn. „Das ist das Beste, was ich den ganzen Tag gehört habe."

Sieben Tage Hausbesichtigungen. Sieben Tage Kopfschmerzen. Ellen durchquerte das Wohnzimmer des Neubauhauses. Ihre Schritte hallten in dem leeren Zimmer mit den beige gestrichenen Wänden und der Stuckdecke wider. An welchem Punkt hatten sich alle ihre Erwartungen in Luft aufgelöst? Konnte sie zurückgehen zu der Stelle, wo sie noch intakt waren, und noch einmal anfangen? Zu dem Tag, bevor sie in Dallas ankam?

Jeremiahs Stimme drang dröhnend aus dem Foyer zu ihr herüber, wo er sich mit ihrem Makler unterhielt und zwischendurch immer wieder Telefongespräche entgegennahm. *Heute ist sein Telefon natürlich* nicht *zufällig abgeschaltet.* Ellen verzog das Gesicht über ihren stummen Sarkasmus. Hatte sie nicht mit Stolpersteinen gerechnet? Bei einem Mann wie Jeremiah, der mit seiner Energie so ansteckend wirkte und die Menschen in seinem Umfeld dazu anregte, sich in Bewegung zu setzen und etwas zu bewegen?

Vor drei Monaten war er nach Dallas gekommen, und soweit Ellen beobachten konnte und nach dem, was sie beim Gemeindepicknick gehört hatte, hatte Dr. Jeremiah Franklin die *3:16 Metro Church* bereits gewaltig in Bewegung gesetzt.

Auch wenn sie sich über seinen Erfolg freute, konnte Ellen ihren Platz in dem großen Bild nur schwer erkennen.

Jeremiahs Handy klingelte zum fünften Mal in dieser Stunde. „Maurice, was gibt es?" Maurice Winters war Jeremiahs Assistent und langjähriger Freund. Er hatte Jeremiah auf diese Pastorenstelle aufmerksam gemacht.

Ellen durchquerte das Wohnzimmer zum wiederholten Mal und schaute durch das Fenster in den noch nicht angelegten Garten. Über den Baumwipfeln zogen sich die Wolken am

Himmel schon wieder zusammen. Es würde noch mehr Regen geben.

„Ellen." Jeremiah steckte den Kopf durch die Türöffnung, das Handy am Ohr. „Lyle sagte, der Bauherr würde in Kürze den Garten anlegen." Ohne auf ihre Antwort zu warten, setzte er sein Telefonat fort.

„Danke", erwiderte sie. In dieser Woche hatten sich die Ereignisse überschlagen. Sie hatte die Gemeinde kennengelernt, die ihr sehr gut gefiel. Von den Gemeindemitgliedern war sie sehr herzlich aufgenommen worden. Jeremiah hatte ihr mitgeteilt, er hätte das Angebot bekommen, eine wöchentliche Fernsehshow zu moderieren, die zuerst lokal und zum Ende des Jahres landesweit ausgestrahlt werden sollte. Nach eingehender Beratung mit seinem Leitungskreis hatte er das Angebot angenommen. Bereits im April sollte mit den Vorbereitungen der Produktion begonnen werden.

Zwei Tage später, als sie das Haus besichtigten, das Ellen am besten gefiel – ein Farmhaus außerhalb der Stadt mit einem großen Garten, Bäumen und einem kleinen Bachlauf –, erklärte Jeremiah ihr nach einem kurzen Telefongespräch, dass er das Angebot bekommen habe, ein Buch zum Thema der Fernsehshow zu schreiben. Seither kritzelte er unablässig Notizen auf Servietten oder die Rückseite von Kassenbons.

Wurde ihr das alles zu viel? Ein dickes, fettes Ja! Das Leben war zu einem reißenden Strudel geworden, der sie mitriss. Und sie hatte selbst keine Gestaltungsmöglichkeit mehr.

„Also, Schatz, was meinst du?" Jeremiah klappte sein Handy zu und kam zu ihr.

„Es ist groß. Sehr hübsch." *Zu neu, zu kalt.* „Der Garten ist allerdings kaum größer als ein Handtuch. Und ich sehe nicht einen einzigen Baum."

Jeremiah lief in dem Raum herum und schwärmte von der Stuckdecke und der einzigartigen schwebenden Treppe. „Also, ich finde es toll. Lyle, wie viel kostet es?"

Ellens Stirn legte sich in Falten. Selbstverständlich gefiel ihm das Haus. Es war genau wie er: Elegant, modern, makellos und mit feinen Extras ausgestattet, die man so leicht kein zweites Mal fand.

Aber sie sehnte sich nach etwas anderem. Nach einem älteren Haus mit knarrenden Fußböden, verwinkelten Räumen, verborgenen Schlupfwinkeln und einer Geschichte, in der es viel Liebe und Lachen gab.

„Der Preis bewegt sich durchaus in Ihrem finanziellen Rahmen, Dr. Franklin." Lyle trat in die Mitte des leeren Wohnzimmers. „Und bei der Marktlage haben wir sicherlich noch Spielraum und können deutlich unter dem geforderten Preis bleiben." Der dürre Makler schaute erwartungsvoll von einem zum anderen. Der arme Lyle, gefangen zwischen den Extremen ihrer Vorstellungen.

„Ellen, was meinst du?" Jeremiah nickte leicht. „Ja?"

Sie hasste es, wie eine alte, zerkratzte Schallplatte immer wieder dasselbe zu sagen, aber im Augenblick wollte sie zumindest auf die Entscheidung Einfluss nehmen, in welches Haus sie nach ihrer Hochzeit und ihren Flitterwochen einziehen würden. Alles andere lag außerhalb ihrer Kontrolle.

„Ich weiß nicht, Jeremiah. Ist es nicht etwas zu teuer?"

„Entschuldigen Sie uns einen Augenblick, Lyle." Jeremiah schob Ellen aus dem Wohnzimmer ins Esszimmer. „Wir haben noch gar keine Zeit gehabt, über unsere finanzielle Situation zu sprechen."

Und woran mag das wohl liegen, Handy-Mann?

„Geld ist kein Thema, Ellen. Ich habe alles gespart, was ich während meiner Footballzeit verdient habe."

„Oh, t-toll." Nun hatte sich auch ihr letztes Argument in Luft aufgelöst. „Ich hatte nicht an deine Football-Karriere gedacht."

„Ellen, ich verdiene gut und der Leitungskreis weiß, dass ich ein Haus kaufen möchte. Ansonsten werden wir unser Geld nicht verschwenden. Ich werde mir kein neues Auto anschaffen, sondern behalte meinen alten Honda. Aber wenn ich nach einem langen Arbeitstag nach Hause komme, möchte ich nicht von dir hören, dass die Rohre geflickt werden müssen oder das Dach undicht ist."

50

Hör auf seine Wünsche, Ellen. Wie könnte sie nicht zustimmen? Wenn Mama ihr jetzt über die Schulter schauen würde, würde sie sagen: „Nur zu, Ellen. Tu deinem Mann den Gefallen. Du wirst das Haus in kürzester Zeit in ein gemütliches Heim verwandelt haben."

„Dein Zögern sagt mir, dass es dir nicht gefällt."

Hörte er überhaupt ihre Worte, las er ihre Körpersprache, verstand er ihre Proteste? „Ich hätte das Gefühl, in einem Hotel zu wohnen. Es ist groß, seelenlos und kalt. Hier gibt es nur Edelstahl und Glas. Das Farmhaus, das wir uns angesehen haben, kommt nicht infrage? Ich weiß, das erste Haus, das mir gefiel, müsste von Grund auf renoviert werden, und die Zeit haben wir nicht. Aber gibt es denn in dieser großen Stadt nicht mehr Häuser wie dieses?"

Seine Augenbrauen zogen sich zusammen, aber nur für eine Sekunde. Er drückte ihr einen Kuss auf die Stirn. „Also gut, Lyle, die Lady fühlt sich nicht wohl hier. Was haben Sie sonst noch? Können Sie uns etwas zeigen, das etwas mehr Charakter besitzt?"

Ellen schob ihre Hand in seine und folgte ihm in den Flur. „Danke."

Kapitel 5

An Jeremiahs kleinem Küchentisch in seiner Junggesellenbude gingen sie die Häuser, die sie sich angesehen hatten, noch einmal durch. Ellen kaute an einem Stück Toast und hörte zu. „Du reist morgen ab und ich denke, wir sind nah dran. Wie hat dir das hier gefallen?" Jeremiah hielt das Foto des viktorianisch anmutenden Hauses in die Höhe, das sie gestern besichtigt hatten.

„Es war nicht schlecht, Jeremiah, aber die Häuser dort standen so dicht, und außerdem sah eins wie das andere aus. Außerdem hatte es keinen Garten." Sie suchte seinen Blick. „Und kommt das Haus, das Lyle uns vorgestern gezeigt hat, wirklich gar nicht infrage? Sicher, es wird einiges an Renovierungsaufwand nötig sein, aber es ist warm und gemütlich, hat einen Garten, und ein großer Ahorn steht davor. Außerdem liegt es in der Nähe der I-35. Ich brauche nur etwa zwanzig Minuten, um in den Stadtteil zu kommen, in dem die Galerien sind."

Jeremiah schob die Exposés zusammen, nahm seine Kaffeetasse und stand auf. „Wegen der Galerie, Ellen …" Er füllte seine Kaffeetasse nach.

Sein Tonfall schickte ihr eine Gänsehaut über den Rücken. „Was ist damit?"

„Ellen, im Ernst, wann solltest du Zeit haben, eine Galerie zu führen?" Jeremiah setzte sich rittlings auf den Stuhl und trank seinen Kaffee.

„Was soll ich denn sonst tun? Wenn du Angst hast, dass meine Arbeit unsere Ehe belastet – ich werde klein anfangen und es langsam angehen lassen. Nur ein paar Tage die Woche geöffnet haben und an besonderen Wochenenden."

Er unterbrach sie mit einem leisen Lachen. „Mit meinem Amt als Hauptpastor einer großen, aufstrebenden Gemeinde sind viele Pflichten und Erwartungen verbunden, Ellen. Ich brauche dich an meiner Seite. Ich gehöre bereits mehreren Gremien an, leite die Sitzungen des Stadtrats mit einem Gebet ein, führe eine Studie zu Kultur und Rasse in der Kirche durch, und dann sind da ja auch noch die normalen Termine der Gemeinde. Willst du mich denn nicht in meinem Dienst unterstützen? Wir werden viel reisen. Die Fernsehleute möchten auch mit dir drehen, im Laufe des kommenden Jahres. Du willst mir doch zur Seite stehen, oder?"

Jeremiah hatte gerade eine Welt beschrieben, die absolut nicht ihre war. So hatte sie sich ihr Leben nicht vorgestellt. „Natürlich, Jeremiah, aber ich will meine Arbeit nicht aufgeben. Dass du einen Ring an meinen Finger steckst, bedeutet nicht, dass die Talente und die Berufung, die Gott mir gegeben hat, außer Kraft gesetzt werden. Das ist zumindest nicht das, was mir beigebracht wurde. Ich bin nicht Ellen Garvey, Kunstexpertin und Galeriebesitzerin, bis ein Mann mir seinen Namen gibt, und dann bin ich nur noch ein Mini-Er, sein Schatten."

Sein Gesicht verfinsterte sich.

„Ein Mini-Ich? Mein Schatten? Hast du diesen Eindruck gewonnen? Ellen, ich will doch nicht, dass du mein Schatten bist. Ich möchte, dass du mich *unterstützt*. Mir den Rücken stärkst."

Ellen stand vom Tisch auf und brachte ihren Teller zum Geschirrspüler. Wie schaffte er es nur, ihre Argumente so zu drehen, dass sie sich selbstsüchtig und dumm vorkam?

„Das verstehe ich, Jeremiah, aber im Augenblick höre ich nur *ich, ich, ich*. Und ich meine nicht Ellen, Ellen, Ellen. In dieser ganzen Woche ist es nur um dich gegangen. Was du tust, wo du hingehst, was du willst, wen du kennst. Jeremiah, abgesehen von der Haussuche hast du mich nicht ein einziges Mal gefragt, was ich über all diese Dinge, die mit deiner Arbeit zusammenhängen, denke. Nicht einmal: ‚Bete mit mir' oder: ‚Was hältst du davon, wenn ich eine Fernsehshow moderiere oder ein Buch schreibe?'"

„Schatz, das würde ich doch tun. Es ist nur so, nun, du bist neu, kennst dich nicht so aus und hältst dich an Details auf."

„Und woran liegt das wohl? Sieh mal, ich möchte doch gar nicht in den Sitzungen sitzen oder jeden Anruf mitbekommen, aber ich würde gern um meine Meinung gefragt werden. Du informierst mich immer nur über Entscheidungen, die du bereits getroffen hast."

„Prima, ich möchte auch gern bei deinen Entscheidungen mitreden. Ich habe kein gutes Gefühl dabei, dass du eine Galerie eröffnen willst. Zumindest noch nicht gleich. Außerdem gibt es hier in Dallas und Umgebung Hunderte von Kunstgalerien. Es wird lange dauern und viel Engagement erfordern, bis du dich hier etabliert hast."

Ellen verschränkte ihre Arme und lehnte sich gegen die Küchentheke. „Und gibt es nicht zehnmal so viele Pastoren, die im Fernsehen predigen?" Ihre Worte trafen wie das scharfe Ende eines nassen Handtuchs.

„Ich fasse es nicht!" Jeremiah trat auf sie zu, überragte sie mit seiner Größe. „Je mehr Pastoren das Evangelium verkünden, desto mehr Menschen gewinnen wir für Christus. Schatz, wir sollten unsere Auseinandersetzung nicht eskalieren lassen. Ich sage doch nur, dass die Galerie vielleicht keine so gute Idee ist. Zumindest noch nicht sofort." Jeremiah brach ab und sah auf seine Uhr. „Komm, wir müssen los, wir wollten uns doch mit Lyle treffen."

„Jeremiah, du hast es mir in Karens Büro versprochen."

Er blieb in der Tür zum Wohnzimmer stehen und steckte seine Brieftasche ein. „Ja, das habe ich."

„Ja."

„Also gut. Lass uns nach der Hochzeit darüber reden. Gibst du mir bis dahin Zeit?" Sein Lächeln strahlte einen Hauch von Wärme aus.

Ellen freute sich über diesen Kompromiss, aber er hatte ihr schon einmal ein Versprechen gegeben, das er nicht gehalten hatte. „Also gut, wenn du das möchtest." Sie nahm ihre Tasche vom Tisch und folgte ihm durch die Tür.

„Ellen, was meinst du?" Jeremiah lehnte an der Kücheninsel. „Der Standort ist gut. Lyle sagt, wir könnten nächste Woche den Kaufvertrag abschließen."

Ellens Armreifen klirrten, als sie sich durch die Haare fuhr.
„Mir gefällt das Haus, wenn es dir gefällt."

Er schüttelte seufzend den Kopf. „Und wenn es dir sechs
Monate nach unserem Einzug nicht mehr gefällt ..." Er ging mit
verschränkten Armen zur Frühstücksecke. „Machst du das, weil
ich das mit der Galerie gesagt habe?"

Ellens Magen krampfte sich zusammen. „So etwas denkst du
von mir?"

Er schaute sie an. „Nein, aber ich muss doch fragen."

Dieser ganze Besuch in Dallas war von vorne bis hinten eine
Katastrophe. Es war ihnen nicht gelungen, ein Haus zu finden,
das ihnen beiden gefiel, und auch um ihre Kommunikation war
es ganz schlecht bestellt. Jeder war in gewisser Weise in seinen
eigenen Erwartungen gefangen.

„Jeremiah, ich werde es nicht hassen. Lass es uns kaufen."

„Ich gebe nicht Hunderttausende für ein Haus aus, von dem
du sagst: ‚Ich werde es nicht hassen'. Ich verstehe einfach nicht,
warum wir kein Haus finden, das uns beiden gefällt."

Sein Handy klingelte. Er trat auf die Veranda hinaus, um das
Gespräch entgegenzunehmen.

Ellen stützte sich auf die Arbeitsplatte und kämpfte gegen die
Tränen an. *Katastrophal* war wirklich das einzige Wort, das ihr
zu dieser Woche einfiel.

Lyle kam in die Küche, sein Handy in der Hand. „Ich habe
gerade mit dem Verkäufer gesprochen ... Oh, hallo, Ellen, Sie
sind ja ganz allein hier! Ich schalte mal eben das Licht an. Diese
Küche ist ein wenig dunkel, das muss ich zugeben. Vielleicht können wir einige Deckenlichter einziehen." Er öffnete die Verandatür. „Kommen Sie doch rein, Jeremiah."

Als Jeremiah die Küche betrat, setzte Lyle erneut an. „Sie gehen fünftausend Dollar mit dem Preis runter!" Lyle wackelte mit
den Augenbrauen. Ellen unterdrückte ein Lächeln.

Jeremiah schaute Ellen an und sie sehnte sich nach der Wärme,
die sie immer von ihm gespürt hatte. „Es liegt an dir, Ellen. Du
entscheidest. Wir können ja auch erst mal in meiner Wohnung
bleiben, wenn wir uns auf kein Haus verständigen können."

„Jetzt gib bloß nicht mir die Schuld daran." Es war ihr egal, dass Lyle Zeuge ihrer Auseinandersetzung wurde. Sie würde sich nicht von Jeremiah für das Scheitern ihrer Suche verantwortlich machen lassen.

Er seufzte. „Ich gebe niemandem die Schuld an irgendwas."

Dallas hatte ihnen eine neue Seite des jeweils anderen gezeigt. Ellen, die unnachgiebige Freidenkerin. Jeremiah, der erfolgsorientierte Überflieger. Sie wollte sich nicht überrollen lassen, schon gar nicht von dem Mann, den sie heiraten wollte. Aber im Augenblick entschied sie sich für einen Kompromiss.

„Lass es uns kaufen, Jeremiah." Sie lächelte mit all der Zuversicht, die sie aufbringen konnte.

„Lyle, es sieht so aus, als hätten Sie ein Geschäft zustande gebracht. Wohlverdient."

Jeremiah kam um die Kochinsel herum und gab Ellen einen Kuss auf die Wange. Seine Lippen waren feucht und kühl.

Beaufort

Die dunkle Stille des Highway 21 war Heath unheimlich. *Hey, könnte bitte jemand mal irgendwo ein Licht anknipsen?* Er war dreimal an der Abzweigung zur Fripp Point Road vorbeigefahren, und beinahe wäre es ihm jetzt wieder passiert. Doch dieses Mal war er aufmerksamer. Er stieg hart auf die Bremse und riss das Lenkrad herum. Der Van nickte nach vorn.

„Sind wir da, Papa?" Nach zwei langen Tagen auf der Straße wollte Alice endlich *zu Hause* ankommen.

„Bald, Schätzchen."

„Ich hab Bauchschmerzen."

Heath drehte sich zu ihr um, obwohl er sie im Dunkeln kaum erkennen konnte. Die arme Kleine hatte mit Übelkeit zu kämpfen gehabt, seit sie an diesem Morgen gefrühstückt hatten.

„Halt durch, wir sind fast –", der Van machte einen harten Satz, als die geteerte Straße in einen Feldweg überging, – „da."

Am Coffin Point rechts abbiegen ... Das war ja ein Straßenname voller Ironie [engl. coffin = Sarg, Anm.d.Übers.]. Im Schein der Innenleuchte überflog Heath die Wegbeschreibung, die per E-Mail gekommen war. Alice stöhnte leise. Wenn er auf einem Kindersitz festgeschnallt wäre, dachte Heath, würde er vermutlich nicht nur stöhnen.

Die Fenster des Cottages am Ende der Straße waren erleuchtet. *Ist es das?* Als die Scheinwerfer des Vans auf die Seitenwand des Hauses trafen, konnte er die Hausnummer erkennen. Er parkte auf der rot gepflasterten Einfahrt und schaltete den Motor aus.

„Papa?"

„Wir sind da, Alice." Aber es war zu spät. Ein Schwall Erbrochenes ergoss sich über den Sitz. Er löste seinen Sicherheitsgurt und riss die Tür auf. „Ich komme."

Bevor sie in New York aufgebrochen waren, hatte Alices Kindermädchen ihm eine ganze Liste mit Anweisungen für ihre Ernährung mitgegeben, aber während der Fahrt hatte er sie nicht beachtet. Alice würde ein bisschen sorgenfreier Spaß gut tun, fand er. Vielleicht war das doch keine so gute Idee gewesen.

Das Kindermädchen hatte großen Wert auf gesunde Ernährung gelegt. Das war auch seiner Frau sehr wichtig gewesen. Auf dieser Fahrt dagegen hatten Alice und er sich eher von Fastfood ernährt. Und ihr Magen wählte nun ausgerechnet diesen Augenblick, um zu revoltieren.

Der süße, feucht-modrige Duft des Sumpfes mischte sich mit dem sauren Geruch des Erbrochenen, als Heath die Tür des Vans aufschob. Alice weinte leise.

Heath hob sie aus ihrem Sitz. „Ist nicht schlimm, Kleines. Papa hat dir zu viel Ungesundes zu essen gegeben. Wie wäre es jetzt mit einem schönen heißen Bad?"

So hatte ich mir das nicht vorgestellt, Ava.

Er drückte sie an sich und es war ihm egal, dass nun auch sein letztes sauberes Poloshirt schmutzig wurde. „Wie gefällt dir unser neues Haus, Alice? Hörst du das Quaken der Frösche am Fluss?

Die Luft ist ganz warm und feucht. Morgen werden wir auf Entdeckungsreise gehen."

Heath fischte die Hausschlüssel aus seiner Tasche. Der Geruch und das Abendlied des Lowcountry bestätigten die Richtigkeit seiner Entscheidung, New York den Rücken zu kehren. Mit dem Fuß schob er die Fliegentür auf und steckte den Schlüssel ins Schloss. „Sieht so aus, als sei unsere Maklerin vorbeigekommen und hätte für uns das Licht angeknipst. Ist das nicht schön?"

„P ... Papa ..." Alice würgte und spuckte den letzten Rest ihres Happy Meals über seinen Rücken, bevor sie in Tränen ausbrach.

„Wein doch nicht. Komm, mein Schatz, alles wird wieder gut." Heath kämpfte mit dem Schloss und schaffte es schließlich, die Tür zu öffnen. „Wenn du erst einmal sauber bist und in einem weichen Bett liegst, wird es dir besser gehen. So, da sind wir. Sieh mal, ist das nicht hübsch?"

Nach zwei langen Tagen waren sie endlich zu Hause angekommen.

Ellen kam aus dem Bad und band ihren Morgenrock in der Taille zusammen. Zum hundertsten Mal durchlebte sie die Zeit in Dallas.

Wenn es Jeremiahs Schwäche war, dass er übermäßig ehrgeizig war, dann war ihre Schwäche, dass sie Dinge gedanklich immer wieder neu durcharbeiten musste. Sie brauchte das einfach, um ihre Erlebnisse zu verarbeiten, bestimmte Fragen für sich zu klären, eine Einstellung dazu zu finden.

Nachdem sie dem Hauskauf zugestimmt hatte, war Jeremiah mit Ellen und ihrer Gastfamilie zum Abendessen in ein schickes Restaurant gegangen. Am nächsten Morgen hatte er sich vor der Sicherheitsschleuse am Flughafen von ihr verabschiedet und ihr versprochen, sich bald zu melden.

Sie tauschten ein „Ich liebe dich" aus und umarmten sich, aber auf dem Heimflug schwankten Ellens Gefühle zwischen „leer und gequält" und „hoffnungsvoll und zufrieden".

Sie wusste natürlich, dass es schwierig war, eine Ehe zu führen, aber dass ihre Ziele und Wünsche *so* unterschiedlich waren, damit hatte sie nicht gerechnet. Ihre Vorstellungen von einem Haus. Ihr Rhythmus. Ihre Erwartungen.

Ihre Schwester Sara Beth hatte Ellen zusammen mit Mama vom Flughafen abgeholt. „Nun sag schon, wie war es? Ich möchte alles über euer neues Haus erfahren."

„Wusstest du eigentlich, dass dein Vater und ich schon zehn Jahre verheiratet waren, als wir unser erstes Haus gekauft haben?"

„Wir haben viel gestritten, Mama." Sie biss die Zähne zusammen, um die Tränen zurückzudrängen. „Irgendwie scheint unser Geschmack doch sehr gegensätzlich zu sein."

Hatten sie irgendwann einmal dieselben Dinge gemocht? Ja, gut: Essen, Filme, Musik. Aber bisher gab es in den wichtigeren Bereichen ihres Lebens keine Übereinstimmungen.

Ellen gab eine kurze Zusammenfassung ihres Besuchs bei Jeremiah. Allerdings bemühte sie sich, ihn nicht zu schlecht dastehen zu lassen.

Mama fand solche Streitereien und Differenzen nicht ungewöhnlich. „Als Sara Beth aus den Flitterwochen kam, war sie reif für den Scheidungsanwalt."

„Stimmt das, Sara Beth?"

„Ja, es war eine schreckliche Zeit." Ellens älteste Schwester hatte Mamas dichte braune Haare und ihre weit auseinander stehenden braunen Augen geerbt. „Parker und ich waren vor der Hochzeit ein Jahr zusammen gewesen und hatten uns in der Zeit nicht ein einziges Mal gestritten. Aber in den Flitterwochen haben wir dann alles nachgeholt."

„Nun ja, du hast wohl ein Ventil gebraucht für deine sexuelle Spannung", meinte Mama gelassen.

„Also, Mama!", empörte sich Ellen errötend.

Sara Beth winkte ab. „Sie hat ja recht. Alle Themen, die wir ignoriert hatten, während wir um unsere unerfüllten Leidenschaften herumeierten, hoben auf einmal ihre hässlichen Köpfe."

Na toll, was sagten in dieser Hinsicht die Streitereien und ihre Unzufriedenheit über Ellen und Jeremiah aus? Sexuelle Spannungen? Wohl kaum. Ellen dachte daran, wie sie sich fühlte, wann immer sein warmer Atem ihre Wange oder ihr Ohr streifte. Bis zu dieser vergangenen Woche …

„Ellen, mach dir keine Sorgen. Das wird schon werden." Mama forderte sie immer auf, sich keine Sorgen zu machen, als ob alle Sorgen sich, *puff*, einfach so in Luft auflösen ließen. „Ach, eine gute Neuigkeit: Die Einladungen sind aus der Druckerei gekommen, als du in Dallas warst. Deine Schwestern und ich haben einen ganzen Abend gebraucht, um die Umschläge zu beschriften. Gestern habe ich sie zur Post gebracht." Mit gespieltem Stirnrunzeln drehte sie sich auf dem Beifahrersitz zu Ellen um. „Also, junge Dame, du *wirst* heiraten, komme, was da wolle!", ermahnte sie sie.

Nun, was soll man da machen? Ellen erinnerte sich, dass es ihr danach besser gegangen war. Sie hatte Mama einen Kuss auf die Wange gedrückt und sie gebeten, zum nächsten McDonalds zu fahren. Sie war halb verhungert.

Nun, eineinhalb Tage später, hatte Ellen Zeit gehabt, über alles nachzudenken und die Dinge ins rechte Licht zu rücken. Jeremiah hatte das hoffentlich auch getan. Wie viel Uhr war es? 21:10 Uhr. Sie würde noch eine Stunde warten und ihn dann anrufen, bevor sie zu Bett ging.

„Hallo, ist da jemand? Marsha?"

Ellen blieb an der Ecke des Flurs neben der Tür zum Wohnzimmer stehen. Ein großer, dunkelhaariger Mann stand in der Haustür. Ein kleines Mädchen hing über seiner Schulter.

„Marsha?" Sein Blick fiel auf ihr Gesicht, wanderte über ihren Hals zu ihrem Morgenrock …

„Wer sind Sie?" Ellen zog ihren Morgenrock fester um sich und trat langsam einen Schritt zurück. Ihr Softballschläger lag im Flurschrank, rechts von ihr.

„Heath McCord. Und Sie?", fragte er.

„Ellen Garvey." Sie machte einen Satz, riss die Tür auf und suchte hektisch nach dem Schläger. Die Kisten purzelten mit einem dumpfen Knall zu Boden. Sie legte sich den Schläger über die Schulter. „Keinen Schritt weiter."

Sein Blick wanderte zu dem Schläger. „Ist das hier nicht Coffin Creek Point 21?"

„Zurück. Raus." Ellen nahm den Schläger von ihrer Schulter und ließ ihn in der Luft kreisen, während sie ins Wohnzimmer trat. Die meisten Diebe waren im Herzen Feiglinge. „Was ist mit dem Mädchen?"

„Das ist meine Tochter."

Als er draußen vor der Fliegengittertür stand, knallte Ellen die Tür zu und schloss ab. Sie sprach durch das Fenster mit ihm. „Also gut, wer sind Sie und wie sind Sie in mein Haus gekommen?"

„Mit dem Schlüssel. Ich habe das Haus gemietet." Er nahm das Mädchen auf den anderen Arm. Ellen bemerkte den großen, feuchten Fleck, der sich auf seinem Hemd ausgebreitet hatte. Die goldenen Locken der Kleinen waren zerzaust und klebten an ihrem blassen Gesicht mit den blauen Augen. „Ich habe es ab heute gemietet."

„Das ist unmöglich. Es gehört mir, und wie Sie sehen können … wohne ich noch hier." Ellen ließ den Schläger sinken. Der Name Heath McCord kam ihr bekannt vor. Hatte Marsha ihn ihr genannt? „Haben Sie das Haus nicht erst ab April gemietet?"

Er nahm das Mädchen erneut auf den anderen Arm. Ellen konnte förmlich spüren, wie müde die beiden waren. „Ich habe es ab dem fünfzehnten März gemietet und Marsha Downey sagte *prima und wunderbar.*"

Mist. Ellen rutschte in sich zusammen. Sie ließ den Schläger sinken. Das war Marshas liebste Redensart. *Verflixt noch mal.* „Ich weiß nicht, was ich sagen soll. Ich ziehe erst in einem Monat aus."

„Ist das mein Problem?" Heath legte den Kopf zur Seite und betrachtete sie durch das Fenster. „Ich habe die volle Miete bezahlt. Der Nachweis liegt in meinem Auto."

Ellen umklammerte ihren Morgenrock fester. „Sie bekommen die Miete erstattet."

61

„Vielen Dank, aber ich möchte gern jetzt rein. Es war ein schwieriges Jahr und wir haben eine lange Reise hinter uns." Das Mädchen hob den Kopf, murmelte etwas, dann erzitterte sie, bäumte sich auf und erbrach sich über ihren Vater. Ellen riss die Tür auf. „Das Bad befindet sich am Ende des Flurs. Handtücher finden Sie im Schrank."

„Er ist aber jetzt schon hier, Marsha." Ellen schritt auf ihrer Veranda auf und ab, unter der gelben Türlampe durch, dann in die dunklen Ecken und wieder ins Licht. Der Magnolienbaum duftete, aber sie nahm es nicht wahr.

„Süße, was soll ich denn tun? Der Mann hat seine Miete bezahlt. Den Mietvertrag unterschrieben."

Ellen drückte ihren Handballen gegen ihre Stirn. „Warum hast du ihm den fünfzehnten März als Einzugstermin genannt?"

„So wahr ich lebe und atme, du hast gesagt, er könnte Mitte März einziehen. Ich erinnere mich noch an den Abend, an dem ich dich angerufen habe."

„An dem Abend warst du aus … mexikanisch essen …" Und du hast *Coronas* getrunken.

Stille. Dann Marshas leises Lachen. „George sagt mir, dass ich in letzter Zeit viel vergesse, aber ich hätte beim Grab meiner Mama schwören können, dass du fünfzehnter März gesagt hast. Meine Güte, ich höre noch deine Stimme. *März.* Du wolltest das Haus in Dallas noch vor der Hochzeit herrichten, so weit ich mich erinnere."

Ellen lehnte sich an den Verandapfosten. „Gute Nacht, Marsha." Sie spähte durch die Fensterläden ins Wohnzimmer. Was nun? Ein Fremder befand sich in ihrem Cottage und versorgte seine kranke Tochter in der Erwartung, nach einer langen Reise endlich *zu Hause* angekommen zu sein.

Aber Ellen hatte sich auf ihre letzten Tage zu Hause gefreut. Sie wollte die letzten Dinge für die Hochzeit vorbereiten, ihre restlichen Sachen einpacken und die Kartons zu ihrem neuen Heim in Dallas schicken. Ab und zu mal einen Mittagsschlaf halten.

Heath kam mit dem in ein Handtuch gewickelten kleinen Mädchen ins Wohnzimmer. Ellen trat ins Haus und ließ die Tür hinter sich ins Schloss fallen. „Ist es etwas Ernstes?"

„Zu viel Junk-Food. Ihre Mama hat sehr auf gesunde Ernährung geachtet und vermutlich fand ihr Magen Chicken McNuggets nicht so toll." Heath schaute Ellen an. „Danke, dass Sie uns reingelassen haben." An seine Tochter gewandt, fragte er: „Wartest du hier, während ich deinen Schlafanzug hole?"

Das Mädchen schüttelte seinen Kopf und schlang die Arme um seinen Hals. „B-bleib b-bei mir."

„Das werde ich, aber ich muss eben schnell deinen Koffer aus dem Wagen holen. Möchtest du deinen neuen Prinzessinnen-Schlafanzug anziehen?"

Ellen ging zu der Couch hinüber. Dieser fremde Mann in ihrem Wohnzimmer, der seine Tochter so liebevoll tröstete, wirkte irgendwie so … so verloren.

„Wie heißt sie?"

„Alice."

„Hallo, Alice, meine kleine Nichte Rio ist etwa in deinem Alter, und sie hat ihren Schlafanzug hier vergessen." Sie beugte sich vor, um der Kleinen in ihre klaren, blauen Augen zu blicken. „Es sind Ponys drauf. Magst du Ponys?"

Das Mädchen starrte sie an und klammerte sich fest an die Hand ihres Vaters.

„Ja, das tut sie", antwortete Heath für sie, während er Ellen fest anschaute. *Danke.*

„Ich hole ihn schnell."

Als Ellen mit dem Pony-Schlafanzug zurückkam, deutete sie mit dem Kopf zum Flur. „Sie können sie dort schlafen legen." Das Kind war schon fast weg.

„Danke." Heath zog der Kleinen den Schlafanzug über den Kopf, bevor er sie aus dem Handtuch wickelte. Dann nahm er sie auf den Arm. „Dort hinten? Welches Zimmer?"

„Da ist nur ein Zimmer. Sie können es nicht verfehlen. Das Schlafzimmer liegt dort drüben, hinter dem Wohnzimmer. Und wenn sie Wasser trinken möchte, im Bad finden Sie Pappbecher."

Heath blieb stehen und drehte sich lächelnd zu ihr um. „Habe ich gesehen. Danke. Haben Sie Kinder?"

„Meine Nichte ist häufig hier."

Während Heath seine Tochter ins Bett brachte, räumte Ellen den Geschirrspüler aus. Viele Gedanken gingen ihr durch den Kopf. *Was ist deine Geschichte, Heath McCord? Ein einsam wirkender Mann mit einem vierjährigen Mädchen. Und bitte lass es keinen Fall von Entführung des eigenen Kindes sein.* Hatte Marsha nicht gesagt, dass er ein erfolgreicher New Yorker Anwalt sei?

„Noch mal vielen Dank." Er stand zwischen Wohnzimmer und Küche. „Dieses Haus ist hübscher, als Marsha es beschrieben hat. Sie sagte, Sie seien Künstlerin."

„Ich führe eine Galerie. Eine Malerin, die ihr begrenztes Talent erkannt hat."

Heaths Blick ruhte eine Weile auf ihr, als versuche er sie zu begreifen. „Sicher ist es gut, wenn man seine Grenzen erkennt." Er zog an seinem verschmutzten Hemd, das an seinem Körper klebte. „Hätten Sie etwas dagegen, wenn ich unter die Dusche gehe? Sie heißen Ellen, richtig?"

„Ja. Sie können gern bei mir duschen, aber Sie werden sich einen anderen Schlafplatz suchen müssen." Ellen schloss den Geschirrspüler mit dem Fuß, während sie nach oben griff, um den Schrank zuzumachen.

„Mir ist klar, dass dies eine unangenehme Situation für Sie ist, Ellen, aber Alice hat ein schlimmes Jahr hinter sich, das in unserer Fahrt hierher gipfelte. Auf keinen Fall werde ich sie an einem fremden Ort allein lassen. Ich muss da sein, wenn sie aufwacht und weint. Ich werde in ihrem Zimmer schlafen. Auf dem Fußboden. Das ist kein Problem."

Ellen hängte das feuchte Geschirrtuch über den Ofengriff. „Was würden Sie denken, wenn Ihre Frau oder Ihre Tochter einfach einen Fremden bei sich übernachten lassen würde? Selbst wenn es ein netter Mensch ist wie Sie?"

„Ich weiß es nicht, aber ich lasse Alice auf keinen Fall allein." Heath zögerte, dann drehte er sich zum Flur. „Vielen Dank. Ich suche uns ein Hotel."

64

Ellen atmete tief durch und glich ihre Gefühle mit ihren Gedanken ab, bevor sie ihm nachging. „Warten Sie, Heath, wecken Sie sie nicht auf."

Er schaute auf sie herab. Das Flurlicht fiel auf seine dunkelblonden Haare. „Sehen Sie, ich bin müde. Ich möchte jetzt nicht darüber diskutieren. Ich suche uns heute Abend einen Ort zum Übernachten und werde das morgen mit Marsha klären."

„Ich habe Marsha angerufen. Sie hat mir bereits bestätigt, dass Ihr Mietvertrag ab heute gilt." Ellen deutete nach links. „Über meiner Garage befindet sich ein Studio. Früher war es das Gästehaus. Ich werde dort schlafen. Sie nehmen mein Zimmer. Ich denke, die paar Wochen bis zu meiner Hochzeit wird das schon gehen."

Er ließ die Hände sinken. „Das ist mir jetzt aber unangenehm. Wir können doch in ein Hotel gehen."

„Und was dann? Dann kommt noch morgen und übermorgen und der Tag danach. Sie haben die Miete im Voraus bezahlt. Sie tragen keine Schuld an dieser Situation."

„Sie aber auch nicht." Sein leises Lachen rückte die Situation ins rechte Licht. „Geben Sie mir Marsha Downeys Adresse. Ich werde an ihre Tür klopfen und fragen, ob sie für den nächsten Monat ein Zimmer für mich hat."

Ellen deutete auf ihr Zimmer. „Ich suche schnell meine Sachen zusammen."

Heath schien nicht überzeugt. „Sind Sie sicher?"

„Ja, ich bin sicher."

Im Bad packte Ellen in aller Eile ihre Toilettenartikel zusammen. Heaths überraschende Ankunft hatte sie aus ihrem Gedankenstrudel gerissen.

Als sie aus dem Schlafzimmer kam, saß er halb schlafend auf der Couch. „Ich habe ein paar Handtücher für Sie dagelassen und das Bett frisch bezogen. Morgen werde ich meine Kleider ausräumen."

Er erhob sich. „Es gefällt mir nicht, dass ich Sie vertreibe."

„Heath, eigentlich haben Sie mir einen großen Gefallen getan.

Schlafen Sie gut. Ich hoffe, Ihrer Tochter geht es morgen wieder besser."

Ellen rannte durch den Garten, während sie Jeremiahs Nummer wählte. Sie wollte ihm lieber mitteilen, was passiert war, für den Fall, dass er ihre Festnetznummer wählte. Aber seine Mailbox meldete sich und die vergangene Woche war Ellen wieder sehr präsent, als sie ihr Handy zuklappte und das aufgeheizte, stickige Studio betrat.

Kapitel 6

Das Fernsehgerät war eingeschaltet, allerdings ohne Ton. Heaths Finger flogen über die Tastatur seines Laptops. Die Beine hatte er auf den Couchtisch gelegt. Eine aufgetakelte Brünette schmetterte ein Lied in einer Casting-Show. Der Wettbewerb ging in die Endrunde. Die letzten zwölf Kandidaten. Er schaute nur selten Fernsehen, aber Ava hatte sich immer *American Idol* angeschaut und er hatte diese Angewohnheit übernommen. Irgendwie hatte es ihm gefallen, zusammen mit seiner Frau auf der Couch zu sitzen und zuzusehen, wie andere versuchten, ihre Träume zu verwirklichen.

Fernsehen ohne Ton machte Spaß. Die Kamera schwenkte zur Jury. Oh-oh. Der Gesichtsausdruck von Simon verriet Heath, was er über die Sängerin dachte.

Als Kind hatte Ava Sängerin oder Schauspielerin werden wollen, aber während ihres Studiums am College und durch ihre Mitarbeit im Redaktionsteam der Studentenzeitung entdeckte sie ihre Leidenschaft für den Journalismus. Ihr immer noch vertrautes Lachen drang durch die überwucherten Täler seines Herzens an sein Ohr. Er machte sich nicht die Mühe, sich die Tränen wegzuwischen.

Im Gegensatz zu Ava hatte Heath niemals den Ehrgeiz gehabt, sich internationalen Ruhm zu erwerben. Er wollte in der Stadt leben, ein erfolgreicher Anwalt werden, einen beachtlichen jährlichen Bonus zur Bank bringen, Urlaub machen und vielleicht einen Maserati fahren. Und natürlich das atemberaubend schöne Mädchen vom College heiraten.

Heath schob den Laptop von seinem Bein und legte den Kopf an die Rückenlehne der Couch. Wieso erschienen ihm alle seine Wünsche und Ziele jetzt so bedeutungslos, so leer? Das Geld brachte ihm nur Einsamkeit und Herzschmerzen, schön verpackt in schicke Autos und ansehnliche Boni.

Was hätte er anders machen sollen?

Ava die Karriere beim Fernsehen ausreden? *Network News* hatte ihr Talent entdeckt, sie gefördert und ins Rampenlicht gestellt. Hätte er ihr verbieten sollen, in gefährliche, von Kriegen erschütterte Länder zu reisen? Als ob er sie hätte aufhalten können! Hätte er Nein sagen sollen zu dem romantischen Abend, an dem Ava vorgeschlagen hatte, ihre Prinzipien über Bord zu werfen und „mal zu probieren", ob sie ein Baby bekommen könnten?

Neun Monate später kam kreischend ein blauäuiger Cherub mit Namen Alice in Heaths Welt und gab den ausgedörrten Stellen in seinem Herzen Nahrung.

Was hätte er anders machen sollen, damit er jetzt nicht hier säße, einsam, verwitwet, in einem spärlich erleuchteten Lowcountry-Cottage, das einer baseballschlägerschwingenden Frau mit rotblonden Haaren gehörte?

Nichts.

Ein Bild von Ellen Garvey zog an seinem inneren Auge vorbei, ihre offenen Haare fielen ihr über die Schultern und rahmten ihr schmales Gesicht ein. Feurige grüne Augen, die ihn musterten. Wer wohl der Kerl war, der sie zur Frau bekam? Er konnte sich wahrhaft glücklich schätzen. *Vermutlich*, dachte er. Es war schwer, das nach ihrer kurzen Begegnung zu beurteilen. Aber bei Ava hatte er, als er ihr auf dem Campus in Yale begegnet war, mit seiner ersten Einschätzung gleich richtig gelegen.

„Papa?"

Heath beugte sich dem leisen Stimmchen entgegen, das aus dem Flur zu ihm drang. Alice tappte mit rosigen Wangen und verschlafenen Augen über den Holzboden zu ihm hinüber und krabbelte, den Daumen im Mund, neben ihn auf die Couch.

„Tut dein Bauch weh?" Heath stellte die Füße auf den Boden und beugte sich vor, um ihr ins Gesicht sehen zu können. Seit er ins Cottage gezogen war, hatte er Fastfood so weit wie möglich vermieden.

„Nein", murmelte sie, ohne den Daumen aus dem Mund zu nehmen. Sie schlief schon wieder ein.

Heath strich ihr über die zerzausten Haare. Ihre Haare waren schwer zu bändigen. Er musste sie entweder zurückstecken oder einen Pferdeschwanz binden. Irgendetwas. Ständig bildeten sich Knoten, und beim Kämmen schrie die Kleine wie am Spieß, ziemlich nervig. Alices Daumen rutschte ihr aus dem Mund, als ihre Atmung gleichmäßig wurde. Vorsichtig strich Heath mit dem Zeigefinger über ihre kleine Hand. Wie weich und klein sie war. Nicht nur ihre Hand, sondern das ganze Kind. Das Komitee „Jeder" hatte ihm geraten, streng mit ihr zu sein, sie zu zwingen, in ihrem eigenen Bett zu schlafen. Aber sie weinte und bettelte, mit ihm aufbleiben zu dürfen, weil sie plötzlich Angst hatte vor den Geräuschen der Nacht und vor jedem vorüberhuschenden Schatten.

Ach, rutscht mir doch alle den Buckel runter. Er liebte seine Tochter und hatte nicht die Absicht, sie an ihr Bett zu ketten, starr vor Angst, mit vier Jahren, und das alles aus „Liebe". Die Zeit würde ihre Wunden heilen und ihre Ängste vertreiben. Verflixt, auch er schlief nicht gern allein in seinem Bett.

In sechs von sieben Nächten wachte Heath in den frühen Morgenstunden auf, ausgestreckt auf der Couch, und Alice schlief an seiner Brust. Seine Tochter allein großzuziehen hatte nicht zu seinem Plan gehört. *Herr, wenn du das wusstest, warum hast du mir keinen Sohn geschenkt?*

Heath stellte den Ton des Fernsehgeräts lauter. Der Sänger, der jetzt an der Reihe war, gehörte zu seinen Favoriten. Im bläulichen Schein des Bildschirms betrachtete er seine Tochter. Er konnte sich nicht vorstellen, dass sie eines Tages erwachsen sein, ihn verlassen und eigene Wege gehen würde. Mit einem anderen Mann zusammen.

Vor einem Monat hatte er „Mädchenkram" gegoogelt: Pubertät, Periode und wie viel Stunden ein Mädchen im Teenageralter schätzungsweise am Telefon verbringt. Die Informationen, die er auf einer der Frauengesundheitsseiten fand, hätten bei ihm beinahe einen Herzinfarkt ausgelöst. *Die Menstruation kann bereits mit zehn Jahren einsetzen.* Heath hatte sich aus dem

69

Internet ausgeloggt, war in die Küche getaumelt und hatte ein Glas *Ben & Jerry's* hinuntergestürzt.

Mit zehn? Das waren ja keine sechs Jahre mehr!

Und bereits mit acht Jahren könnten sich ihre Brüste ansatzweise entwickeln.

Er hatte noch ein Stück Schokolade hinterhergeschickt. *Ava, ich schaffe das nicht allein.*

Heath und sein Bruder hatten eine durch und durch von Testosteron bestimmte Erziehung genossen. Ihre Mutter hatte sie verlassen und in der Folge eine ganze Reihe von Ehemännern gehabt, die allesamt Versager gewesen waren und ihre Hoffnung enttäuschten, sie könnte mit ihnen ein wunderbares Abenteuer erleben. Er und sein Bruder wurden von ihrem Vater großgezogen, und so kam es, dass er praktisch gar nichts über Frauen wusste, bis er sich in seinem letzten Studienjahr in Ava verliebte.

Sein Wissen über das weibliche Geschlecht hatte sich in Papas Rat „Traue niemals einer Frau" und den Andeutungen erschöpft, die in den Umkleidekabinen über die weibliche Anatomie gemacht wurden.

Zu seinem Freundeskreis gehörten viele Frauen, aber er konnte sich einfach nicht überwinden, eine von ihnen zu fragen: „Wann hast du eigentlich deine Periode bekommen?" Oder: „Wie alt warst du, als deine Brüste anfingen zu wachsen?" Er legte seinen Kopf an die Sofalehne und verschränkte die Hände hinter dem Kopf. „Jesus, ich weiß, wir beide machen die Dinge unter uns aus, seit du mir Ava genommen hast, und darum erwarte ich, dass du mir bei der Erziehung unserer Tochter hilfst."

Sein Handy klingelte und Heath reckte sich vor, um es vom Couchtisch zu angeln, bevor das Klingeln Alice aufweckte.

„Ja?", meldete er sich mit rauem Flüstern. „McCord."

„Was ist los?"

„Nichts. Alice schläft."

„Immer noch nicht in ihrem eigenen Bett?"

Heath runzelte die Stirn. Als ob Nate Collins ihm Ratschläge zur Erziehung seiner Tochter geben könnte. *Er hat ja nicht einmal Kinder.* „Deswegen hast du mich angerufen, ja? Um meine elterlichen Fähigkeiten in Zweifel zu ziehen?" Als sein Agent und Freund schätzte Heath seinen Rat, aber das ging wirklich zu weit.

„Also gut, ich wollte nur ein wenig plaudern, bevor wir zum Geschäft kommen. Wie ist dein Haus?"

„Toll! An einem Fluss gelegen, mit einer hübschen Veranda, einer Terrasse, sogar eine Bootsanlegestelle gibt es. Die Eigentümerin wohnt noch hier ... es gab da wohl eine Verwechslung. Aber sie ist in das Studio über der Garage gezogen."

„Und was macht das Buch?"

„Ich bin doch noch nicht lange hier, Nate. Habe gerade erst angefangen zu schreiben." Heath schaute auf den Bildschirm seines Laptops. Ja, genau wie er es sich gedacht hatte: Es war noch kein einziges Wort auf wundersame Weise aufgetaucht. „Aber ich habe einige gute Ideen."

„Besteht die Chance, dass sie sich zu einem Bestseller zusammenfügen? Heath, Kumpel, ich preise dich in ganz New York an, erinnere die Verleger an deine Arbeit als Rechtsanwalt und an deinen letzten Roman, den sie beinahe gekauft hätten. Ein paar schlecken sich schon die Finger nach dem nächsten John Grisham. Du musst mir bald etwas liefern."

„Nur John Grisham kann den nächsten John Grisham schreiben. Du bekommst allerdings den nächsten Heath McCord."

„Mein scharfer literarischer Verstand sagt mir: Das Eisen ist heiß, lass es uns schmieden. Ein paar Kapitel werden den Appetit der Leute anregen. Die Literaturwelt hungert nach etwas Neuem und Frischem. Hast du einen Rohentwurf?"

„Woraus besteht ein Rohentwurf?" Eine halbe Seite mit Ideen? Wenn New York etwas Frisches und Neues wollte, dann war das nicht seine Baustelle. Er fühlte sich alt und verbraucht.

Nate stöhnte. „Wenn ich das höre, bekomme ich Herzklopfen."

„Du hast damit angefangen. Du hast viel zu früh nachgefragt. Ich dachte, du wärst ein guter Agent."

„Ich bin ein hervorragender Agent. Heath, wenn du mit dem Thema nicht weiterkommst – und bitte sag mir, dass das nicht so ist –, dann nimm doch einen Fall als Grundlage, den du tatsächlich vor Gericht vertreten hast. Du hast doch einige interessante Strafprozesse geführt. Oder entscheide dich für einen politischen Stoff – Intrige in Washington. Verflixt, du warst verheiratet mit einer der besten –"

„Ich weiß, mit wem ich verheiratet war, Nate."

„Darf ich bald mit einem Exposé rechnen? Ich muss den Verlegern etwas Handfestes liefern."

„In ein paar Wochen." *Monaten*. Er wollte eigentlich Monaten sagen.

„Du bist mein Untergang", erwiderte Nate, aber die Anspannung in seiner Stimme ließ nach. „Also, wie ist es, gewöhnt ihr beide euch allmählich an das langsame Südstaatenleben?"

Heath schaute auf die winzige Person herunter, die sich neben ihm zusammengerollt hatte. Sie war der Grund, warum er weitermachte. „Wir kommen klar. Nach und nach."

Ellen kämpfte mit sich. Seit sie aus Dallas zurückgekommen war, hatte sie kaum mit Jeremiah gesprochen. Er war immer auf dem Sprung – auf dem Weg zu einer Sitzung, kam gerade von einer Sitzung, war zu erschöpft, um lange zu reden. Der Hauskauf ging jedoch voran.

Mehrere Vormittage surfte sie im Internet, um sich über die Kunstszene in Dallas zu informieren. Sie telefonierte mit Galeriebesitzern, stellte Kontakte her. Die Aussichten, sich dort zu etablieren, waren nicht schlecht. Die Marktlage schien gut zu sein. Wenn sie und Jeremiah erst verheiratet waren und sich eingerichtet hatten, würde sie ihm beweisen, dass genügend Zeit für die Galerie blieb. Und dann würde sie eine eigene eröffnen.

Heute Morgen hatte er ihr eine SMS geschickt. „Habe dir mit der Post etwas geschickt. Melde mich später."

Ellen antwortete mit einem Smiley. Sie fasste neue Hoffnung, dass ihre Liebe auch diese Übergangsphase überstehen würde. Mama hatte recht, sie brauchte sich keine Gedanken zu machen.

Nachdem sie ein Frühstück aus Instantkaffee (nie wieder) und einem Müsliriegel (auch nie wieder) heruntergeschlungen hatte, legte sich Ellen eine Strategie zurecht, wie sie das Thema Kommunikation angehen würde, wenn Jeremiah anrief. Sie mussten überlegen, wie sie ihre Differenzen überwinden konnten. Pastor O'Neal würde ihnen im Traugespräch vor der Hochzeit vielleicht dabei helfen können.

Aber im Augenblick musste sie das Studio ausräumen und die Sachen aussortieren, die sie entweder nicht mehr brauchte oder für den Umzugswagen nach Dallas einpacken wollte.

Aus dem Garten ertönte das Geschrei der Mädchen. Ellen trat ans Fenster, um nach ihnen zu sehen. Gestern hatte Ellen Alice allein im Garten entdeckt und beschlossen, sie mit Rio bekannt zu machen. Im Laufe nur eines Tages waren sie die besten Freundinnen geworden.

Heath schien kaum Spielzeug für Alice zu haben – waren sie vielleicht überstürzt aus New York aufgebrochen? –, darum suchte Ellen in den Kartons in der Garage nach Rios Puppe und dem Puppenwagen. Der dankbare Blick in Heaths Augen ließ sie nicht los. Auch wenn sie gern über seinen Hintergrund Bescheid gewusst hätte, fand Ellen, dass sie sich das Recht noch nicht verdient hatte, sich für seine Angelegenheiten zu interessieren und zu fragen, warum Alice keine Mama hatte.

„Ich habe den größten Teil ihres Spielzeugs in New York gelassen", hatte er gestanden, als er neben ihr im Garten stand.

Ellen hob ihre Finger. „Zwei Worte, Heath: Wal-Mart. Billig. Gehen Sie mit Ihrer Tochter Spielzeug kaufen."

„Das waren drei Wörter."

„Wal-Mart wird mit Bindestrich geschrieben."

„Und ich schimpfe mich Schriftsteller."

„Schriftsteller? Hat Marsha nicht gesagt, Sie seien Anwalt? Hey, Rio, sei nicht so rechthaberisch."

„Ja, ich bin Schriftsteller in Gestalt eines Rechtsanwalts. Ich arbeite für eine Kanzlei in Manhattan, die sich auf Kriminalrecht spezialisiert hat, aber ich habe mir eine Pause verordnet. Ich dachte, in der Zeit könnte ich ein wenig schreiben."

73

„Worum geht es in Ihrem Buch?"

„Ich habe keine Ahnung. Haben Sie eine gute Idee?"

Lächelnd trat Ellen vom Fenster zurück. *Zurück an die Arbeit. Was zum Teufel befindet sich in dieser Schublade?* Sie zog die Schublade des Schreibtischs heraus und schüttete den Inhalt in einen großen Müllsack. Ein tiefes Brummen ertönte und Ellen sah erneut aus dem Fenster. Heath sprang wie ein Bär hinter einem Baum hervor und die Mädchen rannten kreischend zur Terrasse. Rios dunkler Kopf ruckte hoch, während Alice ihren blonden Schopf einzog.

Alices Lächeln konnte eine Sonnenfinsternis erhellen. Und Heath würde am Ende des Tages Rios Held sein, wenn er das nicht bereits war.

„Noch mal!", rief Rio ihm zu.

„Okay, schließt die Augen." Heath erhob sich von Händen und Knien. Eine Bewegung lenkte ihn ab. Ellen drückte ihr Gesicht an das Fliegengitter, um bessere Sicht zu haben.

Der Paketbote. „Hallo, Chuck", rief Ellen.

Der Mann drehte sich zu ihr um. „Was machst du denn da oben, Ellen? Spielst du Rapunzel?"

„Abgesehen von den langen Haaren und dem schönen Prinzen, ja."

„Ich habe etwas für dich. Aus Texas."

Ellen flog die Treppe hinunter und rannte zu Chuck. „Das ist von Jeremiah."

„Versucht wohl, ein paar Gummipunkte zu machen, was?" Chuck reichte Ellen sein Kartonmesser. „Willst du es öffnen?"

Sie zögerte. Und wenn es nun etwas Persönliches war? „Gut, aber du schaust mir nicht über die Schulter, bis ich mein Okay gebe." Ellen nahm das Kartonmesser. Kniend zerschnitt sie das Klebeband und spähte in den Karton.

„Na, was ist drin?" Chuck hielt sein Versprechen, nicht zu hinzusehen. Heath stand abwartend neben Chuck.

Ein Bündel CDs, die noch mit dem Geschenkband zusammengebunden waren, mit dem sie sie für ihn verpackt hatte. Die Krawatten, die er zu Weihnachten von ihr bekommen hatte. Die

Bilder, die sie für seine Wohnung in Dallas gerahmt hatte. Die Muscheln, die sie bei ihrem ersten Strandspaziergang gesammelt hatten. Kinokarten. Die Serviette, die sie ihm geschenkt hatte, nachdem sie mit ihren geschminkten Lippen einen Kussabdruck darauf gemacht hatte.

Keine Erklärung. Ihre Haut begann zu prickeln. *Warum macht er das?*

Chuck räusperte sich. „Nun, ich muss weiter. Bis dann, Ellen."

„Bis dann." Sie konnte sich nicht umdrehen und ihn ansehen. Hatte er den Inhalt des Kartons gesehen? Und wenn das so war, begriff er, was es bedeutete?

Chucks und Heaths Stimmen verklangen, als sie gemeinsam zum Wagen gingen. Im nächsten Augenblick sprang der Motor an und das Getriebe heulte auf, als Chuck rückwärts aus der Einfahrt setzte.

Ellen erhob sich, den Karton in den Armen. Sie zitterte. *Will er etwa mit mir Schluss machen?* Der Gedanke bereitete ihr Übelkeit.

Heath rief nach den Mädchen. „Wie wäre es mit einem Eis?"

Jubelnd stürmten sie durch den Garten. Ellen hörte, wie die Tür geöffnet wurde und wieder ins Schloss fiel.

Ich verstehe das nicht. Warum ... Ihre Gedanken überschlugen sich. Sie ließ die vergangenen Tage an sich vorbeiziehen. Sie hatten sich auf ein Haus verständigt, den Kredit beantragt. Jeremiah hatte sie nach ihren Finanzen gefragt und Papa, ihr Buchhalter, suchte gerade die Informationen zusammen.

Heaths Schatten fiel auf sie. „Ich habe das Gefühl, dass Chuck nichts Angenehmes gebracht hat."

Sie schüttelte den Kopf.

„Das tut mir leid. Kann ich irgendwie helfen?"

„Nein. Aber vielen Dank."

„Ich nehme Rio mit." Heath wartete, dann wich er zurück. „Wir sind bald wieder da."

Ellen brachte keinen Ton heraus. Sie hatte das Gefühl, dass jeder Atemzug, jedes Wort und jede Bewegung sie aus der Fassung bringen könnte. Sie war wie betäubt und brannte gleichzeitig vor Zorn.

Als sie hörte, wie Heath davonfuhr, stürmte sie die Treppe zu ihrem Studio hoch. Ihre Emotionen begannen überzukochen. Sie pfefferte den Karton auf den Tisch und schnappte sich ihr Handy, das auf ihrer Tasche lag.

Jeremiah Franklin, dieses Gespräch nimmst du besser entgegen.

Kapitel 7

Ellen hockte auf dem Fußboden ihrer früheren Galerie, die Knie an die Brust gedrückt, die Arme um ihre Oberschenkel geschlungen. Die Männer, die die Räume für Angela Dooley renovierten, waren zur Seite gewichen, als Ellen wie ein verwundetes Tier hereingeplatzt und die Stufen zum Loft hochgestiegen war.

„Kümmern Sie sich nicht um mich", hatte sie ihnen zugerufen. Ihre Stimme klang selbst in ihren Ohren hohl.

„Hey, Sie können nicht einfach hereinkommen. Das ist eine Baustelle."

„Lass sie in Ruhe, Frank! Ellen, alles in Ordnung?"

„Ja, Gilly. Bin nur ein wenig von der Rolle."

Warum sie sich in die Galerie, die früher einmal ihr gehört hatte, geflüchtet hatte, konnte Ellen nicht erklären, aber sie stieg zum Loft hoch und hockte sich auf den schmutzigen Boden. Die Dunkelheit tröstete sie.

Jeremiah hatte ihren ersten Anruf natürlich nicht entgegengenommen, auch nicht die etwa zwei Dutzend folgenden. *Gott, was ist nur los?* Verzweiflung breitete sich in ihr aus und Ellen ließ ihren Tränen freien Lauf. „Was habe ich ihm denn getan?"

Sie wischte sich mit dem Handrücken die Tränen aus dem Gesicht und spürte den Zementstaub auf ihrer Haut. Erneut wählte sie Jeremiahs Nummer und wurde zum zwanzigsten Mal mit seiner dummen, langweiligen Ansage belohnt: „Sie sprechen mit der Mailbox von Jeremiah Franklin, Hauptpastor der *3,16 Metro Church*. Ich bin zurzeit nicht erreichbar …"

Ellen unterbrach die Verbindung mit zusammengebissenen Zähnen. „Du bist ja nie zu erreichen."

Während Ellen darauf wartete, dass er sie zwischen ihren ständigen Anrufen einmal zurückrief, versuchte sie zu ergründen, wie es in ihrer Beziehung mit Jeremiah so weit hatte kommen können. Das verheißungsvolle Prickeln, das sie jedes Mal empfand,

77

wenn er sie küsste und mit seinen Fingern am Rand der Versuchung entlang fuhr, war fern und irreal.

Ellen atmete die warme, staubige Luft ein und versuchte, das alles zu begreifen. Lag es an Dallas und der großen Gemeinde? Lag es an ihr? An ihm? Kannten sie einander doch nicht so gut, wie sie gedacht hatten? *Warum rufst du mich nicht zurück?* Sie widerstand dem Drang, ihr Telefon gegen die Wand zu schleudern. Der letzte Lichtstrahl des Tages hatte sich vor dem Schaufenster verflüchtigt und vollständige Dunkelheit hüllte Ellen ein, als ihr Telefon endlich läutete.

„Ich bin in einer Besprechung und mein Telefon vibriert ununterbrochen", sagte er, ohne Begrüßung, ohne auch nur ihren Namen zu nennen.

Eine Flut von Schimpfwörtern, von denen viele noch nie über Ellens Lippen gekommen waren, strömten aus ihrer Seele. „Dann gehst du eben mal nach draußen und nimmst den Anruf entgegen."

„Ich habe dir gesagt, ich würde mich später melden."

„Der Karton ist angekommen."

Stille, gefolgt von einem tiefen Atemzug. „Ich dachte, er käme erst morgen oder noch später."

„Verflucht sei die Effizienz der Post." Sie konnte ihren Sarkasmus nicht unterdrücken.

Erneut Stille. „Das wird nichts, Ellen."

Ihre angespannten Muskeln hielten sie zusammen und retteten sie davor, in eine Million Scherben zu zerbrechen. „Was wird nichts, Jeremiah?" Sie hatte ihm in ihrer Beziehung viel zu viel durchgehen lassen. Wenn er etwas zu sagen hatte, dann sollte er es deutlich formulieren.

„Du. Ich. Eine Ehe." Sie hörte, wie eine Tür geschlossen wurde und dann den Hall von Jeremiahs Schritten in einem leeren Flur.

„Weil du dagegen arbeitest. Du bist in jeder Hinsicht nicht erreichbar. Ich kann gar nicht gewinnen."

„Ich kann bei dir auch nicht gewinnen. Ich habe es dir gesagt, Ellen, meine Arbeit steht bei mir an erster Stelle."

„Wann habe ich dich je in deiner Arbeit behindert?" Jetzt kamen seine Worte und ihre Bedeutung bei ihr an und sie begann zu zittern.

„Sei doch ehrlich, Ellen. Du *möchtest* gar nicht mit einem Pastor verheiratet sein."

„Jeremiah, ich liebe dich. Ich möchte mit dir verheiratet sein, nicht mit deinem Job. Aber ich habe das Gefühl, dass ich mich einfach nahtlos in dein Leben einfügen soll, ohne meinen Teil mit einzubringen."

„Ich weiß nicht, wie du so etwas sagen kannst, aber ja, ich brauche eine Frau, die mich in meiner Arbeit unterstützt. Ellen, wenn du dein eigenes Ding machen willst, deinen eigenen, dir von Gott gegebenen Träumen folgen willst, dann tu das! Aber ich darf mich dadurch nicht in dem behindern lassen, was Gott *mir* aufgetragen hat." Sein Bekenntnis schnitt ihr ins Herz, sehr schmerzhaft. „Es tut mir leid. Das sind harte Worte, aber ich hatte das Gefühl, dass du sie hören musst."

„Du bist so unfair und selbstsüchtig, Jeremiah. Wie kannst du so etwas zu mir sagen? Meine Träume haben dir nie im Weg gestanden. Ich habe dem Haus zugestimmt, ich war bereit, nach Dallas zu ziehen, *nachdem* du mir einen Heiratsantrag gemacht hattest, und ich war sogar bereit, mit der Eröffnung meiner Galerie noch zu warten."

„Sieh mal, wir wollen doch nicht um den heißen Brei herumreden."

„Um den heißen Brei herumreden? Ich denke, deine Botschaft ist ziemlich klar und deutlich herübergekommen, Jeremiah – du willst mich nicht heiraten."

„Ellen, ich bin einfach noch nicht bereit."

„Du bist fünfunddreißig. Wann wirst du denn bereit sein?" Seine lahme Ausrede ärgerte sie.

„Es liegt nicht am Alter, es liegt an der Arbeit. Ich kann meine Kräfte jetzt nicht noch zusätzlich in eine Ehe investieren. Wenn ich das gewusst hätte, als ich den Job annahm, hätte ich dir keinen Heiratsantrag gemacht."

„Dann steig doch aus." Eine scharfe, aber logische Forderung.

„Aussteigen? Aus der Gemeinde?"

„Ja, aus der Gemeinde. Gib den Job für uns auf."

„Ich kann die Gemeinde nicht verlassen, Ellen", erwiderte Jeremiah. „Ich habe diesen Menschen ein Versprechen gegeben. Sie haben Zeit und Geld in mich und meine Vision investiert."

„Du hast auch mir ein Versprechen gegeben. Und ich habe einiges investiert. Meinst du, du wirst dermaleinst vor Gott stehen und hören: ‚Gut gemacht, Junge, dass du dieses Künstlermädchen fallen gelassen hast, um Pastor einer Gemeinde zu sein'? Du bist nicht ihr Erlöser, Jeremiah. So weit ich weiß, kommt diese Aufgabe Jesus zu."

„Kann ich Gottes Ruf in meinem Leben ignorieren? Hat Paulus das getan? Petrus? Wir müssen alles verlassen, um ihm zu folgen. Auch eine Verlobte, wenn es nötig ist."

Wenn es nötig ist? Ellen saß mit gekreuzten Beinen auf dem Boden und beugte sich vor, bis ihre Stirn den staubigen Boden berührte. „Du verlangst von mir, dass ich alles aufgebe, um dich zu unterstützen, aber du machst keinen einzigen Schritt auf mich zu."

„Das ist nicht meine Absicht, Ellen. Ich versuche nur, mich auf meine Arbeit zu konzentrieren. Ich weiß nicht, vielleicht ist es einfach der falsche Zeitpunkt. Ich liebe dich wirklich." Ellen spürte sein Zögern: *Denke ich …*

„Was ist mit: ‚Liebe erträgt alles, erduldet alles, hofft alles'?"

„Ich kann dich doch lieben, Ellen, auch wenn ich nicht mit dir verheiratet bin."

Sie ärgerte sich über seine Weichzeichnung. „Aber ich will dich heiraten. Ich liebe dich hier und jetzt."

„Willst du etwa einen Mann heiraten, der noch nicht zur Ehe bereit ist?"

„Die Einladungen zur Hochzeit sind bereits verschickt, Jeremiah."

„Das tut mir leid. Ich weiß, das ist peinlich und unangenehm."

Das Zittern hörte auf und die Tränen begannen zu fließen.

80

„Mein Vater hat viel Geld ausgegeben; Freunde und Angehörige haben Vorbereitungen getroffen."

„Wir können doch nicht heiraten, nur weil andere Geld ausgegeben und Vorbereitungen getroffen haben." Seine Geduld schien erschöpft zu sein. „Ich habe sehr lange über die Konsequenzen unseres Handelns nachgedacht. So oder so ist es schwierig. Aber ich möchte das Richtige tun."

„Und das wäre?" Sie wollte es von ihm hören: *Es ist vorbei.*

„Sag die Hochzeit ab."

„Also gut."

Unerwarteter Friede breitete sich in ihr aus. Der Schmerz, der durch ihren Kopf zog, verschwand, und die Spannung in ihrem Kiefer lockerte sich. Sie war fertig. Mit dem Gespräch. Mit Jeremiah. Mit der Vorstellung von einer glücklichen Ehe. Während sie in die Dunkelheit starrte, klappte Ellen ihr Telefon zu.

Alice schlief in ihrem Zimmer. Zumindest hoffte Heath das. Beim Spielen mit Rio hatte sie sich restlos ausgetobt. Wenn er noch irgendwelche Zweifel an seinem Umzug von New York hierher gehabt hatte, so waren sie mit dem heutigen Tag verflogen.

Sie schien ein anderes Kind zu sein. Während des Abendessens, das aus gegrilltem Hähnchen mit Salat bestand, hatte sie fast ununterbrochen geplappert. Ihr Stottern verstärkte sich durch die Aufregung noch, aber sie störte sich nicht daran.

Nach dem Abendessen hatte er sie mit einigen Spielsachen, die sie gemeinsam gekauft hatten, in die Badewanne gesetzt. (Ellens Mahnung hatte bei ihm gefruchtet: *Wal-Mart. Billig.*) Der Dreck von ihren Füßen und Händen hatte das Badewasser sofort dunkel gefärbt, und auf ihren verschwitzten Wangen hatte Heath einen leichten Sonnenbrand entdeckt.

„Papa wird sich ein Gewehr kaufen müssen", hatte er ihr gesagt, als er den Becher unter den Wasserhahn hielt und ihr das Wasser über ihre dichten Haare goss.

Alice drückte ihre kleinen Hände an ihre Augen. „W-wieso, P-Papa? Gibt's hier E-Einbr-brecher?"

„Ja, gewissermaßen." Heath wischte ihr mit einem Waschlappen über das Gesicht. Einbrecher, in Gestalt von Jungen im Teenageralter, die ihm die Zuneigung seiner Tochter stehlen wollten. Alices große Augen sahen erschreckt drein. „Alice, ich mache nur Spaß. Hier gibt es keine Einbrecher. Wir sind hier ganz sicher. Du bist mein Mädchen, nicht? Ich und du, für immer, richtig?" Er streckte ihr die Hand hin.

„R-r-richtig." Alice schlug in seine Hand ein. Badewasser spritzte über sein Hemd.

Nach dem Bad, zwei Gutenachtgeschichten und einem Lied, das Ava ihr immer vorgesungen hatte (Alice unterbrach ihn: „D-das k-klingt k-komisch, wie du singst."), war sie endlich eingeschlafen. Bisher hatte sie nicht nach ihm gesucht.

Da die Veranda ihn lockte, zog er sein nasses Hemd aus, streifte die Schuhe von den Füßen, schaltete Ellens Verandalampen an und stellte den schmiedeeisernen Schaukelstuhl so, dass er auf den Magnolienbaum und den Fluss schaute.

In seiner Hand hielt er einen ungeöffneten Brief.

Die Adresse in blauer Tinte in einer ausladenden Handschrift füllte den verknitterten weißen Umschlag fast ganz aus. Monatelang hatte er ihn in seiner Laptoptasche oder seiner Jackentasche mit sich herumgetragen. Schließlich hatte er ihn in der obersten Kommodenschublade vergraben und so getan, als existiere er nicht, bis er bereit war, ihn zu lesen.

Durch den Umzug nach Beaufort war er wieder aufgetaucht.

Der letzte Brief von Ava.

Nur Mut, Mann. Als er ihn umdrehte, entdeckte er einen Wasserfleck auf der Rückseite – er war schon einmal fast so weit gewesen, aber dann hatte er doch nicht den Mut aufgebracht, den Umschlag aufzureißen und zu lesen, was darin stand.

„Ich kann das nicht." Heath ließ sich gegen die Rückenlehne des Schaukelstuhls sinken und legte den Brief auf den schmiedeeisernen Tisch. *Ava, so hatte ich es mir nicht vorgestellt.*

„Guten Abend."

Heath fuhr herum. Vor ihm stand ein stämmiger Mann mit breiter Brust und einer Baseballkappe auf dem Kopf. Durch die

Fliegengittertür trat er auf die Veranda. „Ich bin Truman Garvey, Ellens Vater."

„Oh, hallo! Heath McCord."

Sie reichten sich die Hand.

„Sie hat mir erzählt, dass Sie aus New York kommen."

„Das stimmt." Er sah sich suchend nach seinem Hemd und den Schuhen um. Ach richtig, er hatte sie im Haus gelassen. „Ich freue mich, Sie kennenzulernen." Truman schob seine Kappe zurück.

„Bitte setzen Sie sich doch." Heath griff nach dem Brief und steckte ihn in die Hosentasche. „Ich hole mir schnell etwas zum Überziehen."

„Haben Sie Ellen gesehen?", fragte Truman, während er sich ächzend auf einem alten Verandastuhl niederließ.

„Seit dem Nachmittag nicht." Heath schlüpfte in die Küche und schnappte sich sein Hemd von der Stuhllehne. Es war noch nass von Alices Badewasser. Bevor er nach draußen ging, lauschte er auf Geräusche aus dem Kinderzimmer. Aber alles war still.

Heath nahm im Schaukelstuhl Platz. „Was kann ich für Sie tun?"

„Dieser Kerl hat heute Abend mit Ellen Schluss gemacht."

„Ihr Verlobter?" Ihm fiel kein anderer „Kerl" ein, der eine Beziehung beenden könnte.

„Haben Sie eine Cola oder etwas Kaltes im Haus? Ich bin ganz ausgedörrt. Ja, ihr Verlobter hat die Hochzeit abgesagt. Wir haben gerade erst dreihundert Einladungen verschickt."

„Oh Mann … das ist hart." Heath stand auf. „Ich habe ein paar Getränke im Kühlschrank. Was möchten Sie haben?"

„Solang es prickelt, ist mir alles recht."

„Okay."

Heath konnte den Mann spontan gut leiden. Er erinnerte ihn an seinen Opa. Klar, geradeheraus. Er nannte die Dinge beim Namen, ohne Herumreden. Heath nahm zwei Dosen aus dem Kühlschrank. Eine Sprite, ein Root Beer. „Hier bitte, Mr Garvey. Sprite oder Root Beer."

„Die meisten meiner Freunde nennen mich Truman." Er nahm die Sprite, öffnete sie und deutete zur Fliegengittertür. „Ich habe draußen einen Puppenwagen gesehen. Sie haben ein Mädchen?"

„Ja, Alice. Sie ist genauso alt wie Ihre Enkelin Rio."

Truman nickte. „Sie ziehen sie allein auf?"

„Sieht so aus."

„Nicht Ihre Entscheidung?"

„Nein, ganz bestimmt nicht!"

„Ich habe fünf Mädchen großgezogen. Natürlich nicht allein. Ihre Mama hat den größten Teil der Arbeit gemacht. Ich lieferte nur meinen Gehaltsscheck ab und habe ansonsten darum gekämpft, ab und zu mal die Fernbedienung in die Hand zu bekommen."

Heath pfiff durch die Zähne. „Fünf? Und ich mache mir schon wegen meiner einen Sorgen."

„Bei Mädchen muss man mit allem rechnen. Wilde Gefühlsschwankungen, Badezimmerstreitereien, maßlose Freude über den Anruf eines Jungen, maßlose Verzweiflung über das Ende einer Freundschaft, schlechte Laune, weil gerade mal wieder eine Diät ansteht, ausgedehnte Einkaufstouren, Zickenterror am Weihnachtsmorgen …"

„Ich bin ein toter Mann."

„Ha! Diese fünf Mädchen waren das Beste, was ich je zustande gebracht habe. Ich würde sie nicht gegen fünf Söhne eintauschen wollen. Das meine ich ernst. Ich hatte einen guten Freund mit drei Jungen. Der eine hat die Wohnzimmervorhänge in Brand gesteckt, als er zwölf war und eigentlich genug Grips im Kopf hätte haben müssen, so etwas nicht zu tun. Der ältere Junge hat den Wagen zu Schrott gefahren bei einem dieser illegalen Straßenrennen, und ein Jahr in Jugendhaft verbracht. Und als wäre das noch nicht schlimm genug, hat der Jüngste gleich zwei Mädchen zur gleichen Zeit geschwängert. Zwei! Keine von ihnen will etwas mit ihm zu tun haben, und mein Freund hat nun zwei Enkel, die er noch nie in den Armen gehalten hat."

Heath schüttelte den Kopf. „Wenn ich das höre, kann ich mich ja glücklich schätzen."

„Das können Sie auch. Auch wenn Ihnen gerade nicht danach zumute ist. Aber hören Sie", Truman tippte auf seine Brust, „Sie können mich jederzeit anrufen und um Rat fragen. Ich helfe Ihnen gern."

Heath lächelte, gerührt von dem Angebot des Mannes. „Sie machen sich heute Abend aber wohl ganz andere Sorgen um Ihre Tochter."

„Ellen ..." Truman trommelte mit den Fingern auf seine Dose. „Ach, nachdem sie ein paar Tage lang gewütet, geheult und gefaucht hat, wird sie wieder auf den Füßen landen. Sie hat für diesen Kerl eine Menge aufgegeben."

„Wie haben Sie überhaupt davon erfahren, wenn Ellen verschwunden ist?"

„Er hat mich angerufen. Das muss man sich mal vorstellen! Aber das nötigt mir doch einen gewissen Respekt für ihn ab. Vermutlich dachte er, nachdem er mich um die Hand meiner Tochter gebeten hatte, müsse er sich nun auch mannhaft zeigen und mich darüber informieren, dass er mit ihr Schluss gemacht hat. Er meint, für seine neue Stelle brauche er seine ganze Energie und Kraft. Das sei Ellen gegenüber nicht fair, fand er."

„Heute hat er ihr einen Karton mit Sachen geschickt", erklärte Heath. „Sie schien nicht glücklich darüber zu sein."

„Das glaube ich."

Heath versuchte sich vorzustellen, was einen Mann dazu brachte, die Frau aufzugeben, die Heath in den vergangenen Tagen beobachtet hatte, Gemeinde hin, Gemeinde her. Auch er glaubte, dass Gott das Einzige war, was dem Universum Halt gab, und er achtete darauf, seinen Blick fest auf den Einen gerichtet zu halten, der für ihn gestorben war. Als Ava starb – Ava, sein Herz, seine Liebe –, fiel es Heath schwer, Gottes Willen darin zu erkennen. Und die Arbeit, die man vermeintlich für Gott tat, hatte schon vieles zugrunde gerichtet.

„Gefällt Ihnen das Cottage?", fragte Truman. Er deutete auf die blassgelb gestrichenen Holzwände. „Ellen hat es sehr preiswert bekommen. Wir haben ihr bei der Renovierung geholfen."

„Ja, es –"

Trumans Handy klingelte. Er nahm es aus der Tasche seiner Shorts. „Ja?" Er trank seine Dose leer und sagte immer wieder „Hmm." Nach einer Minute klappte er das Telefon zu und klemmte es an seinen Gürtel. „Sie ist bei uns zu Hause, am Boden zerstört, aber sie wird es überleben. Meine Frau sagte sogar, Ellen wirke recht gefasst und nachdenklich. Sie fragt sich nach den Gründen, aber natürlich kennen wir die Antwort nicht."

„Natürlich nicht." Heath fragte sich, wieso dieser Mann sich die Freiheit nahm, seine Familienangelegenheiten mit einem … nun ja, einem Fremden, zu besprechen.

Truman reichte Heath seine leere Dose. „Ich gehe jetzt besser und sehe mal, was ich tun kann. Danke für das Getränk. Wir sehen uns dann an besseren Tagen."

Heath grinste. Sein Großvater hatte genau das immer zu ihm und seinem Bruder Mark gesagt, allerdings noch „Kumpel" oder „Sportsfreund" beigefügt. *Wir sehen uns an besseren Tagen, Kumpel.*

„Ja, bis dann, Truman."

Heath schaute dem Wagen nach, bis die Scheinwerfer in der Dunkelheit verschwunden waren, und fragte sich, ob er lieber in Ellens Schuhen stecken würde als in seinen eigenen. Aber ein gebrochenes Herz ist ein gebrochenes Herz. Nie umarmt. Nie wert geschätzt. Nie leicht. Heath dachte, dass jeder Mensch ein gewisses Maß an Gnade von Gott bekam, um sein einzigartiges Päckchen an Verlust und Schmerz zu ertragen. Er hatte sieben Monate gebraucht, um sich an seines zu gewöhnen. Wie lange würde Ellen brauchen?

„Lass dir die Liebe nicht vermiesen, Ellen Garvey."

In ihm war alle Liebe erloschen. Und jetzt, als er sich langsam wieder aus dem Meer seines Schmerzes nach oben arbeitete, bedauerte er das. Am Ende aller Wahrheit stand Jesus. Er hatte Heath nie im Stich gelassen, wie schwierig seine Umstände auch waren. Es war nicht erklärbar, aber wahr.

Die Grillen stimmten in das Lied des Coffin Creek ein und Heath dachte, dass Zeit und Ort richtig waren, um seine Traurigkeit und Zweifel endgültig zu überwinden.

Gott, das hatte Heath gelernt, besaß einen ausgeprägten Sinn für Humor. Man stelle sich vor, er führte einen Mann, der mit seiner Trauer zu kämpfen hatte, tatsächlich in ein bezauberndes Cottage an einen Fluss, der Coffin Creek hieß. Manchmal fand man nur im Sterben das Leben.

Also ja, ich verstehe, was du mir sagen willst, Gott. Begrab die Vergangenheit, entdecke die Zukunft. *Vielleicht hatte Ellen nun dieselbe Reise vor sich, aus welchen Gründen auch immer.*

Heath zog Avas Brief aus der Tasche. Er war noch nicht soweit, ihn zu lesen, aber er war bereit, Heilung zu suchen und weiterzuziehen. Er neigte den Kopf und betete: „Jesus, es tut mir leid, dass mein Herz so kalt geworden ist. Als ich sagte, dass ich dich liebe und dir folgen will, wusste ich, dass das keine Garantie für ein Leben ohne Stolpersteine ist. Du hast mir Ava genommen – oder zugelassen, dass sie mir genommen wurde, was auch immer –, aber ich wollte dir nur sagen, dass ich dir trotzdem vertraue."

Tränen traten ihm in die Augen. Es war in Ordnung. Und wo es nicht in Ordnung war, sehnte er sich danach, dass es so wäre. Heath blieb sitzen, bis er das Gefühl hatte, seine Angelegenheiten mit Gott geregelt zu haben. Er erhob sich, schaltete die Verandalampen aus und nahm Avas Brief mit. In der Küche stellte er ihn auf das Fensterbrett hinter den Fenstergriff.

Am Ende des Sommers würde er ihn lesen. Bestimmt würde er dann den Mut dazu aufbringen. Wenn nicht, würde er ihn verbrennen und vergessen, dass er je existiert hatte.

Kapitel 8

Im Lowcountry fragte die Sonne nicht um Erlaubnis, um durch die Fensterscheibe zu fallen und ein Mädchen um 14:00 Uhr aufzuwecken – und daran zu erinnern, dass es die Scherben seines Herzens auffegen musste. Ellen lag bäuchlings auf ihrem Bett, presste die Wange an ihr Kissen und beobachtete, wie der blau-weiße Märztag an ihrem Fenster vorbeizog. Mr Millers Hunde bellten. Ein Rasenmäher kürzte das Frühlingsgras in irgendeinem Garten. Der Duft der Magnolienblüten drang durch die geschlossenen Fenster. Vor sechs Tagen noch war ihre Zukunft festgelegt gewesen – Jeremiah heiraten, nach Dallas ziehen. Aber ein schlichtes: „Ich kann dich jetzt nicht heiraten, Ellen", hatte ihre Pläne, ihre Hoffnungen und ein Stück ihrer Identität zerschlagen.

Ellen warf die dünne Sommerdecke von sich und stand auf, um die Fenster hochzuschieben und die Ventilatoren einzuschalten. Das Klimagerät am Fenster hatte mal wieder seinen Geist aufgegeben, darum war es im Studio so heiß und stickig.

Ein wundervoller Duft drang durch das Fliegengitter ins Zimmer. Der Magnolienbaum. Das war etwas, worauf Ellen sich felsenfest verlassen konnte: Jeder neue Tag brachte sein spezielles Betäubungsmittel mit – Hoffnung. Ellen lehnte sich ans Fensterbrett und atmete tief durch. Der Tag war süß und warm.

Ihre Eltern hatten sich großartig verhalten. Sie hatten die unangenehme Aufgabe übernommen, die Hochzeit abzusagen, und versorgten sie mit Essen für den Fall, dass sie hungrig wäre.

Was besonders schlimm für sie war? Dass sie gefangen war in ihren Emotionen. Und natürlich ärgerte sie sich über Jeremiahs Verhalten. Sie musste sich unbedingt zusammenreißen.

Das Kreischen einer Kettensäge riss sie aus ihren Grübeleien. Hinten im Garten stand Heath mit nacktem Oberkörper vor einem Eichenstumpf. Er trug einen Helm auf dem Kopf und hielt eine Kettensäge in der Hand.

Der Anwalt arbeitete mit Holz? Sie hatte Bildhauer bei der Arbeit gesehen und fand das faszinierend. Sein breiter Rücken war von den letzten Tagen, die er in der Sonne verbracht hatte, braun gebrannt und seine Haare wurden zusehends heller. Sie standen jetzt in alle Richtungen ab, vermutlich war er sich mit den Fingern hindurchgefahren.

Er warf den Motor erneut an und schnitt ins Holz. Sägemehl umflog ihn wie eine Schwarm blonder Mücken. Der Duft von frisch geschnittenem Holz drang durch das Fliegengitter zu ihr ins Studio hinein.

Ellens Magen begann zu knurren. Und sie brauchte dringend eine Dusche. Sie wandte sich vom Fenster ab und beschloss, dass sie etwas mit dem Rest des Tages anfangen, ihr Leben wieder neu anpacken sollte. Sie schaltete ihren Laptop an.

Als sie ins Internet gehen und ihre Homepage aufrufen wollte, bekam sie eine Fehlermeldung. Ach ja, richtig. Sie hatte die Website der *GG*-Galerie aus dem Netz genommen.

In ihrem E-Mail-Programm sah sie, dass sie über 100 Nachrichten bekommen hatte, mit Betreffzeilen wie: „Tut mir leid zu hören" und „Wir beten für dich". Sie las ein paar durch, aber sie waren zu deprimierend, darum überflog sie nur die Absender, bis sie auf einen stieß, der sie zum Lächeln brachte.

Caroline Sweeney. Heute brauchte sie ihre Freundin, auch wenn sie tausende von Meilen entfernt auf der anderen Seite des Atlantiks lebte.

An: Ellen Garvey
Von: CSweeney
Betreff: Ich bin bei dir

Dein Paps hat mir die Sache mit dir und Jeremiah per E-Mail mitgeteilt. Ellen, es tut mir so leid! Wenn ich jetzt da wäre, würde ich ihn für dich verhauen. Was denkt der Typ sich? Er wird nie wieder eine Frau finden, die so schön, talentiert und lieb ist wie du. Auf keinen Fall.

Heute Morgen las ich in der Online-Gazette, dass die Hochzeit abgesagt wurde. Abgesagt? Ist das nicht ein seltsames Wort für das Leben und die Beziehung von zwei Menschen? Baseballspiele werden abgesagt. Konzerte werden abgesagt. Aber doch nicht eine Ehe.

Ellen, ich trauere mit dir und wünschte, ich hätte zehntausend Kilometer lange Arme, um dich an mich drücken zu können.

Ihr Vater hatte eine Anzeige in der Gazette geschaltet? Was dachte er … *Ach, vergiss es, Ellen.*

Für dich ist bestimmt die Welt zusammengebrochen, aber warte nur auf das, was Gott tun wird. Bestimmt hat er etwas viel Besseres für dich im Sinn.

Was rede ich da, ich, das Baby im Glauben. Doch seit ich in Barcelona lebe, habe ich so viel über Vertrauen und Glauben gelernt. Gott hat mich fähig gemacht, einen Job auszuüben, für den ich keine Ausbildung und keine Qualifikation habe. Mein Gesicht im Spiegel ist eigentlich das Einzige von mir, das genauso aussieht und sich genauso anfühlt wie früher. Wenn du mir gesagt hättest, dass ich einmal so viel Zuversicht empfinden würde, ich hätte es dir nie geglaubt.

Der Sprung, den ich mit meinem Umzug hierher gewagt habe, hat mir erst vor Augen geführt, was alles möglich ist. Ich bin felsenfest davon überzeugt, dass Gott mich liebt, auch an schwierigen Tagen. Er ist für mich da und kennt jede Einzelheit meines Lebens.

Ich freue mich auf das, was Gott für dich bereithält, Ellen. Ich weiß, das klingt sehr fromm. Aber es hat ja seinen Grund, dass alle guten Wahrheiten Gottes wie Klischees klingen – weil sie eben hundertfach bestätigt sind. Er liebt dich. Er hält Gutes für dich bereit. Das glaube ich.

Dein Vater deutete an, dass der Bruch von Jeremiah ausging. Aber ich glaube, dass Gott dahintersteht. Sei nicht böse auf mich, weil ich das sage. Wenn wir jetzt zusammen im Cottonfield Café säßen, würde ich dasselbe sagen.

Ich bete für dich. Wenn Jeremiah und du füreinander bestimmt seid, wird er zurückkommen. Und du wirst ihm gern eine zweite Chance geben. Wenn nicht, dann würdest du gar nicht mit ihm verheiratet sein wollen. Vertrau Gott, Ellen. Immerhin IST er Liebe.

Nach dieser neuen Entwicklung habe ich meine Heimreise verschoben und werde erst später im Sommer kommen. Hier ist so viel los. Bitte überleg dir doch, ob du nicht zu Besuch nach Barcelona kommen willst. Ich würde mich sehr darüber freuen und du könntest jeden Tag an den Strand gehen, lesen, beten, was auch immer. Oder Malen. Ellen, hier gibt es so viele tolle Motive und Orte, die dich inspirieren könnten.

Mitch kommt nächste Woche. Ich vermisse ihn so sehr. Ich glaube nicht, dass wir noch viel länger warten können, bis wir endlich zusammen sind.

Ich liebe dich, meine liebe Freundin. Ich trage dich immer in meinem Herzen.

Caroline

Ellen wischte sich die Tränen von der Wange. *Ich liebe dich auch, Caroline.*

Ohne anzuklopfen platzte Julianne in ihr Studio. Ellens Entscheidung, sich nach draußen zu wagen, hatte sie nicht weiter als bis zum Computer geführt.

„Du siehst furchtbar aus."

Ellen öffnete ein Auge. Julianne stand über sie gebeugt, die Hände in die schmale Taille gestemmt. „Knall die Tür nicht zu, wenn du rausgehst."

„Steh auf." Sie zerrte an Ellens Arm. „Wir gehen essen – etwas, das schön fettig ist und dick macht." Julianne hob eine Jeans und ein Oberteil vom Boden auf und schnüffelte daran. „Sind die sauber?"

„Da ich in der gesamten vergangenen Woche das getragen habe, was ich jetzt anhabe, würde ich sagen, ja."

„Gut. Geh unter die Dusche." Julianne warf die Sachen auf das Bett. „Hast du keinen Schrank hier drin? Keine Kommode?"

„Nein, ich hatte ja nicht vor, lange hier zu bleiben. Julie, ich möchte nicht ausgehen." Mühsam rappelte sie sich hoch. „Die Leute wissen doch alle Bescheid. Hast du gewusst, dass Papa eine Anzeige geschaltet hat? In der Zeitung? Die Leute werden die Stirn runzeln, die Köpfe zusammenstecken und tuscheln: ‚Arme Ellen, sie wurde sitzengelassen.'"

„Wen interessiert das? Du musst hier raus. Es stinkt und ich mache mir Sorgen um deine Gesundheit. Außerdem möchte Rio dich sehen."

Ellen zog die Augenbrauen in die Höhe. „Wirklich? Wo ist sie?"

„Unten im Garten mit Alice. Sie ist ein süßes Mädchen." Julianne spähte aus dem Fenster. „Ich habe *ihn* mit nacktem Oberkörper gesehen." Sie schaute Ellen mit hochgezogenen Augenbrauen an. „Da trainiert aber jemand fleißig im Fitnessstudio."

„Sieh mich nicht so an. Wenn du ihn magst, dann nur zu. Ich glaube, er ist geschieden oder so."

„Willst du ihn denn im Cottage wohnen lassen, wo du jetzt doch nicht wegziehst?" Julianne wedelte mit Ellens Jeans vor ihrem Gesicht herum. „Ab unter die Dusche. Los."

92

Langsam schwang sie ihre Beine über den Bettrand. Das Knurren ihres Magens von eben hatte sich in ein ausgewachsenes Hungergefühl verwandelt. „Er hat die Miete im Voraus bezahlt. Und ich denke nicht, dass ich sein Leben durcheinanderbringen sollte, nur weil meins ins Chaos gestürzt ist. Wenn er allein wäre, vielleicht, aber Alice kann ich das nicht antun." Ellen erhob sich, blieb aber stehen und drückte ihre Jeans an sich. „Außerdem habe ich im Augenblick kein Einkommen. Mit der Miete kann ich die Hypothek bedienen, bis ich weiß, wo ich eine neue Galerie eröffnen kann."

„Du hättest nicht verkaufen sollen."

„Dazu ist es leider zu spät. Solche Sprüche nützen mir jetzt auch nichts mehr, Julie."

Julianne legte ihre Hände auf Ellens Schultern und schob sie zu dem kleinen Bad. „Du kannst ja auch bei Mama und Papa wohnen. Die obere Etage hättest du ganz für dich."

Ellen schaute über die Schulter zurück. „Und wieso wohnst du noch mal selbst nicht dort?"

„Schon gut. War ja nur so eine Idee. Wenn ich dort einziehen würde, dann würde Mama Rio einfach komplett übernehmen, das weißt du. Wie wäre es, wenn du zu Sara Beth ziehst? Sie und Parker haben doch ein großes Gästezimmer."

„Das ist für Parkers Mutter reserviert, wenn sie zu Besuch kommt. Außerdem riecht es da nach Menthol und Mottenkugeln." Anstatt ins Bad zu gehen, setzte sich Ellen auf ihr Bett. Ihre Knie waren weich wie Gummi.

Julianne ließ sich neben ihr nieder. „Tut es sehr weh?"

„Nur, wenn ich wach bin. Zum Glück war das in letzter Zeit nicht so häufig der Fall." Sie ließ sich seitlich gegen Julianne sinken. „Der Schmerz kommt und geht. An dem Abend, als Jeremiah Schluss gemacht hat, kam ein unglaublicher Frieden über mich. Seither bin ich auf der Suche nach dieser Sicherheit und bitte Gott, mir zu helfen." Aber an Tagen wie diesem, wenn sie müde und schwach war, fiel ihr das schwer. „Kannst ... kannst du für mich beten, Julianne?"

„Ich?" Juliannes Schulter, an der Ellens Wange lag, versteifte sich. „Da fragst du die falsche Schwester. Sara Beth oder Mary, sogar Karen, aber ich? Nein, nein, nein. Von mir möchte Gott bestimmt nichts hören."

Ellen seufzte und erhob sich vom Bett. „Ich gehe unter die Dusche."

„Warte, Ellen." Julianne packte Ellen am Arm. „Ich tue es. Für dich." Ellen setzte sich wieder, schloss die Augen und reichte Julie ihre Hand.

„Gott, äh …", begann Julianne. Sie atmete ein, dann aus. „Ach, Ellen, komm schon, ich kann das nicht …"

„Du kannst." Ellen drückte ihr die Hand.

„Ich fühle mich so … blöd."

„Vielleicht geht es ja gar nicht um dich. Bitte, Julie, ein kurzes Gebet, für mich."

„Also gut. Gott, äh, hallo – hier ist Julianne, wegen meiner Schwester. Könntest du bitte bei ihr sein, das Loch in ihrem Herzen ausfüllen und sie daran erinnern, dass du sie liebst?"

Während Ellen den zögernden, aber von Herzen kommenden Worten ihrer Schwester zuhörte, wurde sie wieder von diesem tiefen Frieden erfüllt, der sich über sie legte und einhüllte wie ein Kokon. Sie fühlte sich leicht und frei, als ob sie schweben würde. Sie drückte ihre Zehen auf den Boden des Studios, damit sie nicht vom Bett rutschte. Julianne glaubte vielleicht nicht an die Macht des Gebets, aber Ellen tat das ganz gewiss.

Als Julianne „Amen" sagte, hob Ellen den Kopf, hielt die Augen aber geschlossen. Da war etwas im Raum. Ellen spürte eine kühle Brise, die über ihre Füße strich. Julianne neben ihr atmete tief und gleichmäßig.

„Ellen?"

„Ja?" Die Atmosphäre im Studio war, als würde man an einem heißen Sommertag in einen kühlen Pool eintauchen. Ellen wollte so lange wie möglich darin verweilen.

„Spürst du was?" Julianne zitterte.

„Frieden."

„Mehr als Frieden?"

„Vielleicht." Ein heißer Windstoß traf auf das Fliegengitter des Fensters. Papiere raschelten auf dem Arbeitstisch. Ein Sonnenstrahl malte einen Kreis auf den dunklen Holzboden.

Ellen sah es zuerst, dann Julianne: Wie aus dem Nichts tauchte eine kleine weiße Feder auf, schwebte im goldenen Licht zu Boden.

„Ellen!"

„Ich sehe sie." Ellen rutschte vom Bett und hob die weiche, weiße Feder vom Boden auf.

„Wo ist die hergekommen?"

Ellen schaute zu Julianne hoch, die irgendwie panisch wirkte. „Ich habe keine Ahnung."

„Ich verschwinde hier!" Julie ging zur Tür. „Ich warte im Wagen. Beeil dich."

Die frische Brise legte sich und die Luft im Studio wurde wieder stickig. Ellen legte die seltsame Feder auf den Werktisch. Tief in ihrem Inneren war sie fest davon überzeugt, dass Gott sie besucht hatte.

An: CSweeney
Von: Ellen Garvey
Betreff: Ich komme klar

Liebste Caroline,

ich bin am Leben, verletzt, aber auf dem Weg der Besserung. Um mich umzubringen braucht es mehr, als von meinem Verlobten abserviert zu werden. Ha! Hättest du dir je vorgestellt, dass einem von uns so etwas passiert? Mir?

Ich nicht.

Mein Herz ist schwer und ich frage mich, an welcher Stelle alles schiefgelaufen ist. Aber ich reiße mich zusammen. Langsam. Im Augenblick ist mein Rezept dafür Schlafen und bei

95

*Mama und Papa alte Filme schauen. Seit der siebten Klasse
habe ich nicht mehr so viel Zeit zur Verfügung gehabt.*

*Ein Yankee-Comeya mit einer vierjährigen Tochter hat das
Cottage gemietet. Sein Großvater war ein Benya, er kehrt also
zu seinen Wurzeln zurück. Er ist Witwer, aber ich weiß nichts
über die näheren Umstände.*

*Genug von mir. Erzähl mir von dir und Mitch und Barcelona.
Und hey, grüß die liebe Hannah von mir. Sie schuldet mir noch
eine E-Mail.*

Liebe Grüße, Ellen

Im Schein der Wohnzimmerlampe setzte sich Heath mit seinem
Laptop in den Clubsessel und legte die Beine auf die Ottomane.

Die Nächte waren zum Schreiben bestens geeignet, fern von
den Ablenkungen des Tages. Er fragte sich bereits, ob er je zu
seinem hektischen Alltag bei *Calloway & Gardner* zurückkehren
könnte.

Vierjährige waren eine tolle Gesellschaft. Heute hatten er und
Alice einen langen Spaziergang gemacht, zusammen gemalt, sich
vorgenommen, einmal angeln zu gehen, und am Bach ein Picknick gemacht. Ihr Stottern hatte sich noch nicht gebessert und er
merkte, dass es sie frustrierte. Aber wenn sie anfing, Avas Tod zu
verarbeiten, würde es auch mit dem Stottern besser werden,
davon war Heath überzeugt.

Er schaute zum Sofa hinüber. Um sieben Uhr war die Kleine
auf dem Sofa zusammengerollt eingeschlafen. Die Spitze ihres
vom Lutschen verschrumpelten Daumens lag an ihren Lippen.

Heath riss seinen Blick von Alice los und versuchte, sich auf
seine Geschichte zu konzentrieren. So schön das auch wäre, aber
Bücher schrieben sich nun einmal nicht von allein. Nate hatte
ihm an diesem Tag schon zwei SMS geschickt: „Wie läuft es?",
und: „Ich könnte ein paar Kapitel gebrauchen."

Wie lange war er jetzt schon hier? Zwei Wochen? Zerstreut trommelte Heath mit den Fingern auf die Tastatur und dachte über seinen ersten Satz nach. Hemingway hatte gesagt, er brauche nur einen guten Satz zu schreiben und dann von da weiterzumachen. Leichter gesagt als getan.

Er hatte Muskelkater vom Umgang mit der Kettensäge. Mittlerweile hatte er die Konturen des Engels ausgesägt. Seit seinem letzten Besuch im Lowcountry im Jahr vor Opas Tod hatte er nicht mehr mit Holz gearbeitet. Wie er auf den Gedanken gekommen war, wieder damit anzufangen, konnte er nicht sagen, aber es machte ihm viel Spaß, sich körperlich zu verausgaben. Irgendwie hatte die Arbeit eine weitere Schicht des dumpfen Schmerzes in seinem Herzen abgetragen und eine frische Oberfläche der Hoffnung angekratzt. So langsam fing er an zu glauben, dass er eines Tages wieder glücklich sein könnte.

Alice stöhnte leise. Heath beugte sich vor, nahm die Decke von der Rückenlehne der Couch und legte sie über das Kind. Die Abende waren kühl.

Zurück zu seiner leeren Seite. Heath suchte nach der Geschichte, die sich in seinem Unterbewussten zusammenfand. Er schloss die Augen und ließ seine Gedanken wandern. Sein Großvater tauchte vor seinem inneren Auge auf, ein Mann, der viele Abenteuer und Geschichten erlebt hatte. Während des Krieges war er auf den Aleuten stationiert gewesen und hatte für die 11. Air Force der Armee P-36er und P-40er geflogen. Er war ein großer, sportlicher, gut aussehender Mann mit viel Ausstrahlung gewesen. Als Heath etwa 15 Jahre alt war, war sein Großvater zu einem Treffen der 11. Air Force nach New York eingeladen gewesen und hatte Heath gebeten, ihn zu begleiten. An dem Abend hatte Heath sehr viel über seinen Großvater erfahren.

In seiner Zeit am College hatte Heath jede Menge Bücher über den Zweiten Weltkrieg gelesen und gesammelt. Die Geschichte, die in Heaths Gedanken Gestalt annahm, handelte von seinem Großvater, der ihm sehr viel bedeutete, und spielte in einer Zeit, die er persönlich sehr interessant fand.

Der Tag war wie üblich in Alaska sehr dunkel. Die wenigen Stunden Licht, die gegen Mittag aufzogen, vermochten die Dunkelheit kaum zu durchbrechen. Captain Chet McCord betrat die Messe der Air Base, schnappte sich einen Becher Kaffee und setzte sich rittlings auf einen Stuhl am Kartentisch.

„Müde, Captain?", fragte Sergeant Lipton, der die Bodencrew befehligte. Beim Anblick seiner Karten zuckte er die Achseln und warf sie auf den Tisch. „Ich habe nichts."

Ja, Chet war müde.

„Sie halten euch Jungs ganz schön auf Trab, nicht?" Wieder Lipton.

„Wir können nicht zulassen, dass die Japse uns auf dem Boden erwischen." Chet trank seinen Kaffee und verzog das Gesicht. Der war bestimmt drei Tage alt. Für den Kaffee seiner Mutter hätte er einen Monatssold hergegeben.

Seit die Japaner Pearl Harbour angegriffen hatten, erschütterte die „gelbe Gefahr" den Nordwesten und auch Alaska und die Aleuten. Gefälschte Radioberichte über eine US-Invasion hatten die Bürger und die Luftwaffe aufgescheucht.

(Notiz: Informationen sammeln über die Positionstaktik der Armee im Nordwesten.)

Am anderen Ende der Messebaracke kletterte ein jungenhafter Pilot aus Oklahoma auf einen Stuhl und klatschte in die Hände. „Also gut, wer hat Neuigkeiten von zu Hause? Kommt schon, irgendjemand, irgendwas?"

„Setz dich, Wilkins. Hör auf, die Jungs zu quälen. Du weißt doch, dass in letzter Zeit keiner einen Brief von zu Hause bekommen hat."

Leutnant Wilkins ließ sich so leicht nicht ablenken. „Dann eben: Wer hat alte Neuigkeiten von zu Hause? Stone, hast du nicht ein Mädchen, das dir regelmäßig schreibt? Lange Beine, eine Figur wie Betty Grable."

Sergeant Stone mischte die Karten. „Die ist zu einem Offizier übergelaufen."

Einige der Jungs klopften ihm auf die Schulter. „Tut uns leid, Stone."

„Was ist mit dir, McCord?" Stone lenkte die Aufmerksamkeit von sich fort. „Du hast doch jemanden, der dir regelmäßig schreibt."

„Ja." Wilkins sprang vom Stuhl herunter. „Tante Bess. Hat sie dir kürzlich wieder einen Kuchen geschickt?"

Die Männer brachen in Gelächter aus. Tante Bess war eine Lagerlegende. Aber nicht wegen ihres Kuchens – wegen ihres Gesichts.

Wilkins umkreiste den Tisch und klärte die neuen Rekruten auf. „Jungs, Tante Bess sieht nicht aus wie die typische Tante." Mit den Händen malte er Kurven in die Luft. „Keine kleine alte Dame, gebückt und mit Zahnprothese. Nein, ganz und gar nicht. McCords Tante Bess ist ein hübsches Püppchen mit perfekten Zähnen und Haaren wie die Sonnenstrahlen auf einem Weizenfeld. Aber sie ist die schlechteste Bäckerin auf dieser Seite des Mississippi. Sie hat uns einmal einen Kuchen geschickt und danach haben wir alle nach dem Sanitäter gerufen. Chet, ich habe gehört, dass Überlegungen laufen, mit ihren Backwaren auf den Feind zu feuern."

„Was sagst du, McCord? Irgendwelche Neuigkeiten von Tante Bess?", rief ein Gefreiter quer durch den Raum. „Für einen ihrer Kuchen würde ich töten."

Noch mehr Gelächter. Chet schaute die Jungs an, lehnte sich auf seinem Stuhl zurück. „Kein Wort von ihr, nicht einmal ein Krümel."

Ein Streit darüber, wer ihr Herz erobern und damit ihre miserablen Kochkünste in Kauf nehmen würde, brach los: „Ich würde sie heiraten. Mir ist egal, ob sie kochen kann oder nicht", verkündete ein Pilot.

„Da wirst du dich hinter mir anstellen müssen, Downs." Das kam von Wilkins.

Als ein eisiger Luftzug durch die Messe zog, beugte sich Chet über seinen Kaffee und hörte den Männern zu, die darüber stritten, wer ein Mädchen heiraten durfte, das sie noch nie gesehen hatten.

99

Heath las noch einmal, was er geschrieben hatte. Nicht schlecht. Vielleicht sogar passabel. Es machte ihm Spaß, aus der Gegenwart zu flüchten, indem er über einen anderen Ort und eine andere Zeit schrieb und darin seine Liebe für Geschichte und für Helden wie seinem Großvater zusammenführen konnte.

Sprich mit mir, Chet McCord. Was ist los auf den kalten Aleuten?

Ein leises Scheppern in der Ferne erregte Heaths Aufmerksamkeit. Er schaute auf und lauschte. Noch ein Scheppern, dieses Mal lauter. Er schob seinen Laptop auf die Ottomane, warf einen Blick auf Alice – sie schlief tief und fest – und erhob sich. *Klirr*, schon wieder. Das war doch Geschirr, das zu Bruch ging! Wer machte so etwas? Heath ging leise in die Richtung, aus der der Lärm kam.

Klirr. Ein spitzer Schrei. Heath spähte durch das Küchenfenster, wo Avas Brief immer noch stand, nach draußen. Im dumpfen Licht der Dämmerung sah er Ellen, die unterhalb der Treppe zum Studio Geschirr gegen die Garagenwand schmetterte. Etwas Weißes explodierte wie ein Porzellanfeuerwerk. Die Scherben spritzten ins hohe Gras.

Sie bückte sich zu einem Karton hinunter und nahm einen weiteren Gegenstand heraus. Heath blinzelte. Eine Sauciere? Sie warf sie gegen die Wand, aber dieses Mal zerbrach das Stück nur in zwei Hälften.

Er trat nach draußen und blieb auf der Veranda stehen. „Sie werfen wie ein Mädchen!", rief er.

Ohne ihren Rhythmus zu unterbrechen schleuderte Ellen ein weiteres Porzellanteil durch die Luft. „Für den Fall, dass Sie das noch nicht bemerkt haben, ich *bin* ein Mädchen."

Ja, das hatte er durchaus bemerkt. Viel zu deutlich. Zum ersten Mal seit Avas Tod hatte er eine Frau überhaupt *wahrgenommen.* Ganz vorsichtig ging er auf sie zu – es konnte ja sein, dass sie durchdrehte und auf die Idee kam, auf ihn zu zielen. Eine zarte Teetasse landete an der Wand, zerbrach in der Mitte und fiel zu Boden.

„Sie müssen mehr aus der Schulter werfen", riet er ihr.

„Von allen möglichen Mietern auf der Welt habe ich ausgerechnet einen Wurfcoach abbekommen?" Ellen nahm einen Teller und schleuderte ihn seitlich wie eine Frisbeescheibe gegen die Wand. „Zufrieden?"

„Besser, Garvey, sehr viel besser." Er beugte sich vor und schaute ihr ins Gesicht. „Was machen Sie da?"

„Wonach sieht es denn aus?" Sie schleuderte einen weiteren Teller.

Heath lächelte, als der Teller in Dutzende Teile zerschellte. Sie kam langsam in Schwung. „Geschirr zerdeppern? Aber warum?"

Ellen hielt inne, um nach Luft zu schnappen, starrte ihn finster an, dann schleuderte sie eine kleine Vase gegen die Wand.

Heath trat zur Seite. Allmählich begriff er. Er kannte das Gefühl, das sie jetzt gerade hatte. Am liebsten hätte er damals auch einige Gegenstände zertrümmert, aber dazu hatte er sich nicht überwinden können. Er hatte zu viel verloren, um die Dinge, die er und Ava miteinander geteilt hatten, kaputt zu machen. In vieler Hinsicht waren *Dinge* alles, was ihm noch von ihr geblieben war.

Ellen pfefferte eine weitere Teetasse gegen die Wand. Guter Wurf, befriedigendes Scherbenaufkommen. „Erinnern Sie mich daran, dass ich Alice in Zukunft nicht barfuß hier herumlaufen lasse."

„Ich werde später alles auffegen."

„Hilft es denn? Fühlen Sie sich besser?"

Diese Übung schien ihr keine Erleichterung zu verschaffen, im Gegenteil, ihr Zorn schien noch angestachelt zu werden. „Nein, eigentlich nicht."

„Zerstören Sie Hochzeitsgeschenke?"

„In gewisser Weise." Sie trat gegen den Karton. „Das sind Dinge, die ich im Laufe der Jahre angesammelt habe. Dumme Dinge ..." Ihre Stimme ging in ein tränenersticktes Flüstern über.

„Es tut mir leid, Ellen." Heath steckte die Hände in die Taschen seiner Jeans und wartete, dass sie entweder noch mehr Porzellan zerdepperte oder davonging.

101

„Warum wollen bloß alle Frauen so gern heiraten? Dumm, nicht?" Sie wischte sich den Schweiß von der Stirn.

„Nein. Und machen Sie sich nichts vor; Männer wollen genauso gern heiraten, wenn nicht noch lieber. Liebe und Hingabe sind wundervoll."

Ellen betrachtete ihn durch die Haarsträhnen hindurch, die ihr ins Gesicht geweht waren. „Gibt es auch in Ihrer Vergangenheit einen Haufen zerbrochenes Geschirr? Liegt das auf irgendeinem Rasen in New York?"

Hübsch *und* aufmerksam. Wann immer sie sich unterhielten, nahm er sie deutlicher wahr. „Sagen wir es so: Ich kann Ihren Schmerz und Ihre Enttäuschung verstehen, Ellen."

„Wissen Sie, was mich am meisten ärgert? Ich stehe buchstäblich mit nichts da, während Jeremiah in seinem schicken Pastorenbüro in Dallas sitzt." Sie stieß erneut mit dem Fuß gegen den Karton. „Ohne Mann, ohne Galerie, ohne Cottage, ohne Leben."

„Sie brauchen nur ein Wort zu sagen, und wir ziehen aus, Ellen."

„Das kann ich Ihnen und Alice nicht antun. Außerdem zahlen Sie meine Hypothek. Vielen Dank."

„Dann ist dieser Bruch vielleicht eine gute Gelegenheit und kein schreckliches Problem."

„Ach, Mist! Sie gehören zu diesen Typen, bei denen das Glas immer halbvoll ist." Ellen fuchtelte mit den Händen vor seinem Gesicht herum. „Na los, gehen Sie weiter, hier gibt es nichts zu sehen. Alle Gläser sind leer."

Er betrachtete sie, dann sagte er: „Haben Sie schon einmal Ihre Seelenverwandte in einem Sarg liegen sehen? Haben Sie zugesehen, wie die Person, die sie mehr lieben als sich selbst, in die Erde hinabgelassen wird und der Pastor sagt: ‚Asche zu Asche'?"

Die Ungeduld in Ellens grünen Augen wich etwas anderem. Sie sah ihn an. „Nein, das habe ich nicht."

„Sind Sie schon einmal völlig verstört nach einem Alptraum aufgewacht und haben nach jemandem gegriffen, der eigentlich da sein sollte, aber nicht da war? Sind Sie schon einmal von Schuldgefühlen geplagt gewesen, weil Sie sich fragten, ob die

102

Person, die Sie lieben, vielleicht noch am Leben wäre, wenn Sie einfach mal Nein gesagt oder sich entschiedener durchgesetzt hätten?"

Verständnis und Mitgefühl breiteten sich auf ihrem Gesicht aus. „Heath, es tut mir so leid. Da jammere und klage ich wegen einer blöden geplatzten Verlobung! Wie lange ist sie schon tot?"

„Fast acht Monate."

„Sie sind nicht nur hergekommen, um ein Buch zu schreiben."

„Nein. Ich brauchte einen Tapetenwechsel, eine Veränderung, um unser Leben wieder in den Griff zu bekommen und heil zu werden."

Ellen schlang spontan die Arme um ihn und drückte ihn sanft an sich. „Ich wünsche Ihnen sehr, dass Sie das hier finden."

Vollkommen überrumpelt konnte sich Heath einen Augenblick lang nicht rühren. Seine Arme hingen reglos an ihm herunter. So lange hatte er keine Frau mehr gespürt. Aber als er merkte, dass sie sich von ihm lösen wollte, umfasste er ihre Schultern.

„Das wünsche ich Ihnen auch, Ellen. Das wünsche ich Ihnen sehr."

Kapitel 9

*Beaufort
im Mai*

Am ersten Sonntag im Mai empfand Ellen beim Aufwachen ein heftiges Verlangen zu singen. Sie kam zu dem Schluss, dass sie jetzt lange genug der Kirche ferngeblieben war. Nachdem sie geduscht und sich angezogen hatte – Jeans und eine zerknitterte Bluse –, blieb sie mitten in ihrem Studio stehen.

9:45 Uhr. Jetzt musste sie sich entscheiden. Gehen oder bleiben? Wo war ihre Handtasche? Ohne Schlüssel konnte sie nicht fahren. Die Bibel? Sie durchsuchte die Kisten aus dem Cottage und fand die Bibel zwischen dem Kram aus ihrem Schlafzimmer.

Den Wagenschlüssel in der Hand, blieb sie zögernd stehen. Wie konnte sie all diesen Menschen gegenübertreten? Ihrer Gemeindefamilie? Den Leuten, die am folgenden Samstag eigentlich ihre Hochzeit mit ihr hatten feiern wollen? Den Leuten, die Jeremiah Franklin gekannt und geliebt hatten.

Ellen klimperte mit den Schlüsseln. Vielleicht war sie doch noch nicht bereit für die Kirche. Als die „Verliererin" in diesem Hochzeitsdesaster konnte sie sich vorstellen, wie die Leute spekulierten: *Was hat Ellen nur angestellt, dass er sie fallen lassen hat? Sie muss verrückt sein. Wenn ich einen Mann wie Jeremiah haben könnte ...*

Stopp, Ellen! Hör auf mit dem Quatsch und setz dich in Bewegung. Sie schnappte sich ihre Tasche vom Tisch, klemmte sich ihre Bibel unter den Arm und wollte zur Tür gehen. In diesem Augenblick entdeckte sie sie: Eine Feder, die in den Strahlen der Morgensonne tanzte. Ihr Zwilling lag auf dem Arbeitstisch. Ellen fing sie mitten im Flug auf, und eine Welle der Ehrfurcht überrollte sie.

Gott, was tust du?

Als Ellen in die letzte Bank rutschte, bemühte sie sich, ihre Gedanken auf Jesus zu richten und nicht daran zu denken, dass sie hier ohne Jeremiah in der Kirche saß.

Tuschelten die Leute etwa miteinander und starrten sie an? Ein schneller Blick überzeugte sie davon, dass sich die Gemeinde offensichtlich nicht mit ihrem Liebesleben und ihrem ehelichen Status beschäftigte.

Andy, der stolze Betreiber des *Cottonfield Café*, fing ihren Blick auf und schob das Kinn vor. *Sei stark, Mädchen!*

In Ordnung, Andy.

Sie schloss die Augen und wollte in den Gesang einstimmen, als eine leise Stimme fragte: „Ist da noch ein Platz für mich?"

Eine kleine alte Dame stand neben ihr im Gang.

„Natürlich, sicher, setzen Sie sich neben mich, Miss Anna." Ellen rutschte weiter, um Platz für sie zu machen.

„Ich habe für dich gebetet", flüsterte Miss Anna und legte ihre schmale, kühle Hand auf Ellens Arm.

Ihre Bemerkung erfüllte Ellen mit Frieden. In der Bank neben der Kirchentür entdeckte sie Heath, der mit geschlossenen Augen dasaß. Alices blonder Haarschopf ragte kaum über die Rückenlehne hinaus. Sie bewunderte seinen Mut, einen Neuanfang zu wagen. Und es war schön, ihn hier in der Gemeinde zu sehen.

Pastor O'Neal trat auf die Kanzel, aber Ellen bekam nicht viel von der Predigt mit. Sie kämpfte mit ihren Gefühlen. Sie vermisste Jeremiah. Zum ersten Mal verstand sie, wie es kam, dass Menschen verbittert wurden.

Als der Pastor den Gottesdienst mit einem „Amen" beschloss, wandte sich Miss Anna Ellen zu. „Ich könnte morgens Gesellschaft in der Gebetskapelle gebrauchen. Ein Beter bringt tausend andere zum Fliegen. Zwei zehntausend."

Ellen drehte sich zu ihrer Banknachbarin um. „Wie bitte? Die Gebetskapelle?" Die Gebetskapelle war vom Hurrikan Howard im vergangenen Jahr stark beschädigt worden und die Gemeinde sammelte schon seit Monaten Spendengelder für die Reparatur des alten Gebäudes. Mehrere der Fenster waren immer noch mit Brettern vernagelt. Als Ellen das letzte Mal mit ihrem Vater dort gewesen war, um die Gesangbücher in Kisten zu verpacken, hatte sie beinahe einen Anfall von Klaustrophobie bekommen.

„Wie wäre es mit sieben Uhr morgens?" Miss Anna öffnete ihre Tasche und steckte ihre zerlesene Bibel hinein.

„Ich weiß nicht, Miss Anna … gibt es denn keine reguläre Gebetsgruppe?"

Sie setzte ihren blauen Hut auf. Ellen grinste, als er zur Seite rutschte. „Donnerstags um zehn. Aber ich meine etwas anderes."

„Etwas anderes? Gebet ist doch Gebet." Ellen trat neben sie in den Gang.

„Nein, es gibt Fürbitte, und es gibt das persönliche Gespräch mit dem Einen, der dich unendlich liebt. Das ist es, was du jetzt brauchst, Ellen. Und Gott hat dir ein einzigartiges Geschenk gemacht – Zeit."

Das persönliche Gespräch? Hatte schon mal jemand Gott von Angesicht zu Angesicht gesehen und war am Leben geblieben? Selbst Mose musste sich hinter den Felsen verbergen, als Gott vorbeiging. Aber Zeit? Ja, davon hatte Ellen genug. „Warum in der alten Kapelle?"

„Ich bete schon seit vierzig Jahren dort. Das ist ein besonderer Ort; es gibt keine Ablenkungen. Außerdem kommst du dann mal aus dem Haus. Das ist deine Chance, Ellen." Miss Anna legte die Hand auf ihr Herz. „Der Herr hat wegen dir zu mir gesprochen. Suche ihn jetzt, wo nichts dich von ihm ablenken kann. Keine Termine, keine Erwartungen. Und wenn er dann etwas zu sagen hat, wirst du bereit sein."

Gott hatte mit Miss Anna über sie gesprochen? Ellen war in dieser Gemeinde groß geworden und musste zugeben, dass sie Miss Anna immer ein wenig seltsam gefunden hatte, aber ihre Worte hatten Gewicht. „Um sieben Uhr morgens?"

„Ellen …" Miss Anna lachte. „Du wirst nicht daran sterben. Komm schon, lass zu, dass der Herr dich auf den rechten Weg bringt."

„Also gut."

Miss Anna drohte Ellen freundlich mit dem Finger und trat in den Mittelgang. „Wir sehen uns um sieben. Edna, hast du Zeit zum Mittagessen? Ich lade dich ein."

Ellen schaute ihr nach und fragte sich, wie sie der freundlichen alten Dame klarmachen sollte, dass sie vermutlich nicht um sieben Uhr morgens zum Gebet kommen würde. Vermutlich war sie um diese Zeit nicht einmal wach.

Verflixt. Hatte die alte Miss Anna sie verhext? Ellen war nicht nur wach, sondern sogar hellwach. Um Punkt 6:00 Uhr.

Nachdem sie eine Weile vergeblich versucht hatte, wieder einzuschlafen, schälte sich Ellen aus den Laken und ging unter die Dusche. Na gut, dann konnte sie auch ruhig zu dieser feuchten, muffigen Gebetskapelle fahren.

Kurz danach, nachdem sie sich ein Päckchen alter Kräcker geschnappt hatte, war sie im frühen Licht der Dämmerung nach Mossy Oak unterwegs. Auf der Fahrt kam ihr der Gedanke, dass sie einige Fragen an Gott hatte. Zum Beispiel, warum er zugelassen hatte, dass Jeremiah ihr einen Heiratsantrag machte, wenn er sie dann doch sitzen ließ. Warum er zugelassen hatte, dass sie ihre Galerie verkaufte, wenn sie zwei Wochen später ohne Zukunft dastand.

Vielleicht würden ihr einige frühe Morgenstunden in der Gebetskapelle ja tatsächlich helfen, ihre Situation besser zu verstehen.

Ellen bog auf den Parkplatz ab, schaltete den Wagen aus und steckte den Schlüssel in die Tasche. Die Kapelle stand neben einer mächtigen Eiche, deren dicke Äste sich scheinbar schützend über sie legten. Auf dem sandigen Boden wirkte das kleine Gebäude verletzlich und verloren.

Als Ellen ihre Bibel nahm, dachte sie, dass sie diese Routine drei, vielleicht vier Tage durchhalten und sich dann wieder dem Schlaf hingeben würde. Mit diesem Gedanken betrat sie die Kapelle. Ja, es stimmte, sie suchte nach einer Richtung, aber beten um 16:00 Uhr nachmittags war doch wohl genauso gut wie um 7:00 Uhr morgens in der Kapelle, oder?

Die Kapelle war dunkel, abgesehen von den Altarkerzen und dem Licht, das durch das einzige unbeschädigte Bleiglasfenster fiel. Miss Anna war bereits da und kniete vorne am Altar. Sie hielt das Gesicht nach oben gewandt und lächelte. Musik spielte aus einem kleinen Kofferradio. Auf Zehenspitzen schlich Ellen durch den Gang zur zweiten Bankreihe auf der rechten Seite. Der Holzboden unter dem Teppich ächzte.

„Ich wusste, dass du kommen würdest", sagte Miss Anna, ohne sich umzudrehen.

Ellen blätterte in ihrer Bibel. „Haben Sie mich wach gebetet?"

Miss Anna schüttelte den Kopf. „Sobald ich getan habe, was der Herr mir aufgetragen hat, lasse ich es gut sein. Ich denke, er ist mächtig genug und kann seine Pläne zum Ziel bringen."

Die Frau schaute anscheinend direkt in Ellens Seele. „Eine wundervolle Zukunft liegt vor dir, und sie beginnt genau hier in dieser muffigen Kapelle, indem du mit Gott sprichst. Ellen, häufig ist es so, dass Gott uns erst aus der Wüste weiterbringen kann."

Danach schwieg Miss Anna. Sie schien in ihrer eigenen Welt zu versinken. Ellen starrte auf ihren Hinterkopf. Ihre Worte hallten in ihr nach. *Eine wundervolle Zukunft. Sie beginnt genau hier in dieser muffigen Kapelle. Aus der Wüste bringt Gott uns weiter.* In ihrem bisherigen Leben hatte Ellen die wüsten Orte möglichst gemieden.

In den ersten 30 Minuten der Gebetszeit ließ Ellen ihre Gedanken wandern. Sie debattierte mit sich selbst, führte ein einseitiges Gespräch mit Jeremiah und fragte sich, wo sie eine neue Kunstgalerie eröffnen sollte.

In der zweiten Hälfte der Stunde wurde sie ruhiger und sprach tatsächlich mit Jesus über die Dinge, die sie beschäftigten, und sie las das erste Kapitel des Johannesevangeliums.

Als Miss Anna sich erhob, um zu gehen, blieb sie bei der zweiten Reihe auf der rechten Seite stehen. „Wir sehen uns morgen früh, Ellen."

108

Ellen nahm ihre Bibel und Handtasche. „Soll ich Sie mitnehmen?"

„Ich gehe gern zu Fuß, danke."

Auf der Bay Street bremste Ellen ab. Die Arbeiter hängten ein neues Schild über ihrer alten Galerie auf. *Dooleys Handelszentrum.*

Handelszentrum? Angela nennt ihre Galerie ein „Handelszentrum"?

Huckleberry Johns überquerte mit einem Stück seiner „Umweltkunst" die Bay Street und verschwand in Angelas neuem Laden. *Viel Glück, Bubba.* Huckleberry arrangierte halb vermoderte Holzstücke und Müll in Terrarien und deklarierte dies als „Installationen". Wenn Ellen seine stinkenden Werke hasste, würde die aufgetakelte, sorgfältig frisierte Angela sie erst recht verachten. Ellen musste sich mal zu einem ausführlichen Gespräch mit diesem Jungen zusammensetzen.

Als sie am Marktplatz vorbeikam, beschloss sie, sich einen Kaffee zu gönnen. Sie stellte den Wagen an der Bay Street ab und betrat den Coffee-Shop.

„Hallo, Molly!" Ellen kannte die rothaarige Molly noch aus der Sonntagsschulgruppe der Zweijährigen. Jetzt war Molly alt genug, um Cappuccinos und Lattes zu servieren. „Einen großen Mokka-Latte, bitte."

„Klar, kommt gleich."

Na, wie auch immer. Ellen wählte einen Tisch am Fenster und ließ den Morgen noch einmal Revue passieren. Das Beten war gar nicht so schlecht gewesen. Sich zu konzentrieren fiel ihr schwerer, als sie gedacht hatte. Aber nachdem sie sich innerlich darauf eingelassen hatte, hatte ihr das Beten wirklich Freude gemacht. Vielleicht hatte sie sogar Gottes Gegenwart ein wenig gespürt. Ihr wurde jetzt klar, dass sie sich ihm schon lange nicht mehr wirklich nah gefühlt hatte.

Wann war sie eigentlich ins „Sozialchristentum" abgeglitten – Gott als weit entfernter Erlöser, aber nicht als Freund? Ellen

109

konnte den Zeitpunkt nicht genau bestimmen, aber es war lange vor Jeremiah Franklin gewesen ... bevor er gekommen war und ihr das Herz gebrochen hatte.

Molly brachte ihren Latte. „Das mit deiner Hochzeit tut mir leid, Ellen."

Sie zuckte die Achseln. „So etwas passiert. Ich hätte nie gedacht, dass es mir passieren würde, aber –"

„Ich würde sterben, einfach sterben, wenn mir so etwas passieren würde. Ich meine, was für einen Zweck hat das Leben dann noch? Das Leben, wie du es gekannt hast, ist vorbei. Alle deine Träume und Pläne. Die Liebe hat dich –"

Gott sei Dank für klingelnde Handys. Ellen nahm ihres schnell aus der Tasche und meldete sich. „Hallo."

„Wo bist du?" Julianne.

„Im Café am Marktplatz. Lasse mich gerade deprimieren."

„Was? Warum?"

„Molly. Findet es unfassbar, dass ich sitzen gelassen wurde. Sie ist der Meinung, sie würde sofort sterben, wenn ihr so etwas passieren würde."

„Was weiß sie schon? Ich für meinen Teil kann kaum glauben, dass du schon vor acht Uhr morgens auf bist."

Welcher Sarkasmus von ihrer Schwester. „Sei lieber nett zu mir, denn wenn du mich so früh anrufst, dann willst du bestimmt was von mir." Ihre Mama hatte schließlich keinen Dummkopf groß gezogen.

„Kannst du heute auf Rio aufpassen?"

„Warum? Was hast du vor?" Ellen entdeckte ein junges Paar in der Ecke des Cafés. Der Mann streichelte den Arm der Frau und beugte sich über den Tisch, um sie zu küssen. Ellen drehte ihnen den Rücken zu.

„Es ist nur für ein paar Stunden, Ellen. Shirley will sie nicht nehmen, weil sie eine Rotznase hat. In letzter Zeit stellt sie sich fürchterlich an, weil ihre Kinder andauernd krank sind."

Ellen fiel keine Ausrede ein. Sie hatte nichts Weltbewegendes vor. Vielleicht das Studio aufräumen, aber dazu hatte sie sowieso keine besondere Lust. „Ich könnte dich doch begleiten.

Hey, das würde Spaß machen. Ein Mädchentag. Was hast du vor?"

„Du und deine Fragen. Bitte, nimm sie mir heute ab."

„Ich und meine Fragen? Was ist mit deinen Geheimnissen? Bist du mit einem Axtmörder zusammen? Dealst du mit Drogen?"

„Musst du immer so kompliziert sein?"

„Und du?"

Stille.

„Nimmst du mir Rio ab?"

„Wir treffen uns in zwanzig Minuten."

Kapitel 10

„Heath? Jemand zu Hause?" Das Klopfen an der Küchentür tönte durch das ganze Haus.

„Die Tür ist offen." Heath las zum fünfzigsten Mal seinen letzten Satz. Irgendwie war er noch nicht richtig flüssig. Der Rhythmus stimmte nicht.

„Was wäre, wenn ich nun ein bewaffneter Einbrecher wäre?" Er schaute auf. Ellen stand im Türrahmen. *Der hübscheste bewaffnete Einbrecher seit Bonnie und Clyde ... was soll's.* „Normalerweise klopfen Einbrecher nicht und rufen: „Jemand zu Hause?""

„Da könnten Sie recht haben." Sie lächelte. Das stand ihr besonders gut. Und ihr Haar glänzte wie Rotgold.

„Was haben Sie vor?" Ihm ging auf, dass sie durch die Küche hereingekommen war, wo sich das Geschirr von mehreren Tagen im Spülbecken stapelte. Er redete sich ein, er hätte keine Zeit zum Aufräumen, schließlich hatte er ein Buch zu schreiben und ein Kind großzuziehen. Aber im Augenblick war ihm das doch etwas peinlich.

„Ich warte darauf, dass Julianne Rio herbringt." Sie durchquerte den Raum und setzte sich auf die Kante des Schaukelstuhls. „Wie lange gehen Sie schon zur *Beaufort Community*-Gemeinde?"

„Seit ein paar Wochen. Ihr Vater hat mich eingeladen."

„Mein Papa? Großer Mann mit Hut? Wann haben Sie ihn kennengelernt?"

„Er ist mal hier vorbeigekommen, als er Sie suchte."

„Ach ja, richtig, am Schicksalstag. Ja, nun", sie klopfte ihre Shorts ab, „wie nett von ihm, dass er Sie in die Kirche eingeladen hat."

„Wie geht es Ihnen denn so? Haben Sie noch den Drang, Geschirr zu zerdeppern?"

Sie setzte den Schaukelstuhl in Bewegung. „Nein, aber heute

112

Morgen ist mir klar geworden, dass zu einer Beziehung zu Gott mehr gehört als regelmäßiger Gottesdienstbesuch und die Bereitschaft, sich als Helfer für das Erntedankfest einzutragen und zu Weihnachten im Chor mitzusingen." Sie verzog das Gesicht und hob theatralisch die Hände. Er lachte. Sie schien Humor zu besitzen und die Fähigkeit, sich nicht zu ernst zu nehmen.

„Ich habe auch eine Wüstenerfahrung durchgemacht und mich dabei nicht unbedingt mit Ruhm bekleckert."

„Ihre Frau ist gestorben, Heath."

„Das ist kein Grund, Gott auszuschließen." Er schob seinen Laptop zur Seite. „Warum nur laufen wir von ihm davon, wenn wir in Schwierigkeiten stecken, anstatt zu ihm hinzurennen?"

Sie legte den Kopf an die Rückenlehne des Schaukelstuhls, der früher einmal Tante Rose gehört hatte. „Wenn ich das wüsste, würde ich ein Buch schreiben und von den Lizenzen in Saus und Braus auf einer Insel leben."

Er lachte auf. „Wer es zuerst herausfindet, sagt es dem anderen, okay?"

„Abgemacht."

„Ellen, bist du da?"

Sie drehte sich zur Küchentür um. „Julie, hier im Wohnzimmer." Sie schaute Heath an. „Rio fragt, ob Alice mitkommen will – wir möchten etwas Schönes zusammen unternehmen."

„Aber bestimmt. Sie ist in ihrem Zimmer." Heath klatschte sich auf die Oberschenkel und erhob sich. Er rief durch den Flur: „Alice, möchtest du mit Ellen und Rio etwas unternehmen?"

Eine Sekunde später kam das Mädchen ins Zimmer geflitzt. Die Kleine lehnte sich gegen ihren Vater und starrte Ellen an. Heath strich ihr über die Haare, die so widerspenstig unter seiner Hand waren. „Und?"

Alice brachte ihn zum Schmelzen, wann immer sie ihre blauen Augen auf ihn richtete. „K-kannst d-du m-mitkommen?"

Heath beriet sich mit Ellen. „Was haben Sie mit den Mädchen vor? Kann ein alter Vater mitkommen?"

„Ich bin noch nicht sicher. Kommen Sie ruhig mit, wenn Sie sich trauen."

Er traute sich allerdings, obwohl Nate ihm im Nacken saß. Gestern Abend und heute Morgen hatte er im Internet Informationen zusammengetragen und eine Zusammenfassung für das Exposé erstellt. Aber er wäre ja verrückt, sich die Gelegenheit entgehen zu lassen, den Vormittag mit Ellen zu verbringen. Sie war wirklich ausgesprochen attraktiv und besaß einen scharfen Verstand.

„Sie haben mich überredet. Alice, hol deine Schuhe."

Ein Tag im Freien würde ihm vielleicht helfen, mit Chet McCords Geschichte weiterzukommen. In seinem Hinterkopf hatte sich eine weibliche Protagonistin zu Wort gemeldet und Heath hatte den Eindruck, dass ein Tag in Gesellschaft einer Frau ihm Anregungen für den Charakter dieser Figur geben könnte. Vielleicht würde er ja nicht der nächste Grisham, sondern der nächste Nicholas Sparks werden.

Er fragte sich, was Nate wohl dazu sagen würde – ob er einen Herzinfarkt bekäme? *Eine Liebesgeschichte? Ruf den Notarzt.*

Mit den Kindern, Ellen und Julianne verließ Heath das Haus durch die Hintertür. Sie unterhielten sich über Allgemeinplätze wie das Wetter und die Benzinpreise, während Rio und Alice Hand in Hand zum Van hüpften.

„Kommt, wir fahren mit meinem Wagen." Ellen winkte sie zu sich herüber. „Wir klappen das Verdeck auf."

Gespannt beobachteten die Kinder, wie das Verdeck elektrisch zurückgefahren wurde. Heath half Ellen, die Mädchen auf dem Rücksitz anzuschnallen, und setzte sich dann auf den Beifahrersitz. „Wohin an diesem wunderschönen Tag?"

Während die Sonne am Himmel immer höher stieg und die letzten Tautropfen aufleckte, wurde es allmählich warm. Es war ein wunderschöner Lowcountry-Morgen.

Ellen setzte ihre Sonnenbrille auf und ließ den Wagen an. „Mir scheint heute der perfekte Tag für einen Bootsausflug zu sein."

„Ich bin dabei", stimmte Heath zu. Er drehte sich zu den Mädchen um. „Wollt ihr Boot fahren?"

Alice stimmte in Rios begeistertes „Jaaaaa" ein, obwohl sie in

114

ihrem kurzen Leben noch nie in einem Boot gesessen hatte. Das war gut für sie – neue Erfahrungen, neue Eindrücke.

Während sie über Lady's Island zu Ellens Elternhaus fuhren, wo ihr Vater ein kleines Boot liegen hatte, ließ Heath den Wind durch seine Hand streichen. Die Mädchen plauderten fröhlich miteinander, aber Ellen war sehr schweigsam. *Lass sie in Ruhe; sie hat einiges zu verarbeiten.*

Schließlich bremste Ellen ab, bog in eine breite, gepflasterte Einfahrt ein und fuhr dann über einen schmalen Feldweg zur Hinterseite ihres Elternhauses, einem weitläufigen, zweistöckigen Haus mit einer umlaufenden Veranda, davor saftig grüner Rasen und ein Anlegesteg.

Ellen parkte den Wagen im Schatten und führte sie zum Anlegesteg. „Heath, könnten Sie den Mädchen die bitte anziehen?" Sie warf ihnen Schwimmwesten zu.

Auf dem Boot überprüfte sie den Tankinhalt und machte einen Sicherheitscheck, wie Heath annahm, während er den Mädchen und sich selbst die Westen anlegte.

„Mädchen, sobald ihr im Boot seid, setzt ihr euch hin und bleibt sitzen, okay?" Die Kinder nickten pflichtbewusst, strahlten aber über das ganze Gesicht. „Wir wollen doch die Fische nicht mit Mädchenzehen füttern!"

Alices Augen weiteten sich und sie warf Heath einen ängstlichen Blick zu.

„Sie macht nur Spaß, Schatz." Er schaute Ellen mit hochgezogenen Augenbrauen an. *Wollen Sie mit Ihrem Gerede vom Fischfutter alles verderben?*

Sie verzog das Gesicht. *Entschuldigung.*

„Wir werden Delfine, Fische und Vögel sehen." Ellen band ihren Pferdeschwanz neu. „Wenn ihr irgendetwas wissen wollt, Mädchen, fragt mich oder Alices Papa, okay? Also, alle Mann fertig?"

Heath hatte fasziniert beobachtet, wie sie sich diesen ordentlichen Pferdeschwanz band. Ein kleines Wunder, ein richtiges Houdini-Meisterstück! Schien gar nicht so schwierig zu sein. *Ha, ha.* Er würde es später bei Alice ausprobieren.

115

Ellen ließ den Motor an. „Heath, bitte binden Sie uns los."

Er sprang auf den Anlegesteg, löste das Tau, und warf es ins Boot. Dabei rief er: „Schiff ahoi!"

Eines Tages würde er sich zurückerinnern und sich fragen, was in diesem Moment in ihn gefahren war. Eigentlich wusste er es doch besser. Aber statt vom Anlegesteg ins Boot zu hüpfen, sprang er geradewegs in das schokoladenbraune Wasser hinein. Nur dass es kein Wasser war, sondern dicker, zäher Schlamm. Er saugte ihn auf wie einen Strohhalm.

„Heath!" Ellen rannte zur Reling des schaukelnden Bootes. „Alles in Ordnung?"

„Ja, mir geht es gut." Lachend formte er einen Schlammball und warf ihn nach ihr. Sie duckte sich, obwohl er sie weit verfehlte.

„Sie wissen schon, dass Sie jetzt feststecken, nicht?

„Was? Nein. Ich werde einfach herausschwimmen." Heath setzte an, um es zu zeigen … aber er konnte sich nicht rühren. Seine Beine und seine Brust waren wie in ein Schlammgrab einzementiert. „Äh … Ellen?"

Sie stemmte die Hände in die Seiten und begann zu lachen. „Stecken Sie etwa fest, Supermann? Sagen Sie mir nicht, dass Sie *absichtlich* gesprungen sind."

„Es war einfach zu verlockend." Sein Blick flehte sie an. „Würden Sie mir heraushelfen? Lachen können Sie später noch."

Oder jetzt. Ellen ließ sich gegen die Reling sinken und lachte aus voller Kehle. Ihr schallendes Gelächter hüpfte über das Wasser und wurde vom Wind weitergetragen.

In der Zwischenzeit starrte Alice sie mit gerunzelter Stirn an. „Hey, Alice, schau mal, wie viel Spaß Papa hat! Ähm, Ellen? Ich sinke immer tiefer."

Glucksend warf sie ihm das Seil zu, dann fuhr sie langsam an und zog ihn vorsichtig aus dem Schlamm in das klare Wasser des Factory Creek.

Es war schon eine Weile her, dass sein Großvater ihn und seinen Bruder Mark vor dem tiefen *Pluff Mud* gewarnt hatte:

„Wenn ihr reinfallt, werde ich euch vermutlich nie finden und ausgraben können." Heath hatte das für eine reine Angstmacherei seines Großvaters gehalten. Jetzt, mehr als 30 Jahre später, erkannte er, dass es anscheinend doch nicht so gewesen war.

Er schwamm zur Bootsseite und wusch sich so gut es ging ab, dann hievte er sich an Bord. Seine Finger- und Zehennägel waren schwarz vom Schlamm. Darum würde er sich später kümmern müssen. Und seine teuren Schuhe würde er wohl nie wieder sehen.

„Danke", sagte er zu Ellen, die mit immer noch bebenden Schultern über dem Steuerrad hing. „Wie schön, dass ich Sie zum Lachen bringen konnte." Jetzt prustete sie wieder laut los und trommelte mit der Handfläche gegen den oberen Rand der Windschutzscheibe.

Heath setzte sich auf die gepolsterte Bank zwischen Alice und Rio, die sich die Nase zuhielt. „Du stinkst!"

„Was du nicht sagst." Schlammwasser tropfte von seinen Shorts und seinem Hemd.

Ellen fasste sich schließlich soweit wieder, dass sie das Boot langsam durch den Factory Creek steuern und ein vorbeifahrendes Segelboot mit dem Signalhorn grüßen konnte. „Hallo, Mr Crowley."

„Hallo, Ellen. Das mit der Hochzeit tut mir leid."

„Längst vorbei, Mr Crowley." Sie brachte den Motor auf Touren und ließ das Signalhorn zum Abschied ertönen.

In der Sonne würden Heaths nasse Sachen bald wieder trocken sein. Mit dem Gestank allerdings würde er leben müssen. Nachdem er sich davon überzeugt hatte, dass die Mädchen sicher auf ihren Plätzen saßen, trat er neben Ellen. „Fertig gelacht?"

Sie schnaubte noch einmal. „Ja, leider. Alles Gute ist einmal zu Ende." Sie reichte ihm eine Flasche mit Sonnenschutzlotion. „Es tut mir ja auch leid, aber das war einfach zu komisch."

Heath öffnete den Verschluss. „Kein Problem, Ellen. Ich freue mich, dass ich Sie zum Lachen gebracht habe. Lachen ist die beste Medizin."

„Sie müssen es ja wissen." Ellen ließ das Signalhorn über ihrem Kopf ertönen. „Hallo, neuer Tag! Ellen GARVEY wird hierbleiben!", brüllte sie.

„Heath McCORD auch!" Das Schreien tat gut. Es setzte dringend benötigte Endorphine frei. „Also gut, was soll ich jetzt machen?"

„Die Mädchen eincremen."

„Ach ja, richtig." Heath rieb Rio und Alice mit dem Sonnenschutzmittel ein. Es war schön, mit seinen drei Lieblingsmädchen auf dem Wasser zu sein, und er war froh, dass Ellen nicht mit Nachnamen Franklin hieß.

Als er Ellen die Flasche zurückgab, schob sie ihre Sonnenbrille hoch und wandte ihm ihr Gesicht zu. „Würden Sie mir bitte die Nase eincremen?"

Okay. Es war nur eine Nase. Eine Nase ist nicht sexy. Er gab einen Tropfen von der Sonnenschutzlotion auf seinen Finger und berührte die Spitze ihrer schmalen Nase. Sein Herzschlag rief seinen Ohren zu: *Schö-ne Na-se, schö-ne Na-se.*

„So." Er schluckte und verstaute die Lotion in der Kiste an der Längsseite des Bootes.

Sie schob ihre Sonnenbrille wieder herunter. „Wie sehe ich aus?"

„Sehr hübsch." Er beobachtete sie einen kurzen Moment und atmete tief ihren frischen Blumenduft ein. Wenn er es nicht ganz genau gewusst hätte, wäre er nicht auf den Gedanken gekommen, dass ein gebrochenes Herz in ihrer Brust schlug.

„Wie geht es den Mädchen?" Ellen spähte über die Schulter zurück. „Bleibt schön sitzen."

„Ich glaube nicht, dass Alice noch größere Augen machen würde, wenn sie vor Cinderella stünde."

„Wenn Sie nach New York zurückkehren, wird sie nicht mitwollen."

„Vermutlich." Er stützte sich auf der niedrigen Windschutzscheibe ab, nahm den blauen Himmel, den Anblick des von Bäumen gesäumten Ufers und des Adlers, der sich von der Luftströmung tragen ließ, in sich auf. „Es ist wunderschön."

Heath versuchte sich vorzustellen, dass Ava hier neben ihm stand, aber er konnte ihr Bild nicht so deutlich heraufbeschwören wie noch vor einem Monat. In letzter Zeit hatte er eine größere Hürde genommen: Das Leben war wieder zu *seinem* Leben geworden, es war nicht mehr *ihr* gemeinsames Leben.

„Wie passen Schriftstellerei und Jura zusammen?", fragte Ellen, während sie das gegenüberliegende Ufer im Blick behielt. Dann schrie sie: „Rio, Alice, schaut, dort drüben – Delfine!"

Heath stürzte zu den Mädchen, die sich zu weit über die Reling beugten. „Würden Sie mich das nächste Mal bitte vorwarnen, Ellen?"

Die Delfine jagten einen Schwarm Fische zum Ufer und schnappten sich einige.

„Was für ein leckeres Abendessen! Roher Fisch." Ellen rieb sich über ihren Bauch und gab ein lautes *„Mmmmh"* von sich. Rio zog ihre Nase kraus und sagte: „Iiihh, Tante Ellen."

Ein einzelner Delfin schwamm neben ihrem Boot her. Heath klammerte sich förmlich an Rio, als sie sich vorbeugte, um „den Fisch zu streicheln". Der graue Delfin hielt sich neben dem Boot, tauchte immer wieder ab und kam wieder nach oben.

„D-d-er h-hat ja e-ein Loch i-im K-kopf." Alice versuchte es mit der Hand zu erreichen.

„Das muss so sein." Rio, die Expertin.

„Das ist ein Luftloch. Da atmet er durch." Heath zog die Mädchen auf die Bank zurück. „Kommt, setzt euch wieder. Ihr beugt euch zu weit vor."

Ellen beschleunigte das Boot, hielt ihr Gesicht in den Wind und ließ ihn durch ihre offenen Haare streichen. Ja, Heath hatte definitiv eine neue Phase im Trauerprozess erreicht. Schon lange hatte eine Frau ihn nicht mehr dermaßen fasziniert.

„Was haben Sie jetzt vor?", fragte er, als sie die Geschwindigkeit drosselte. Sie näherten sich einer nicht verankerten Fischerjolle.

„Ich werde eine neue Galerie eröffnen", erklärte sie über die Schulter hinweg. „Und vergessen, dass ich beinahe geheiratet hätte."

Heath trat neben sie. „Warum haben Sie Kunst studiert?"

Ellen strich sich die Haare aus dem Gesicht. „Meine ersten Erinnerungen sind, dass ich male – in der Kirche auf die Mitteilungsblätter. Zu Hause habe ich die Flure und den Küchentresen bemalt und sogar die Hochzeitsfotos meiner Eltern nachcoloriert."

Heath lachte. „Wie alt waren Sie da?"

„Alt genug, um es besser zu wissen. Aber im Ernst, ich hatte neue Wasserfarben bekommen und fand, dass die Schwarz-Weiß-Fotos etwas Farbe gebrauchen könnten."

„Nun, es fällt schwer, dieser Logik zu widersprechen." Er blinzelte in die Sonne und nahm sich vor, bei seinem nächsten Einkauf Sonnenbrillen für sich und Alice zu besorgen.

„Im Lauf der Jahre wurde mir mein Zimmer sehr vertraut. Falls Sie verstehen, was ich meine. Ich habe oft Hausarrest bekommen, um über das nachzudenken, was ich angestellt hatte."

„Das hätte bei mir nie funktioniert. Ich hätte überlegt, wie ich es das nächste Mal noch besser machen könnte."

„Darum sagt Papa, alle Kinder sollten Mädchen sein."

„Aber wenn es nur Mädchen gäbe …"

Ellen lachte. „Biologiestunden sind hier nicht nötig, Heath."

„Ava und ich wollten keine Kinder. Wir waren bereits Mitte Dreißig, als Alice auf die Welt kam."

„Was hat Ihre Meinung geändert?"

„Die Füße meiner Frau."

„Das müssen Sie mir erklären."

„Ja. Sie hatte ganz besonders schöne Füße, genau wie ihre Mutter. Wir unterhielten uns über das Erbe dieser langen, schlanken Füße, und ehe wir es uns versahen, steckten wir in einer philosophischen Diskussion darüber, dass unsere Entscheidung, keine Kinder zu bekommen, die Erblinie unserer Familien beenden würde. Und ein paar Monate später …"

Ellen schaute ihn durch ihre dunkle Sonnenbrille an. „Warum wollten Sie ursprünglich keine Kinder?"

„Wir wollten Karriere machen, und zwar schnell. Dumm. Aber

120

damals wussten wir es nicht besser. Was ist mit Ihnen? Wann hatten Sie die große Offenbarung, dass Kunst Ihr Leben ist?"

„Ich machte im Rahmen des Kunstunterrichts mit meiner Klasse eine Exkursion ins *Metropolitan Museum* in New York, und dort sah ich ein Gemälde von Childe Hassam. Damals war ich sechzehn und liebte Kunst, aber bis dahin hatte sie mich noch nie in meinem Innersten berührt. Dieses Gemälde trieb mir die Tränen in die Augen. Bis dahin wusste ich nicht, dass Kunst sprechen kann. Ich nahm mir vor, Malerin zu werden und durch Farben, Bilder und Pinselstriche zu kommunizieren."

„Malen Sie denn auch selbst? Und warum die Galerie? Ich habe schon viele Galerien besucht und weiß, dass die Leitung einer Galerie sehr zeitaufwändig ist."

Sie steuerte das Boot durch die Windungen des Flusslaufs. „Nach vier Jahren Studium und einem Jahr in Florenz, in denen ich die Kunstwelt *nicht* erschüttert hatte, kam ich zu dem Schluss, dass ich nicht gut genug bin, um mir meinen Lebensunterhalt als Malerin zu verdienen. Darum habe ich eine Galerie eröffnet. Auf diese Weise kann ich mich mit Kunst umgeben, auch wenn ich nicht selbst male."

„Das war ihr Plan B für den Fall, dass es mit dem anderen nichts wird?"

Sie schob ihre Sonnenbrille nach oben und schaute ihn an. „Ja, vielleicht. Wie auch immer, ich habe das Erbe meiner Tante Rose dazu verwendet, die Galerie zu eröffnen. Ich wollte Künstlern helfen, die gut sind und eine Chance brauchen. Es hat mir auch Spaß gemacht. die Menschen zu bilden; ich wollte ihnen eine Erfahrung ermöglichen wie die, die ich machen durfte, als ich die Gemälde von Hassam sah."

Ellen gab Vollgas und fuhr in den Wasserweg zwischen den Küsten ein. Heath ging zu den Mädchen. Rio strahlte über das ganze Gesicht. „Ich glaube, Rio hat etwas übrig für Geschwindigkeit."

Ellen schaute zurück. „Noch schneller?"

„Ja!", rief Rio. Sie hielt sich an dem obersten Holm fest, während Alice sich an Heath klammerte.

Ellen steuerte das immer schneller werdende Boot über das Wasser. Rio lachte. Alice krallte sich noch fester an Heaths Hemd. Er würde an ihrem Urvertrauen arbeiten müssen.

Ein seltsames Gefühl durchströmte ihn. *Sorglos.* Er lehnte sich zurück, blinzelte ins Sonnenlicht, das vom Wasser gespiegelt wurde, und dachte ohne Schmerz an Ava und an sein Buch. Ihm gefiel die Idee, sich neue Erinnerungen mit Alice zu schaffen, immer besser. Und Ellen zu entdecken.

Kapitel 11

Zehnter Mai, schwarzer Samstag. Eigentlich hätte er weiß und rosa sein sollen, mit Blumenschmuck und Streichermusik.

Und Ellen hätte ein weißes Kleid tragen sollen.

„Wir gehen einkaufen." Julianne kam am Vormittag vorbei und riss Ellen die Bettdecke weg. „Danach trifft sich die ganze Familie bei Sara Beth zum Grillen. Komm, hoch mit dir."

„Grillen mit der Familie? Wollen wir mein Versagen feiern? Also wirklich, Julianne, ich kann jetzt keine mitleidigen Blicke ertragen."

Nach den guten Erfahrungen der vergangenen Woche, in der sie sich jeden Tag mit Miss Anna zum Beten getroffen hatte, und dem fröhlichen Bootsausflug mit Heath fühlte sich Ellen plötzlich wie unter einer dunklen Wolke.

„Steh auf, Ellen. Feiere das Heute. Lebe es. Lass dich nicht von einer Enttäuschung runterziehen."

„Tschüss, Julie." Ellen hatte ihren Tag bereits genau durchgeplant: Eine Zeit lang auf ihrer rechten Seite schlafen, sich dann umdrehen und auf der linken Seite weiterschlafen. Morgen würde sie aus dem Bett aufstehen und anfangen zu leben.

„Ellen, raus aus dem Bett!"

Kanonenfeuer. Julianne hatte das große Geschütz aufgefahren: Sara Beth.

Ellen spähte über den Rand ihrer Bettdecke hinweg. „Hallo, SB."

„Ab unter die Dusche, kleine Schwester. Mary und Karen warten unten."

„Es besteht wohl nicht die Möglichkeit, dass ihr alle euch umdreht, durch die Tür hinausgeht und sie hinter euch ins Schloss zieht?"

Sara Beth und Julie starrten sie mit verschränkten Armen an, die Lippen fest zusammengepresst.

„Hm, sieht nicht so aus." Ellen schlug die Decke zurück und

123

marschierte ins Bad. Als sie herauskam, war sie ganz in Schwarz gekleidet – schwarze Jeans, schwarzes Oberteil und schwarze Flipflops … falls sie sie finden könnte.

Sara Beth verdrehte seufzend die Augen. „Sehr hübsch, Ellen."

Julianne lachte. „Komm, Darth Vader, lass uns gehen."

Bei Sara Beth grillten Papa und Sara Beths Mann Parker würzige Rippchen. Der Duft ließ Ellen das Wasser im Mund zusammenlaufen, aber ihr Magen war wie zugeschnürt. Sie brachte keinen Bissen herunter.

Die Familie gab sich betont fröhlich, vermied es sorgsam, über verbale Tretminen wie Liebe, Beziehungen, Hochzeiten oder Jeremiah zu sprechen. Und auch nicht über Ellen. Niemand fragte: „Was hast du jetzt vor?" Oder: „Hast du irgendwelche Pläne?" Dabei war sie gewissermaßen bereit, solche Fragen zu beantworten.

Mama kam dann und wann an Ellens Sessel vorbei und drückte ihren Arm. „Du bist so tapfer."

Na ja, was blieb ihr denn auch übrig? Ellen litt mehr unter dem Gefühl der Entwurzelung als darunter, verlassen worden zu sein.

Gegen 21:00 Uhr an diesem Abend hatte Ellen genug vom Tag und sehnte sich nach der stillen Einsamkeit ihres Studios. Sie wollte schlafen, und wenn sie aufwachte, wollte sie alles, was mit Jeremiah zusammenhing, hinter sich gelassen haben. Ihre Schwestern hatten gute Arbeit geleistet, sie abgelenkt und zum Lachen gebracht. Dafür würde sie ihnen ewig dankbar sein.

Als Parker ein Volleyballspiel im beleuchteten Garten vorschlug, machte sich Ellen in aller Heimlichkeit davon und fuhr mit heruntergelassenen Fenstern nach Hause. Die warme, samtweiche Abendluft tat ihr gut.

Sie gestattete sich nur einen einzigen Gedanken an Jeremiah. *Denkst du an mich?* Wenn alles so gekommen wäre, wie es geplant gewesen war, würde der Fotograf jetzt seine Sachen zusammenpacken, und der Empfang im *Beaufort Inn* ginge langsam zu

124

Ende. Sie würde als die neue und einzige Mrs Jeremiah Franklin in Jeremiahs starken Armen tanzen.

Der Gedanke ließ Ellen erzittern.

Als sie beim Cottage ankam, stellte sie den Wagen in der Garage ab und warf einen schnellen Blick zur anderen Seite des Gartens. Die Veranda war erleuchtet, und leise Musik drang zu ihr herüber. Sie schlenderte über das Gras, blieb vor der Verandatür stehen und spähte durch das Fliegengitter. „Feiern Sie eine Party?"

Heath drehte sich zu ihr herum. „Hallo, Ellen."

Sie öffnete die Tür und trat ein. Lächelnd deutete sie auf ihr altes Kofferradio, während sie sich auf dem wackligen Verandastuhl niederließ. „Wo haben Sie dieses alte Ding denn ausgegraben?"

„Drüben in der Ecke, versteckt unter einer dicken Staubschicht."

Ellen lachte und stellte ihren Stuhl neben seinen. „Das kann ich mir denken. Ich bin erstaunt, dass es überhaupt noch funktioniert." Durch die Bäume und das Gebüsch sah sie, wie sich der Mond auf der Wasseroberfläche spiegelte. „Ich habe manchmal Visionen davon, wie Sie in den Schlamm gesprungen sind und –"

„Ach nein, lassen Sie das doch!" Er streckte sich und holte eine kalte Cola aus seiner neuen Kühltasche. „Zwölf Dosen im Sonderangebot bei Wal-Mart", berichtete er stolz.

„Toll! Sie lernen dazu!" Das kalte Getränk tat gut in ihren warmen Händen.

„Ich bin mit Alice zum Strand gegangen." Sie hörte das Lächeln in seiner Stimme. „Es ist so schön zu beobachten, wie sie die Welt entdeckt. Früher war ich immer so beschäftigt –"

„Heute wäre mein Hochzeitstag gewesen", unterbrach ihn Ellen, ohne lange zu überlegen und ziemlich unvermittelt. Den ganzen Tag hatte sie darauf gewartet, dass jemand aus der Familie sie darauf ansprach, sie ein wenig darüber reden ließ, aber keiner hatte es gewagt.

„War es ein guter Tag oder ein schlechter?"

„Wir haben einen Familientag gemacht. Alle haben versucht, mich abzulenken. Meine Schwestern haben mich zum Einkaufen mitgenommen. Danach haben wir gegrillt."

„P-Papa?" Eine leise Kinderstimme drang durch die Küchentür.

Heath erhob sich aus seinem Sessel. „Alice, wieso bist du denn wach?"

„I-i-ich hatte e-einen sch-schlimmen T-Traum."

Er streckte ihr die Arme entgegen. Alice rannte zu ihm hin. Ihre kleinen Füße machten kaum ein Geräusch auf den Verandabrettern.

„Was hast du denn geträumt?" Er nahm sie auf den Schoß.

Ellen drückte sich in ihren Sessel und beobachtete, hörte zu.

„E-ein g-großer Hai h-hat m-mich g-gebissen. G-genau h-hier." Sie hielt ihren Fuß in die Luft und deutete auf ihre Ferse.

„Da?" Heath nahm ihren Fuß und küsste sie auf die Ferse. Alice lachte. „Kein Hai darf mein Mädchen beißen. Wusstest du eigentlich, dass ein Hai, wenn ein Papa den Fuß seines Mädchens geküsst hat, nichts mehr machen kann?"

Alice hob den anderen Fuß in die Höhe. Heath küsste ganz sanft die Ängste seiner Tochter fort. „Wieder besser?"

„Küsst du auch E-Ellen die Füße, damit der Hai ihr nichts tun kann?"

Heath grinste Ellen an. „Ich wette, Ellens Papa hat ihre Füße bereits geküsst."

„Ja, nach viel Übung hat mein Papa die Füße aller seiner Mädchen geküsst." Sie deutete mit dem Finger auf Alice. „Oh, Bubba, die Kleine hat Sie wirklich um den Finger gewickelt!"

„Erwischt." Er hob die Hände.

„Wie auch immer", sagte Ellen und kitzelte Alices Füße. „Ich bin jetzt vor Haien geschützt, aber wie wehrt man dumme Männer ab? Hast du da einen Tipp?"

Alice zuckte die Achseln. „W-weiß nicht."

Ellen lachte. „Ja, ich auch nicht."

126

„Also, dann geh jetzt wieder ins Bett." Heath küsste sie auf die Stirn, dann stellte er sie auf die Füße. „Du darfst in meinem Bett schlafen. Aber nicht den Fernseher einschalten."

„Is' gut." Sie warf sich an Ellens Beine und schlang die Arme um ihre Knie. „B-bis b-bald, Ellen."

Die Fliegengittertür quietschte und fiel ins Schloss. Alices Füße patschten durch das Haus.

„Sie ist toll, Heath."

„Das finde ich auch."

„Darf ich fragen, was mit ihrer Mama passiert ist?" Nachdem sie ihn aus dem Schlamm gerettet hatte, fühlte sich Ellen irgendwie berechtigt, ihn danach zu fragen.

Er schob seinen Sessel näher an ihren heran. „Das ist eine lange Geschichte, und sagten Sie nicht, dass heute eigentlich Ihr Hochzeitstag gewesen wäre?"

Sie stellte ihre Cola auf den Verandaboden. „In diesem Augenblick würde ich eigentlich bei meiner Hochzeitsfeier tanzen. Wir hatten eine tolle Band verpflichtet und alle unsere Lieblingslieder und Oldies ausgesucht, die gespielt werden sollten." Wie kam es nur, dass sie ihm so problemlos ihr Herz ausschütten konnte?

„Und was meinen Sie: Trauern Sie eher um den Tag oder um den Mann?" Heath hatte den Kopf an die Rückenlehne gelehnt, das Gesicht ihr zugewendet. Das Licht der Verandalampe beschien ihn. Ein Oldie-Song drang aus dem Radio zu ihnen herüber.

„Vielleicht um beides. Ich habe ihn wirklich geliebt." Sie stützte sich auf der Armlehne ab. „Wie kommt es nur, dass sich kluge Frauen so häufig in die vollkommen falschen Männer verlieben?"

Heaths Lachen heiterte sie ein wenig auf. „Keine Ahnung. Aber Männer sind auch nicht immun dagegen. Eigentlich sind sie vermutlich noch schlimmer."

„Hatten Sie gut gewählt?"

„Durch die Gnade Gottes, ja." Sie schwiegen eine Weile, lauschten auf das Lied aus dem Radio.

127

Schließlich sagte Ellen: „Mit diesem alten Radio sind meine Freundinnen Caroline, Jessie und ich jedes Wochenende zum Strand gepilgert, jeden Sommer. Ich wundere mich, dass es keinen Sand spuckt." Ellen pulte mit dem Daumennagel die abblätternde Farbe vom Verandasessel ab. Voller Wehmut dachte sie an diese unbeschwerte Zeit zurück.

„*Meine* Freunde und ich haben jede Menge Unsinn gemacht, Gasflaschen zur Explosion gebracht, sind vor der Polizei davongelaufen. Mit fünfzehn besuchte ich eine Jugendevangelisation. Dort habe ich mich für Jesus entschieden und auf einmal machte es mir keinen Spaß mehr, Bäume mit Toilettenpapier zu umwickeln und aus Autoreifen die Luft herauszulassen."

„Tatsächlich?" Er hatte sich also schon früh für den Glauben entschieden. „Ich habe mich mit acht bekehrt. Mrs Gilmore sang ‚So wie ich bin' und ich konnte nicht mehr aufhören zu weinen." Ellen atmete aus. „Es ist gut, dass er mich verlassen hat, nicht?"

„Es ist gut, dass er ehrlich war, ja."

„Warum tut Ehrlichkeit nur so weh?"

„Ich weiß es nicht, aber vermutlich, weil es so viele Lügner auf der Welt gibt."

Ellen lachte. Heath tat ihr gut.

„Sie waren also mit Ihren Schwestern shoppen? Was haben Sie gekauft?"

„Nichts."

„Nichts?" Er pfiff leise durch die Zähne. „Ist das denn überhaupt gestattet? Shoppen an dem Tag, an dem Sie eigentlich heiraten wollten, und Sie kommen mit leeren Händen nach Hause?"

Ellen zog ihre Füße an und stellte die Fersen auf die Stuhlkante. „Man muss auch mal die Regeln brechen, McCord." Der Wind vom Fluss war ziemlich kühl.

„Wenigstens laufen Sie nicht mit fettigen Haaren und Trauerrändern unter den Augen herum."

„Geben Sie mir noch eine Woche." Sie schaute zu ihm herüber. Konnte man immer so gut mit ihm reden oder gab er sich im Augenblick besondere Mühe?

Als ihre Blicke sich trafen, schien er sich zu entspannen und streckte seine langen Beine aus. „Im fernen Texas fragt sich ein Mann jetzt vermutlich, ob er die richtige Entscheidung getroffen hat."

„Das bezweifle ich. Jeremiah ist sehr zielstrebig und ehrgeizig. Ich glaube nicht, dass er sich jemals rückblickend fragt, ob er richtig gehandelt hat."

Sie verstummte, als der nächste Oldie angespielt wurde. Der Froschchor stimmte in die Geräuschkulisse ein.

„Ich habe dieses Haus nur wegen der Veranda und der Nähe zum Fluss gekauft", erklärte Ellen schließlich leise. „Es ist so malerisch und friedlich."

„Ist es nicht schwierig für Sie, dass ich jetzt hier wohne? Ich meine, wenn man eine schwere Zeit durchmacht, sehnt man sich doch normalerweise nach dem Trost des eigenen Zuhauses. Einer Höhle, einem Rückzugsgebiet."

„Manchmal vermisse ich das Haus, aber das Studio ist inzwischen für mich ein Zuhause geworden. Darin gibt es wenigstens keine Erinnerungen an ihn."

„Ich verstehe. Aber wenn Sie jemals –"

„Ich weiß ..." Sie ließ ihren Arm über die Armlehne hängen und streifte dabei versehentlich seinen Arm. „Und, Heath McCord, wann ist Ihr Hochzeitstag?"

Er drückte seine leere Cola-Dose zusammen und stopfte sie in eine Plastiktüte. „Am siebten Dezember."

„Eine Hochzeit vor Weihnachten?"

„Ja und ich habe ihr in allem ihren Willen gelassen, bis sie von mir verlangte, beim anschließenden Empfang im Nikolauskostüm zu erscheinen." Heath winkte ab. „Da habe ich mich gewehrt."

Sie schnaubte in gespieltem Entsetzen. „Also nein, wirklich!"

Heath lachte. „Ava hatte als Kind keine große Familie, darum legte sie besonderen Wert auf Geburtstage und Feiertage. Sie hat alte Traditionen gepflegt und neue dazu erfunden. Seltsam, wie wir zwei einsamen Menschen, die sich nach Familie sehnen, uns getroffen haben. Wahrscheinlich haben wir uns magnetisch angezogen. Nachdem meine Mutter fortgegangen war, hatte mein Vater keine Energie oder keinen Sinn dafür, solche Traditionen aufrechtzuerhalten."

„Ist der Brief auf dem Fensterbrett in der Küche von ihr? Ich … habe ihn … neulich zufällig gesehen."

„Warten Sie, wie sind wir denn jetzt wieder auf mich zu sprechen gekommen?"

„Ich würde sagen, in unser beider Leben gibt es Dinge, die wir überwinden müssen." Ellen zog ihre Beine noch dichter an ihren Körper und rieb mit der Hand über ihre kalten Knie. Die feuchte Abendluft drang ihr bis in die Knochen.

Als das Lied zu Ende war, teilte der DJ mit, dass es 22:00 Uhr sei, 16 Grad warm und dass nun ein Song von Gladys Knight und den Pips gespielt würde. In zwei Stunden würde es keine Verbindung mehr zu einem Leben mit Jeremiah geben.

„Meine Mutter hat Gladys Knight geliebt", erinnerte sich Heath laut. „Als ich sieben oder acht war, hat sie ihre Platten andauernd gespielt."

„In der Autowerkstadt meines Onkels liefen ununterbrochen die Hits der Sechziger und Siebziger. Wann immer ich *Creedence Clearwater Revival* höre, verspüre ich den Wunsch, in eine Reparaturgrube zu steigen oder mit öligen Autoteilen zu spielen."

Sein Lachen wurde ihr langsam vertraut. „Ich wette, genau dieses Ziel haben *Creedence* mit ihrer Musik verfolgt!"

Der Werbeblock ging zu Ende und die ersten Töne eines langsamen, melancholischen Songs schwebten über die Veranda. Heath erhob sich und streckte ihr seine Hand entgegen. „Ich bin nicht Jeremiah, und dieser Tag ist nicht so verlaufen, wie Sie es sich erhofft hatten, aber darf ich Sie um diesen Tanz bitten?"

Das Verandalicht fiel auf sein Gesicht, betonte seine markanten Wangenknochen und das eckige Kinn, an dem sich am Ende des Tages Bartstoppeln zeigten. Sein Blick lag fest auf ihrem Gesicht.

„Bitte?"

Ellen entknotete ihre Beine, und als sie sich vom Sessel erhob, nahm Heath sie ganz vorsichtig in die Arme. Er drehte sich langsam zur Musik, schwebte mit ihr über den Verandaboden dahin. Der Abstand zwischen ihnen wurde immer geringer, bis sein Kinn auf ihrem Kopf ruhte und ihre Wange sich an seine Brust drückte.

War das ihr Herz, das da so laut klopfte, oder seins?

„Keiner von uns will als Erster Lebewohl sagen ...“, jammerte das Radio.

„Das ist ein seltsames Lied, das –“

„Schsch, Ellen. Einfach genießen und schweigen.“

Sie schloss die Augen und ließ den letzten Rest ihrer Trauer aus ihrem Herzen entweichen, während sie an ihrem Hochzeitsabend in den Armen eines anderen Mannes tanzte.

Kapitel 12

Miss Anna rutschte auf die Bank neben Ellen. Ihre weißen Haare umrahmten ihr zartes Gesicht wie eine Sommerwolke.

„Na, da bist du ja wieder. Schon die zweite Woche. Wie fühlst du dich?"

„Müde." Das warme, schwache Licht der Kapelle half da auch nicht weiter.

Miss Anna gluckste, als sie Ellens Hand drückte. „Was hat der Herr zu dir gesagt?"

„Sieh zu, dass du mehr Schlaf bekommst." Ein spontanes Gähnen unterstrich ihre Aussage.

Miss Annas Blick ruhte auf Ellen. „Nun, du könntest ja früher zu Bett gehen. Was machst du mit deiner Zeit?"

„Ich vergeude sie." So, sie hatte es ausgesprochen – ein mutiges Bekenntnis. Aber zwei Monate nach dem Verkauf ihrer Galerie und einen Monat, nachdem sie sitzen gelassen worden war, war Ellen immer noch total unmotiviert. Sie hing in der Schwebe. Keine Ideen, kein Antrieb.

Seit dem vergangenen Montag hatte sich Ellen bei ihren Eltern einquartiert und war nur zu den Gebetstreffen aus dem Haus gegangen. Tagsüber hatte sie sich Filme angeschaut und Chips in sich hineingestopft und Cola getrunken, bis sie vom vielen Koffein Zitteranfälle bekam.

Mama, die gute Seele, hatte sie am vergangenen Freitag schließlich hinausgeworfen. „Ellen, mein Schatz, ich weiß, es ist schwer, aber du musst dich zusammenreißen. Überleg dir, was du jetzt machen willst. Du weißt, du bist hier immer willkommen. Sind das etwa Chipskrümel auf meinem neuen Teppich?"

Ellen war Mamas Blick gefolgt. *Äääh, hups.* Sie hatte sie aufgelesen, so gut es ging, und war von der Couch gesprungen. „Ja, also ... bis dann, Mama. Danke für alles." Ein schneller Kuss auf Mamas Wange, und damit war sie verschwunden.

Am Sonntag hatte sie den Oldie-Sender eingestellt, den sie neulich Abends mit Heath gehört hatte, und es sich auf ihrem Bett gemütlich gemacht, um eine To-do-Liste zusammenzustellen.

1. *Einen Standort für eine neue Galerie suchen.*
2. *Kunden und Künstler von besagter Veränderung informieren.*
3. *Huckleberry anrufen, ein Treffen vereinbaren und ihm ins Gewissen reden.*
4. *Den Chips-Vorrat aufstocken.*
5. *Ein Ziel finden.*

An diesem Morgen brachte Ellen die Liste zu ihrer Gebetszeit mit.

„Das ist wohl etwas komisch für dich, nicht?" Miss Anna faltete die Hände in ihrem Schoß.

„Was ist komisch?" Ellen kritzelte auf einem alten Programmblatt herum, das sie in ihrer Bibel gefunden hatte. Ganz plötzlich war ihr während der Gebetszeit eine Idee für ein Gemälde gekommen.

„Das Beten. Reden mit einem Gott, den man nicht sehen kann, auf eine Stimme lauschen, die man nicht hören kann, sich an den Glauben klammern, der nur in deiner Seele existiert."

„Es ist ein bisschen, wie wenn man versucht, auf einer spiegelglatten Eisfläche zu laufen."

„Manchmal ja." Miss Anna schaute sie an. „Aber verwechsle Gebet nicht mit Untätigkeit."

„Richtig, denn hier zu sitzen ist höchste Aktivität."

„Nun ja, wir sitzen hier vielleicht untätig in unserer Bank, aber durch die Macht unserer Worte bringen wir den Himmel in Bewegung!" Miss Anna machte eine ausladende Handbewegung. „Vergiss das nicht, meine Kleine."

Ellen lächelte und strich sich die Haare hinter die Ohren. „Schon gut, tu ich nicht."

Miss Anna legte ihre Hände auf die Rückenlehne der Vorderbank und zog sich hoch. „Wir sehen uns morgen Früh."

„Einen schönen Spaziergang nach Hause wünsche ich Ihnen."

Am Mittwochmorgen nach der Gebetszeit fuhr Ellen zu Leslie Harpers Immobilienbüro, um nach einem geeigneten Objekt für ihre neue Galerie zu schauen.

Mit dem Geld, das sie mit dem Verkauf ihrer ersten Galerie erworben hatte, müsste sie sich eigentlich ein geeignetes Gebäude leisten können und noch etwas Geld für die Renovierung übrig behalten. Vielleicht konnte sie bereits im Spätsommer eröffnen.

„Sie hätten keinen besseren Zeitpunkt wählen können, um sich auf die Suche nach geeigneten Räumlichkeiten zu machen." Leslie war eine sehr kompetente Maklerin mit unerschöpflicher Energie. Ellen hatte sie einmal begleitet, als sie einem jungen Pärchen eine alte, verkommene Hütte gezeigt hatte. Sie hatte sich strategisch günstig vor ein klaffendes Loch gestellt und die Seitenwand aus billigem Rigips getätschelt. „Ich sage Ihnen, etwas Farbe und hübsche Vorhänge vor den Fenstern … dann ist es so gut wie neu." *Sie werden gar nicht merken, dass dieses Ding über ihren Köpfen zusammenfällt.*

Sie unterhielten sich eine Weile über Vorstellungen und Preise, dann hielt Leslie Ellen mit zufriedenem Gesichtsausdruck ein Exposé vor die Nase. „Was halten Sie vom zweiten Stockwerk der *Trading Company* in der Bay Street? Hmm? Es ist zwar nur zur Miete, aber ich denke, wir können die Eigentümer überreden, Ihnen eine Kaufoption einzuräumen."

„Leslie! Das ist der perfekte Standort."

„Heute ist dann wohl Ihr Glückstag." Leslie kam um ihren Schreibtisch herum. Sie war schlank und grazil und bewegte sich sehr anmutig. „Das mit Jeremiah tut mir übrigens sehr leid für Sie. Sie waren so ein schönes Paar."

Ellen hielt ihren Blick auf das Exposé gerichtet. „Es sollte wohl nicht sein."

„Vermutlich nicht. Wie ist es, wollen wir uns das Objekt anschauen?"

Sie fuhren in Leslies Luxusschlitten zur Bay Street. Unterwegs telefonierte sie mit den Eigentümern, um ihnen mitzuteilen, dass sie mit einer Interessentin vorbeikäme. Aber zuerst machten sie einen Abstecher zum Café, weil Leslie unbedingt einen doppelten Espresso brauchte. Dabei wirkte sie sowieso schon so energiegeladen.

„Also gut, dann wollen wir uns mal Ihre neue Galerie anschauen." Leslie legte besondere Betonung auf das Wort „neue".

Sie stiegen die Außentreppe zum ersten Stock der *Trading Company* hoch. Ellen verliebte sich auf den ersten Blick in die Räume. Hell, geräumig, polierter Dielenboden und saubere weiße Wände. Sogar die Beleuchtung war schon fast perfekt.

„Leslie, das ist wunderschön."

Leslie schritt durch den Raum; ihre Absätze klapperten auf dem Holzboden. „Mit sehr wenig Aufwand können Sie eine wunderbare Galerie daraus machen und sofort einziehen, Ellen."

Ellen schaute durch die Fensterfront auf die Bay Street herab. Das war es. Ihr neues Zuhause! „Wie viel?"

Leslie sah in ihren Unterlagen nach und schaute sie siegesgewiss grinsend an. „Liegt innerhalb Ihres Preisrahmens. Sie können schon mal die Handwerker bestellen – ich glaube, Sie haben Ihre neue Galerie gefunden."

Kelly Carrington musterte ihre Erscheinung im Flurspiegel. Sie zog die Naht ihrer Strümpfe gerade und strich ihren Pullover glatt, bevor sie zum Frühstück nach unten ging.

Chet war zusammen mit den anderen Männern im Krieg und kämpfte für ihr Land. Er war großen Gefahren und Entbehrungen ausgesetzt, und sie hatte während des Anziehens an kaum etwas anderes denken können, als dass sie sich dringend ein neues Paar Strümpfe wünschte.

*„Kelly, das Frühstück wird kalt. Komm schon, Schatz."
Mamas Gesicht tauchte am Geländer auf. „Wieso hast du einen*

135

Pullover angezogen? Kelly, heute sollen es über dreißig Grad wer-
den."

„Bin gleich unten, Mama." Über dreißig Grad? Doch nicht so
früh im Juni. Aber es würde heiß werden. Sie würde den Pullover
trotzdem anlassen, zumindest bis sie zu ihrer Arbeitsstelle bei der
Gazette aufbrach.

Bevor sie nach unten ging, holte sie den Brief an Chet hervor,
den sie am gestrigen Abend geschrieben hatte. Er war kurz und
enthielt viele Informationen über das, was in Beaufort pas-
sierte, aber nichts, was sie persönlich betraf. Im nächsten Brief
würde sie es ihm erzählen, nahm sie sich vor. Oder dem über-
nächsten.

Heath schaute auf. Er stellte sich Kelly vor, eine Fantasiegestalt,
die stark an Ellen Garvey erinnerte. Die Bootstour hatte Ellen zu
seiner Muse gemacht. Sie besaß alle Eigenschaften einer großen
Heldin – Schönheit, Intelligenz und eine Portion Pech.

Aber wollte er überhaupt eine Liebesgeschichte schreiben? Die
ausgerechnet in Beaufort spielte? Eigentlich war das abwegig,
aber wenn er anfing, aus Kellys Perspektive zu schreiben, wandte
sich sein Herz ihr automatisch zu. Sie hatte eine Geschichte zu
erzählen.

Nate wird ganz bestimmt einen Herzinfarkt bekommen.

Es war schon spät, und Heath beschloss, für heute Schluss zu
machen. Er fuhr seinen Laptop herunter und legte sich auf sein
Bett. Alice schlief auf der anderen Seite, zusammengerollt und
unter der Decke versteckt.

Lange Zeit konnte er keinen Schlaf finden. Seine Gedanken
ließen ihn nicht zur Ruhe kommen; immer wieder tauchte vor
seinem inneren Auge das Bild einer rotblonden Frau mit grünen
Augen und einem Sammelsurium von Armreifen auf.

Der Duft ihrer Haare hing noch in seiner Nase, und er konnte
nicht vergessen, wie seine Hand beim Tanzen auf ihrem Rücken
gelegen hatte. Sie roch wie eine Sommerwiese, warm und nach
Blumen und Erde.

Seit ihrem Tanz waren aber auch seine Träume von Ava zurückgekehrt, und häufig fuhr er von Schuldgefühlen gequält aus dem Schlaf hoch. Er stopfte sich das Kissen unter den Kopf und knipste die Nachttischlampe an. Ein gelber Schimmer erhellte seine Seite. Er schlug die Bettdecke zurück und legte seine Hand auf Alices goldene, aber widerspenstige Haare.

Du weißt gar nicht, was dir entgeht, Ava. Sie ist so wunderschön.

In den vergangenen Monaten hatte er ein Wechselbad der Gefühle durchlebt, die für ein ganzes Leben ausreichten. Er hatte seine Karriere unterbrochen, sein Kind aus seiner gewohnten Umgebung gerissen und war an den Ort seiner Jugend zurückgekehrt. Auch wenn sein neues Leben ohne Ava ihn immer weiter von dem Leben entfernte, das sie gemeinsam geführt hatten – in stillen Augenblicken vermisste er sie und wünschte sich, er könnte sie noch ein einziges Mal in den Armen halten.

In dem erweiterten Speiseraum des *Cottonfield Café*, der kleinen Perle unter den Speiselokalen von Beaufort an der Ecke Harrington und Bay Street, trug Penny Collins auf der neuen Bühne in der Mitte des Lokals gerade ihre Songs vor, als Ellen mit Julianne, Rio und ihrer Freundin Jessica Cimowsky an einem der hinteren Tische Platz nahm. Sie wollten sich einen schönen Mädchenabend machen.

Ellen mochte die heimelige Vertrautheit des *Cottonfield*. Als dieses Café noch Caroline gehört hatte, hatte sie viele Nachmittage in dem stillen Speiseraum verbracht, mit ihrer Freundin geplaudert und sich Andys leckere Kreationen schmecken lassen.

„Jessie, wo hat Stuart Green nochmal die Toilettenschüssel aus der Damentoilette abgestellt, als er die sanitären Anlagen erneuert hat?", fragte Ellen.

Lachend zeigte Jessie auf die Stelle. „Irgendwo da hinten an der Wand. Oh, das war so lustig. Und weißt du noch, dass er ohne Probleme *Renaissance* buchstabieren konnte?"

137

„Man sollte eben nie vom äußeren Anschein auf das Innere eines Menschen schließen", bemerkte Ellen und griff nach der Speisekarte.

Caroline hatte darauf bestanden, dass Ellen im Rahmen ihrer *Operation Hochzeitstag* Stuart auf die Liste möglicher Heiratskandidaten setzte. „Na klar", hatte Ellen zugestimmt. „Aber er muss in der Lage sein, das Wort *Renaissance* zu buchstabieren."

Stuart Green hatte zu ihrer Überraschung nicht nur *Renaissance* fehlerlos buchstabiert, sondern auch die historischen Fakten zu dieser Epoche erläutern können.

„Die Frage ist nun", sagte Julianne und schaute Ellen über ihre Speisekarte hinweg an, „ob Heath McCord *Renaissance* buchstabieren kann."

„Was?", rief Ellen. „Du bist verrückt. Das kann er ganz bestimmt. Erstens ist er Rechtsanwalt und Schriftsteller. Zweitens, ich werde ihn gar nicht danach fragen. Er ist ein Freund. Punkt."

„Heath McCord?", wiederholte Jessie. „Der Mann, der dein Cottage gemietet hat?"

Julianne nickte bedeutungsvoll. „Hast du ihn schon mal gesehen? Sieht verflixt gut aus." Sie zog die Augenbrauen in die Höhe. „Lecker."

Ellen brachte sie mit einem finsteren Blick zum Schweigen. „Er ist ein Freund." Den Tanz mit ihm an ihrem Hochzeitstag hatte sie wohlweislich für sich behalten. Was würde Julie wohl mit einer solchen Information anfangen?

„Und er sieht gut aus, ja?", hakte Jessie nach. „So klassisch hollywoodmäßig? Oder eher lässig-sexy wie Matthew McConnaughey?"

„Eher wie ein Anwalt, der alleinerziehender Vater und sehr weltgewandt ist." Ellen brach ab. Ihr Blick wanderte zwischen ihrer Schwester und ihrer Freundin hin und her.

Julie verzog das Gesicht. „Da hat aber jemand sehr eingehend nachgedacht."

Ellen vertiefte sich in die Speisekarte, die sie bereits auswendig kannte. „Ich habe ja viel Zeit."

Gerade rechtzeitig stellte Bea, die dienstälteste Kellnerin des *Cottonfield*, einen Korb mit Bubbas Butterbrötchen auf den Tisch. Sie knallte mit ihrem Kaugummi. „Habt ihr schon gewählt? Ellen, Schätzchen, das mit der Hochzeit tut mir sehr leid."

Ellen klappte ihre Speisekarte zu und stellte sie zurück in den Halter. „Manchmal läuft es halt nicht so, wie wir es geplant haben, Bea."

Die üppige Blondine deutete mit einer übertriebenen Geste auf sich. „Vor dir steht die Königin der gescheiterten Pläne. Der Schmorbraten ist heute Abend ausgezeichnet. Andy hat sich selbst übertroffen."

Ellens Magen knurrte, aber sie war noch nicht ganz bereit für Schmorbraten. „Ich nehme einen Salat mit gegrilltem Hühnchen."

„In Ordnung." Bea notierte ihre Bestellung, während sie von ihren Söhnen erzählte und darüber stöhnte, wie viel Geld Teenager kosteten.

Auf dem Weg in die Küche begrüßte sie einen neuen Gast. „Hey, Danny Simmons, setzen Sie sich. Legen Sie doch ab. Wie schön, Sie zu sehen. Was möchten Sie trinken?"

„Ein Eistee wäre schön, Bea." Danny steuerte den Tisch neben dem von Ellen, Jessie und Julianne an. „Hallo, Ellen, Julianne, ich habe euch gar nicht gesehen."

„Guten Abend, Danny", begrüßte Ellen ihn. Danny Simmons, Mitte 40, war Geschäftsmann und ein Golfkumpel von ihrem Vater. Seine blauen Augen funkelten, und mit seinen silbergrauen Haaren sah er sehr distinguiert aus. „Sind Sie ganz allein hier? Dann setzen Sie sich doch zu uns."

Er versteifte sich, wie ein kleiner Junge, der nicht wusste, ob er am Erwachsenentisch sitzen wollte, während er Julianne anschaute – die sich auffällig darauf konzentrierte, für Rio ein Brötchen mit Gelee zu bestreichen –, dann zu Jessie. „Sieht so aus, als wäre der Tisch voll besetzt."

„Ach, wir machen Platz." Ellen rutschte zu Jessie. Jessie rutschte gegen Julianne. Die sich nicht rührte. Stattdessen be-

139

strich sie noch ein Butterbrötchen mit Marmelade. Auf Rios Teller lagen bereits drei.

„Danke, aber ich habe noch zu arbeiten." Danny wich zurück. „Ich setze mich lieber hier an diesen Tisch. War schön, euch zu sehen. Das mit Jeremiah tut mir leid, Ellen."

„Danke, Danny. Es wird schon."

Ellen zwickte Julianne in den Arm, nachdem Danny außer Hörweite war. „Was ist denn los mit dir?"

„Aua, Ellen." Julie riss ihren Arm weg. „Was hast du erwartet?"

Ellen schaute Jessie an, die genauso perplex war wie sie. „Hast du ein Problem mit Danny Simmons?"

„Warum sollte ich ein Problem mit diesem Mann haben?" Julianne nahm sich noch ein Butterbrötchen.

Ellen riss es ihr aus der Hand. „Rio hat bereits drei, Julie, und du hast eins. Willst du im Ernst fünf Butterbrötchen mit Marmelade essen?"

Julianne putzte sich die Hände an der Serviette ab. „Lass mich bitte mal durch, Rio. Mama muss zur Toilette."

„Irgendetwas beschäftigt sie", stellte Jessie fest, als Julie in Richtung Toilette verschwand.

„Da scheint was im Busch zu sein. Sie tut schon eine ganze Weile geheimnisvoller als je zuvor."

„Und sie sagt nicht, was los ist?" Jessie suchte im Brötchenkorb nach einem Butterbrötchen. Leer. Sie griff über den Tisch hinweg nach einem von Rios Brötchen. „Kann Tante Jessie eins von deinen haben?"

Rio nickte. Ihr Mund war mit dunkelrotem Gelee verschmiert.

Bea kam an den Tisch, um ihre Teegläser nachzufüllen. „Du meine Güte, braucht ihr noch mehr Brötchen?" Sie schnappte sich den Korb und trat damit an Dannys Tisch. „Was nehmen Sie, Danny?"

Er hatte gerade eine Portion *Cottonfield Stew* bestellt, als sein Handy klingelte. Er drehte sich mit dem Gesicht zur Wand und sprach leise.

„Hast du einen neuen Standort für deine Galerie gefunden,

Ellen?" Jessie schabte mit dem Messer den Gelee vom Brötchen, bevor sie hineinbiss.

Ellen löste ihren Blick von Danny. „Ja, im ersten Stock der *Trading Company* an der Bay Street."

Jessies Augen wurden groß. „Wirklich? Das ist ja perfekt. Sieh mal, Süße, ich weiß, Jeremiah hat dir das Herz gebrochen, aber ich bin so froh, dass du nicht weggezogen bist!" Sie zuckte die Achseln. „Ohne dich ist Beaufort nicht Beaufort. Als du dieses eine Jahr in Florenz und New York studiert hast, saßen Caroline und ich am Samstagabend immer herum und fragten uns: ‚Was macht Ellen jetzt wohl?'"

„Das ist lange vorbei. Seitdem ist viel passiert. Dieses Mädchen bin ich nicht mehr." Ellen lächelte Jessie an. „Aber ich werde es wiederfinden. Erinnerst du dich noch, als *Forrest Gump* hier gefilmt wurde und wir uns als Komparsen versucht haben?"

Jessie verschluckte sich an ihrem Brötchen. „Du meinst, als Caroline sich immer wieder in die Szenen mit Tom Hanks eingeschlichen hat?"

In vieler Hinsicht war Caroline die Mutigste von ihnen, auch wenn sie nie weiter fort gewesen war als Florida, bis sie schließlich nach Barcelona gezogen war. Jetzt flog sie in der Weltgeschichte herum: heute Thailand, morgen Belgien. Sie hatte es wirklich geschafft.

Hinter ihnen erhob sich Danny und klappte sein Handy zu. „Ellen, bitte richte Bea aus, dass ich nicht bleiben kann. Ich muss mich da um etwas kümmern." Er legte 20 Dollar auf den Tisch. „Sie kann ja mein Abendessen einpacken. Vielleicht will eine von euch es mit nach Hause nehmen."

„Ist alles in Ordnung?"

Seinem Lächeln fehlte das Leuchten. „Könnte besser sein. Gute Nacht, meine Damen. Gute Nacht, Rio."

„Gute Nacht, Mr Danny."

Dreißig Sekunden später tauchte Julianne wieder auf. „Auf der Damentoilette gab es weder Toilettenpapier noch Papierhandtücher. Ich musste Russell in der Küche aufsuchen, bevor ich zur Toilette gehen konnte."

„Was ist mit Danny Simmons los?", fragte Ellen.

„Woher soll ich das wissen? Frag ihn, wenn du es wissen willst." Julianne warf einen Blick zu seinem Tisch hinüber. „Oh, er ist ja weg." Sie entspannte sich sichtlich.

„Hier, meine Damen." Bea stellte ihr Abendessen auf den Tisch und die Gelegenheit, bei Julianne in Erfahrung zu bringen, was los war, war damit für Ellen vertan.

Rio wurde plötzlich lebhaft und hüpfte auf der Sitzbank auf und ab. „Hallo, Alice!" Sie winkte mit ihrer kleinen Hand. „Alice!"

„Schsch, Rio. Schrei hier nicht so rum." Julianne zog sie auf die Sitzbank zurück.

Ellen spähte um Jessie herum und entdeckte Heath mit Alice an der Hand.

„Wer ist das denn?", fragte Jessie etwas zu laut.

„Ellens neuer Renaissance-Mann", erklärte Julianne, die offensichtlich sehr froh war, von sich ablenken zu können.

Jessie wandte sich Ellen zu. „Und du hast Caroline früher immer vorgeworfen, sich alle gut aussehenden Männer zu schnappen! Zuerst Jeremiah, jetzt er. Na los, mach dich ran."

„Erstens, ich mache mich nicht ran. Zweitens, er ist Witwer und hat den Tod seiner Frau noch nicht überwunden." Ellen nahm sich ein Brötchen. „Außerdem ist er zu alt für mich, achtunddreißig. Also lasst es sein."

„Zu *alt*?", wiederholte Jessie. „Wenn Julie mit einem Mann ausgehen kann, der –"

„Jessica Cimowsky! Halt den Mund. Das tue ich natürlich nicht." Jeder im Café hörte Juliannes Ausbruch. „Nimm das zurück."

Jessies Augen verdunkelten sich. „Und wieso bist du dann so auf der Bank herumgerutscht und ganz plötzlich zur Damentoilette gerannt, als Danny auftauchte?"

„Da ist nichts, Jessie. Lass es sein."

Jessies Schultern sackten in sich zusammen. „Tut mir leid. Ich schätze, meine Fantasie ist mit mir durchgegangen."

Nein, soweit Ellen das beurteilen konnte, hatte Jessie die

Situation genau richtig gedeutet. Das Problem war, ihre Schwester dazu zu bringen, es zuzugeben.

Julianne schob ihren Teller unberührt von sich fort. „Ist schon gut, Jessie. Ich bin müde und schlecht gelaunt."

Jessie zog den Kopf ein. „Nein, meine Schuld, Julie."

„Vergiss es, alles in Ordnung."

Aber irgendetwas quälte sie. Ellen redete wie ein Wasserfall, wenn sie etwas beschäftigte. Julianne zog sich in sich selbst zurück.

Bea brachte Heath an ihren Tisch. „Habt ihr noch Platz hier? Mir scheint, Rio kennt dieses kleine Mädchen."

Heath schaute sich am Tisch um. „Guten Abend, Ellen, Julianne."

„Alice, setz dich zu mir." Rio klopfte auf den Platz neben sich.

Heath fragte bei Julie nach. „Ist das in Ordnung?"

„Aber ja, Heath, bitte setzen Sie sich doch zu uns." Julianne rückte gegen Jessie, die ebenfalls weiterrutschte.

Heath setzte Alice neben Rio auf die Bank und schaute Ellen an. „Wie geht es Ihnen?"

„Danke, gut." Seit dem Abend, an dem sie miteinander getanzt hatten, hatte sie ihn nicht mehr gesehen, und jetzt wurde die Atmosphäre am Tisch plötzlich durch seine Gegenwart verändert. Sämtliche Moleküle in Ellens Körper schienen verrücktzuspielen und wild herumzuspringen. *Ruhe da drin.*

„Sie sehen gut aus."

„Sie auch." Ellen wandte den Blick ab, als er sie etwas zu lange anschaute.

„Übrigens", Jessie reichte ihm die Hand, „ich bin Ellens Freundin, Jessica Cimowsky."

„Nett, Sie kennenzulernen."

„Hey, Mädels, wo ist Danny denn abgeblieben?" Bea blieb mit einem Teller *Cottonfield Stew* an ihrem Tisch stehen.

„Er musste gehen." Ellen deutete auf den Zwanziger. „Er sagte, du sollst es einpacken – oder Heath, möchten Sie vielleicht einen Teller *Cottonfield Stew*?"

„Deswegen bin ich hier."

143

„Na, Halleluja." Bea stellte Dannys Teller vor Heath hin. „Was möchten Sie trinken?"

„Einen Eistee, und für diese kleine Schönheit", er legte seine Hand auf Alices Kopf, „einen Salat und Pommes frites, dazu ein Glas Milch."

„Wird gemacht. Bea Hart." Sie gab Heath die Hand.

„Heath McCord."

„Ist mir ein Vergnügen. Also, wenn diese Mädels sich nicht benehmen, sagen Sie einfach Bescheid." Bea entfernte sich augenzwinkernd.

„Oh nein, Jessie! Hast du mal auf die Uhr geschaut? Wir werden noch zu spät zu unserer Besprechung kommen", sagte Julianne, während sie sich aus der Bank schob.

„Hä?"

„Ja, genau, hä? Welche Besprechung?", fragte Ellen. Eigentlich wollten sie doch bei Jessie einen Filmabend veranstalten.

Julianne schob und rutschte weiter, bis Ellen aufstand und Jessie beinahe von der Sitzbank fiel. „Wir haben diese Kommissionssitzung in der Stadt ganz vergessen."

„Du bist eine so schlechte Lügnerin, Julie", flüsterte Ellen ihr ins Ohr.

„Meine Damen", begann Heath, „habe ich etwas Falsches gesagt?"

„Nein, nein, natürlich nicht. Aber wir müssen wirklich gehen." Julianne hakte sich bei Jessie ein. „Ellen, vielen Dank, dass du auf Rio aufpasst."

Kapitel 13

Der Waterfront Park, der bis zum Beaufort River reichte, war menschenleer. Die Sonne ging gerade unter. Ellen spazierte mit Heath am Flussufer entlang, an der rechten Hand hielt sie Alice, an der linken Rio.

Sie entschuldigte sich zum zehnten Mal. „Das mit Julianne und Jessie tut mir so leid. Sie sind schreckliche Lügnerinnen."

„Sie wollten uns wohl taktvoll allein lassen."

Ellen bemerkte sein Grinsen. „Es war wohl eher so, dass meine kleine Schwester sich vor ihren eigenen Geheimnissen verstecken wollte."

„Sie hat Geheimnisse?"

Ellen deutete mit dem Kopf auf Rio. „Mehrere."

„Vermutlich haben wir alle unsere Geheimnisse." Heaths Schuhe klapperten gedämpft und gleichmäßig über den Asphalt.

„Na ja, bestimmte Dinge posaunt man nicht auf dem Marktplatz heraus, aber in letzter Zeit tut Julianne ganz besonders geheimnisvoll."

Heath lehnte sich an einen Zementpfosten, die Hände in den Hosentaschen vergraben, die Füße überkreuz. „Als ich zwölf war, überredeten ein paar Freunde mich, einem Kind aus meiner Straße das Fahrrad zu stehlen. Einem großen, etwas einfältigen Jungen mit dicken Brillengläsern, der uns nie etwas getan hatte. Aber wir haben ihn immer gehänselt." Bei der Erinnerung daran schüttelte er den Kopf. „Als er merkte, dass sein Fahrrad weg war, begann er zu weinen. Und ich meine nicht ein leises Weinen, sondern er begann zu schreien und zu jammern, als ob seine Mutter gestorben wäre ... ich hörte ihn bis hinunter in unseren Keller, wo ich vor dem Fernsehgerät saß. Ich rannte nach draußen, um zu sehen, was passiert war. Dass es ihn so mitnahm, machte mich ganz betroffen. Ich dachte, er sei von einem Auto angefahren worden oder so etwas."

„Oh, Heath ... warum sind Kinder nur so gemein." Ellen forderte ihn auf, zu den Schaukeln mitzukommen, damit die Mädchen sich vergnügen konnten.

„Ich versteckte mich in den Büschen und beobachtete die Sache. Freddys Mutter kam heraus, um zu sehen, was los war. Unter Schluchzen gelang es ihm, ihr zu erzählen, sein Fahrrad sei gestohlen worden. Und wissen Sie, was sie tat?"

Ellen zuckte zusammen. „Will ich das wissen? Wenn Sie mir jetzt sagen, dass sie ihm eine Ohrfeige gegeben hat …"

„Sie packte ihn am Hemd und zerrte ihn ins Haus. ‚Denkst du, ich hätte Zeit, mich um dein Fahrrad zu kümmern? Als hätten wir nicht genug Scherereien mit deinem ständigen Bauchweh. Vermutlich hast du es verloren und diese Geschichte nur erfunden.'"

„Heath, das ist nicht Ihr Ernst!" Ellens Herz zog sich vor Mitgefühl zusammen.

„Ich saß im Gebüsch, und die Tränen liefen mir über die Wangen, während ich überlegte, wie ich Freddy das Fahrrad zurückgeben konnte, ohne dass meine Freunde es erfuhren – denn, wissen Sie, diese Jungs sollten für immer meine Freunde bleiben, und was sie über mich dachten, war mir wichtig."

Das konnte Ellen verstehen. „Mit zwölf denkt man noch, Freundschaften würden ewig halten. Und nur die Meinung der Freunde zählt. Wir können uns nicht vorstellen, dreißig zu sein und neue alte Freunde zu haben."

„Ich fühle mich immer noch so wie mit zwölf. Na ja, vielleicht wie achtzehn. Aber nicht wie dieser alte, hinfällige Witwer, der ich bin." Bei den Schaukeln hob Heath zuerst Alice, dann Rio auf die Sitze.

„Ich fühle mich wie eine alte Jungfer."

Heath schaute sie entgeistert an. „Sie, alt? Wohl kaum."

Sein Blick trieb ihr die Röte in die Wangen. Ellen stieß die Schaukel an. „Na ja, aber aus dreißig wird ruckzuck dreiunddreißig und dann ganz schnell auch vierzig."

Eine etwa sechzigjährige Frau joggte vorbei. „Guten Abend, Ellen. Das mit deiner Hochzeit tut mir leid. Ich hätte gern daran teilgenommen."

146

Ellen winkte ab. „Danke, Mrs Winters, aber das Leben geht weiter."

Die ältere Frau joggte auf der Stelle weiter und warf einen neugierigen Blick auf Heath. „Ach, das ist ja schön!"

„Oh, nein." Ellen tätschelte Heaths Arm. „Das ist mein Nachbar, Heath."

„Nett, Sie kennenzulernen." Mrs Winters neigte den Kopf, ihre Arme und Beine waren immer noch in Bewegung.

„Ich eröffne eine neue Galerie. Ich werde Ihnen die Details per E-Mail schicken."

„Ich freu mich drauf." Sie rannte weiter.

Heath lachte. „Das ist ja eine Marke."

„Ja, schon immer. Ich kenne sie schon, so lange ich lebe." Ellen stieß die Schaukel an. Rio rief, sie wolle noch höher schaukeln. Alice umklammerte die Seile. „Also gut, wie ist es Ihnen gelungen, Freddys Fahrrad zurückzugeben?"

„Woher wissen Sie, dass ich das getan habe?"

Ellen fing seinen wandernden Blick auf. „Ich weiß es einfach."

„Freddys Fahrrad stand in meinem Keller und ich entwickelte einen Plan", begann Heath. „Ich hatte mich meinem Paps anvertraut und den Jungs erzählt, er hätte es im Keller entdeckt, es als Freddys erkannt und ihm zurückgebracht."

Ellen nickte. „Klug und ziemlich ehrlich, McCord. Wie ist es gelaufen?"

„Paps hat mir Hausarrest erteilt, was meine Schuldgefühle besänftigte und mich zwei Wochen lang von den Jungs fern hielt. Außerdem ging er mit mir zu Freddy, als ich ihm das Fahrrad zurückgab und mich entschuldigte, vor der ganzen Familie."

„Ihr Vater war ein Mann mit Charakter, wie ich feststelle."

„Ist es immer noch. Ich habe nicht nur eine Lektion über Diebstahl und Verletzen anderer gelernt, sondern aus erster Hand miterlebt, wie solches Verhalten Leute ihrer Würde beraubt. Vor allem Kinder wie Freddy. Als er das Fahrrad zurückbekam, war es, als wäre seine Seele zurückgekehrt. Er war wieder jemand, konnte die Welt auf zwei Rädern erforschen. Ich glaube, er fuhr dieses Fahrrad bis zu unserem letzten Jahr auf der Highschool.

147

Später erzählte er mir, er hätte jahrelang gespart, um sich das Fahrrad kaufen zu können. Als ich mich bei ihm im Beisein seiner Familie entschuldigen musste, war das sehr demütigend für mich. Der coole Heath ganz klein und der dumme Freddy rehabilitiert. Das hat ihn vor seiner Familie aufgewertet. Verstehen Sie, was ich meine?"

„Ja." Ellen stieß die Schaukel erneut an. „So ungefähr habe ich mich gefühlt, als Jeremiah mich sitzen lassen hat. Der gut aussehende Prediger verlässt die chaotische Künstlerin, die keinen Plan für ihr Leben hat."

„Es ist wohl eher so, dass die wunderschöne, mitfühlende Künstlerin einen selbstsüchtigen Mann losgeworden ist."

Ellen gefiel seine Sichtweise. „Ich werde mich an Ihre Version halten. Also, was wurde aus Freddy?"

„In der Highschool wurden wir gute Freunde. Er nahm ab und entwickelte sich, spielte Football, bekam Kontaktlinsen und eine Zahnspange und wurde ein hervorragender Sportler mit einem Adonis-Gesicht und einer super Figur. In unserem letzten Jahr führte er die Ballkönigin zum Tanz. Sechs Jahre später hat er sie geheiratet. Immer wieder hat er mir erzählt, dass dieser Augenblick, als ich ihm sein Fahrrad zurückbrachte, der Wendepunkt in seinem Leben gewesen sei."

Ellen ließ diese Geschichte auf sich wirken. „Man kann nie wissen, nicht?"

Alice streckte die Arme nach Heath aus. Sie hatte genug von Rios wildem Schaukeln. „Was kann man nie wissen?", fragte er.

Ellen half Rio von der Schaukel. „Wann ein Wunder an Ihrer Türschwelle erscheint. Wann eine verzweifelte Situation zu einer unglaublichen Gelegenheit wird."

„Nein, das weiß man nicht." Seine Antwort war sehr persönlich. Vertraut.

Sie schluckte ihre Emotionen herunter und griff nach Rios Hand. „Also, wer möchte ein Eis?"

Um 1:00 Uhr nachts lag Ellen in ihrem Bett und starrte in die Dunkelheit. Sie war aufgewühlt von dem Abend mit Heath und von Freddys Geschichte.

Falls der Bruch mit Jeremiah etwas Gutes hatte, dann war es vielleicht Heath. In dem einen Augenblick brachte er sie so zum Lachen, dass sie beinahe Seitenstechen bekam, im nächsten traten ihr Tränen in die Augen vor Schmerz über die Wunden eines Jungen, den sie nie kennengelernt hatte.

Heath gab Ellen das Gefühl, alles tun zu können, was sie wollte. Der Wunsch, ihn näher kennenzulernen, den sie in sich verspürte, beunruhigte sie. Nach der fehlgeschlagenen *Operation Hochzeitstag* und nach dem Debakel mit Dr. Jeremiah Franklin brauchte sie eigentlich eine Pause vom Thema Liebe.

Heath hatte Ellen und Rio nach dem Eisessen nach Hause gefahren. Als Julianne später vorbeikam, machte Ellen ihr Vorwürfe, weil sie mit Jessie aus dem *Cottonfield Café* verschwunden war. „Was hast du dir dabei gedacht?"

„Hey, ich wollte dir nur eine neue Chance für die Liebe ermöglichen."

„Eine neue Chance? Vergiss es, die Küche ist geschlossen."

Julianne wollte ihr widersprechen, aber Ellen schob sie zur Tür hinaus, weil sie duschen und ihren Schlafanzug anziehen wollte. Während sie sich in ihrem Bett zusammenrollte, formulierte sie ein neues Lebensmotto auf der Grundlage des Liedes „Que sera, sera": *Was kommen wird, wird kommen.*

Du hast ganz recht, Doris Day.

Danach erarbeitete sie eine Kalkulation, damit sie vorbereitet war, wenn Leslie anrief und ihr mitteilte, dass der Mietvertrag zur Unterschrift bereitlag. Ellen beschloss, Karen einmal darüber schauen zu lassen.

Um 2:00 Uhr schaltete sie das Licht aus und döste für ein paar Minuten ein, aber die Aussicht auf eine neue Galerie und der Abend mit Heath ließen sie nicht zur Ruhe kommen.

Um 2:15 Uhr schlug Ellen die Decke zurück. Ihr fiel auf, dass in ihrem stillen, überhitzten Studio das Summen der Klimaanlage am Fenster fehlte. Vermutlich wieder mal ausgefallen. Sie knipste das Licht an, schob die Fenster hoch und schaltete die Ventilatoren ein.

Während Ellen durch ihr Studio lief, kam ihr der Gedanke, dass sie sich jetzt die Fernbedienung schnappen und den Fernseher einschalten würde, wenn sie im Cottage wohnen würde. Sie legte sich wieder ins Bett, auf die Decke, und versuchte erneut, Schlaf zu finden. Ihre Gedanken kamen allmählich zur Ruhe und gingen träge auf Wanderschaft …

Ein lautes Pochen an ihrer Studiotür riss sie aus dem Schlaf. Ihr Herzschlag setzte einen Moment aus. Sie wollte aus dem Bett aufstehen, doch ihr Fuß hatte sich in den Laken verfangen.

„Ellen, ich bin es, Heath!"

„Einen Augenblick." *Polter. Hey, lass meinen Fuß los* … Sie war irgendwie desorientiert und kraftlos.

„Ellen!" Sein Tonfall befahl ihr, die Tür zu öffnen.

„Ich komme ja schon." Nachdem sie sich endlich von dem Laken befreit hatte, durchquerte sie taumelnd das dunkle Studio und knipste die Lampe neben dem Arbeitstisch an. An der Tür löste sie die Sicherheitskette.

„Was ist los?" Ihr Herz klopfte zum Zerspringen, als Heath eintrat. Sie zog ihre Pyjamahose hoch, die ihr über die Hüften gerutscht war.

„Meine Tochter." Heath rang die Hände. „Sie ist krank." Seine sandfarbenen Haare standen ihm wirr vom Kopf ab. „Erbrechen, Durchfall –"

„Hat sie auch Fieber?"

In dem gelben Licht war Heath totenbleich. „Ja. Ich glaube schon. Ja."

„Wie lange geht es ihr schon so schlecht?" Ellen ging zurück, um ihre Jeans und ihr T-Shirt zu holen.

„Seit wir wieder zu Hause sind. Fast vier Stunden jetzt." Heath hatte die Hände in seinen Achselhöhlen vergraben und wirkte total verunsichert.

„Wir fahren am besten mit ihr ins Krankenhaus, Heath. Machen Sie alles fertig. Ich bin in zwei Sekunden unten." Aber er blieb wie angewurzelt stehen, unfähig, sich zu rühren. Ellen drehte ihn zur Tür und schob ihn sanft nach draußen. „Heath, gehen Sie."

Das ganze Studio bebte, als er die Stufen hinunterpolterte.

„Jesus, er wirkt ziemlich durcheinander ...", betete Ellen, während sie ihre Jeans anzog und nach ihren Schuhen suchte. Das verflixte Studio hatte mal wieder ihre Flipflops gefressen. Das Wohnen auf so beengtem Raum hatte auch seine Schattenseiten. In erster Linie fehlender Stauraum. Ihre Kleider lagen überall verteilt, türmten sich auf der Kommode, hingen an ihrer Staffelei, an der Badtür, über dem Bett.

Ach, da waren sie ja. Wie kamen ihre Schuhe hinter die leeren Leinwände, die Julianne aus der Galerie herübergebracht hatte? Keine Zeit, darüber nachzudenken. Ellen schnappte sich ihre Tasche und rannte nach unten in den Garten, wo Heath bereits neben seinem Van wartete.

„Sie fahren. Ich setze mich mit ihr nach hinten." Heath warf ihr die Schlüssel zu. „Ellen, bitte beeilen Sie sich."

Heath kam aus dem Untersuchungsraum. Seine Muskeln schmerzten, und die Anspannung machte sich in Form von pochenden Schläfen bemerkbar. Ellen saß allein im Wartezimmer unter einem dunklen Fenster. Sie zitterte vor Aufregung und zu viel Koffein.

Als sie ihn sah, sprang sie auf. „Was haben sie gesagt? Ist es schlimm?"

„Sie schläft jetzt." Er setzte sich auf den blauen Plastikstuhl neben sie, aber nur für eine Sekunde, dann sprang er wieder auf. Er konnte einfach nicht still sitzen. „Sie haben ihr eine Infusion gegeben und Blut abgenommen." Er lief durch den Raum. „Sie hat geschrien wie am Spieß."

„Wissen sie, was sie hat? Einen Virus? Die Grippe?" Die Wärme ihrer Hand an seinem Rücken tröstete ihn.

„Der Arzt *vermutet*, dass es Meningitis ist. Vermutet. ‚Hallo, Mr McCord, Ihre Tochter stirbt und ich *vermute*, es handelt sich um Meningitis.' Wie bekommt man überhaupt Meningitis?"

„Heath, beruhigen Sie sich. Sie wird nicht sterben! Haben Sie nicht gesagt, dass sie schläft? Und nachdem die Tests gemacht sind, wird der Arzt genau *wissen*, was los ist."

Breitbeinig und die Arme vor der Brust verschränkt baute er sich vor ihr auf. „Ich bin schrecklich, Ellen. Ein furchtbarer Vater."

„Weil Ihre Tochter krank ist? Alle meine Nichten und Neffen haben mindestens eine oder zwei Nächte in einem Krankenhaus verbracht. Als Baby musste Rio dreimal in die Notaufnahme gebracht werden."

„Alice ist, falls Sie es noch nicht bemerkt haben, kein Baby mehr." Für den Bruchteil einer Sekunde gestattete sich Heath, schrecklich zornig auf Ava zu sein. Er rechtfertigte seine Wut mit der Vorstellung, dass sie ihn sofort beschimpfen würde, wenn die Situation andersherum wäre. *Ich hatte nicht vor, das allein zu machen, Gott.*

Ellen stellte sich vor ihn. „Ich werde nicht zulassen, dass Sie sich selbst herunterputzen. Sie sind müde und frustriert, das verstehe ich, aber Kinder aller Altersgruppen werden krank. Das macht Sie und alle anderen nicht zu einem schlechten Vater, es sei denn, Sie hätten das mit Absicht getan. Haben Sie es mit Absicht getan?"

Er starrte an die Wand über dem Empfangstresen. „Nein."

„Na also." Sie legte die Hand auf seinen Arm. „Heath, ich habe Sie beobachtet. Sie sind ein toller Vater."

„Nein, das bin ich nicht." Sein Tonfall wurde weicher, seine Haltung auch. Er schaute Ellen an. „Als wir herzogen, wusste ich praktisch nichts über Alice. Ich kann Fallstudien zitieren, hundert Namen von Klienten samt den dazugehörigen Aktenzeichen aufsagen, deren Fälle wir vor Gericht gewonnen haben. Schlimmer noch, ich kann Ihnen Details über Sportler nennen, die in meine Collegezeit zurückreichen. Größe, Gewicht, durchschnittliche Trefferquote pro Spiel, die Namen ihrer berühmten Freundinnen. Aber mein eigenes Kind?" Er zuckte die Achseln. „Das Kindermädchen hat mir ein zehnseitiges Instruktionsheft mitgegeben, einzeilig getippt. Was Alice am liebsten anzieht, was sie

152

isst und wann. Zubettgeh- und Badezeiten … Ich wusste nicht einmal, dass *Spongebob* ein Cartoon ist.“

„Heath, Sie werden laut.“

„Vielleicht möchte ich laut werden.“ Heath trat in den Flur. „Hallo, hört mal alle her. Ich. Bin. Ein. Schlechter. Vater. Das stimmt, ihr habt richtig gehört. Ein schlechter Vater, ich.“

Ellen zerrte ihn zurück in den Warteraum. „Wollen Sie, dass die Männer mit den weißen Jacken kommen? Durchgedrehte alleinerziehende Väter kommen bei manchen Leuten nicht so gut an.“ Sie starrte ihn empört an, die Hände in die Hüften gestemmt. „Ich hätte Sie nicht für jemanden gehalten, der sich im Selbstmitleid suhlt. Hören Sie mir jetzt zu: Alice wird wieder gesund!“

Er ließ sich schwer auf einen gepolsterten Stuhl sinken. „Und wenn sie nicht wieder gesund wird?“

„Heath.“ Ellen kniete sich vor ihn und legte ihre Hände auf seine Knie, und auf einmal merkte er, dass er noch seine Schlafanzughose trug. „Können wir uns darauf verständigen, einen Schritt nach dem anderen zu tun? Warten Sie doch erst einmal ab, was der Arzt sagt.“

„Genau das ist der Grund, warum wir keine Kinder haben wollten. Ava und ich wollten Karriere machen. Was weiß ich über die Erziehung eines Kindes?“ Er fuhr sich mit den Händen durch das Gesicht, lachte einmal traurig auf. „Und wissen Sie was? Alice hat meine Fred-Feuerstein-Füße geerbt. Wir haben nicht mal das Vermächtnis von Avas schönen Füßen weitergegeben.“

Ellen setzte sich neben ihn auf den Stuhl. „Wollen Sie etwa sagen, Sie wünschten, Alice wäre nie geboren worden? Heath, bitte …“, flüsterte sie.

„Nein, nein. Ich weiß gar nicht, was ich sage. Ich bin zornig auf mich selbst, zornig auf Ava …“ Er griff nach Ellens Hand und umfasste sie. „Versichern Sie mir nur immer weiter, dass Alice wieder gesund wird, okay?“

„Sie wird wieder gesund. Ich meine es ernst; ich will Sie nicht nur beruhigen.“

Seine Augen brannten. „Er würde sie mir doch nicht auch noch wegnehmen, oder?"

„Wer?" Ellen beugte sich vor und sah ihm ins Gesicht. Ihre Haare streiften seine Knie.

„Gott." Er suchte in Ellens Augen nach Hoffnung, nach der Gewissheit, dass ein liebender Gott gnädig sein würde.

„Heath, nein! Ich meine – er ist Gott, er kann tun, was er möchte, aber denken Sie daran, dass er gut ist und dass er Liebe ist. Auch wenn wir unsere Umstände manchmal nicht verstehen. Aber im Augenblick habe ich das Gefühl, dass er nicht zulassen wird, dass Alice etwas zustößt."

Herr, hilf meinem Unglauben.

Vielleicht war das eine Warnung. *Nimm deinen Kopf aus den Wolken, vergiss die Schriftstellerei, ruf Rick an und kehr in die Kanzlei zurück. Stell Alices Kindermädchen wieder ein, schick sie in die Vorschule, wo ausgebildete Erzieher und Erzieherinnen um sie sind, sie im Auge behalten und dich warnen, wenn sie eine Krankheit ausbrütet.*

Ellen drückte seine Hand. „Was denken Sie gerade?"

„Nichts." Er erwiderte ihren Druck.

„Mr McCord?"

„Dr. Morgan." Heath sprang auf und zog Ellen mit sich hoch. „Wie steht es?"

Der Arzt steckte seine Hände in die großen Taschen seines weißen Mantels. „Wir sind ziemlich sicher, dass es sich um eine virale Meningitis handelt, aber absolute Sicherheit haben wir erst, wenn die Ergebnisse der Blutuntersuchung in etwa einer Stunde aus dem Labor kommen. Wir haben ihr entsprechende Medikamente verabreicht. Ich würde sie gern vierundzwanzig Stunden zur Beobachtung hier behalten."

„Ja, natürlich ... was auch immer nötig ist. Wo ist sie? Ich bleibe bei ihr." Die Vorstellung, dass sein kleines Mädchen im Krankenhaus aufwachen könnte, allein, weinend – das bereitete ihm geradezu körperliche Qualen.

„Fahren Sie doch nach Hause und ruhen Sie sich ein paar Stunden aus. Sie wird jetzt erst noch eine Weile schlafen, das ver-

154

sichere ich Ihnen." Dr. Morgan legte Heath die Hand auf die Schultern. „Alice ist in guten Händen. Sie werden ihr mehr helfen können, wenn Sie ausgeruht sind, Mr McCord."

Der gute Doktor war wohl verrückt. „Auf keinen Fall lasse ich sie allein. Sie hat Angst vor der Dunkelheit und fremden Orten."

„Heath", sagte Ellen leise, aber fest. „Fahren Sie nach Hause, duschen Sie. Ziehen Sie sich um. Ich bleibe bei Alice. Sie können ihr Spielsachen und Kleider für morgen mitbringen. Was meinen Sie?"

Heath schaute an seinem alten T-Shirt und der Schlafanzughose herunter. Sie waren schmutzig geworden, als er Alice nach dem Erbrechen gesäubert hatte. „Nein, Sie gehen nach Hause, Ellen. Fahren Sie bei Wal-Mart vorbei, kaufen Sie ihr eine Puppe oder ein Plüschtier. Aber keinen Bären. Bären mag sie nicht."

„Heath, vor Ihnen liegt ein langer Tag. Duschen Sie und ziehen Sie sich um." Ellen schnüffelte und verzog das Gesicht. „Sie stinken, mein Freund, und Sie werden Ihre Tochter in Verlegenheit bringen."

Er brummte. „Sie ist vier."

Dr. Morgan wandte sich zum Gehen. „Ich lasse Sie jetzt allein, damit Sie das ausdiskutieren können."

Ellen schob Heath zum Ausgang. „Gehen Sie. Ich verspreche, ich werde nicht von ihrer Seite weichen."

Er blieb stehen, als die Türen sich öffneten. „Ich darf sie nicht verlieren, Ellen. Das geht einfach nicht."

„Das werden Sie auch nicht. Glauben Sie nur."

Glauben? Er hatte seine letzte Unze Glauben verbraucht, als Avas Sarg ins Grab hinabgelassen wurde.

Alice schlief friedlich im stillen Krankenzimmer. Ellen strich ihr vorsichtig mit dem Daumen über die weiche Hand.

Beschütze sie, Gott. Gib Heath Kraft.

Alices Haut fühlte sich trocken an. Im gelben Licht über dem Bett suchte Ellen in ihrer Handtasche nach der kleinen Flasche

155

Lotion, die irgendwo da drin sein musste. Ah, da. Ellen gab einen Tropfen in ihre Hand und rieb Alices Hände damit ein.

„Wenn deine Mama jetzt hier wäre, dann würde sie das bestimmt machen. Meinst du nicht? Der Arzt sagt, dass du wieder gesund wirst und bald schon wieder spielen kannst."

Die Zimmertür ging auf und Heath schlüpfte herein, sauber und gekämmt, mit einem frischen Hemd und Jeans bekleidet. „Wie geht es ihr?" Er beugte sich vor und gab seiner Tochter einen Kuss. Die Tüte von Wal-Mart legte er auf das Fußende des Bettes.

Ellen schraubte die Lotion zu und steckte sie wieder in ihre Handtasche. „Das Fieber ist zurückgegangen. Der Arzt war eben da … es ist tatsächlich eine virale Meningitis."

„Ja, er hat mich auf dem Handy angerufen." Heath holte eine Puppe mit rosigem Gesicht und kurzen, blonden Locken aus der Tüte. „Sie wollte diese Puppe neulich schon haben, als wir einkaufen waren. Ich habe gesagt, da müsse sie auf ihren Geburtstag warten."

„Sehr hübsch. Aber wenn Sie ihr Geschenke kaufen, wenn sie krank ist, dann findet sie am Ende noch Gefallen am Kranksein", meine Ellen augenzwinkernd.

„Oh nein, das verkraftet mein Herz nicht." Heath holte die Puppe aus der Verpackung und legte sie neben Alice unter die Bettdecke. „Es ist kalt hier drin. Frieren Sie nicht?"

„Nein, bisher nicht." Ellen streckte sich gähnend. Sobald er ins Zimmer gekommen war, hatte bleierne Müdigkeit sich in ihr breitgemacht. „Wie viel Uhr ist es?"

„Halb sechs." Er kam um das Bett herum und nahm Ellen in seine Arme. Sein frischer Atem strich über ihr Haar. „Danke."

„Wozu sind Freunde da?" Es tat gut, sich an ihn zu lehnen, aber sie selbst roch nicht besonders gut. Sie brauchte ebenfalls eine Dusche und etwas Schlaf. „Ich sollte …"

Heath trat ans Bett zurück. „Sie müssen irgendwie nach Hause kommen." Er warf ihr die Wagenschlüssel zu.

Richtig. „Rufen Sie mich an, wenn Sie irgendetwas brauchen. Ich komme am Nachmittag wieder." Ellen legte die Hand an den

156

Türgriff. „Ich habe Ihnen doch gesagt, dass sie wieder gesund wird."

„Das haben Sie gesagt." Er lächelte. „Sie sind meine Stimme der Vernunft."

Sie hängte sich ihre Tasche über die Schulter. „Ist das Ihr Ernst, Heath? Sehen Sie sich mein Leben an! Davon kann ich Ihnen nur abraten."

„Also gut, wie wäre es, wenn Sie meine Stimme der Vernunft sind, wenn ich in Panik gerate und durchdrehe, weil mein Kind krank ist?"

„Abgemacht."

Während sie durch den Flur ging, freute sich Ellen darüber, dass Heath ihr Freund war. Es war ein nicht greifbarer Gedanke, der ihr durch den Sinn ging und sich in ihrem Geist festsetzte. Als sie sich seinem Van näherte, schnüffelte sie abwesend am Ärmel ihres Hemds, an dem noch ein Rest seines Dufts hing.

Kapitel 14

Nachdem sie geduscht hatte, ließ Ellen sich mit einem tiefen Seufzer ins Bett sinken. Es tat so gut, sich auszustrecken und den Kopf auf das Kissen zu legen. Die Klimaanlage war die ganze Nacht gelaufen, ohne sich festzufahren, sodass es im Studio schön kühl und frisch war. Beim Einschlafen dachte sie an Miss Anna, die heute Morgen allein in der Kapelle beten musste …

Das Klingeln ihres Telefons riss sie aus dem Tiefschlaf. Sie überlegte einen Augenblick, ob sie den Anruf überhaupt entgegennehmen sollte, doch dann kam ihr der Gedanke, dass es Heath sein könnte.

Aber es war Mama. „Ich habe das von Heaths Mädchen gehört. Ist alles in Ordnung? Wie heißt sie noch mal?"

„Alice." Ellen hatte eine ganz trockene Kehle. „Wer hat dir das erzählt?"

„Sissy Rollins arbeitet doch im Krankenhaus. Sie hat mich angerufen."

11:00 Uhr. Die Klimaanlage war wieder ausgefallen und die Sonnenstrahlen, die durch die Ritzen im Rollo ins Studio fielen, heizten den Raum auf.

„Mama, kannst du eine Gebetskette organisieren?" Ellen öffnete mit dem Fuß den kleinen Kühlschrank. Leer. Irgendwann würde sie endlich mal Lebensmittel einkaufen müssen.

„Ich habe schon in der Gemeinde und beim Frauenkreis Bescheid gesagt."

„Danke." Ellen drehte das Wasser auf und hielt ihren Mund unter das kühle Nass.

„Wie geht es dir?"

„Gut, aber ich bin ziemlich müde."

„Na dann, schlaf doch weiter."

Mama legte auf und Ellen ließ sich auf ihr Bett fallen. Aber ihr Gedankenkarussell war in Gang gekommen. Sie würde ihren

Vater anrufen und ihn fragen, wen sie für die Arbeiten in der Galerie verpflichten könnte.

Ellen rollte sich auf den Rücken, schaute mit müden Augen auf ihr Telefon und wählte die Nummer ihres Papas.

„Ruf den alten Chat Berkus an", riet er ihr. „Sag ihm, dass ich dich geschickt habe und er soll sich an achtundsechzig erinnern."

„An achtundsechzig erinnern? Was heißt das?"

„Er weiß dann schon Bescheid. Richte es ihm nur aus."

„Bedeutet das, dass er die Arbeiten kostenlos für mich übernimmt?"

Papa lachte. „Nein, aber für wenig Geld."

Als Ellen erneut vom Telefon geweckt wurde, waren die Fenster dunkel und die Hitze im Studio war nahezu unerträglich. Verflixte Klimaanlage.

Sie meldete sich, ohne auf die Nummer zu sehen. „Heath?"

„Nein, Karen. Wo steckst du?"

„Zu Hause, im Studio." Wasser, sie brauchte Wasser. Sie setzte sich auf, fühlte sich benommen.

„Ich bin in fünf Minuten da", erklärte Karen.

„Warum? Was ist los?"

„Nicht viel. Nur eine Kleinigkeit. Angela Dooley will dich verklagen."

„Was?" Wasser rann von Ellens Kinn und tropfte auf ihren Fuß. „Wovon redest du?"

„Ich erkläre es dir, wenn ich da bin."

Vor sich hinmurmelnd öffnete Ellen die Rollos, schob die Fenster hoch und schaltete den Ventilator ein. Nach dem Schatten zu urteilen, den das Studio auf das Gras warf, müsste es Spätnachmittag sein.

Angela Dooley wollte sie anzeigen? Was hatte die Frau nur?

Als Karen eintraf, war Ellen kurz vor dem Durchdrehen. „Karen, was ist denn Angelas Problem?"

„Du." Karen untersuchte den Arbeitstisch auf Farbflecken, bevor sie ihre schwarze Ledertasche darauf abstellte. „Für eine

159

Cola light würde ich töten. Hast du eine? Ellen, es ist brütend heiß hier drin."

„Die Klimaanlage ist ausgefallen. Und ich habe nur Leitungswasser."

Karen schnitt eine Grimasse. „Dann sollten wir uns beeilen." Sie nahm Papiere aus ihrer Tasche, setzte sich auf den Hocker und fächelte sich Luft zu. „Mama hat mir das mit Heaths Tochter erzählt. Das war ja ein Schreck."

„Ja, er war ziemlich aufgebracht, aber es geht ihr einigermaßen gut. Zumindest war das so, als ich um halb sechs nach Hause gefahren bin."

„Auf dem Herweg kam mir der Gedanke, dass du Julianne anrufen und ihr davon erzählen solltest, denn schließlich hat Heaths Mädchen mit Rio gespielt."

Ellen hatte sich mit nassen Haaren ins Bett gelegt und jetzt waren sie ziemlich zerzaust. „Also gut, worüber regt sich Angela so auf?"

„Sie ist mit den Eigentümern der *Trading Company* befreundet. Gestern Abend haben die ihr erzählt, sie würden den ersten Stock an jemanden vermieten, der eine Kunstgalerie eröffnen wolle."

„Ja, das stimmt, Leslie Harper und ich haben uns die Räume angesehen. Karen, sie sind perfekt." Ellen beugte sich vor und stützte die Ellbogen auf dem Tisch auf, weil sie zu müde war zum Stehen. „Ich konnte kaum glauben, dass sie zu haben sind."

Karen zeigte ihr einige Dokumente. „Dann halte dich gut fest, Schwesterherz, denn du kannst keine Kunstgalerie in diesem County eröffnen. Ellen, als du an Angela verkauft hast, hast du eine Wettbewerbsklausel unterschrieben. – Sammelst du neuerdings Federn?" Karen nahm eine der beiden weißen Federn zur Hand.

Ellen legte ihre Hand über die von Karen. „Was hat das mit dieser Wettbewerbsklausel zu bedeuten?"

„Die sind toll. Wo hast du sie gefunden?" Karen hielt eine weiße Feder ins Licht. „Sie ist perfekt."

Ellen fuhr sich mit den Händen über die Augen. „Sie waren

einfach da. Eine ist aufgetaucht, als Julianne nach dem Jeremiah-Drama für mich gebetet hat, und die andere, bevor ich neulich zur Kirche gegangen bin."

„Im Ernst? Aus dem Nichts? Was hat das deiner Meinung nach zu bedeuten?"

„Dass Gott über mir wacht? Dass Engel in der Nähe sind? Dass Menschen mich anzeigen wollen?" Ellen rüttelte ihre Schwester an der Schulter. „Sprich mit mir!"

Karen fuhr behutsam mit dem Finger über die dichte Feder. „Da bekomme ich eine Gänsehaut." Sie schaute Ellen an. „Darf ich die behalten?"

Ellen zögerte. Konnte sie eine Feder von Gott weggeben? „Ich weiß nicht. Ich meine …" Sie griff nach der zweiten Feder. Gott war großzügig, Jesus war dafür das beste Beispiel. Was war eine Feder unter Schwestern? „Behalt sie."

„Danke." Karen steckte die Feder in ihre Ledermappe wie ein Kind, das gerade einen Bonbon gefunden hatte. „Also, nun zum Geschäftlichen. Ellen, als du die Galerie verkauft hast, hat Angela dich gebeten, eine Wettbewerbsklausel zu unterschreiben."

„Ich erinnere mich vage." Diese Monate ihrer Verlobungszeit waren sehr hektisch gewesen und lagen im Rückblick wie im Nebel.

„Und damit hast du versprochen, in den nächsten drei Jahren keine Galerie hier in der Gegend zu eröffnen." Karen hielt ein Dokument in die Höhe, damit Ellen sich selbst überzeugen konnte.

… erklärt sich bereit, dass sie sich weder direkt noch indirekt in einem Geschäft engagiert, das in Konkurrenz zu Angela Dooley treten könnte in Bezug auf den Erwerb, den Verkauf oder die Verteilung von Kunst für die Dauer von drei Jahren.

Die Sonne verschwand hinter einer Wolke und im Studio wurde es düster. „Ich darf drei Jahre lang keine Galerie eröffnen?"

„Du hast mir versichert, du hättest das Kleingedruckte gelesen."

„Das habe ich, das habe ich ja auch." Gewissermaßen. „Aber ich war so beschäftigt … warum hast du mich nicht noch mal extra darauf hingewiesen?"

„Habe ich doch! Ich habe gefragt: ‚Ellen, hast du den Anhang gelesen?' Du sagtest: ‚Ja, Karen, ich bin doch nicht dumm.' Und ich sagte: ‚Na gut, ich wollte nur sichergehen.'"

Stöhnend ließ Ellen ihren Kopf auf den Tisch sinken. „Ich wollte ihn gründlich durchlesen, aber ich war so beschäftigt mit den Hochzeitsplänen und alledem …"

„Das Einzige, was du in diesem County tun kannst, ist deine eigenen Werke zu malen und zu verkaufen."

„Eigentlich sollte ich ja auch nicht mehr hier sein. Ich sollte verheiratet sein und in Dallas wohnen." Sie trommelte mit den Fäusten auf den Tisch.

„Ich würde das nie vor anderen sagen, aber wenn du wirklich mit Jeremiah verheiratet sein wolltest, Ellen, wärst du es dann nicht?"

„Hey, *er* hat *mich* verlassen." Für eine Rechtsanwältin konnte Karen manchmal ganz schön begriffsstutzig sein.

„Tatsächlich? Und du hast das Ganze nicht zufällig ein wenig sabotiert? Wer hatte da seine Probleme mit einem hochmodernen Haus und wollte lieber ein Altmodisches?"

„Ich, das stimmt", sagte Ellen, das Gesicht immer noch gegen den Tisch gedrückt. „Außerdem hatten wir so viele Meinungsverschiedenheiten. Er hat doch zum Beispiel in deiner Gegenwart gesagt, dass ich in Dallas eine neue Galerie eröffnen könnte. Eine Woche später hat er sein Versprechen zurückgenommen."

„Und das war es? ‚Ich kann keine Galerie eröffnen, also gehe ich'?"

„Ich bin nicht gegangen, er hat Schluss gemacht." Ellen strich sich ihre Haare aus dem Gesicht. Ihre Haut prickelte, allerdings war der Grund eher dieses Gespräch und nicht die Temperatur in ihrem Studio.

„Ob nun bewusst oder unbewusst, Ellen, du hast ihm die Botschaft vermittelt, dass du nicht bereit bist für diese Ehe."

„Karen, du bist verrückt. Warum sollte ich mein eigenes Leben

162

sabotieren? Ein ganzes Jahr lang laufe ich gegen den gesunden Rat von allen anderen mit der *Operation Hochzeitstag* in Beaufort herum, demütige mich selbst und küsse jede Menge Dummköpfe. Und als mich dann endlich jemand zu diesem Tanz auffordert, mache ich einen Rückzieher? Jeremiah war derjenige, der gesagt hat, er hätte keine Zeit für die Ehe. Nicht ich."

Karen steckte die Verkaufsunterlagen wieder in ihre Aktentasche. „Du hast es zuerst gesagt, ohne Worte. Du bist vielseitig begabt, Ellen, aber ich kann mir dich als Pastorenfrau einfach nicht vorstellen. Als wir Kinder waren, hast du es gehasst, wenn die Leute dich ‚Diakon Garveys Tochter' nannten. Du hast Mitch O'Neal, das fehlgeleitete Predigerkind, immer in Schutz genommen, weil du den Eindruck hattest, dass die Gemeinde unrealistische Erwartungen an ihn stellte. Und jetzt übertrag das mal auf dich als unabhängige, erwachsene Frau, die mit einem Pastor verheiratet ist. Es gibt sicher Frauen, die dazu berufen sind, aber dich würde es zum Wahnsinn treiben."

„Ich habe Jeremiah geliebt, Karen. Reicht das nicht?"

„Offensichtlich nicht, denn du sitzt jetzt hier." Sie schaute sich in dem Studio um. „Und um ehrlich zu sein, ich glaube, dir gefällt dieses Bohème-Leben."

Ellen starrte auf ihre Füße. Nach dieser Nacht wusste sie einfach nicht mehr, was sie glaubte oder wollte. „Vielleicht hast du recht."

Karen zog den Reißverschluss ihrer Aktentasche zu. „Ellen, wenn jemand aus Zitronen Limonade machen kann, dann du."

„Denkst du, der wilde Wally hätte einen Job für mich in seiner Rasenmähermannschaft?"

Karen ging zur Tür. „Bleib ernst."

„Das bin ich. Wenn ich keine Galerie eröffnen kann, was soll ich denn dann machen?" Ellen wischte sich die Tränen von der Wange. Sie hatte es satt, über sich und ihre Vergangenheit zu weinen.

„Du wirst dich nicht Wallys Arbeitsmannschaft anschließen, Ellen. Eher stelle ich dich in der Kanzlei ein. Was deine Berufung ist? Malen. Und ich meine nicht Hauswände. Fass wieder Mut.

163

Vergiss, was dein blöder Professor damals an der Uni gesagt hat. Ellen, glaub mir, irgendwo in diesem Geröll findet sich ein wunderschöner Silberstreif."

„Wenn du ihn findest, dann ruf mich an."

„Werde ich. Ich muss jetzt los. Alles in Ordnung?"

„Wenn noch nicht jetzt, dann wird es schon werden."

Sie war seit Jahren nicht mehr gejoggt, aber an diesem Abend tat ihr der Schmerz in den Beinen und den Lungen, die nach Luft schrien, sehr gut.

Einatmen, ausatmen. Ellen rannte schneller und weiter auf dem sandigen Boden am Highway 21 entlang, den nach Pinien duftenden Wind im Gesicht. Ihr Pferdeschwanz tanzte mit jeder Bewegung von einer Seite zur anderen.

Als sie ins Studio zurückkehrte, duschte sie, schlang eine Schale Müsli ohne Milch herunter und rief zum ersten Mal seit Tagen ihre E-Mails ab. Künstler und Klienten, mit denen sie längere Zeit nichts zu tun gehabt hatte, schrieben an die Galerie. Aber es waren auch immer noch einige Mails mit Beileidsbekundungen dabei. Und eine neue von Caroline.

An: Ellen Garvey
Von: CSweeney
Betreff: Du musst dich setzen, bevor du das liest

Ellen,

ungeplant und unbeabsichtigt, aber so romantisch und perfekt, haben Mitch und ich am vergangenen Samstag am Strand geheiratet.

Ellen fuhr zurück und kämpfte gegen die Tränen an. Ihre beste Freundin? Verheiratet? Ohne sie?

Als er zu Besuch hier war, fühlte es sich plötzlich einfach richtig an. Er rief Papa und Edith an, um sicherzugehen, dass sie nicht traurig wären, wenn wir ohne Familie und ohne alles Drum und Dran heiraten würden. Sie gaben uns mit Freuden ihren Segen und versprachen uns einen großen Empfang, wenn wir nach Hause kommen.

Mitchs Papa hätte uns gern getraut, aber er sagte: „Junge, wenn du weißt, dass es richtig ist, heirate sie. Wir warten schon so lange darauf."

Ist er nicht toll?

Oh, Ellen, es fühlt sich so gut und richtig an, seine Frau zu sein! Der Zeitpunkt war genau richtig. Gott wusste es. Ich kann kaum glauben, dass ich so viele Jahre vergeudet und zahllose Stunden in der alten Eiche gesessen und mit niemandem gesprochen habe, wo ich doch mit dem Wahrhaftigen hätte reden können.

Mein Chef, der gute alte Carlos, hat uns ein schönes Hochzeitsgeschenk gemacht – Geld und zwei Urlaubswochen. Mitch muss dann nach Nashville zurück, aber während der kommenden Monate werden wir unsere Ehe auf Distanz schon hinkriegen.

Hannah und ein paar Freunde und Kollegen waren unsere Trauzeugen. Es tut mir so leid, dass du nicht dabei warst. Wir hatten immer fest geplant, die Brautjungfer der anderen zu sein, nicht?

Aber wenn es in der Ehe um die Beziehung geht, nicht um die Trauzeremonie, dann haben Mitch und ich genau das Richtige getan. Wir werden miteinander feiern, wenn ich nach Hause komme.

165

Ich hab dich lieb, Ellen, und hoffe, dass diese Neuigkeit dich in Anbetracht deiner Situation nicht traurig macht. Aber ich wollte es dir unbedingt mitteilen. Ich bete für dich.

Caroline Sweeney O'Neal
(O'Neal, siehst du? Mein Name ist O'Neal!)

Ellen las die E-Mail noch zweimal durch. *Gut gemacht, Caroline.*

An: CSweeney
Von: Ellen Garvey
Betreff: Herzlichen Glückwunsch!

Caroline,

verheiratet? AAAAHHH … kannst du mich bis nach Barcelona schreien hören? Ich freue mich so für dich und Mitch. Wir haben lange auf diesen Tag gewartet. Erinnerst du dich noch, als wir 17 waren und Mitch dich im Cottonfield Café geküsst hat? Du hast zwölf Jahre gewartet, dass dieser Kuss Früchte trägt. ;-)

Ich halte mich ganz gut, abgesehen davon, dass ich traurig bin, deine Hochzeit nicht miterlebt zu haben. Manchmal fühle ich mich wie betäubt, aber es stimmt schon, mit jeder Herausforderung wächst meine innere Kraft. Die neusten Neuigkeiten: Ich kann keine neue Galerie eröffnen. Das Kleingedruckte im Kaufvertrag von Angela Dooley verbietet es.

Deine Bemerkung „Gott wusste es" war eine Herausforderung für mich. Ich kenne Gott mein Leben lang, Caroline. Ich bin in der Gemeinde aufgewachsen. Aber ich habe ehrlich gesagt heute nicht mehr Vertrauen zu ihm und spüre ihn nicht mehr als damals, als ich noch ein Kind war. Doch jetzt, in dieser harten Zeit, stelle ich fest, dass ich mich zu ihm flüchte. Ich spreche mit ihm, aber mein Ohr ist nicht auf Hören eingestellt. Diese Erkenntnis erschreckt mich.

Liegt mein Leben in Scherben, weil er wollte, dass ich innehalte und auf ihn schaue, nicht nur gelegentlich mit ihm rede und in halbherzigem Glauben durch das Leben gehe? Vielleicht. Wie auch immer, ich halte ihm jetzt jeden Morgen um sieben Uhr in der Gebetskapelle meinen Becher hin. Eine stehende Verabredung sozusagen.

Karen denkt, ich hätte meine Beziehung zu Jeremiah sabotiert, weil ich ihn tief in meinem Inneren gar nicht heiraten wollte. Sie behauptet, es hätte mir nicht gefallen, die Frau eines Pastors zu sein. Bin ich irgendwie oberflächlich oder was?

Ich kann es kaum erwarten, dich zu sehen. Schick Fotos, wenn du welche hast.

Ich hab dich lieb,
Ellen

Ohne die Mail noch einmal durchzulesen schickte Ellen sie ab, weil sie vermutete, dass sie sie ebenso an sich selbst wie an Caroline geschrieben hatte.

Mittlerweile war es schon spät geworden und Ellen fragte sich, wann Heath wohl anrief. Sie fischte ihr Handy aus der Tasche. Mist, der Akku war leer. Als sie es ans Ladegerät anschloss, sah sie, dass sie fünf Nachrichten von Heath hatte. Die letzte vor dreißig Minuten. Sie wählte seine Nummer.

„Heath, hier spricht Ellen."

„Wo haben Sie denn gesteckt?" Scharf, kurz angebunden, verstimmt.

„Mein Akku war leer und ich habe es gerade erst bemerkt. Tut mir leid." Sie suchte nach ihren Flipflops. Fraß dieses Studio tatsächlich ihre Schuhe auf?

167

„Sind Sie nicht auf die Idee gekommen, mal nachzusehen? Alice ist schon vor zwei Stunden entlassen worden. Können Sie bitte kommen und uns abholen? Falls das nicht zu viel Mühe macht."

Heath trug den Schlafmangel wie einen hässlichen Pullover. Ruhig und leise antwortete sie: „Ich komme sofort."

Regen trommelte gegen die Fenster, als Heath sich auf dem Boden vor dem Kamin ausstreckte. Er machte es sich auf den Kissen gemütlich und lächelte, als er ihre Schritte im Flur hörte.

„Schläft sie?", fragte er.

„Wie ein Baby." Lächelnd legte sie sich neben ihn, ihr Kopf auf seiner Brust. Nachdenklich schlang Heath den Arm um sie. „Sie ist wunderschön, nicht?"

„Ja. Und perfekt. Du hast gute Arbeit geleistet, Mr McCord."

„Und du auch, Mrs McCord."

Sie richtete sich auf und stützte sich auf den Ellbogen ab. „Du bist glücklich, nicht wahr? Das ging alles so schnell."

Er strich ihr die Haare aus dem ovalen Gesicht. „Noch mehr Glück würde mein Herz nicht verkraften. Es würde zerspringen."

Ava kuschelte sich wieder an seine Brust. „Manchmal muss ich einfach weinen, wenn ich sie im Arm halte. Ich kann nicht glauben, dass sie unsere Tochter ist."

„Wollen wir es noch mal probieren?" Er drückte sie an sich.

Ava lachte leise und tätschelte seinen Bauch. „Sie ist doch erst zwei Monate alt. Für ein zweites bin ich noch nicht bereit."

„Dann hast du meine Anspielung nicht verstanden."

Sie antwortete ihm mit einem langen Kuss. „Ich denke schon."

Heath drehte sie auf den Rücken, Augen an Augen, Nase an Nase, Lippen an Lippen. Das Feuer knackte und knallte.

Ava wurde ernst. „Wenn mir einmal etwas passieren sollte, Heath, wirst du dich wieder verlieben?"

„Was? Warum sprichst du vom Sterben? Außerdem gibt es für mich nur eine Frau, Ava, und das bist du."

„Weil die Tatsache, dass wir jetzt Alice haben, mich an Dinge

denken lässt, über die ich früher nie nachgedacht habe." Sie
strich ihm mit der Hand über die Wange, liebkoste seine Lippen
mit ihrem Daumen.

Er richtete sich auf. Das war doch Blödsinn. *„Wenn mir etwas
passieren sollte, würdest du wieder heiraten?"*

*„Wenn ich mich noch mal richtig verlieben könnte, ja. Alice
braucht einen Vater."*

„Ich bin ihr Vater."

*„Ich weiß, aber Schatz, wenn einer von uns sterben sollte,
würde Alice einen anderen Mann oder eine andere Frau in ihrem
Leben brauchen."*

Heath stand auf und schürte das Feuer. *„Können wir mit diesem Gerede über das Sterben aufhören?"*

*„Wir müssen uns vorbereiten auf das, was das Leben uns be-
schert. Wahrscheinlich wird keiner von uns morgen sterben,
Heath, aber wir müssen uns auf jede Eventualität vorbereiten.
Wenn nicht für uns selbst, dann für unsere Tochter. Ich möchte,
dass du mir das versprichst."* Sie trat zu ihm an den Kamin,
schlang die Arme um seine Taille und drückte ihr Gesicht an seinen Rücken. *„Versprich mir, dass du dich wieder verlieben wirst.
Dass du eine Frau heiratest, die dich und Alice von ganzem Herzen liebt."*

Dieses Gespräch gefiel ihm überhaupt nicht. *„Nein, ich verspreche nichts, was mit deinem Tod zusammenhängt, oder mit
meinem."*

„Heath, das musst du. Versprich es mir. Versprich es mir bitte."

Keuchend wachte Heath auf. Schweiß stand ihm auf der Stirn
und in dem dunklen Raum konnte er sich gar nicht richtig orientieren. Wie viel Uhr war es? Nach dem dämmrigen Licht zu urteilen, das durch die Ritzen der Rollläden fiel, schätzte er, dass es
mitten in der Nacht war.

Die Intensität des Traums hielt ihn noch gefangen, als er die
Nachttischlampe anknipste. Er war so real gewesen. Aber hatten
Ava und er jemals ein solches Gespräch geführt?

Die lebenslustige Ava hatte keinen einzigen Gedanken an den Tod vergeudet, obwohl sie sich häufig in Gefahr begab. Heath war der Vorsichtige, der auf einem Testament bestand, Katastrophenfonds einrichtete und Versicherungen abschloss.

Alice neben ihm im Bett bewegte sich. Heath beugte sich über sie und strich ihr die Haare aus dem Gesicht. Seit zwei Tagen waren sie aus dem Krankenhaus wieder zu Hause, und es ging ihr recht gut, aber er machte sich immer noch Sorgen und litt noch unter den Nachwirkungen seiner schlaflosen Nacht in der Notaufnahme.

Im Cottage war es heiß, und als Heath zum Thermostat ging, knackte der alte Boden unter seinen Füßen. Schon seit einer ganzen Weile hatte er nicht mehr von Ava geträumt, und dieser Traum gefiel ihm genauso wenig wie die von früher. In der Woche nach ihrer Beerdigung hatte Heath im Traum ihre Hilferufe gehört und sich in nutzlosen Rettungsversuchen erschöpft.

Im Wohnzimmer drehte Heath den Thermostat um ein Grad herunter, und kurz darauf spürte er, wie die kühlere Luft zirkulierte. Er ging in die Küche und schaltete das Licht an. 2:00 Uhr. Als er den Kühlschrank öffnete, um eine Flasche Wasser herauszunehmen, fiel sein Blick auf Avas weiß-blauen Brief, der immer noch auf dem Fensterbrett auf ihn wartete.

„Wir haben noch mal Glück gehabt, Ava. Der Arzt sagte, es sei ein leichter Fall von viraler Meningitis." Er drehte die Wasserflasche auf und trank einen großen Schluck. „Sie wird noch einige Zeit etwas angeschlagen sein, aber bis Ende Juni müsste sie eigentlich wieder herumrennen und spielen wie jedes gesunde Mädchen."

Noch einen großen Schluck. „Ich hatte solche Angst, Schatz. Ich darf sie nicht verlieren. Und zum ersten Mal habe ich meinen Zorn auf dich zugelassen."

Ohne nachzudenken schleuderte Heath die halbvolle Plastikflasche gegen die Wand. Sie fiel auf die Fliesen und lief aus. Er stürmte durch die Küchentür auf die Terrasse. Die sanfte, feuchte Nacht linderte seinen Zorn ein wenig. Er ließ sich in den Schaukelstuhl sinken und schüttete Gott wortlos sein Herz aus. Dass er zornig war auf Ava, dass er sich solche Sorgen gemacht hatte, als Alice krank wurde und schließlich, wie übel er sich Ellen gegenüber benommen hatte.

Oh Mann, er war wirklich sehr unhöflich zu ihr gewesen, als sie schließlich im Krankenhaus eintraf. Er hatte gebrummt und geknurrt, weil sie nicht gleich zur Stelle gewesen war. Aber wer war denn um 1:00 Uhr in der Nacht aufgestanden und hatte ihn ins Krankenhaus gefahren, ohne ein Wort der Klage? Sie verteidigte sich nicht, als er sie ziemlich grob anfuhr, sie solle doch gefälligst dafür sorgen, dass ihr Akku aufgeladen sei. Stattdessen hatte sie sich sogar noch einmal entschuldigt und sie nach Hause gefahren. Bei der Apotheke hatte sie angehalten, um ein Rezept abzuholen, und sie hatte geduldig gewartet, als er schnell noch Saft und Limonade einkaufte. Und als Alice nach ihrer neuen Puppe fragte, hatte Ellen den ganzen Wagen danach abgesucht, um schließlich festzustellen, dass Heath sie im Krankenhaus vergessen hatte. Ohne das kleinste Murren war sie zurückgefahren, um sie zu holen.

Er lebte in ihrem Haus, nahm ihre Gastfreundschaft in Anspruch und hatte sich verhalten wie der letzte Trottel. Er würde das wiedergutmachen. Irgendwie.

Kapitel 15

Nach Carolines E-Mail, Karens lächerlichem Vorwurf, sie hätte die Hochzeit selbst sabotiert, und Pastor O'Neals Erinnerung am Sonntagmorgen an die Worte Jesu: „Meine Schafe hören meine Stimme", brauchte Ellen erst einmal Zeit, um in aller Ruhe mit Jesus über ihre Probleme zu sprechen und nachzudenken.

Sie war jetzt 31 und von klein auf christlich erzogen worden, aber sie konnte nicht voller Überzeugung sagen, dass sie die Stimme ihres Herrn kannte. Als sie in der Kapelle saß, in der zweiten Reihe auf der rechten Seite, fühlte Ellen sich wie eine unbeschriebene Schiefertafel. Es gab nichts außer ihm, und zum ersten Mal fühlte sie sich Gott vollkommen ausgeliefert.

Und das gefiel ihr.

An diesem Morgen kniete Miss Anna einmal nicht, sondern ging auf und ab.

Wie viele Jahre kam die alte Frau nun schon in die alte Kapelle und hielt Wache? 30? 40? Ellens Respekt für sie wuchs ins Unermessliche.

Ellen schloss die Augen und bot Gott ihre Gedanken dar. Sie schenkte ihm ihre Zuneigung. Und ganz unvermittelt durchfuhr sie eine seltsame Frage. *„Was willst du?"* Ihre Augen flogen auf und ihr Herzschlag beschleunigte sich.

Ich? Was ich will?

„Was willst du?"

Ellen sah sich um. *Sprichst du mit mir?*

„Was willst du?"

Eine Galerie eröffnen und –

„Was willst du?"

Das habe ich doch gerade gesagt: eine Galerie eröffnen –

„Nein, sag mir, was du wirklich willst."

Ihr Herzschlag beschleunigte sich. Diese Frage kam nicht aus ihren Gedanken, sondern von *ihm*. Miss Anna blieb mit gesenktem Kopf stehen.

Also gut, was will ich? Ellen beruhigte sich, schob alle Erwartungen und vorgefassten Vorstellungen beiseite und ließ einen leeren Eimer in ihre Seele hinab.

Ich möchte malen. Ich möchte meine Ängste überwinden, das vergessen, was mein Professor zu mir gesagt hat, und malen. So, jetzt hatte sie es zugegeben.

Sie wartete, lauschte, spürte das Leben in ihrem Geständnis. Ja, sie wollte malen. Nachdem sie sechs Jahre lang ihren Herzenswunsch ignoriert hatte, stand sie endlich dazu. Sie wollte wieder malen. Gott wusste es, genau wie Caroline gesagt hatte. Ellen fragte sich, wie lange seine Frage im Himmel gehangen und darauf gewartet hatte, dass sie endlich einmal still war und zuhörte.

Vergiss Dr. Petit. *„Ich empfehle Ihnen eine geregelte Arbeit, Ellen. Sie werden sich als Künstlerin nicht Ihren Lebensunterhalt verdienen können."* Aber Gott wollte anscheinend, dass sie malte.

Als sie zu Miss Anna herüberschaute, ruhte deren Blick auf ihr.

„Ich glaube, Gott hat mir gerade gesagt, ich soll malen."

„Dann tu es."

„Aber woher weiß ich, dass Gott zu mir spricht und nicht meine eigenen –"

Eine weiße Feder schwebte zwischen ihr und Miss Anna zur Erde.

„Nein! Noch eine", hauchte Ellen.

Miss Anna fing die Feder in der Luft ab. „Ist schon lange her, dass ich eine davon gesehen habe."

Ellen trat neben ihre Gebetsmentorin. „Eine liegt noch in meinem Studio. Was hat das Ihrer Meinung nach zu bedeuten?"

Miss Anna reichte Ellen die Feder. „Gott ist sehr erfinderisch in der Art, wie er sich uns zeigt. Wir haben uns daran gewöhnt, nur im Gottesdienst oder in einem Lied mit ihm zu rechnen. Ich wette, manchmal fühlt er sich ein wenig eingesperrt."

Ellen stand einfach nur mit ihrer Feder da und sagte gar nichts.

„Nun, nach einer Stunde Gebet, einem Auftrag von Gott und einer weißen Feder würde ich sagen, das war ein guter Morgen!" Miss Anna marschierte durch den Mittelgang dem Ausgang zu, die Bibel unter den Arm geklemmt. „Ich werde nach Hause gehen und mich um meinen Garten kümmern, bevor die Sonne zu heiß wird."

„Kann ich Sie mitnehmen?"

Lachend stieß Miss Anna die Kapellentür auf.

Brooks und Dunn dröhnten aus den Lautsprechern. Der Deckenventilator surrte. Und Ellen malte. Sie suchte in ihrer Kiste nach einer Tube Titanweiß, und nachdem sie es gefunden hatte, gab sie einen Tupfer auf ihre Palette.

Nach ihrem Eingeständnis und ihrer Begegnung mit Gott hatte sie beim Verlassen der Kapelle eine Welle der kreativen Energie in sich gespürt und beschlossen, sie zu nutzen. Und wenn sie nur für Gott und sich malte, dann war das eben so.

„Ellen, hallo, ich bin's." Das Klopfen an der Tür mischte sich mit den Basstönen der Musik.

„Heath?" Sie riss die Tür auf. „Kommen Sie doch rein. Wie geht es Alice?"

„Prima. Sie schaut sich eine DVD an. Wir waren heute Morgen beim Arzt und er ist sehr zufrieden mit ihrer Genesung. Was machen Sie gerade?"

„Ich …", erwiderte sie und deutete mit dem Kopf zur Staffelei, „… male."

„Wie schön für Sie." Er trat um die Staffelei herum. „Federn?"

„Es gefällt Ihnen nicht, stimmt's?" Sie drehte die Musik leiser.

„Na, na, wir sind wohl ein bisschen unsicher, was?"

Ellen zeigte ihm die beiden Federn, die sie auf einem blauen Seidentuch angeordnet und so arrangiert hatte, dass die Sonne darauf fiel. „Die … sind einfach so aufgetaucht."

„Aufgetaucht? Aus dem Nichts?" Heath griff nach einer. „Darf ich?"

„Ja. Ich hatte noch eine, aber die habe ich Karen geschenkt." Ellen erzählte ihm die Geschichte von den Federn, während sie Umbra, Kobaltblau und Weiß mit ihrem Spachtel mischte. „Seltsam, nicht?"

174

„Warum? Gibt es in der Bibel nicht einen Vers, in dem vom *Schatten seiner Flügel* gesprochen wird?"

Ellen strich etwas von dem Blau auf die Leinwand. Zu hell. „Ich habe den Vers gestern gelesen."

Heath legte die Feder wieder auf das Tuch. „Ellen, ich wollte mich bei Ihnen entschuldigen. Als wir Alice aus dem Krankenhaus holten, habe ich mich einfach unmöglich benommen."

Sie deutete mit dem Pinsel auf ihn. „Vergessen Sie es; ich verstehe das. Ich wäre bestimmt noch ungehaltener gewesen."

„Sie brauchen mich nicht zu entschuldigen. Es war falsch." Er ging zu den Gemälden, die an der Wand lehnten. „Sind das Ihre?"

„Ja, von der Uni und aus dem Jahr in Florenz."

Er nahm das noch nicht fertig gestellte *Mädchen im Gras* heraus. „Das ist unglaublich, Ellen."

„Heath, es ist noch nicht mal fertig."

„Und doch habe ich das Gefühl, als müsste ich meine Schuhe abstreifen und barfuß durch das Gras laufen."

Ellen zuckte verlegen die Achseln. Sie hatte *Mädchen im Gras* in dem Sommer begonnen, als sich die ersten Zweifel an ihrem Talent bei ihr einschlichen. Das war eine schwierige Zeit gewesen.

Heath lehnte das Gemälde an die Wand und nahm das nächste zur Hand. „Würden Sie mit mir zum Abendessen gehen?"

An der Staffelei vorbei schaute sie ihn an. Er betrachtete ihr Gemälde vom Coffin Creek im Nebel. „Zum Abendessen?" *Sozusagen eine Verabredung?*

„Zum Abendessen. Ich möchte meinen Fauxpas wiedergutmachen." Er schaute sie an und hielt ein Gemälde in die Höhe. „Kann ich das kaufen?"

„Es *kaufen*? Ich schenke es Ihnen. Und Sie brauchen nichts gutzumachen, Heath."

„Ich weiß, aber ich möchte es … bitte. Kann ich Ihnen hundert Dollar dafür geben?"

„Was? Nein, nehmen Sie es bitte."

Er kam zu ihr, ganz nah, sodass sie ihm in die Augen blicken musste. Seine Nähe und sein Geruch ließen alle ihre Sinne in

Alarmbereitschaft treten. Eine Gänsehaut überlief sie. „Hundert Dollar. Eine Künstlerin ist ihres Lohnes wert. Und Sie hätten mich bestimmt nicht wegen eines leeren Akkus zur Schnecke gemacht. Also, Abendessen?"

Schluck. „G-gut."

„Morgen Abend um sechs?"

„Morgen Abend um sechs."

Chet McCord steuerte seine Hawk P-36 in den Sturm hinein. Das Flugzeug wurde von den starken Böen hin und her geworfen, und seine Arme schmerzten bereits von der Anstrengung, die Maschine gerade zu halten. Ein Foto von Kelly, das er am Instrumentenbord befestigt hatte, fiel herunter.

War das heute eine dicke Suppe hier oben! Was nutzte eine Patrouille in der Morgendämmerung, wenn es keine Morgendämmerung gab? Chet kämpfte gegen seine Klaustrophobie an. Wenn er …

Das Funkgerät knackte. „Chet! Kannst du mich hören? Over."

Eine Stimme. Pike vom Funkcorps, der Chet in Erinnerung rief, dass er nicht allein auf der Welt war. Er nahm das Mikrofon des Funkgeräts zur Hand. „Ist dir klar, dass du mir noch Geld schuldest?" Chet hatte ihn am Abend zuvor zum Pokern mitgenommen, und Pike hatte nicht besonders viel Glück gehabt.

„Ganz im Gegenteil – du schuldest mir Geld. Ihr habt euch verrechnet." Sein Lachen tönte durch das Funkgerät. „Was machst du an einem solchen Morgen in der Luft?"

„Ich stricke meiner Oma einen Pullover. Was denkst du, was ich hier tue?"

„Komm runter, McCord. Du fliegst geradewegs in einen dicken Sturm mit fünfzig Meilen pro Stunde hinein. Nimm das nicht auf die leichte Schulter. Die Jungs von der Wetterstation sagen, das sei ein Riesending."

Das war eine Erklärung für die Turbulenzen. „Bekomme ich den Befehl zur Rückkehr?"

„Warum denkt ihr Flieger eigentlich immer, ihr könntet dem Wetter davonfliegen? Bring deine Maschine nach Hause."

„Wenn ich auf das ideale Wetter wartete, würde ich nie starten. Kurze Patrouille, unter der Suppe hindurch, dann komme ich zurück."

Chet kämpfte gegen die eisigen Winde an. Aber bei fünfzig Fuß gab ein unerwartetes Wolkenloch den Blick auf das aufgepeitschte Wasser unter ihm frei.

Um die Gegend nach feindlichen U-Booten oder verirrten Kreuzern absuchen zu können, ging Chet noch ein wenig tiefer, und schließlich flog er in einem weiten Bogen zur nordöstlichen Küste und nach Hause.

Zuerst fiel ihm das grüngraue U-Boot, das auf der Wasseroberfläche tuckerte, gar nicht auf. Es verschmolz mit dem Nebel und dem Grau des Wassers. Aber als er es erst einmal entdeckt hatte, war ihm sofort klar, dass es sich hierbei um ein japanisches U-Boot handelte. Sein Herz pochte zum Zerspringen, als er eine Kurve flog, um es unter Beschuss zu nehmen.

Heaths Handy begann zu klingeln, und er musste sich zuerst einmal orientieren, so vertieft war er in sein Manuskript. Im Augenblick war er Chet McCord, der mit klopfendem Herzen ein feindliches U-Boot angreifen wollte.

„Ja", meldete er sich.

„Blue Cooper hier. Heath, wie geht es dir?"

Er stellte seinen Laptop auf den Couchtisch. „Blue, wir haben ja lange nichts mehr voneinander gehört."

„Du bist schwer zu finden. *Calloway & Gardner* geben nichts preis. Beim Pentagon hatte ich mehr Glück. Hast du meine E-Mails bekommen?"

„Ja, entschuldige, ich habe sie wohl nicht beantwortet. Ich bin für ein paar Monate in den Süden gezogen." Heath ging ins Schlafzimmer, um nach Alice zu sehen. Sie schlief friedlich, den Arm fest um ihre Puppe Lola gelegt. Der beste Kauf, den er seit Langem getätigt hatte.

„Was denkst du? Kannst du in zwei Wochen zur Verleihung des *Network News Award* in die Stadt kommen? Wir fänden es schön, wenn du an Avas Stelle die Auszeichnung für ihr Lebenswerk entgegennehmen würdest."

Er lief unruhig durch das Wohnzimmer. „Ach ja, richtig. Sag mir noch mal das Datum." Heath hatte Blues E-Mails überflogen, sich aber das Datum nicht gemerkt.

„Der 13. Juni. Ein Freitagabend. Tu es Ava zuliebe, Heath." Blue sprach mit seiner Moderatorenstimme, und was er sagte, hörte sich so an, als hätte er erst vor wenigen Minuten mit Heaths Frau gesprochen.

Weiterziehen bedeutete also nicht, dass er alles, was sie betraf, hinter sich lassen konnte. „Gut, ich werde kommen, Blue. Danke für den Anruf."

Er würde nicht lange fort sein. Vielleicht drei Tage. Er würde sich mit Rick treffen und mal sehen, was bei *Calloway & Gardner* passierte. Aber Alice war noch nicht fit genug, um ihn zu begleiten. Während er zum Sessel zurückkehrte und seinen Laptop wieder auf den Schoß nahm, fragte sich Heath, ob er wohl Ellen bitten könnte, sich um Alice zu kümmern. Er würde sie zum Dank noch einmal zum Abendessen ausführen. Und ihr 500 für das Gemälde bezahlen. Was hatte er sich dabei gedacht, ihr nur 100 Dollar anzubieten? Das war viel zu wenig.

Zur Preisverleihung würde er im dunklen Anzug erscheinen müssen; sie würde vermutlich im *Grand Hyatt* oder in der *Radio City Music Hall* stattfinden. Wo hatte er nur seinen Smoking?

Er griff nach seinem Handy und wählte Ricks Nummer. „Hey! Ich werde zur Verleihung der *Network Awards* nach New York kommen. Wollen wir uns zum Abendessen treffen?"

„Ja, das passt sehr gut. Ich muss mit dir über deine Rückkehr reden, Junge. Die Partner werden langsam ungeduldig."

Rick übertrieb immer ein wenig. „Hm. Was läuft so?"

„Doc und Tom versuchen mich rauszudrängen. Sie wollen übernehmen. Ich brauche einen starken Verbündeten."

Heath versuchte sich vorzustellen, wie die beiden versuchten, seinen alten Chef zu überlisten. „Und du denkst, ich könnte dir helfen?"

„Absolut. Wir reden darüber, wenn du hier bist."

„Rick, bevor du auflegst … ich habe eine Freundin hier, die mir sehr geholfen hat, mehr, als ich wieder gutmachen kann. Sie ist Künstlerin und wirklich gut. Denkst du, wir könnten bei deiner alten Freundin Mitzy Canon vorbeischauen? Vielleicht könnte sie einen Blick auf die Arbeiten meiner Bekannten werfen, ihr den Einstieg ins Geschäft etwas erleichtern?"

„Klar, warum nicht. Wenn jemand die Karriere eines Künstlers anstoßen kann, dann Mitzy Canon, die Künstler-Macherin. Ich werde sie anrufen."

„Ich schulde dir was."

„Im Ernst? Dann frage ich dich, wann ich dich in der Kanzlei zurückerwarten kann?"

„Gute Nacht, Rick." Heath legte auf und ging in die Küche, um das Abendessen wegzuräumen.

Vormerken: Auf den Erziehungsseiten im Internet nachsehen, in welchem Alter man anfangen kann, den Kindern Haushaltspflichten zu übertragen.

Kapitel 16

Um zwei Uhr kam Huckleberry John ins Café, eine dunkle Augenklappe über dem rechten Auge und mehrere Titanringe in den Ohrläppchen.

Er grinste unsicher, als er Ellen entdeckte. „Du hast gerufen, o große Ellen Garvey?" Er ließ sich ihr gegenüber auf den Stuhl sinken.

„Möchtest du etwas trinken?" Sie betrachtete ihn und warf ein Stück Süßstoff in ihren Latte.

„Nee, danke." Er fuhr mit der Hand durch seine Haare. „Was hast du auf dem Herzen, Süße?"

„Dich. Wie macht sich deine Öko-Kunst?"

„Gut", erwiderte er, während er seinen Blick träge durch das Lokal wandern ließ. Ein Arm hing über der Stuhllehne, seine Finger trommelten auf der Tischplatte.

„Hat Angela Dooley dir schon was abgenommen?"

„Sie ist ein Snob, Ellen. Ich habe versucht, mit ihr über die Krise am Coffin Creek zu sprechen –"

Ellen trank einen Schluck von ihrem Latte. Zu heiß. „Huck, du bist uneffektiv."

„Was du nicht sagst."

„Du läufst mit einem Aquarium voller Schlamm und toten Fischen in der Stadt herum. Das wird deiner Sache nicht weiterhelfen. Du lässt zu, dass sich deine Botschaft dem Botschafter in den Weg stellt. Was willst du bewirken?"

„Ich will Kunst machen, die die Umwelt zum Thema hat."

„Hast du noch etwas im Ärmel außer Aquarien?"

„Ein paar Gemälde, einige Kompositionen aus unterschiedlichen Materialien", gestand er.

„Sind sie geruchsneutral?"

„Ziemlich."

„Huckleberry, eines habe ich gelernt: Du musst in erster Linie von innen heraus Künstler sein, und deine Botschaft muss aus dem Herzen kommen. Du darfst dir nicht durch deine Leidenschaft deine Kunst zerstören lassen. Vielmehr solltest du deiner Kunst durch deine Leidenschaft Nahrung geben. Verstehst du?"

„In etwa. Ich soll das Benzin also in den Tank füllen und nicht über den Wagen kippen."

„Genau. Du musst dir technisches Können aneignen und Geduld haben. Kunst braucht Zeit."

Halte dich an deinen eigenen Rat, Ellen.

„Ist das eine nette Art zu sagen, dass noch ein langer Weg vor mir liegt?" Huckleberry rutschte auf seinem Platz herum. Der Mann konnte einfach nicht still sitzen.

„Nicht nur vor dir. Vor mir auch. Ich fange wieder an zu malen." Der zweite Schluck von ihrem Latte verbrannte wieder dieselbe Stelle an ihrer Zunge wie der erste.

„Wir sollten uns mal treffen. Herumhängen, zusammen malen oder so was."

Ellen hielt inne. Konnte sie ihm helfen? Obwohl sie Kunst studiert hatte, hatte sie das Gefühl, nicht sehr viel weiter zu sein als Huckleberry. „Ist gut, aber wir treffen uns bei mir, denn bei dir, äh, stinkt es."

„Ellen?"

Sie drehte sich um und entdeckte J. D. Rand. „Hey!"

Er war Deputy und gehörte zu ihrer alten Clique aus Highschool-Zeiten. Im vergangenen Jahr war er mit Caroline zusammen gewesen, bis sie herausgefunden hatte, dass er sie betrog.

„Hast du das mit Caroline und Mitch gehört?", fragte Ellen J. D.

„Ja, die Gerüchteküche ist sehr lebendig. Das wurde aber auch Zeit, was?"

„Das will ich meinen …"

Molly rief J. D. zu, seine Bestellung sei fertig, aber auf seinem Weg nach draußen blieb er noch einmal am Tisch stehen.

„Dean gibt heute Abend eine Party zum Sommeranfang. Brandon Morgan spielt mit seiner Band. Viele nette Leute, gutes Essen und kalte Getränke. Wäre schön, wenn du dabei sein könntest, Ellen. Du auch, Huck, vorausgesetzt, du duschst vorher."

Huckleberry schaute an seinem Hemd herunter und strich mit der Hand über einen großen Fleck, der nach Schokolade aussah.

„Mal sehen. Vielen Dank, J. D."

Seit der *Operation Hochzeitstag* hatte Ellen Deans berüchtigte Mars-und-Venus-Partys nicht mehr besucht. Heute Abend wollte sie mit Heath essen gehen. Vielleicht konnte sie ihren New Yorker Rechtsanwalt ja zu einem Abend mit guten alten Freunden überreden.

„Chet, bist du da draußen? Komm zurück."

Da Chet noch immer eine gute Position für den Beschuss suchte, antwortete er nicht auf Pikes Funkruf. Falls das U-Boot ihn entdeckte, läge er im Wasser, bevor er noch einen einzigen Schuss abgeben könnte.

„Komm runter, Chet. Die Mutter sammelt ihre Küken. Komm nach Hause."

Captain Chet McCord stieß durch den Nebel und feuerte auf das erste feindliche Schiff, das er bisher zu Gesicht bekommen hatte. In den sechs Monaten auf den Aleuten war sein größter Feind bisher die Kälte, der Schnee und der Nebel gewesen. Und sein Ziel: Lebendig nach Hause kommen und nicht gegen einen Berghang prallen.

Nachdem er den Turm des japanischen U-Bootes ins Visier genommen hatte, durchlöcherte er ihn mit Kugeln und verschwand ganz schnell wieder im Nebel, bevor der Feind die Waffen besetzen konnte. Seine Kerosinanzeige sagte ihm, dass er jetzt heimfliegen musste.

„Pike, ich komme jetzt."

Während Chet nach Osten abdrehte, erhaschte er einen Blick auf das U-Boot, das unter die zufrierende Oberfläche abtauchte. Er hatte das graue Ungeheuer nur ein wenig geärgert.

Der Motor seiner P-36 stotterte.

„Nein, das machst du nicht!" Chet klopfte gegen die Tankanzeige. Der Sprit reichte, um nach Hause zu fliegen. Was war los? Erneut stotterte der Motor und ging beinahe aus.

Chet flog Kiska an. Er hielt den Steuerknüppel fest umklammert und zwang seinen Vogel, weiterzufliegen. Beim nächsten Stottern wusste er Bescheid. Der Motor fror ein!

Heath lief neben seinem Van auf und ab und wartete auf Ellen. Sie hatte angerufen und ihm mitgeteilt, dass sie beim Malen die Zeit vergessen hätte und sich um ein paar Minuten verspäten würde. Sie wollte ihn bei seinem Van treffen. Sie schien sehr aufgeregt zu sein; das gefiel ihm.

Nachdem er Alice bei Julianne vorbeigebracht hatte, wo sie den Abend mit Rio verbringen würde, hatte er sich irgendwie verloren gefühlt. Seine Knie wurden weich und sein Herz begann zu flattern, wie damals als Teenie bei der ersten Verabredung. *Es ist doch nur Abendessen, McCord. Mit einer Freundin.* Es war 18 Jahre her, dass er das letzte Mal mit einer Frau allein gewesen war, die nicht seine Freundin, Frau oder Kollegin gewesen war.

Um sich abzulenken, ging er zu seinem Holzprojekt. Der Korpus des Engels trat langsam aus dem Holz hervor, aber die Details mussten noch herausgearbeitet, danach geschmirgelt und poliert werden. Irgendwann würde er ihn fertigstellen. Bevor er nach New York zurückkehrte.

Ihr Duft erreichte ihn zuerst. Wie wilde Blumen auf einer Frühlingswiese. Als er sich umschaute, war er einfach nur froh, dass es sie gab. Stolz und glücklich, dass er mit ihr zusammen sein konnte. Wenn auch nur für einen Abend *als Freunde.*

Das Haar hing ihr über die Schultern, ihre langen, gebräunten Beine schauten unter einem fließenden blauen Rock hervor. Drei Armreifen klimperten an ihren Armen. Er begriff jetzt, warum Menschen malten – um Bilder wie das vor ihm einzufangen und festzuhalten, seien sie nun real oder ausgedacht.

„Sie sehen wunderschön aus", sagte er. Seine ruhige Stimme übertönte das Pochen seines Herzens.

„Sie aber auch. Sehr elegant in den Khakihosen und dem Pullover."

Ihr fröhlicher Tonfall erinnerte ihn daran, dass er ihr mit dem heutigen Abend nur danken wollte. Wie ein Freund dem anderen. Nicht mehr, nicht weniger. Sein Herzschlag beruhigte sich von einem Rumba zu einem langsamen Walzer.

„Ein Freund von mir veranstaltet heute Abend eine seiner großen Partys", erzählte Ellen, als er ihr die Tür aufhielt. „Wollen wir nach dem Abendessen ein wenig tanzen gehen?"

Absolut. „Ich stehe Ihnen für alles zur Verfügung, was Sie wollen."

„Tatsächlich? Die Fenster meines Studios müssen noch geputzt werden."

„Fenster?" Heath breitete die Arme aus und grinste sie an. „Sie können alles von mir haben und wollen Ihre *Fenster* geputzt haben?"

Vielleicht lag es an der leisen Musik im *Panini* oder dem Kerzenschein auf den weißen Leinentischdecken; in Ellens Bauch tanzten jedenfalls die Schmetterlinge.

Heath trug ein blaues Hemd, das genau zu der Farbe seiner Augen passte, und seine vorwitzigen Flirtansätze, als er ihr in den Wagen half, hatten sie durcheinandergebracht.

„Sie können alles von mir haben und wollen Ihre Fenster geputzt haben?"

Aber so reizend er auch war, ihr Herz wollte an seinem warmen, sicheren Ort bleiben, bis der letzte Rest von Jeremiah Franklin verblasst war.

„Ich habe eine Frage", begann er, während er sich zurücklehnte, als die Kellnerin ihnen einen Korb mit warmem Brot und einer Vorspeisenplatte brachte. „Wie oft muss ich damit rechnen, in der Schlange vor der Klappbrücke festzustecken?"

„Täglich, wenn Sie diesen Weg nehmen müssen."

„Ich hatte überlegt, Alice halbtags in den Kindergarten zu geben, damit sie beschäftigt ist, während ich arbeite."

„Fahren Sie früh genug los, wenn Sie pünktlich sein müssen, aber vor der Klappbrücke festgesteckt zu haben, gilt hierzulande als akzeptable Entschuldigung."

„Gut zu wissen."

Grinsend reichte Ellen ihm das Brot. Auf dem Weg in die Stadt waren sie von der Brücke aufgehalten worden, und 15 Minuten lang hatte der New Yorker in Heath ungeduldig auf das Lenkrad getrommelt, während er gleichzeitig zuhörte, wie Ellen von einem Gemälde erzählte, das sie begonnen hatte.

Er fragte nach der Inspiration hinter ihrer Idee – *trommel, trommel, trommel* –, meckerte ein wenig – „Warum dauert das so lange?" –, sprach über Farben und die Botschaft ihrer Arbeit und beklagte sich: „Wegen diesem winzigen Segelboot mussten wir so lange warten?"

„Ja."

Er hatte sie finster angeblickt. „Die New Yorker würden einen Aufstand machen."

Die Kellnerin kehrte zurück, um ihre Bestellung aufzunehmen. Ellen bestellte eine Steinofenpizza und Heath den Schweinebraten.

„Wie läuft es mit dem Buch?" Ellen stützte das Kinn in die Hand.

„Gut, gut." Heath breitete die Serviette auf seinem Schoß aus und griff nach einem Stück Brot. „Es ist eine Liebesgeschichte, die im Zweiten Weltkrieg spielt. Mein Agent bekommt einen Herzinfarkt, aber das kam nun mal heraus, als ich anfing zu schreiben."

„Wir sind Sklaven unserer Fantasie, nicht wahr? Warum wird ihm die Story nicht gefallen?"

„Wenn einer Ihrer Klienten ein bekannter Strafverteidiger aus Manhattan wäre, würden Sie von ihm eine Liebesgeschichte haben wollen, die während des Krieges in Beaufort und auf den Aleuten spielt?"

Ellen lachte. „Nein, vermutlich nicht. Ich würde einen Justizthriller oder eine politische Intrige erwarten."

„Genau."

Sie fuhr mit der Hand über die Tischdecke. „Wann bekomme ich das Meisterwerk zu lesen?"

„Wenn es veröffentlicht ist."

Ha. Er hatte nicht mal gelächelt.

„Nicht einmal ein paar winzig kleine Zeilen?"

Heath versuchte, sein Grinsen hinter einem Stück Brot zu verstecken. „Vielleicht, wir werden sehen."

„Okay, dann will ich auch keinen Ton mehr über meine Unsicherheit hören, und Sie werden auch keinen Blick auf meine Bilder werfen."

„Ja, sprechen wir doch über Ihre Unsicherheit." Sein Blick ging ihr durch und durch. Die Schmetterlinge in ihrem Bauch begannen wild mit den Flügeln zu schlagen. „Was ist aus dem Mädchen geworden, das auf Kirchenblätter kritzelte und das Hochzeitsfoto seiner Eltern bunt anmalte?"

„Es hat dem Zweifel nachgegeben. Mein Selbstvertrauen ist aus mir herausgeströmt wie die Luft aus einem alten Reifen. Ich glaubte nicht mehr, dass ich gut genug bin."

„Zweifel hat normalerweise einen Ursprung."

Die Kellnerin füllte ihre Gläser mit Eistee nach. Ellen wartete, bis sie gegangen war, bevor sie weitersprach.

„An der Kunsthochschule in New York hatte ich einen Mentor. Ich war entmutigt und suchte nach jemandem, der über meine Schwächen hinwegsehen und mein Talent entwickeln konnte. Das war dann wohl nichts."

„Ellen, hier geht es doch um Malerei. Das ist eine sehr subjektive Angelegenheit."

„Sicher, aber wem gefällt es schon, wenn der Lehrer andeutet, dass man besser Körbe flechten lernen sollte?" Ellen legte ein Stück Brot auf ihren Teller und griff nach der Butter.

„Sie übertreiben."

„Nein, leider nicht." Der erste Bissen Brot war butterig warm. Es war schon eine Weile her, seit sie etwas anderes gegessen hatte als trockenes Müsli, alte Kräcker und Chips. „Ich fühlte mich wie ein zottiges Pony, das in einer Herde glänzender Rassepferde mitgaloppierte. Die Menschen fragten: „Was macht dieser Schandfleck auf diesem wundervollen Meisterwerk?'"

Heath lachte. „Ellen, kommen Sie, Sie sind kein zottiges Pony. Außerdem, glauben Sie wirklich, dass jeder erfolgreiche Künstler

186

oder Schriftsteller immer nur gehört hat: ‚Nur weiter so, van Gogh. Du schaffst es'?" Er zog die Augenbrauen in die Höhe. „Wenn es Leerstände auf Ihrer Wolke Sieben gibt, dann möchte ich gern einziehen."

Sie brach in Gelächter aus. „Okay, nein, aber irgendwie, irgendwo muss es doch eine Stimme geben, die dem Künstler sagt: ‚Mach weiter. Du hast, was dazu nötig ist.'"

Die Kellnerin trat an ihren Tisch. „Ihre Bestellung kommt gleich."

„Was ist in dem Sommer genau geschehen? An der New Yorker Kunstschule?"

Ellen beugte sich vor. „Ich wollte den Impressionismus studieren." Sie schüttelte den Kopf. „Viel schwieriger, als es aussieht."

„Das ist bei den meisten *einfachen* Dingen so."

„Ich lernte einen Gastprofessor kennen, Dr. Petit, der Privatunterricht erteilte. Ich bezahlte einen Haufen Geld, malte endlose Stunden, lebte in einem Schrank, den mir jemand als Wohnung vermietet hatte … um dann gesagt zu bekommen, ich sollte mir einen reichen Mann oder einen gut bezahlten Job suchen."

„Wirklich, so schlimm?" Er verzog das Gesicht.

„Als ich New York im September verließ, habe ich mir geschworen, nie wieder einen Pinsel in die Hand zu nehmen."

„Aber das war doch nur eine Meinung."

„Manchmal reicht eine Meinung aus. Ich kam nach Hause und fing mit der Planung der Galerie an. Ich wollte keine Zeit mehr vergeuden. Viele Menschen widmen ihr Leben den falschen Dingen. Ich wollte auf keinen Fall dazugehören."

Heath nippte an seinem Tee. „Ja, das Gefühl kenne ich."

Die Kellnerin brachte ihr Abendessen und bot gemahlenen Pfeffer und Käse an. „Kann ich Ihnen sonst noch etwas bringen?"

Heath schaute Ellen an. *Alles in Ordnung?* „Alles bestens, danke."

Sie unterbrachen ihr Gespräch, um sich dem Essen zu widmen. Ellen hatte sich schon richtig auf die Steinofenpizza gefreut.

187

Beim Kauen schloss sie die Augen. „Das war es wert, dass Sie mich wegen des leeren Akkus angebrüllt haben."

Heath schnitt ein Stück Fleisch ab. „Wie schön, dass ich Ihnen eine Freude machen konnte. Also, Sie wurden von diesem unhöflichen Professor niedergemacht. Was hat Sie aber dazu gebracht, jetzt doch wieder mit dem Malen zu beginnen?"

Ellen tupfte sich mit einer Ecke ihrer Serviette den Mund ab. „Vor ein paar Tagen war ich zum Beten in der Kapelle … und", sie versuchte, die Sache mit einer Handbewegung abzutun, „Gott hat mich sozusagen gefragt, was ich eigentlich will. Der Wunsch zu malen war dann plötzlich ganz stark wieder da, darum dachte ich, ich könnte es ja noch mal probieren. Nicht dass ich meine Arbeiten ausstellen würde oder so, aber ich gehe einen Schritt nach dem anderen."

„Ich glaube, Gott ist klüger als Dr. Petit. Was meinen Sie?"

Ellen schüttelte grinsend den Kopf und steckte sich eine Gabel voll Pizza in den Mund. „Besserwisser."

Kapitel 17

Die kratzigen Töne einer elektrischen Gitarre zerschnitten die feuchte Abendluft, als Heath über den mit Fackeln beleuchteten Weg zu der Party dieses Dean lief.

„Er ist ein Freund von Ihnen?", fragte er Ellen, als er eine Gruppe von Männern erblickte, von denen die Hälfte eine Polizeiuniform trug, die andere Hälfte T-Shirts und Jeans. „Das muss ja eine wüste Party sein, wenn die Polizei schon da ist, bevor es richtig losgegangen ist."

Ellen lachte. Beim Gehen rempelte sie ihn versehentlich an. Er hätte nichts dagegen gehabt, wenn sie das noch häufiger täte. „Dean ist Polizist, und auch die meisten seiner Freunde."

„Aha."

Heath hatte seine Hand leicht auf ihren Rücken gelegt. Die lebendige, fröhliche Atmosphäre dieses Fests faszinierte ihn. Das erinnerte ihn an seine Zeit in Yale, bevor die Sauferei anfing. Er war nun schon zwei Minuten hier und bisher war noch niemand betrunken und spärlich bekleidet an ihm vorbeigerannt.

Der Weg zur Party gabelte sich. Zwei Wegweiser gaben die Richtung vor: *Zum Mars. Zur Venus.*

„Mars und Venus?" Er schaute Ellen an.

„Das begann mal als Scherz, als Dean Krach mit seiner Frau hatte. Und jetzt ist es eine Partytradition."

„Gibt es auch einen neutralen Planeten, auf dem wir zusammenbleiben können?" Er suchte das Gelände ab.

„Sicher. Die Schweiz." Ellen ging voraus, verließ den Weg und ging quer über das Gras unter den Bäumen hindurch.

„Na, so was, und ich dachte immer, die Schweiz sei ein *Land*."

Etwas abseits fand Ellen einen Gartentisch, der zwischen zwei Eichen stand. Heath setzte sich neben sie auf den Tisch, stellte die Füße auf die Bank und stützte die Arme auf den Knien auf. Durch die Bäume hindurch konnte er die Bühne mit der Band

189

sehen und davor einen Tanzboden aus Holzbrettern, beleuchtet von Fackeln und weißem Mondlicht.

„Sie kennen diese Leute wohl schon Ihr ganzes Leben lang?", fragte Heath.

„Die meisten. Entweder ist eine meiner Schwestern mit ihnen zur Schule gegangen oder ich. Oh, du meine Güte, sehen Sie Edgar Forrest dort drüben?" Ihre Armreifen klimperten, als sie die Hand hob und auf den älteren Herrn deutete. „Pensionierter Bulle. Ist mit meiner Mama zur Schule gegangen."

Heath mochte das Klirren ihrer Armreifen. Ava hatte sich an der Mode der New Yorker Szene orientiert: Wenig Make-up, es sei denn, sie war auf Sendung, und vorwiegend schwarze Klamotten. Falls sie überhaupt Armreifen besaß, hatte Heath sie nie gesehen.

Ellen faszinierte ihn mit ihrem bunten Lidschatten, ihrem Cleopatra-Lidstrich und ihrer farbenprächtigen Kleidung. Ava trug immer klassische Hosenanzüge und Pumps. Ellen mochte bunte Blumenröcke und Shorts. Jeans und T-Shirts. Und Heath war nicht sicher, ob er jemals zweimal dieselben Schuhe an ihren Füßen gesehen hatte.

„Ellen, das hübscheste Mädchen der Gegend! Endlich hat meine Party Stil." Ein schlanker Mann mit wirren blonden Haaren und breiten Schultern kam zwischen den Bäumen hindurch auf sie zu.

Ellen glitt vom Tisch herunter. „Dean, ich weiß mittlerweile, dass du das heute Abend schon zu jedem Mädchen gesagt hast."

Er drückte einen Finger auf seine Lippen. „Schsch, aber bei dir stimmt es." Dean hielt seine Bierdose zur Seite, als er sich vorbeugte, um sie auf die Wange zu küssen. „Das mit der Hochzeit tut mir leid, Ellen. Ich und die Jungs finden, dass der Mann verrückt sein muss, dich gehen zu lassen."

Ellen setzte sich wieder neben Heath und tat Deans Bemerkung mit einem *Pfff* ab. „Es sollte wohl nicht sein."

„Nur damit du es weißt, wir haben unsere Keine-Mädchen-Regel beim Mittwochnachmittagsclub gebrochen und dich zum

190

Ehrenmitglied ernannt. Wann immer du möchtest, kannst du rüberkommen, abhängen, Poolbillard spielen und ein paar Biere schlucken. Du bist uns immer herzlich willkommen."

„Dean!", keuchte Ellen und drückte sich eine Hand an die Brust. „Ich weiß nicht, was ich sagen soll. Ich fühle mich geehrt." Sie schniefte.

Heath grinste über Ellens Gesichtsausdruck. Es gefiel ihm, diesen Teil von ihr kennenzulernen, selbstbewusst und vertraut mit ihren Freunden, ganz weit weg von dem dunklen Schatten der Zurückweisung.

„Dean, das ist mein Freund und Nachbar Heath McCord."

Dean gab Heath die Hand. „Herzlich willkommen. Kommen Sie doch auf dem Mars vorbei; da läuft gerade ein tolles Bohnensackspiel."

„Wenn ich mich hier langweile, tue ich das."

„Na dann." Dean schlenderte in Richtung Venus davon, und Heath hörte ihn rufen: „Susanna, das hübscheste Mädchen der Gegend. Jetzt endlich hat meine Party Stil."

Heath stieß Ellen an. „Er ist ja der reinste Scherzkeks."

„Allerdings, aber er würde im Ernstfall sein letztes Hemd wegschenken und den letzten Dollar aus seiner Tasche."

„Viele Menschen hier lieben Sie, Ellen. Und sagen Sie mir nicht, das sei nur so, weil Sie hier aufgewachsen sind."

„Das stimmt aber."

Er nahm ihr Kinn in die Hand. „Ellen – Sie sind wunderschön und sehr liebevoll. Ich wette, die Hälfte der Männer auf dieser Party würde sich für Sie prügeln, wenn jemand Sie bedrohte."

Sie rutschte zur Seite. „Sagen Sie so etwas nicht, Heath."

„Es stimmt aber."

Sie schüttelte den Kopf. „Ich dachte, wir sind nur Freunde."

Er ließ seine Hand sinken und schaute zur Tanzfläche hinüber. „Richtig, das stimmt. Freunde." Ohne über seine Gefühle nachzudenken, wusste Heath, dass er mehr wollte. Aber sie hatte ihm soeben ja sehr klar Einhalt geboten. Vielleicht hatte sie recht. Er würde am Ende des Sommers nach New York zurückkehren. Es

191

war nicht gut, etwas anzufangen, das er nicht zu Ende bringen konnte.

„Hey, ihr zwei, kommt mit zum Tanzboden." Dean schlug Heath im Vorbeigehen auf die Schultern. „Ihr könnt später weiterquatschen."

Die Musik war laut und die Schuhe der Tanzenden klapperten auf der Tanzfläche. Wenn er nicht zwei linke Füße und keinerlei Gefühl für Rhythmus gehabt hätte, hätte Heath Ellen vielleicht zur Tanzfläche geführt, aber wie die Dinge lagen, wollte er lieber auf einen langsamen Song warten.

„Möchten Sie tanzen?", fragte Ellen.

„Nur, wenn Sie möchten."

„Ach, mir gefällt es hier ganz gut."

„Mir auch."

Sie rief ihrer Freundin Jessie auf der Venus zu, sie solle ein paar Kekse und Cola bringen. Als Jessie kurz darauf herüberkam, staunte Heath. Er konnte sich nicht vorstellen, dass einer seiner Freunde in New York so nett auf eine solche Bitte reagiert hätte. „Hol dir die dämlichen Kekse doch selbst. Wie komme ich mir denn vor?", wäre vermutlich die Antwort gewesen.

„Darf ich Ihnen eine Frage stellen?", fragte Ellen.

„Ja, aber nur, wenn wir jetzt sofort mit dem blöden Sie aufhören." Heath biss in seinen Schokokeks. Mann, wann hatte er das letzte Mal ein selbst gemachtes Plätzchen gegessen? Er musste unbedingt lernen, wie man die Dinger machte.

„Oh – okay. Wie lange warst du mit Ava verheiratet?" Er hatte recht, so fühlte es sich viel besser an.

„Sechzehn Jahre. Wir haben uns in unserem letzten Jahr an der Uni in einem Seminar für Politikwissenschaft kennengelernt. Zwei Jahre später haben wir geheiratet." Heath stopfte die letzte Hälfte seines Plätzchens in den Mund und überlegte, ob ein Marsianer sich wohl zur Venus hinüberwagen durfte, um sich Nachschub zu holen.

„War es Liebe auf den ersten Blick?"

„Für mich schon." Er faltete seine Serviette zusammen. „Aber Ava war so hübsch, klug und rassig, dass jeder Student aus meinem Jahrgang scharf auf sie war. Ich war nur ein alberner Student mit übergroßem Ego in einer langen Reihe anderer alberner Studenten mit übergroßem Ego."

„Schwierige Zeiten." Ellen brach ihren Keks durch und gab ihm die andere Hälfte.

„Wenn einen nicht die Examina um den Verstand bringen, dann der Wettbewerb zwischen den Freaks und den Superfreaks."

„Komm schon, ist Yale nicht die Adresse für die Schönen und Reichen, für die mit viel Geld und perfekten Genen?"

„Die Zeiten haben sich geändert. Wie sich jedoch herausstellte, war ich der einzige Student, der Christ war, und rate mal, wer dann ganz nach vorn in der Reihe von Avas Verehrern rückte?"

„Jeremiah behauptete, er sei gleich beim ersten Mal, als er mich gesehen hat, völlig von mir bezaubert gewesen. Aber mein Herz hat sich erst für ihn erwärmt, als er mich geküsst hat."

„Das muss ja ein Kuss gewesen sein." *Merken.* Er hatte nicht vor, sie zu küssen, aber falls er es tat, zufällig oder nicht, dann war es gut, das zu wissen.

„War es der Kuss oder nur dieser wirklich gut aussehende Mann, der mir seine Aufmerksamkeit schenkte und zur Stelle war, als ich mir von Herzen wünschte, endlich zu heiraten?"

„Zwischen Zuneigung und Liebe gibt es oft nur eine feine Linie."

„Wie ist sie gestorben, Heath? Kannst du mir das erzählen?"

„Auf wirklich tragische Weise." Er fuhr ihr mit der Hand über die Nase bis zu ihrer Nasenspitze. „Ich verspreche, dass ich es dir erzähle. Aber heute Abend –"

„Ich verstehe." Ellen zerknüllte ihre Serviette und streckte ihm die Hand hin, um seinen Müll zu nehmen. „Ist Avas Kerze zu hell, um darunter bestehen zu können?"

Er neigte den Kopf, um ihr in die Augen zu sehen. „Nein."

„Vergleichst du denn nicht jede Frau, die du kennenlernst, mit ihr?"

„Früher schon. Ich werde Ava immer lieben, Ellen. Aber falls

193

Gott mich mit einer neuen Liebe beschenkt, wird sie nicht in Avas Schatten stehen. Warum fragst du?"

Ellen zuckte die Achseln. „Ich habe nur versucht, mich in deine Lage zu versetzen."

„Wie ist es mit dir? Vergleichst du alle Männer mit Jeremiah?"

„So nach dem Motto: ‚Oh, hier, nimm mein Herz und sieh zu, ob du noch fester darauf herumtrampeln kannst als mein Ex? Oh nein, tut mir leid, das hat nicht genug wehgetan. Tschüss.'"

Heath legte den Arm um sie und zog sie an sich, drückte ihr einen Kuss auf die Haare. „Komm, er muss doch auch viele gute Eigenschaften gehabt haben, sonst hättest du dich nicht in ihn verliebt."

„Das stimmt. Manchmal frage ich mich, ob … ich weiß nicht, ob sich die Dinge in Dallas regeln und doch noch alles gut wird."

„Vielleicht." Diese Nachricht missfiel ihm, war aber keine absolute Überraschung. Umso mehr Grund für ihn, seine Zuneigung abzukühlen.

„Meine Schwester Karen denkt, dass ich die Beziehung sabotiert hätte, aber ich finde das nicht."

Die Band spielte nun ruhigere Töne, und die Tänzer auf der Tanzfläche rückten näher zusammen. Heath rutschte vom Gartentisch herunter. „Genug geredet. Möchtest du tanzen?"

„Ich erkenne allmählich ein Muster." Ohne zu zögern reichte sie ihm ihre Hand.

„Schsch, verdirb nicht den Augenblick."

Als sie die Tanzfläche erreichten, zog Heath sie in seine Arme und drückte sie an sich. „Ellen, in ein paar Wochen muss ich nach New York fahren, um posthum für Ava eine Auszeichnung entgegenzunehmen." Sie hörte ihm zu, bewegte sich im Gleichklang mit ihm. „Könntest du so lange auf Alice aufpassen? Das brauchst du natürlich nicht umsonst zu tun."

Sie schaute zu ihm hoch. „Du willst mich bezahlen? Heath, du bist hier im Süden, mein Lieber. Wir kümmern uns um unsere Freunde, ohne dass dafür etwas berechnet wird."

„Es wäre das erste Mal seit Avas Tod, dass ich sie über Nacht alleinlasse."

194

„Ich werde Rio dazuholen, dann wird sie keine Zeit haben, dich zu vermissen. Seltsam, nicht?" Sie legte ihr Gesicht an seine Brust. „Jemand stirbt, aber sein Tod bedeutet nicht, dass auch das Leben der anderen zu Ende ist."

Heath schob seine Hand in ihre seidenweichen Haare. *Vergiss die Mauern und Grenzen, die Stoppschilder.* Vielleicht würde er sich in sie verlieben, wenn er aus New York zurückkam oder nachdem er Avas Brief gelesen hatte, vielleicht sogar morgen schon. Vielleicht verliebte er sich aber auch jetzt schon ein kleines bisschen in sie.

Am Montagnachmittag platzte Julianne ins Studio. „Komm mit!" Während sie gleich wieder zur Tür rannte, rief sie: „Beeil dich."

„Wohin?", rief Ellen zum Fenster hinaus. Die Mittagssonne spiegelte sich in Juliannes Windschutzscheibe. „Ich habe gerade die Pinsel voller Farbe."

„Na, dann mach sie sauber, aber beeil dich."

Ellen riss einige Papiertücher ab und wischte ihre Pinsel ab. Das müsste reichen, bis sie zurückkam, um weiterzuarbeiten. *Verflixte Julianne.* Ellen arbeitete sich gerade in das Bild vom Lowcountry ein, das sie von einem Foto abmalte.

Wieder einmal suchte sie nach ihren Schuhen, als Julianne ungeduldig rief: „Komm schon." *Huuuup!.*

In zwei unterschiedlichen Flipflops stürzte Ellen die Treppe hinunter und sprang in Juliannes Wagen. Während sie losbrauste, klammerte sich Ellen so fest an den Griff der Beifahrertür, dass ihre Knöchel weiß hervortraten. Keith Urban sang im Radio ein Lied darüber, dass er einen schnelleren Wagen brauchte.

„Hast du ein Haarband?" Ellen öffnete Juliannes Handschuhfach. Etwa hundert Ketchup-Packungen von McDonald's fielen heraus, aber kein Haarband.

Notgedrungen hielt Ellen ihre Haare mit der Hand fest; die Haarspitzen wehten ihr ins Gesicht. Julianne scherte auf die Gegenfahrbahn aus, um den vor ihr fahrenden Wagen zu überholen.

„Julie –", Ellen presste sich in ihren Sitz.

195

„Entschuldige, ich bin nur so aufgeregt."

An der Kreuzung der Meridian Road bremste Julianne scharf
ab und bog auf einen kleinen, gekiesten Parkplatz vor einem früheren Schönheitssalon ab, der seine Glanzzeit zur Zeit der Hoch-
frisuren gehabt hatte.

„Julie", sagte Ellen, als sie aus dem Wagen stieg. „Ich bin nur
ungern diejenige, die es dir sagt, aber dieser Salon ist geschlossen."

„Weißt du noch, wie wir früher Geschichten über diesen Salon
erfunden haben, wenn wir daran vorbeigefahren sind?" Julianne
eilte auf die Veranda, die an einer Seite eingesunken war.

„Wann soll das gewesen sein?" Ellen zog ihre ausgebeulte, mit
Farbflecken übersäte Shorts hoch.

„Ich dachte, du wärst das gewesen. Vielleicht war es auch
Karen." Julianne sprang auf die Veranda und breitete ihre Arme
aus. „Tada! Willkommen bei Julianne, Beauforts neustem und
angesagtestem Schönheitssalon." Die Wolken zogen weiter, und
das Sonnenlicht fiel auf Juliannes Füße.

„Du hast den Laden gekauft?" Ellen trat zu ihr auf die
Veranda. „Wann? Wie?"

„Heute." Julianne hielt einen Schlüssel hoch. „Endlich habe
ich meinen eigenen Laden."

„Hast du deshalb so geheimnisvoll getan?" Ellen folgte
Julianne ins Haus, das feucht und modrig roch.

„Ellen, mach doch bitte das Fenster da drüben auf, ja?"

„Julie …" Ellen zog an der unteren Scheibe. „Dieses Etablisse-
ment braucht eine Menge … Zuwendung." Das Fenster ließ sich
nicht öffnen.

„Das ist bei den meisten tollen Dingen so, Ellen." Beschwingt
trat Julianne an das andere Fenster und versuchte es zu öffnen,
aber auch das ließ sich nicht bewegen. Eigentlich ließ sich kei-
nes der Fenster öffnen, und als Julianne den Schalter für den
Deckenventilator anknipste, drehte er sich einmal und erstarb
dann.

Julianne schaute nach oben, die Hände in die Hüften gestützt.
„Sieht so aus, als müsste ich zuerst mal Buster holen." Ellen fiel

196

auf, wie entspannt sie war. „Jetzt verstehe ich, wie du dich gefühlt hast, als du die Galerie gekauft hast. Ellen, lass uns diese Nacht hier verbringen."

„Wir müssten bei offener Eingangstür schlafen, Julianne. Was hast du für diesen Salon bezahlt?"

„Ich habe ihn für einen fairen Preis bekommen, Ellen." Julianne öffnete eine Schranktür und kreischte, als sie eine tote Ratte am Schwanz hervorholte. „Iiiih."

„Was ist ein fairer Preis? Für deinen Schrottwagen hast du tausend Dollar mehr gezahlt als sein Neuwert im Jahr 1985. Hast du wenigstens mit Papa oder Karen gesprochen?"

„Ich hatte den besten Expertenrat, den es gibt." Julianne warf die Ratte in die Mülltonne. Ihr Tonfall wurde eisig. „Für den Fall, dass du es noch nicht bemerkt hast, ich bin schon groß und habe selbst eine Tochter."

„Wessen Rat? Geld ist nicht deine starke Seite, Julie." Ellen schritt an den alten Friseurstühlen vorbei.

„Wirklich, Ellen, du stellst zu viele Fragen."

„Und du hast zu viele Geheimnisse. Woher willst du das Geld für die Renovierung nehmen? Die Waschbecken müssen ersetzt werden. Die Stühle sind hinüber, das Plastik gerissen." Ellen trat gegen ein loses Brett, das an der untersten Schublade von einem der Schränke herunterhing. „Hast du das Haus auf Termiten überprüfen lassen?"

„Weißt du, Ellen, du bist eine Pute."

Sie wirbelte herum. „Eine was?"

„Du hast mich genau verstanden. Denkst du, du bist die Einzige, die ein Geschäft führen und auf eigenen Beinen stehen kann? Sieh dich an, du konntest dich nicht einmal mit Jeremiah auf ein Haus verständigen! Bei dir muss immer alles nach deinem Kopf gehen."

Der Vorwurf tat weh, und Ellen wollte zurückschlagen, doch als sie die Angst in Juliannes Augen bemerkte, wurde ihr klar, dass ihre Schwester ihre Unterstützung brauchte, kein Gefecht.

„Es tut mir leid, Julie."

„Ellen, ich weiß, dass ich es schaffe. Ich liebe meinen Beruf, ich liebe es, Haare zu frisieren, genauso sehr, wie du deine Kunst liebst. Ich arbeite nun schon seit sechs Jahren bei Charlie." Julianne legte ihre Hand auf ihr Herz. „Es ist soweit. Ich bin bereit."

„Julie, ich zweifle nicht an deinem Herzen oder deinen Fähigkeiten. Ich mache mir nur Sorgen um das Geld." Ellen schaute sich in dem rechteckigen Raum mit den hohen Fensterfronten zu beiden Seiten um. Unter dem Dreck und Staub ließ sich der frühere Charme des Salons erahnen. Doch der Putz war von der Decke bis zum Boden gerissen. Die Dielen mussten abgeschliffen und poliert werden. Als Ellen den Griff an einem der alten Haartrockner drehte, brach er ab. „Du wirst Geld brauchen, um den Salon instand zu setzen und neu auszustatten."

Julianne rammte den Griff wieder an seinen Platz. „Wenn du es unbedingt wissen willst, ich habe den letzten Rest meines Erbes von Tante Rose dafür verwendet. Außerdem habe ich einen Investor."

„Einen Investor?"

„Deine Begeisterung ist wirklich ansteckend, Ellen. Lass uns gehen. Ich muss Rio abholen." Sie blieb wie angewurzelt stehen, als die Tür mit einem hohen Quietschen geöffnet wurde und Danny Simmons hereinplatzte, braun gebrannt und mit einem strahlenden Lächeln. Er trug Golfshorts und einen weißen Pullover.

„Ist das Juliannes Salon –" Seine Miene verdüsterte sich, als er Ellen erblickte. „Hallo, Ellen."

„Hey, Danny." Das war ja interessant!

„Ich habe deinen Wagen gesehen." Mit in die Seiten gestützten Händen schritt Danny den Raum ab und tat so, als würde er ihn inspizieren. Bei den Waschbecken blieb er stehen, und alle drei schauten sich in betretenem Schweigen an.

„Ich schätze, der Salon ist noch nicht geöffnet." Sein Lachen klang hohl. „Dann muss ich wohl zum Haareschneiden zu Charlie fahren."

Julianne rang die Hände. „Ja, Mr Simmons, vereinbaren Sie doch einen Termin bei Charlie." Sie wollte ihn zur Tür begleiten, doch ihre Füße schienen am Boden festgeklebt zu sein.

„Richtet doch eurem Vater aus, dass wir uns bald mal wieder treffen sollten." Danny zögerte, als wollte er noch etwas sagen, dann nickte er Ellen zu und ging.

„Julie, was ist hier los?", fragte Ellen.

„Nichts. Du hast es doch gehört; er dachte, der Salon wäre bereits eröffnet." Sie nahm ihre Handtasche vom Fensterbrett, wo sie sie stehen gelassen hatte, und klopfte den Staub davon ab.

„Er ist verheiratet", erinnerte Ellen sie leise.

„Er *war* verheiratet." Julianne schaute sie an. „Vor zwei Jahren hat sie ihn wegen eines anderen Mannes verlassen, und sie waren schon lange vorher getrennt."

„Und du weißt das so genau, weil ..."

Julianne lief an den Stühlen vorbei, versuchte, die oberste Schublade der Kommode zu öffnen, doch der Griff brach ab. Ärgerlich schleuderte sie ihn zu Boden. „Warum kannst du dich nicht einfach für mich freuen?"

„Ich freue mich für dich, Liebes. Wirklich. Aber ich bin auch neugierig und mache mir Sorgen. In erster Linie um dein Herz."

„Mein Herz ist nicht in Gefahr, Ellen, glaube mir. Ich weiß alles über Mauern und Grenzen." Ihre Wangen überzogen sich mit einer leichten Röte.

„Ich bin nicht sicher, dass Danny Simmons –"

Juliannes steife Haltung bröckelte. „Ich liebe ihn." Das Geständnis hing zwischen ihnen.

„Er ist zwanzig Jahre älter als du, Julianne. Welche Gemeinsamkeiten habt ihr?"

„Eigentlich sogar viele." Sie lächelte. „Sara Beth hat doch immer behauptet, meine Seele wäre alt. Danny und ich mögen dieselben Filme, dieselbe Musik und dieselben Bücher. Wir haben auch dieselben politischen und religiösen Ansichten. Außerdem sind wir beide allein erziehend."

„Ist *er* dein Investor?"

Sie nickte.

„Wird er den Kredit mit unterschreiben? Dir Geld geben?"
Ellen sprach bewusst leise und gleichmäßig. Sie wollte Julianne
nicht in die Defensive drängen.

Julianne wischte sich mit ihrem Finger eine Träne von der
Wange. „Er hilft mir, Ellen. Reicht das, oder musst du alle Einzelheiten wissen?" Sie stopfte sich die Tasche unter den Arm. „Ich
muss jetzt los."

„Es tut mir leid, dass ich dir in die Parade gefahren bin." Ellen
nahm sie in die Arme. „Süße, ich freue mich für dich.
Mehr über den Salon als über ihn, aber wenn er dich glücklich
macht –"

„Das tut er, Ellen." Julianne löste sich aus Ellens Armen. „Aber
bitte, bitte, das bleibt unser Geheimnis." Julianne hielt ihren kleinen Finger in die Höhe. „Großes Ehrenwort. Niemand außerhalb
dieses Raumes wird im Augenblick davon erfahren."

„Was? Du bist verliebt! Die meisten Menschen wollen das der
ganzen Welt erzählen."

„Ellen, gib mir dein Ehrenwort." Juliannes Stimme ließ keinen
Raum für eine Diskussion. „Wenn du das nicht tust, werde ich
eine so schreckliche Lüge über dich verbreiten, dass –"

„Über deine eigene Schwester?" Langsam hob Ellen ihren kleinen Finger in die Höhe. Das harte Glitzern in Juliannes Augen
erschreckte sie.

„Kein Wort, Ellen."

Sie legte ihren kleinen Finger um Juliannes. „Großes Ehrenwort. Kein Wort."

Kapitel 18

Manhattan

Mitzy Canons Kunstgalerie *821* war eine umgebaute Lagerhalle mit hohen Decken, sichtbaren Stahlträgern und unzähligen sorgfältig arrangierten Scheinwerfern. Außerdem war es sehr kalt dort. Zumindest fand Heath das, wenn ihm auch die Fußbodenfarbe gefiel – ein feuriges Rot. Netter Akzent. Es gab einem das Gefühl, über den Boden der Hölle zu laufen.

Ein Streichquartett in der hintersten Ecke spielte Brahms, während die Gäste der Galerie die kopflosen Körper auf den bunten Gemälden dieser neuen Künstlerin Geraldine V. betrachteten.

Heath hatte von sich eigentlich immer gedacht, dass er offen sei für künstlerische Freiheiten, aber diese Geraldine V. verblüffte ihn. Wenn er ihre Bilder zu lange anschaute, legte sich eine regelrechte Depression über ihn. Ganz anders empfand er es, wenn er Ellens Gemälde vom Coffin Creek anschaute, das er im Wohnzimmer des Cottages aufgehängt hatte (trotz ihres Protests).

Wo steckte Rick? Vor 15 Minuten war er losgegangen, um Mitzy zu suchen. Heath schritt durch die Galerie und dachte über die gestrige Preisverleihung und das heutige Abendessen mit Rick nach. Es war eine sehr schöne Feier zu Ehren von Ava gewesen. Aber als er die Skulptur aus Gold und Kristall in Empfang nahm, empfand er sehr stark die Sinnlosigkeit dieser Geste.

Sie ist nicht da, wollte er rufen. *Sie lebt jetzt an einem Ort, der heller leuchtet als die Sonne.* Doch dieser Abend der Erinnerung und der Fröhlichkeit tat seinem Herzen gut und schaffte ein wenig Distanz zu seinen immer stärker werdenden Gefühlen für Ellen. Er fragte sich, was sie und Alice jetzt wohl taten. Am Morgen hatte er angerufen, um zu hören, wie es Alice ging, und die Kleine hatte geweint. Aber Ellen schien alles unter Kontrolle zu haben.

„Sie hat Angst, dass du nicht zurückkommst, Heath. Aber ich mache ihr schon klar, dass du auf jeden Fall zurückkommst, also mach keine Dummheiten, McCord."

„Versprochen. Keine Dummheiten." Der Schock von Avas Tod saß immer noch tief bei seinem kleinen Mädchen.

Heute hatte Heath mit Rick zu Abend gegessen. Falls er jemals die Juristerei an den Nagel hängte, sollte Rick sich unbedingt auf Akupressur spezialisieren. Er kannte alle Druckpunkte und wusste genau, wie er Heath anpacken musste, um ihn bis aufs Blut zu reizen. Bis sie zur Galerie kamen, hatte Heath schon beinahe beschlossen, nach St. Helena zu fliegen, seine Sachen zu packen und in die Kanzlei zurückzukehren.

Sicher, es standen einige wichtige und interessante Fälle an, aber Rick brauchte ihn auch, um die Machtverhältnisse in der Waage zu halten. Und dieses Spiel beherrschte Heath hervorragend.

„Heath ..." Rick winkte ihm zu, als er mit einer schlanken Frau auf ihn zukam. Sie trug ein silbernes Kleid und war mit unzähligen Diamanten behängt. Die Königin der amerikanischen Kunstszene: Mitzy Canon.

„Heath McCord." Sie hielt ihm die Hand zum Handkuss hin. Erinnerte ihn irgendwie an Morticia von der Addams Family. „Es tat mir so leid, vom tragischen Ableben Ihrer Frau zu erfahren."

Heath warf Rick einen Blick zu, der die Achseln zuckte. Er hatte ihr also nichts davon erzählt.

„Vielen Dank, aber ich bin sicher, dass sie jetzt an einem besseren Ort ist."

„Das kann man nur hoffen." Im Scheinwerferlicht der Galerie wirkten Mitzys Augen irgendwie leer. „Rick sagt, Sie hätten eine Freundin, die Malerin ist. Haben wir die nicht alle?"

„Sie heißt Ellen Garvey."

„Und was ist ihre Geschichte?"

„Sie hat eine Galerie geführt und sie verkauft, weil sie wegziehen wollte, aber ... die Umstände änderten sich. Sie hat Pech gehabt und versucht nun, ihr Leben wieder in den Griff zu be-

202

kommen. Sie ist eine gute Freundin von mir … nach dem tragischen Tod meiner Frau." Rick, der hinter ihm stand, räusperte sich auffällig. „Und ich wäre Ihnen dankbar, wenn Sie einen Blick auf ihre Arbeiten werfen könnten. Ihr ein wenig weiterhelfen könnten."

Mitzy trank einen Schluck Wein und winkte einem vorbeigehenden Gast zu. Wenn Heath nicht dicht vor ihr gestanden hätte, hätte er sich gefragt, ob sie auch nur ein Wort von dem gehört hatte, was er gesagt hatte.

„Ist sie depressiv?"

Heath zog seine Augenbrauen nach oben. „Depressiv?"

Rick stieß ihn von hinten an. „Ja, sehr."

„Das sind die Guten meistens." Mitzy winkte einen Mann auf der anderen Seite heran. „Ich werde mir ihre Arbeiten gern ansehen. Ich bin immer auf der Suche nach neuen Leuten." Als der Mann neben sie trat, bat Mitzy Heath, ihr Ellens Adresse aufzuschreiben. „Wenn sie mir gefällt, werde ich ihr anbieten, sie zu Beginn des Frühlings auszustellen."

Heath gab Mitzys Assistent Ellens Adresse samt E-Mail und Handynummer, dann gingen Rick und er hinaus.

„Rick, es war schön, dich zu sehen."

„Wir bleiben in Verbindung?"

„Wir bleiben in Verbindung."

Heath stieß die Tür auf und trat hinaus in den kühlen Abend in Manhattan. Die Menschen eilten über die Bürgersteige, und die Straße war ein Meer von roten Rücklichtern. In der Ferne ertönte eine Polizeisirene. Ein Taxi blieb am Straßenrand stehen, um einen Fahrgast aufzunehmen, und aus den geöffneten Türen eines nahe gelegenen Cafés drang Musik.

Aber all das konnte ihn nicht erreichen. Er sehnte sich nach dem Rauschen des Windes in Ellens Magnolienbaum und dem Lied der Zikaden am Fluss.

203

„Also gut, meine Damen, folgendes sind die Regeln."

Ellen kniete vor Rio und Alice nieder. Zwillinge mit unterschiedlichen Müttern, beide mit großen blauen Augen, Stupsnasen und rosigen Wangen. Eine mit blonden Haaren, die andere mit braunen.

„Taucht eure Füße in die Farbe und tretet dann auf die Leinwand. Ihr könnt laufen, gehen oder euch drehen, ganz wie ihr wollt. Lasst euch von mir aus fallen, rollt euch herum." Ellen hob mahnend ihren Zeigefinger und gab sich Mühe, streng zu wirken. „Aber ihr *müsst* Spaß haben. Bereit?"

„Bereit", erwiderten sie wie mit einer Stimme und scharrten schon mit den Hufen.

Ellen rannte mit ihnen zu den Schalen mit Temperafarbe und zu den Leinwänden, die sie auf den Boden des Studios gelegt hatte. „Die hier ist für Rios Mama und – ja, dort drüben, Alice, die ist für deinen Papa."

Quietschend begannen beiden Mädchen mit der Arbeit. Sie rutschten und schlitterten auf ihren Leinwänden herum und verteilten die Farben darauf. Ellen hatte ihnen die Haare mit einem alten Tuch zusammengebunden und ihnen alte Shorts und T-Shirts von Rio angezogen, und erwartungsgemäß gelang es ihnen, jeden Zentimeter ihrer Körper mit Farbe zu beschmieren.

„Alice, da, an diese Stelle ist noch keine Farbe hingekommen." Ellen deutete auf eine kleine Ecke auf der weißen Leinwand. Alice stampfte mit ihrem rot-blauen Fuß auf die freie Fläche und wirkte offensichtlich sehr zufrieden mit sich.

„Guck mal, Tante Ellen." Rio deutete auf ihre rote Gesichtsfarbe.

„Toll, Rio, sehr kreativ." Etwas Farbe tropfte von ihrem Kinn.

Als die Leinwände mit Farbe bedeckt waren, schickte Ellen die Mädchen mit einem großen Stück Seife unter die Dusche.

„Rio, deine Mama kommt gleich, um dich abzuholen. Und Alice, dein Papa kommt morgen nach Hause."

„I-ich w-w-will b-bei d-dir b-bleiben." Alice war sichtlich entspannt und zufrieden mit der Situation, stotterte aber immer noch zum Erbarmen.

„Ich auch!" Rio, die kleine Nachahmerin.

„Ich sage euch was: Demnächst übernachtet ihr beide bei mir!"

Sie spähte in die Dusche. Die Mädchen gaben sich große Mühe, aber die Farbe ließ sich nicht ganz abwaschen. Ellen würde wohl nicht drum herum kommen, ebenfalls unter die Dusche zu steigen, wenn sie sie sauber zurückgeben wollte. Voll bekleidet stieg sie zu ihnen in die Duschwanne.

„Tante Ellen hat vergessen, ihre Sachen auszuziehen!" Die Mädchen drückten ihre Hände auf den Mund und kicherten.

Nachdem sie die Kinder entfärbt und abgetrocknet und ihnen saubere Kleider angezogen hatte, ging auch sie schnell noch unter die Dusche. Die Mädchen setzte sie mit Malbüchern auf das Bett.

„Klopf, klopf." Die Studiotür wurde langsam geöffnet. Eine Männerstimme fragte: „Kann ich reinkommen?"

Ellen kam mit einem Arm voll nasser Handtücher und zum Glück voll bekleidet aus dem Bad, als Danny Simmons eintrat.

„Danny!"

„Guten Abend, Ellen." Sein Blick wanderte durch den Raum und blieb an den Mädchen hängen, die auf dem Bett saßen und malten. „Julianne hat eine Besprechung wegen der Renovierungsarbeiten in ihrem neuen Salon. Sie hat mich gebeten, Rio abzuholen."

„Sie haben doch nichts dagegen, wenn ich sie anrufe und nachfrage, oder?" Ellen suchte nach ihrem Handy.

Danny reichte ihr seines. „Nein, kein Problem. Nehmen Sie doch meins."

Ellen zögerte und griff langsam danach. „Was ist Juliannes Schnellwahltaste?"

Er räusperte sich verlegen. „Die Eins."

Ellen drückte die 1 und den grünen Hörer. „Hey, Julie, ich bin's, Ellen. Hast du Danny geschickt, damit er Rio abholt? Na ja, ich wollte nur sichergehen … okay, gut."

Ellen klappte das Handy zu und reichte es Danny zurück. „Rio, hol deine Sachen. Danny bringt dich nach Hause."

Rio plauderte fröhlich mit Alice über irgendetwas, während sie ihren Rucksack aufsetzte. Ellen trat näher zu Danny. „Meinen Sie es ernst mit meiner Schwester?"

„Ja." Klar, aber ohne weitere Erklärungen. „Rio, bist du fertig?"

Das kleine Mädchen hatte sich auf das Bett geworfen und zeigte Alice ihre Puppe. Sie ließ sich von Dannys Anwesenheit nicht stören.

„Ist Julianne Ihre Midlifecrisis? Wollen Sie krampfhaft Ihre davoneilende Jugend festhalten?"

„Als meine Frau mich verlassen hat, war meine Midlifecrisis zu Ende. Ich hatte genug Chaos für ein ganzes Leben." Er beugte sich zu Ellen herüber. „Es mag Ihnen schwer fallen, das zu glauben, aber ich liebe Ihre Schwester. Das Alter hat damit nichts zu tun. Rio, bist du fertig?"

„Sie lässt sich immer nur von ihren Gefühlen leiten, Danny. Und die sind nicht immer aussagefähig. Und es geht nicht nur um Sie und Julie." Ellen deutete mit dem Kinn auf Rio.

Er griff nach Rios Hand und ging mit ihr zur Tür. „Ich weiß sehr genau, wie viel auf dem Spiel steht, Ellen."

Ein Licht brannte im Fenster des Cottages, als Heath den Wagen in der Einfahrt parkte. Endlich zu Hause. Die Digitaluhr am Armaturenbrett zeigte 0:00 Uhr an. Mitternacht.

Er zog den Schlüssel aus dem Anlasser und schnappte sich seine Tasche vom Beifahrersitz. Die Verspätung beim Start in New York hatte ihn verärgert und ihm wieder einmal in Erinnerung gerufen, was er an der Stadt nicht mochte – die Hektik, die Staus, die Verspätungen im Verkehr und Flugverkehr, ganz zu schweigen von den hohen Preisen.

Als er den Flughafen in Charleston verließ, hatte er die Fenster heruntergelassen und den Kopf hinausgestreckt wie ein Hund, der den Wind aufleckt.

Die Lampe in der Ecke war die einzige Lichtquelle im Cottage. Ellen lag auf der Couch und schlief; im Arm hielt sie die zusammengerollte Alice. Heath stellte seine Tasche neben dem Couchtisch ab, hockte sich hin und gab Alice einen Kuss auf die Stirn. „Schätzchen, ich bin zu Hause."

Ellen wachte auf, rappelte sich hoch und blinzelte ihn verschlafen an. „Heath, hallo."

„Hallo." Sie sah so niedlich aus mit der rotblonden Haarlocke, die ihr über das Auge fiel.

„Ich bringe sie schnell ins Bett." Heath nahm die schlafende Alice in die Arme und brachte sie in ihr Zimmer. „Warte auf mich, ja?"

„Ich weiß gar nicht, ob ich mich überhaupt rühren kann."

Als er zurückkam, ließ er sich neben Ellen auf die Couch sinken. „Was hast du mit ihr angestellt? Ich habe sie selten so erledigt erlebt."

„Wir haben viel gespielt." Sie gähnte. „Hattest du eine gute Reise?"

„Es war … interessant. Da kamen viele Erinnerungen hoch. Als ich meine Auszeit von der Kanzlei nahm, gaben mir die Partner sechs Monate Zeit. Der Seniorpartner möchte mich zurückhaben. Er behauptet, er würde die Kanzlei verlieren und brauche mich zum Ausgleich der Machtverhältnisse."

Ellen beugte sich vor, um ihn anzusehen. Ihre Haare fielen ihr über die Schultern und der Duft ihres Parfüms streifte seine Nase. Ihre Augen sahen immer noch ziemlich verschlafen aus. „Was wirst du tun?"

„Mit Gott sprechen, nachdenken. Aber ich bin ziemlich sicher, dass ich nicht vor September von hier fortgehen werde."

„Wie war die Preisverleihung?"

„Sehr schön, aber danach erschien mir alles ziemlich leer."

„War es gut, dass du dort warst?"

„Ja, und es war mir eine Ehre, den Preis für Ava entgegenzunehmen."

Ellen tippte ihm auf die Brust. „Ich meine, wie geht es da drin?"

In meinem Herzen? Da drin? „Schwierig, wenn du es genau wissen willst. Dieser Abend hat viele Erinnerungen zurückgebracht, gleichzeitig aber auch Fenster geschlossen und Türen angelehnt."

Sie strich sich die Haare aus den Augen. „Siehst du, das war doch gar nicht so schwer."

Heath betrachtete Ellen einen Augenblick lang. „Ava starb im Irak. Sie war im Schutz einer Armeeeinheit dort unterwegs, um einen Artikel über die Not der irakischen Frauen zu schreiben."

Ellen lehnte sich zurück. „Im Irak? Heath, ich hatte ja keine Ahnung."

„Im vergangenen Mai flog sie rüber, um für *Network News* einen Bericht über die schlechte medizinische Versorgung im Irak zu drehen. Sie fand die Situation der Frauen beklagenswert. Wir leben im einundzwanzigsten Jahrhundert, aber die Lebensumstände dort erinnern eher an die des ersten Jahrhunderts. Regelmäßig sterben Frauen bei der Geburt ihrer Kinder, sie leben ohne die alltäglichsten medizinischen und sanitären Hilfsmittel. Dinge, die für uns ganz selbstverständlich sind."

„Das kann ich mir gar nicht vorstellen."

„Als Ava nach Hause kam, gingen ihr diese Zustände nicht mehr aus dem Kopf. Sie bettelte darum, eine ausführliche Dokumentation machen zu können. Ich erfuhr erst kurz vor ihrer Abreise von dem neuen Projekt."

„Hatte sie Angst, dass du damit nicht einverstanden sein könntest?" Ellen drehte sich zur Seite.

„Ich weiß es nicht."

„Hättest du dich denn dagegen ausgesprochen?"

„Vermutlich schon. Wir hatten ein dreijähriges Mädchen. Das erste Mal war sie einen Monat unterwegs gewesen. Damals hatte ich im Job zurückgesteckt, aber ich wollte die Arbeit nachholen, wenn sie zurückkam. Wir hatten die abwegige Vorstellung, wir könnten uns beide voll unserer Karriere widmen und trotzdem tolle Eltern sein." Heath streifte seine Schuhe unter dem Couchtisch ab.

„Die Vorstellung ist viel einfacher als die Durchführung."

„Als ich von ihren Plänen erfuhr, saß Ava praktisch schon im Flugzeug. Das macht ihren Tod noch tragischer. Wir waren im

Streit auseinandergegangen. Von dem Augenblick, als sie fortging, bis zu unserem letzten Gespräch haben wir gestritten."

Ellen legte ihren Kopf an die Rücklehne der Couch. „Aber sie wusste doch, dass du sie liebst, nicht? Und du wusstest, dass sie dich liebte."

„Ja, schon. Aber es fühlt sich trotzdem schrecklich verkehrt an."

Sie strich sich mit den Fingern die Haare aus dem Gesicht. Diese Bewegung fand er sehr anziehend, und schnell wandte er den Blick ab.

„Das ist der Punkt, wo es bei Jeremiah und mir schiefgelaufen ist", meinte sie. „Wir wollten uns verlieben, heiraten ... und beide unserem Kopf folgen, zu einhundert Prozent. Aber heute Abend geht es um dich. Erzähl weiter."

„Jetzt sind die Rollen vertauscht, nicht wie damals, an dem Abend, an dem du eigentlich heiraten wolltest, nicht?" Eigentlich tat es gut, über Ava zu sprechen.

„Ja, also erzähl weiter."

„Ihre zweite Reise lief so gut, wie nur eine Ava-Reise laufen kann. Sie hatte viele tolle Szenen im Kasten und war begeistert von den Interviews, die sie mit den Frauen geführt hatte. Eine Woche, bevor sie nach Hause kommen wollte, hörte sie von einem Dorf im Süden, wo ständige kämpferische Auseinandersetzungen die Dorfbewohner in Angst und Schrecken versetzten. Die medizinische Versorgung war katastrophal. Natürlich wollte sie sich mit eigenen Augen von den Zuständen überzeugen. Die Armee gab ihrem Antrag auf Begleitschutz statt und an einem heißen Augusttag ... das Fahrzeug, mit dem sie unterwegs war, wurde beschossen. In dem Bericht heißt es, dass alle Insassen auf der Stelle tot waren."

Im trüben Licht der Lampe bemerkte er ein feuchtes Schimmern in Ellens Augen. „Das tut mir so leid."

„Diese Nachricht hat mich buchstäblich in einen Schockzustand versetzt. Lange Zeit konnte ich gar nicht begreifen, was geschehen war. Ich versuche mich damit zu trösten, dass Ava starb, als sie etwas tat, das ihr so wichtig war, dass sie ihr Leben in Gefahr brachte, um für andere etwas zu bewirken. Wenn ich sie zurückhaben könnte und sie könnte ihrer Leidenschaft nicht folgen …" Er schüttelte den Kopf. „Ich würde nichts ausrichten. Nur wenige Menschen besitzen so eine innere Leidenschaft. Und wenn, dann folgen sie ihr nicht. Ich empfinde Hochachtung für sie. Sie tat etwas, an das sie geglaubt hat, und ist dafür gestorben."

„Wenn ich dir so zuhöre, wünschte ich, ich hätte sie gekannt." Ellen nahm die Decke von der Couch und legte sie sich über die Beine.

„Ava und du, ihr hättet euch direkt angefreundet und mich gemeinsam terrorisiert, da bin ich sicher."

„Jemand muss das ja tun."

„Als der Anruf kam, schlief ich. Wir hatten per E-Mail in Kontakt gestanden und auch da sehr intensiv wegen dieser Reise gestritten. Ich war der Meinung, sie wäre zu gefährlich. Sie warf mir vor, ich würde ihr nicht vertrauen. Und das stimmte ja auch. Leidenschaft kann einen manchmal blind machen für die Vernunft. Außerdem steckte die Kanzlei gerade in einem wichtigen Fall und ich hatte nicht so viel Zeit für Alice, wie es nötig gewesen wäre." Heath beugte sich vor. „Möchtest du etwas trinken?"

„Ein Wasser wäre schön."

„An dem Abend, bevor sie nach Süden aufbrach, hatten wir wieder gestritten. Die Verbindung brach ab und wir konnten sie nicht wiederherstellen." Heath stand auf, ging in die Küche und kam mit zwei Flaschen Wasser ins Wohnzimmer zurück. „Vierzehn Stunden später war sie tot."

„Das klingt so unglaublich. Man möchte schreien: ‚Nein, das kann nicht sein. Spult nochmal zurück!'"

„Drei Monate lang habe ich genau das empfunden. Ich konnte es einfach nicht fassen und habe immer gewartet, dass ich aufwache. Aber Ava kam nicht zurück." Er setzte sich ganz dicht neben Ellen auf die Couch, dichter, als er vorher gesessen hatte, und reichte ihr das Wasser. „Es hat mich sehr beruhigt zu wissen, dass Alice während meiner Abwesenheit bei dir gut aufgehoben war. Seit Avas Tod habe ich sie nicht mehr über Nacht allein gelassen. Hat sie sich nach dem Anruf denn einigermaßen gehalten?"

„Sie hat dich vermisst, Heath, aber seit gestern Abend ging es ganz gut. Ich habe sie und Rio malen lassen. Das sind mir zwei."

„Wie zwei Buchstützen. Eine ohne Papa, die andere ohne Mama."

„So habe ich das noch gar nicht gesehen, aber es stimmt …" Ellen drehte den Verschluss ihrer Wasserflasche auf. „Du hast übrigens einen Skandal verpasst."

Heath trank von seinem Wasser und kühlte seine ausgedörrte Kehle. „Erzähl."

„Julianne will einen Schönheitssalon eröffnen, und wie es scheint, geht sie mit einem Freund unseres Vaters aus, mit Danny Simmons." Ellen schaute ihn vielsagend an und trank einen Schluck Wasser.

„Und? Ist das nicht gut?"

Ellen lachte und warf die Decke zurück. „Er ist zwanzig Jahre älter als sie, Heath." Sie trank noch einen Schluck Wasser, dann zog sie ihre Schuhe an.

„Ach so, ja, richtig, ich vergaß, dass es bei der Liebe strenge Altersbeschränkungen gibt."

Ellen schnitt eine Grimasse. „Auf wessen Seite stehst du?"

„Auf keiner. Was ist verkehrt an dem Mann, außer, dass er älter ist? Weißt du, ich hätte Lust, dir Altersdiskriminierung vorzuwerfen."

„Oh bitte. Erspar mir deinen New Yorker Rechtsanwaltsjargon." Ellen ging zur Küche. Heath erhob sich, um ihr zu folgen. „Danny ist ganz in Ordnung. Er ist ein netter Mann, erfolgreich, freundlich, aber eben zwanzig Jahre älter als Julie. Das ist mir einfach unheimlich." Sie zog die Fliegengittertür auf. „Danke, dass du mir von Ava erzählt hast. Es tut mir leid, dass du einen solchen Schatz verloren hast."

„Danke, dass du zugehört hast." Er schaltete die Außenbeleuchtung an. „Schau mich an – ich bringe dich zu deiner eigenen Tür!"

211

Sie schaute zum Studio hinüber. Ein einsames Licht leuchtete im Fenster. „Es ist gar nicht komisch für mich. Meine Schwester Karen hat mir vorgeworfen, ich sei eine heimliche Bohemienne."

„Vermutlich steckt in jedem von uns ein kleiner Bohemien." Heath vergrub die Hände in den Taschen, als Ellen die Stufen der Veranda hinunterstieg. „Noch einmal vielen Dank für alles."

Rückwärts ging sie durch den Garten; ihr Lächeln drang durch die Dunkelheit hindurch zu ihm herüber. „Jederzeit gern."

Kapitel 19

Die Gebetszeit in der Kapelle wurde zu einem dunkelroten Faden, der sich durch Ellens Tage zog und sich ordentlich um die Nachmittage schlang, die sie mit Malen in ihrem Studio verbrachte.

An diesem Morgen war sie irgendwie ruhelos, konnte sich nicht konzentrieren, und das Beten fiel ihr schwerer als sonst. Miss Anna betete laut mit aufgeschlagener Bibel, und so hängte sich Ellen einfach bei ihr an. Die Frau betete sehr viel um die Fähigkeit zu vertrauen und um Stärkung ihres Glaubens.

Ellen überlegte, wem ihre Loyalität galt. *Wem vertraue ich mehr, Gott oder meinem Vater?* Die spontane Antwort? Ihrem Papa natürlich. Er liebte sie, sorgte für sie. Er hatte sie groß gezogen. Sein ganzes Leben lang hatte er schwer gearbeitet, um für sie alle zu sorgen. Aber letztlich war er trotzdem ein schwacher, mit Fehlern behafteter Mensch.

Gott dagegen liebte sie mehr, als sie wusste, mehr, als sie begreifen konnte. Zumindest stand das so in der Bibel. Also, wenn sie zu wählen hätte, würde sie sich trotz ihres schwachen Glaubens für den unsichtbaren Gott entscheiden.

Sie wollte lernen, Gott mehr zu vertrauen als den Menschen. Ihm mehr zu vertrauen als sich selbst. Diese Erkenntnis begleitete sie durch den ganzen Tag. Ellen unterbrach ihre Arbeit im Studio, um sich auf den Unterricht mit Huckleberry vorzubereiten, der gleich vorbeikommen würde.

Herr, hilf mir, von ganzem Herzen zu glauben.

„Ellen, bist du da?" Schritte ertönten auf der Treppe zum Studio.

Sie schnappte sich das Haarband, das neben dem Waschbecken lag, und öffnete Huckleberry die Tür. „Komm rein, Huck."

Verflixt, dieser Junge sah genauso aus wie sein Namensvetter Huckleberry Finn: Kariertes Hemd, Overall, bis zum Schienbein

213

abgeschnittene Hosenbeine, Flipflops. Jetzt fehlte nur noch, dass er einen Strohhalm zwischen den Zähnen hielt.

Sie winkte ihn herein. „Bereit zum Malen?"

Er klatschte in die Hände. „Wo ist meine Staffelei?" Er trat um den Arbeitstisch herum und blieb vor der weißen Leinwand stehen, die Ellen aufgestellt hatte.

„Wir werden das hier zusammen malen." Sie zeigte auf das Foto, das sie an eine zweite Staffelei geheftet hatte. Es war ein altes Foto, das Opa Garvey in den 1970er-Jahren vom Factory Creek bei Sonnenuntergang gemacht hatte. Opa hatte die rotorangen Strahlen eingefangen, die auf das dunkle Wasser trafen. Und oben in der linken Ecke lag ein Paddelboot ganz allein im Sumpfgras.

Dieses Foto rührte immer etwas in Ellen an. Ihr schien, dass das Boot darauf wartete, seine eigentliche Aufgabe zu erfüllen, sogar bei Sonnenuntergang.

Huckleberry betrachtete das Foto mit zusammengekniffenen Augen. „Was, nur ein klitzekleines Boot? Kann ich noch etwas Müll hinzufügen, denn ich sage dir, Ellen, die Flüsse werden immer schmutziger."

Sie legte ihm die Hand auf den Mund. „Wir malen es genau so, wie wir es sehen."

„Kein Müll?", fragte er durch ihre Finger hindurch.

Sie ließ die Hand sinken und wischte sie an ihrem Hemd ab. „Kein Müll. Ich versuche, deinen Horizont zu erweitern."

„Warum malen wir nicht im Doppel, du weißt schon, beide gleichzeitig, und dann vergleichen wir unsere Bilder?" Er nahm das Spachtelmesser zur Hand.

Ellen nahm es ihm ab. „Pass auf, dass ich mein Angebot nicht bedaure."

„Oh, oh, wir sind wohl etwas gereizt." Er vergrub die Hände in seinen großen Taschen und versuchte sich im Stirnrunzeln.

„Also gut, mischen wir die Farben, und dann überlegen wir, wie wir das Gemälde angehen wollen."

Huckleberry dazu zu bringen, dass er die Klappe hielt und malte, war, als wollte man einer Fliege einen Gürtel anlegen. Aber

214

nach einer Stunde, in der Ellen ihn immer wieder ermahnt hatte, sich zu konzentrieren (Gott sei Dank, dass die Ölfarben so flüssig waren), setzte sie sich hin und sah zu, wie er eine wunderschöne Szene malte, voller Emotion. Er besaß unglaubliches Talent, und wenn er sich zusammenriss, konnte er mit seiner Kunst tatsächlich bewirken, was er sich so sehnlich wünschte.

Am Ende der Malstunde vereinbarten sie einen zweiten Termin. Ellen säuberte die Pinsel und die Palette. Sie wollte noch zu ihren Eltern fahren und Wäsche waschen; ihre Schmutzwäsche wuchs ihr über den Kopf. Ihr Handy klingelte, als sie gerade damit beschäftigt war, Koch- und Buntwäsche zu sortieren.

„Wie ich höre, haben Sie wieder angefangen zu malen." Darcy Campbell, die Inhaberin der zweiten Galerie in der Stadt, war am anderen Ende.

„Ein bösartiges Gerücht, Darcy."

„Huckleberry hat es mir erzählt. Er wollte seine stinkende Kunst bei mir loswerden. Ich sage Ihnen, Ellen, ich würde seine Sache ja unterstützen, wenn er sie in sozial akzeptabler Form präsentieren würde. Als er das letzte Mal hier war, stank die Galerie noch zwei Tage lang nach totem Fisch."

„Wann war er denn bei Ihnen? Er ist doch gerade erst weggegangen."

„Ja, er erzählte, dass Sie ihm Malunterricht geben."

„Ich versuche es." Ellen stopfte ihre Kochwäsche in eine Plastiktüte. „Er ist sehr talentiert, aber leider fasziniert ihn Müll zu sehr."

Darcy lachte. „Das ist wohl so. Also, stimmt es? Malen Sie?"

„Vielleicht."

„Das nehme ich als ein Ja. Großartig. Ich stelle Sie beim Kunst-Spaziergang im Sommer aus, und lassen Sie sich nicht von den anderen überreden, bei ihnen auszustellen. Im September sind Sie exklusiv bei mir. Sind Sie bis dahin so weit?"

„Ob ich bis dahin so weit bin? Nein, auf keinen Fall." Darcys Galerie in der Charles Street hatte den besten Ruf der Gegend. Das Gebäude stammte aus dem Jahr 1886 und war mit aufwändigen Stuckfriesen, Deckenmedaillons, einem Kamin in jedem Raum und Flügeltüren ausgestattet, die sich zu den Veranden öffneten. Das Haus hatte eine kultivierte Atmosphäre, und Darcy stellte häufig Werke von New Yorker oder Londoner Künstlern aus. Von Künstlern, die einen Namen hatten. Keine Möchtegern-Maler wie Ellen.

„Dann bereiten Sie sich darauf vor. Nichts motiviert euch Kreative doch mehr als ein wenig Druck. Ich würde gern dazu beitragen, Ihre Karriere anzuschieben, Ellen."

„Darcy, ich habe keine Karriere. Ich male nicht, ich stümpere nur herum."

„Dann hören Sie auf damit und machen Sie ernst."

Seufz. Darcy hatte ein Händchen fürs Geschäft, und Ellen hatte sehr viel von ihr gelernt. Außerdem hatte sie einen guten Blick für Talente und Verbindungen in die Kunstszene, und sie konnte einer Künstlerin durchaus den Weg nach New York oder London oder Paris ebnen.

„Darcy, bitte hören Sie. Ich weiß Ihr Angebot zu schätzen, aber ich habe nichts, das ich ausstellen könnte. Ich male nur ein wenig vor mich hin. Nur für mich. Als Therapie sozusagen. Meditativ, wenn Sie so wollen. Ich bin nicht gut genug, dass Menschen zehn Dollar für ein Bild von mir zahlen würden, und schon gar nicht Hunderte."

Bei Darcy wurde eine Wagentür zugeknallt. Schlüssel klirrten. „Sie vergessen, dass ich Ihre frühen Arbeiten gesehen habe. Ich habe Ihr Farbgefühl und Ihre Fähigkeit, die Emotionen einer Szene einzufangen, immer bewundert."

„Sie schmeicheln mir, aber … " Ellen schnappte sich eine zweite Plastiktüte und stopfte ihre Jeans und Tops hinein.

„Ich will Ihnen nicht schmeicheln. Ich habe es satt zuzusehen, wie Sie mit der Kunst *spielen*."

Die Klimaanlage sprang an, und die aufgeheizte Luft wurde durch kühlere verdrängt. „Darcy, ich weiß Ihr Angebot wirklich zu schätzen, aber geben Sie mir noch ein Jahr … oder zwei."

„Wollen Sie wirklich noch ein weiteres Jahr vergeuden? Wenn Sie auf Huckleberry einwirken und ihn drängen, der Künstler zu sein, der er sein sollte, dann tue ich dasselbe bei Ihnen. Spüren Sie meinen Finger in Ihrem Nacken?"

Ellen ließ die Plastiktüte fallen und ging zu ihren Gemälden hinüber. *Federn* und *Mädchen im Gras* gefielen ihr eigentlich ganz gut. Da war noch das noch nicht fertig gestellte *Innenstadt von Beaufort* und, oh, ein Gemälde vom vergangenen Herbst, als der Hurrikan *Howard* über die Stadt hinweggefegt war und sie sich mit Caroline in ihrem Haus verbarrikadiert hatte.

Und Heaths Stimme holte sie ein: *Gott ist klüger als Dr. Petit...*

„Fünf Gemälde."

„Sechs."

„Vielleicht."

„Dann kann ich Sir Lloyd Parcel also mitteilen, dass Sie ebenfalls ausstellen."

„Darcy, Sir Lloyd Parcel? Sie können meine Arbeiten nicht in derselben Galerie ausstellen wie seine, geschweige denn im selben County, demselben Staat, demselben Land."

„Beruhigen Sie sich. Ruby Barnett kommt und schreibt eine Kritik. In meiner Anzeige in der *Art News* werbe ich mit Lloyd und Ihnen."

„Ruby Barnett? Verflixt, Darcy, wollen Sie mich vernichten, bevor ich überhaupt angefangen habe? Sie ist eine der härtesten Kritikerinnen der Kunstszene."

„Um so besser, dass sie Ihre Arbeiten jetzt sieht. Ellen, ich habe gehört, dass Angela Sie ausgetrickst hat. Ich bin wahrhaftig kein religiöser Mensch, aber wenn ich mir ansehe, was Sie in den vergangenen Monaten erlebt haben, dann muss ich mich fragen, ob Gott nicht versucht, Ihre Aufmerksamkeit zu erringen."

Ellens Arm begann zu prickeln wie von tausend Nadelstichen. „Vielleicht ... möglicherweise ... wir werden sehen. Aber Darcy, meine erste Ausstellung sollte etwas Kleines, Nettes sein. Geben Sie mir die Gelegenheit zu sehen, ob ich gut bin. Keine Presse, bitte."

„Sicher, wie Sie wollen." Nichts von dem, was Darcy sagte, war ernst gemeint. „Sie werden es nicht bereuen."

Ellen beendete das Gespräch. Sie bereute es bereits.

Kelly lief unruhig im Wohnzimmer herum und hörte sich die
„Samstagabendparty" von NBC an, während ihre 14-jährige
Schwester mit ihrem 16-jährigen Bruder Monopoly spielte.

„Hank, du stehst auf einem meiner Hotels." Christie hielt
ihm die Hand unter die Nase. „Du schuldest mir eine Million
Dollar."

Hank schlug ihr auf die Handfläche. „Da, bitte."

„Betrüger. Gib mir das Geld. Kelly, sag ihm, er soll fair spielen."

„Hank! Und Christie, er schuldet dir keine Million. Sag ihm,
wie viel er dir tatsächlich bezahlen muss. Ganz gerecht."

Wieder kein Brief von Chet. Bei dem Gedanken wurde ihr ganz
übel. War er verletzt? Tot? Im Gefängnis? Liebte er sie vielleicht
nicht mehr?

Bestimmt hätte seine Mutter ihr doch Bescheid gesagt, wenn er
im Kampf vermisst oder gefallen wäre. Kelly presste ihre Hand
an ihren dicker werdenden Bauch. Manchmal drückte die Angst
ihr beinahe die Kehle zu. In ihr wuchs ihr Kind heran. Die
schlimmsten Befürchtungen quälten sie. Nicht, dass er tot sein
könnte, sondern dass er sie nicht mehr liebte. Nächsten Monat
um diese Zeit würde sich ihr Geheimnis nicht mehr verstecken
lassen. Sie hatte den Taillenbund schon so weit herausgelassen,
wie es ging.

„Kelly, du machst mich ganz nervös mit deiner Herumren-
nerei", sagte Mama, ohne von ihrer Strickarbeit aufzublicken.
„Warum rufst du nicht Rose oder Shirley an? Vielleicht könnt ihr
euch verabreden und in die Stadt gehen."

„Sicher, Mama."

Kelly rief Rose an, die es nicht erwarten konnte, aus dem Haus
zu kommen, und versprach, Shirley Bescheid zu sagen. „Wir treffen uns in einer Viertelstunde bei Harry."

Kelly ging nach oben und zog eine frische Bluse und Schuhe
an, kämmte sich und nahm die Spange heraus, die sie bei ihrer
ersten Verabredung mit Chet getragen hatte. Als sie sich umdrehte, stand Mama in der Tür.

„Oh, hast du mich erschreckt." Kelly atmete aus und drückte

*die Hand auf ihr Herz. „Warum schleichst du dich in mein Zim-
mer?"*

*Mama zog die Tür hinter sich ins Schloss und richtete ihren
Blick auf Kellys Bauch. „Wir sollten darüber sprechen, bevor dein
Vater es merkt."*

Heath kratzte die Müslireste aus den Schalen von gestern, bevor
er sie in die Spülmaschine stellte. Er starrte durch das Küchenfenster auf den Magnolienbaum auf dem Parkplatz neben Ellens
Studio und dachte über das Leben von Kelly Carrington und Chet
McCord nach.

Dass Kelly schwanger war, überraschte ihn, aber so etwas erlebten viele Frauen. Hatte Chet sie geheiratet, bevor sie ihren
Gefühlen nachgaben, oder war es in einer Nacht der Leidenschaft
passiert, bevor er in den Krieg zog? Das musste er noch entscheiden, aber ihm gefiel die Komplikation, die durch die Schwangerschaft entstand. Er hatte Chet verlassen, als sein Motor über dem
Nordatlantik aussetzte.

Die letzte Schale in den Geschirrspüler. Heath gab das Reini-
gungsmittel hinein und stellte die Maschine an. Das leise Brummen war das einzige Geräusch in dem stillen Haus. Diese Woche
hatte er Alice in einem Kindergarten angemeldet, und er vermisste die Geräusche, die sein Mädchen machte. Aber der Umgang mit anderen Kindern schien ihr gut zu tun und ihr ge-
schwächtes Selbstvertrauen zu stärken.

Die Zeit, die er allein war – von 10 bis 15 Uhr –, nutzte er zum
Schreiben und für seine Recherchen. Heute hatte er sich über die
Aleuten informiert, über die *Warhawk P-40*, über die Kriegsgeschichte im Nordpazifik und die Soldatenfrauen. Je weiter er sich
in die Geschichte einarbeitete, je mehr er schrieb, desto mehr fes-
selten ihn seine Hauptfiguren.

Als er sich gegen das Spülbecken lehnte und beobachtete, wie
die Hitzewellen über den Garten zogen, fiel es ihm schwer sich
vorzustellen, wie Chet im eisigen Alaska unter der Kälte litt. Er
musste seine Kindheitserinnerungen an die kalten Winter in New

York ausgraben, in denen er mit Mark draußen gespielt hatte, bis sie ihre Zehen nicht mehr spürten, um die Empfindungen des Piloten wahrheitsgetreu zu beschreiben.

Plötzlich tauchte Ellen im Garten auf, lässig bekleidet mit einer braunen, ausgebeulten Shorts und einem weißen Trägershirt. Sie trug einen Metallkoffer bei sich und ging auf ihren Wagen zu. Alles an ihr war anmutig. Ästhetik in Bewegung. Die Ähnlichkeit seiner erdachten Heldin mit Ellen Garvey wurde zunehmend größer.

Während er beobachtete, wie sie davonfuhr, dachte Heath über ihre kleinen Begegnungen in den vergangenen zwei Wochen nach; wie Ellen herübergeschlendert war, als er auf seiner Veranda saß, oder zu einem schnellen Abendessen mit ihm und Alice in die Stadt fuhr.

Ein paar Mal, als er losging, um Alice abzuholen, hatte Ellen das Fenster aufgerissen und ihm zugerufen: „Tag, McCord."

„Tag, Garvey."

Neulich abends hatte sie ihm von ihrer Freundin Caroline erzählt, von dem Blaulicht, das sie gekauft und an ihrem alten Mustang angebracht hatte, von einer dunklen Nacht und einem Deputy des Beaufort County. Er hatte sich gebogen vor Lachen.

Wo sie wohl an diesem Nachmittag hin wollte?

Avas Brief zog seinen Blick magisch an. Nachdem er sich davon überzeugt hatte, dass seine Hände trocken waren, griff Heath nach dem Umschlag. Falls er je hoffte, für Ellen oder eine andere Frau mehr als Freundschaft empfinden zu können, musste er diesen Brief lesen.

Er drehte ihn um, spielte mit der Lasche und stellte ihn wieder auf das Fensterbrett zurück. Heute nicht. Heath verließ die Küche und schloss die Tür hinter sich.

Ellen saß auf dem mit Plastikfolie abgedeckten Fußboden in Juliannes neuem Salon und malte eine Marschszene an eine Wand. Ihre Palette lag neben ihr. Auch wenn sie anfänglich Zweifel gehabt hatte, es ließ sich nicht leugnen, dass Juliannes Salon

Fortschritte machte. Die Renovierung war gut vorangekommen; allerdings blieb das Thema ihres Investors und Freundes ein Tabu.

Ellen konzentrierte sich gerade auf einen letzten Grashalm im Schatten, als ihr Handy zu klingeln begann. *Ach, lass es klingeln.* Doch dann durchzuckte sie ein seltsamer Gedanke: *Und wenn es Jeremiah ist?* Sie griff nach dem Handy, das am Rand der Folie lag. „Hallo."

Hoppla, sie hatte die Seitenwand von Juliannes neuen beigen Schränken mit Farbe beschmiert. Sie winkte Julianne, damit sie es fortwischte. Wie erwartet kam ein Schwall Schimpfwörter über Juliannes Lippen, vor und hinter Ellens Namen.

„Spreche ich mit Ellen Garvey?" Eine Frauenstimme. Kurz angebunden, klar und fremd.

„Ja."

„Hier ist Mitzy Canon von der *821 Galerie* in Manhattan."

Ellen hielt sich das Handy vor die Augen, aber auf ihrem Display stand nur UNBEKANNT. „Entschuldigen Sie, ich dachte, Sie hätten Mitzy Canon gesagt."

„Hören Sie, ich habe nicht viel Zeit, aber ein Freund von Ihnen hat mich gebeten, mir Ihre Arbeiten einmal anzusehen."

Ihr Herz pumpte das Blut so schnell durch ihre Venen, dass ihre Arme taub wurden. „Hat Darcy Campbell Sie angerufen?"

„Ich spreche von Heath McCord, der mit der verstorbenen Reporterin Ava verheiratet war. Was für eine Tragödie. Sie war sehr schön. Können Sie mir ein Exposé und eine Auswahl Ihrer Arbeiten schicken? Es besteht die Möglichkeit, Sie als Debüt-Künstlerin in unserer Frühjahrsausstellung zu zeigen."

„D-dieses Frühjahr?"

Mitzy ratterte ihre E-Mail-Adresse herunter. Ellen hatte nur ihren Pinsel, mit dem sie sie festhalten konnte, und ihre einzige Notizmöglichkeit war Juliannes Wand.

meprivate@821_gallery.com.

„Wie schnell möchten Sie –"

„Gestern." Ende des Gesprächs.

Ellen klappte ihr Handy zu und versuchte zu begreifen, was da

221

gerade geschehen war. Mitzy Canon? Heath kannte die Frau, die Künstler machte?

„Wer war das?" Julianne sammelte die mit Farbe verschmierten Papiertücher auf, mit denen sie den Schrank abgewischt hatte. „Ellen, du bist ganz grün im Gesicht. Ist alles in Ordnung?"

„Ich habe gerade zugestimmt, Mitzy Canon – *der* Mitzy Canon – einige Stichproben meiner Arbeiten zu schicken. Ach du Schande!" Sie erhob sich vom Fußboden.

Julianne stopfte die Papiertücher in die bereits überfüllte Mülltonne. „Mitzy Canon? Die Frau, die Künstler macht?"

„Ja, *die* Mitzy Canon." Ellens Stimme wurde von den Wänden zurückgeworfen. „Heath scheint sie zu kennen, und ihm zuliebe rief sie an und bat mich, ihr eine Auswahl meiner Arbeiten zu schicken. So habe ich es zumindest verstanden."

Julianne riss die Augen auf. „Gut gemacht, Heath."

„Ich weiß nicht, Julie, warum sollte ich –"

„Oh nein, das wirst du nicht tun, Ellen. Du wirst jetzt keinen Rückzieher machen." Julianne packte sie an den Schultern. „Es kann doch nicht schaden, ihr eine Auswahl deiner Arbeiten zu schicken, oder? Du denkst doch bereits, dass du nichts kannst. Was ist da eine weitere Meinung?"

„Das ist mir wirklich ein Trost, Julie." Ellen ließ sich wieder auf dem Fußboden nieder und starrte auf die Wand. „Es reicht doch, wenn *ich* denke, dass ich nichts kann. Warum soll die führende Stimme der amerikanischen Kunstwelt mich noch in meiner Meinung bestätigen?"

Ellen tauchte den Pinsel in die Farbe für das Sumpfgras. *Heath, was hast du mir da eingebrockt?* Sie angelte nach ihrem Handy und wählte seine Nummer.

„Hast du mit Mitzy Canon gesprochen? Warum? Aha ... mir danken? Heath, ich ... es war doch selbstverständlich, mit dir zum Krankenhaus zu fahren ... Du hast mich schließlich schon zum Abendessen eingeladen." Sie kaute auf ihrem Daumennagel. „Ich bin nicht sicher, dass ich das Angebot von Mitzy Canon annehmen möchte ... richtig ... ich weiß ... man muss irgendwo anfangen, irgendwann. Aber es geht hier um Mitzy Canon, die

222

oberste Stufe der Nahrungskette … ich kenne meine Arbeit und mein Talent, Heath … okay, okay, jetzt werde nicht sauer. Ich werde ihr etwas schicken. … Abendessen?" Ellen sah auf die neue Wanduhr im Salon. „In etwa einer Stunde? Wollen wir zu *Luther* gehen? Okay … bis dann."

Kapitel 20

Um 17:00 Uhr kam Heath aus dem Schlafzimmer und steckte seine Brieftasche in die hintere Tasche seiner Jeans.

Ellen klopfte an die Küchentür. „Heath, bist du fertig?"

„Ich wollte dich gerade abholen." Er öffnete die Tür, während er sich die nassen Haare aus den Augen strich. Sie hielt eine große Leinwand in der Hand. „Noch ein Meisterwerk von Ellen Garvey?"

„Nein, das erste von Alice McCord." Ellen drehte die Leinwand um, damit er sich das Bild ansehen konnte. „Das Werk deiner Tochter."

Heath nahm seine Uhr vom Couchtisch und streifte sie über. „Unglaublich! Wie habt ihr das gemacht?" Er nahm ihr die Leinwand ab und betrachtete die Farbstrudel.

„Ich habe Tempera-Farben in Schalen gegeben und den Mädchen gesagt, sie sollen einfach Spaß haben. Julianne hat Rios Bild in ihrem neuen Salon aufgehängt."

Heath strich sanft mit den Fingern über die getrocknete Oberfläche. „Das ist ein wunderschönes Geschenk. Danke. Ich werde es in meinem Büro aufhängen." Er stellte Alices Meisterwerk an die Wand und deutete auf einen Scheck, der auf dem Couchtisch lag.

Ellen las den Betrag und starrte ihn an. Ihm gefiel der überraschte Ausdruck ihrer Augen. „Fünfhundert Dollar? Wofür?"

„Für mein erstes Gemälde von Ellen Garvey. *Nebel über dem Coffin Creek.*"

„Heath, du hattest hundert gesagt. Ich kann das nicht annehmen. Du hast doch im Augenblick kein Einkommen."

„Du kannst, und du wirst. Ich habe dein Gemälde gekauft, und das ist der Preis, den ich dafür bezahle. Außerdem liebte Ava Kunst und wäre begeistert gewesen, eine neue Künstlerin zu entdecken und ein Original von ihr zu erstehen." Heath beugte sich vor und schaute den Flur entlang. „Alice, bist du irgendwie verloren gegangen?"

Ellen gab auf und steckte den gefalteten Scheck in ihre Tasche. „Dann freue ich mich, dass du mein erstes Bild gekauft hast, Heath McCord." Sie setzte sich vor seinen Laptop. „Wann bekomme ich deine ersten Kapitel zu lesen?"

„Das wird dich einiges kosten." Er klappte den Laptop zu, weil er befürchtete, sie könnte in Kelly Carrington ihr Spiegelbild erkennen.

„Fünfhundert Dollar?" Ellen zog den Scheck wieder aus der Tasche und schwenkte ihn vor seinem Gesicht.

Heath lachte. „Behalt dein Geld, Garvey. Du kannst es lesen, wenn es fertig ist."

Sie hielt seinen Arm fest. „Ich schulde dir mehr, als mit Geld bezahlt werden kann. Wie kann ich mich dafür revanchieren, dass du mit Mitzy Canon gesprochen hast?"

„Ellen, das ist doch gern geschehen. Außerdem habe ich nicht viel dazu getan. Ich habe nur meinen Boss gebeten, mich ihr vorzustellen." Als er seinen Blick auf sie richtete, tat sein Herz einen Sprung. Schnell wandte er sich ab und rief erneut nach Alice. „Komm schon, dein Papa und Miss Ellen haben Hunger." Er wandte sich an Ellen. „Sie wird einmal so eine Frau sein, die immer zu spät kommt."

Ellen ließ sich im Clubsessel nieder, schlug die Beine übereinander und wippte mit dem Fuß. „Meine Schwester Mary Jo hat unseren Papa damit zum Wahnsinn getrieben. Ein paar Mal haben wir sie sogar vergessen. Papa dachte, alle seien eingestiegen, und fuhr los."

Alice kam ins Zimmer gehüpft. „Das wird aber auch Zeit, Mädchen." Heath nahm sie auf den Arm.

Während er für Ellen die Tür aufhielt, sagte Heath: „Also dann, auf einen Burger zu *Luther*."

Ein blauer Ford hielt neben dem Van.

„Wer ist das denn?" Ellen beugte sich vor, um den Mann am Steuer anzuschauen. „Ach du meine Güte!" Ellens Kopf fuhr zurück.

Heaths Blick wanderte zwischen ihr und dem Mann, der aus dem Wagen ausstieg, hin und her. Alle Farbe wich aus ihren Wangen, als sie ihn mit aufgerissenen Augen und ungläubigem Blick anstarrte. Als sie flüsterte: „Jeremiah", erkannte auch Heath den früheren Profisportler.

Der Mann war groß, selbstsicher und sehr männlich. Heath kannte diesen Typ Mann. Und hasste ihn. Er straffte die Schultern und schob sein Kinn vor. Jeremiahs Lächeln war strahlend, magnetisch, das reinste Leuchtfeuer.

„Hallo, Ellen", sagte der Testosteron-Protz.

„Was machst du denn hier?" Ellen trat zwischen sie.

„Ich wollte dich sehen, Ellen. Ich habe dich vermisst." Sein Blick wanderte zu Heath. „Hey. Jeremiah Franklin."

„Heath McCord."

Ihre Hände klatschten zusammen.

„Ich störe doch hoffentlich nicht?" Jeremiah schaute Ellen an, dann Heath.

„Wir sind auf dem Weg zum Abendessen", erklärte Heath und trat noch näher an Ellen heran.

„Ich wollte dich fragen, ob wir miteinander reden können." Jeremiah legte den Kopf zur Seite. Seine Stimme war fest, gleichzeitig aber auch bittend.

„Wir sind auf dem Weg zum Abendessen", wiederholte Heath.

Ellen legte die Hand an seine Brust. „Gib uns eine Minute, Heath, ja?"

Lag ein Nein überhaupt im Bereich des Möglichen? Heath wollte sichergehen, dass dieser Typ sie nicht wieder hereinlegte. Er war unentschlossen.

„Heath, bitte."

„Ich werde mit Alice drinnen warten."

Im Cottage stellte sich Heath hinter die Rollos und spähte durch die Schlitze hindurch. Jeremiah redete mit Ellen, ganz cool und gelassen. Sie hatte Heath den Rücken zugewandt, und er konnte nicht einschätzen, was in ihr vorging. Sie nickte. Jeremiah strich mit der Hand über ihren Arm und beugte sich vor, um ihr einen Kuss auf die Stirn zu drücken.

Oh, sie kam zum Haus. Heath trat vom Fenster zurück.

„Heath?"

„Ich bin hier." Er kam ihr an der Tür entgegen, krampfhaft um eine gelassene Haltung bemüht. „Was will er?"

„Heath, nur ruhig. *Dein* Herz hat er doch nicht gebrochen."

„Nein, aber das ist typisch für diese Typen mit übergroßem Ego. Er hat ein tolles Mädchen sitzen lassen, danach dämmert ihm die Erkenntnis, dass es nichts Besseres gibt, und schon kommt er wieder angelaufen."

„Heath, ich möchte dieses lose Ende gern abschließen. Er ist von weither gekommen."

„Meinst du das ernst?"

„Ja. Heath. Was ist denn das Problem? Ich will hören, was er zu sagen hat."

„Natürlich, weil das ja zu dem Spiel dazugehört – das sitzen gelassene Mädchen rennt zu dem Typ mit dem großen Ego zurück, weil sie dumm ist und er immer bekommt, was er will."

„Dumm? Weil ich erfahren möchte, warum er tausend Meilen hergeflogen ist, um mit mir zu reden? Und hör auf, ihn *den Typ mit dem großen Ego* zu nennen. Du hast doch selbst eins."

„Ich? Nein, wirf mich nicht mit diesem Kerl in einen Topf. Das ist genau das Problem mit euch Frauen." Heath gestikulierte wild. „Ihr vergesst euch, schaltet den Verstand aus in dem Augenblick, in dem ein gut aussehender Mann brav *Bitte* sagt. Aber wir lieben die Jagd, Ellen. Lass dich nicht manipulieren."

„Es gibt keine Jagd, Heath. Und ich renne nicht. Er ist anders. Irgendetwas ist geschehen, und er möchte mit mir darüber reden."

Er war zu weit gegangen, das merkte er an Ellens Gesichtsausdruck. „Ellen, entschuldige bitte. Das Ganze geht mich gar nichts an. Geh nur. Ich hoffe, es geht gut aus für dich."

„Das mit dem Abendessen tut mir leid, Heath. Wir holen es nach." Sie blieb im Türrahmen stehen. „Du weißt doch, dass ich jetzt nicht anders handeln kann, richtig? Und deswegen bin ich noch lange kein kleines Dummchen."

„Ellen, du bist vieles, aber bestimmt kein Dummchen. Du bist eine erwachsene Frau und kannst für dich selbst entscheiden."

Sie streckte ihr Kinn vor. „Genau."

Jeremiah hielt beim *Shrimp Shack* an, um ein paar Burger zu kaufen, dann fuhr er weiter über den Highway 21 zum Huntington State Park.

Ihr Gespräch begann sehr steif und förmlich, doch die Anspannung ließ ein wenig nach, als Jeremiah fragte, was sie in den vergangenen Wochen getan hätte. *Du meinst alles, was passiert ist, seit du mir das Herz gebrochen hast?*

Sie fand, sie hatte jetzt lange genug den Ansatz mit dem gebrochenen Herzen verfolgt. Sie hasste es, darin gefangen zu sein. Die Hände auf dem Schoß gefaltet, erzählte Ellen in aller Kürze, was sich ereignet hatte.

„Meine Tage sind gefüllt mit Malen und Beten."

„Malen und Beten? Interessant." Er schaute sie an, während er den Wagen lenkte. Seine Augen ruhten ernst auf ihr. „Du bist noch genauso schön wie immer."

„Du auch." Sie ließ ihren Blick über den glitzernden Sumpf hinweggleiten.

Okay, sie hatte Heath angelogen. Sie war nicht cool und souverän.

Jeremiah bog zum Huntington State Park ab, bezahlte die Gebühr und suchte einen zum Meer gelegenen Picknickplatz aus. Bisher hatte er nicht viel gesprochen.

Eine kühle, salzige Brise fuhr durch Ellens Haare, als sie sich unter das Piniendach setzte und auf das Meer hinausschaute.

„Voilá – Shrimp-Burger und Pommes frites." Jeremiah reichte Ellen ihr Essen und ließ sich neben ihr nieder. Sie wartete darauf, dass er Gott für das Essen dankte, aber er biss in seinen Burger, ohne auch nur innezuhalten.

228

„Mmmhmh! Die habe ich vielleicht vermisst!", murmelte er mit vollem Mund.

Ellen rettete mit einem schnellen Handgriff die Servietten, die vom Wind fortgeweht wurden. „Jeremiah, was ist los? Du bist doch nicht den weiten Weg hergekommen, um mit mir einen Burger im Park zu essen."

„Nein, das stimmt." Jeremiah schnippte ein paar Krümel von seinem Hemd. „Ich liebe dich immer noch, Ellen. Ich bedauere die Art, wie unsere Beziehung zu Ende gegangen ist."

„In drei Monaten kam keine einzige E-Mail, kein Anruf von dir. Wie intensiv hast du tatsächlich an mich gedacht?"

Er rutschte näher an sie heran. „Aus den Augen, aber nicht aus dem Sinn oder dem Herzen. Ich war ein Narr, dass ich dich habe gehen lassen. Ich will dich zurückhaben."

Ellen schob ihr Essen von sich fort. Sie hörte, was er sagte, begriff es aber nicht. „Was? Einfach so? *Hier ist ein Shrimp-Burger und mein Herz?* Was hat sich geändert, Jeremiah?"

„Ich. Ich habe mich verändert." Er drehte ihr Gesicht zu sich, sodass sie ihn ansehen musste. „Liebst du mich noch?"

„Nein." Sie glaubte sich selbst nicht. „Ich weiß es nicht." Wie er da saß, so zerknirscht und gut aussehend, und ihr sagte, dass er sie liebte … sie wusste nicht, was sie wollte. In den vergangenen vier Monaten hatte sie alles losgelassen und neu angefangen, als saubere, leere Leinwand vor Gott.

„Jeremiah", begann Ellen, „was hat sich verändert?"

Er zupfte an der abblätternden Farbe des Tisches. „Ich habe gekündigt."

„W-was?", flüsterte sie und packte ihn am Arm. „Das kann nicht sein."

„Diese Stelle anzunehmen war der größte Fehler meines Lebens. Das hat mich meine Freunde gekostet, meine Zeit, meine Wünsche – und dich. Ich habe mich von der Aussicht auf Erfolg blenden lassen."

„Was ist denn genau geschehen?"

„Machtkämpfe. Mir war nicht klar, dass dieser Leitungskreis nur eine Marionette haben wollte." Er schaute sie von unten herauf an. „Da war ich, stolz, arrogant und in der Überzeugung, von Gott begünstigt zu sein. Ha, von wegen! Sieh nur, was für ein geistlicher Antiheld ich bin. Ich bin ihnen direkt in die Falle getappt, mit geschlossenen Augen und furchtbar dumm."

Das klang alles so aberwitzig. „Was heißt das, sie wollten eine Marionette haben? Jeremiah, ich war zwar nicht lange dort, aber ich habe die Gemeinde doch kennengelernt, habe mich mit den Leuten unterhalten. Sie waren total authentisch und liebten Gott, und sie wollten in der Stadt etwas bewirken."

„Die Gemeinde schon. Aber die Leiter sind richtige Manipulierer. Wenn sich der Pastor gegen sie stellt oder ohne ihre ausdrückliche Zustimmung seinen eigenen Plan verfolgt, treten sie in Aktion wie ein Microsoft-Virus. Sie vergiften die anderen in der Gemeindeleitung und die Mitglieder der Gemeinde, die über einen gewissen Einfluss verfügen."

„Und niemand gebietet ihnen Einhalt?"

„Wer denn? Wenn der Pastor das nicht vermag ... Zwei Drittel der Gemeinde waren auf der Seite der Leiter. Das restliche Drittel hatte eher den Durchblick, doch sie waren entweder zu zurückhaltend oder hatten sich einmal verbrannt und wollten so etwas nicht noch einmal erleben."

„Jeremiah, das ist ja schrecklich."

Jeremiah stand auf. „Können wir ein Stück laufen?"

Ellen streifte ihre Schuhe von den Füßen und folgte ihm. *Jesus, was soll ich ihm sagen?*

Nach langem Schweigen sagte er: „Jetzt verstehe ich, warum diese Gemeinde so einen großen Verschleiß an Pastoren hatte."

„Was ist mit deinen Freunden? Die dich empfohlen hatten?"

„Sie gehören dazu." Jeremiah blieb stehen, als brächte er nicht genügend Energie auf, den nächsten Schritt zu tun. Sein Blick verlor sich in der Weite des Ozeans. „Maurice dachte, ich würde mich ausschließlich auf diese Fernsehgeschichte konzentrieren und alles andere ihm überlassen. Das Traurige ist, Ellen, sie begreifen gar nicht, was sie da tun. Sie lieben Jesus, aber sie sind von ihrem eigenen Ehrgeiz geblendet."

230

„Das ist ja wie das Drehbuch zu einem Film; ich kann es kaum glauben." Ellen blieb mit verschränkten Armen neben ihm stehen. „Aber ich weiß, wenn es sich anders verhielte, wärst du nicht hier." Sie schaute zu ihm hoch. „Geht es dir denn sonst gut?"

„Ich setze mich mit Gott auseinander, bin verwirrt, aber ich beiße mich durch. Warum dachte ich, es wäre eine tolle Chance, wenn dann doch alles in Scherben zerbrach?" Er berührte ihre Schulter. „Ich bin froh, dass du nicht da warst."

„Ich habe mir die ganze Zeit dieselbe Frage gestellt: Wenn wir nicht füreinander bestimmt waren, warum hat Gott nicht früher eingegriffen?" *Wie hätte ich sonst das Cottage vermieten und Heath kennenlernen können?*

„Und zu welchem Schluss bist du gekommen?" Die Hände in den Taschen vergraben, setzte er sich wieder in Bewegung. Traurigkeit war in seinen Gesichtszügen zu lesen.

Ellen starrte auf sein Hemd, das vom Wind an seinen Rücken gepresst wurde, und filterte seine Frage durch ihren letzten Gedanken … *Wie sonst hätte ich Heath kennengelernt?* Ihr Atem stockte ganz kurz.

Jeremiah blieb stehen und drehte sich zu ihr um. „Ellen? Habe ich dich verloren? Das muss ja eine Schlussfolgerung gewesen sein."

Sie warf ihm ein Lächeln zu und setzte sich wieder in Bewegung. „Entschuldige, ein Gedanke hielt mich gefangen. Keine große Schlussfolgerung, Jeremiah. Mir ist nur klar geworden, dass Gott manchmal alles zu Bruch gehen lässt, damit wir ihm näherkommen."

Er legte die Stirn in Falten. „Ich bin nicht sicher, dass ich mich dieser Sichtweise anschließen kann."

„Ich auch nicht, aber was wäre, wenn Gott gewollt hat, dass deine Pläne in Dallas scheitern? Dass meine Hochzeits- und Galeriepläne wie eine Seifenblase zerplatzen? Was ist, wenn Versagen eigentlich Erfolg ist?"

„Zu welchem Zweck?", fragte er ein wenig spöttisch.

„Zu einem göttlichen Zweck. *Wer sein Leben verliert um meinetwillen, wird es gewinnen.*"

Jeremiah schaute sie an und schüttelte den Kopf. „Ich habe den Sport aufgegeben, um dem Ruf Gottes zu folgen. Du hast deine Galerie verkauft, das Cottage vermietet, um mit mir zu gehen."

„Vielleicht war das nur der erste Teil der Reise."

„Ich nehme eine Stelle an der FSU an. Als zweiter Sportdirektor. Einer meiner früheren Trainer arbeitet dort. Er hat mir dieses Angebot gemacht."

„Du verlässt den Pastorendienst?"

„Es ist wohl eher so, dass der Dienst mich verlassen hat." Jeremiah bückte sich, hob eine Muschel auf und warf sie ins Wasser. „Drei Jahre Ausbildung, alles umsonst."

Ellen beschleunigte ihren Schritt, trat vor ihn und schaute ihm ins Gesicht. „Eine schlechte Erfahrung, und schon gibst du auf? Jeremiah, wo ist das Herz des Spitzensportlers geblieben, der alle Hindernisse auf seinem Weg zum Ziel überwindet?"

„Dass du meine eigene Predigt zitierst, ändert meine Meinung auch nicht."

Ellen beobachtete, wie er eine weitere Muschel in Richtung Wasser warf. Aber sie waren zu leicht, um sich gegen den Wind durchzusetzen, und fielen auf den Sand.

„Du hast das Angebot bereits akzeptiert?"

„Der Dienst zerbricht einen Menschen entweder oder formt ihn, und ich steige aus, bevor ich zerbrochen werde."

„Vielleicht geht es genau darum, Jeremiah. Um die Zerbrochenheit."

Jeremiah hob die Hand, um ihr die Haare aus dem Gesicht zu streichen, ließ sie jedoch wieder sinken, bevor er sie berührt hatte. „In Tallahassee kann ich so gut zerbrochen werden wie überall sonst."

„Weißt du, was mir an dir besonders gefallen hat, als wir uns kennenlernten?"

„Mein atemberaubend gutes Aussehen?" Er lächelte, halb neckend, halb erwartungsvoll.

„Ich habe dein Selbstvertrauen bewundert. Du kanntest deine Berufung. Du warst stark, wo ich schwach war." Der Wind frischte auf und Ellens Rock wickelte sich um ihre Knie.

232

„Die Tatsache, dass ich den Beruf wechsle, bedeutet doch nicht, dass ich aufgebe, Ellen. Ich kann dir vielleicht immer noch helfen zu finden, wonach du suchst."

„Ich bete mich durch, Jeremiah, und mir gefällt die Reise, Stolpersteine inbegriffen."

Die untergehende Sonne entrollte ein orangerotes Banner über der blauen Weite, und an diesem wunderschönen Ort empfand Ellen tiefe Trauer um Jeremiah. Diese Erfahrung in Dallas hatte nicht nur seinen Dienst für Gott beendet, sondern schien auch seine persönliche Beziehung zu Jesus zerstört zu haben.

Jeremiah zog sie mit einem Arm zu sich heran. „Ellen, ich liebe dich und brauche dich. An dem Abend, an dem ich mit dir Schluss gemacht habe, hast du mich gebeten, mich zwischen dir und der Gemeinde zu entscheiden. Ich habe die falsche Entscheidung getroffen. Aber nicht ein einziges Mal habe ich meinen Heiratsantrag in Zweifel gezogen. Du warst die einzige Frau für mich, von dem Augenblick an, als ich dich zum ersten Mal sah. Ellen, du bist immer noch die Einzige für mich." Er beugte sich zu ihr hinunter, zögernd, dann legte er vorsichtig seine Lippen auf ihre. „Bitte heirate mich!"

Kapitel 21

Diesmal saß sie nicht an ihrem üblichen Platz, in der zweiten Reihe von vorn, rechte Seite. Vielmehr lag Ellen ausgestreckt auf dem Boden der Kapelle vor dem Altar, die Nase gegen den zerschlissenen Teppich gepresst. Dunkle Stellen bildeten sich dort, wo ihre Tränen hintropften.

Sie hatte in der Nacht kaum geschlafen und sich unruhig im Bett herumgewälzt. Um 5:30 Uhr hatte sie schließlich geduscht und war zur Kapelle gefahren. Jeremiahs plötzliche Rückkehr war das eine. Aber sein überraschender erneuter Heiratsantrag hatte sie in eine Welt zurückgerissen, die sie eigentlich zusammengepackt und mit dem Etikett „Vorbei" versehen hatte.

Wollte sie ihn noch heiraten? Auch wenn in den vergangenen drei Monaten ihre Wunden begonnen hatten zu heilen, war sie wirklich schon darüber hinweg? Allein sein Anblick hatte schlafende Gefühle, Wünsche und Sehnsüchte in ihr geweckt.

„Jesus, was soll ich tun?"

Ellen tastete auf dem zerschlissenen Teppich nach der Schachtel mit den Taschentüchern. Sie musste hier irgendwo sein.

„Was beunruhigt dich, Ellen?"

Sie drehte sich um. Miss Anna beobachtete sie aus der zweiten Bankreihe. Sie strahlte tiefen Frieden aus und sah in ihrem verblichenen blauen Kleid mit den weißen Blumen sehr hübsch aus. „Wie es scheint, haben wir die Plätze getauscht. Du den Altar, ich die Bank."

„Jeremiah ist gestern Abend überraschend wiedergekommen, Miss Anna." Ellen rutschte zu ihrer Mentorin hinüber, die Schachtel Papiertücher in der Hand.

„Was wollte er?"

Ellen putzte sich die Nase. „Mich heiraten."

„Du meine Güte." Miss Anna klopfte auf die Bank und rutschte ein Stück zur Seite. „Was hast du gesagt?"

„Was sollte ich sagen? Dass ich darüber nachdenken und beten müsste. Und in seiner üblichen selbstbewussten Art meinte er, er würde auf mich warten, egal wie lange es dauert."

„Ach je. Dieser Junge war schon immer so von sich überzeugt."

„Er ist verbittert, Miss Anna. In der Gemeinde in Dallas hat er keine guten Erfahrungen gemacht. Er hat gekündigt."

„Verstehe."

Sein Antrag, der Ausdruck in seinen Augen, seine zärtlichen Berührungen waren nicht ohne Wirkung auf sie geblieben. „Die Dinge, die uns auseinandergebracht haben, scheinen nicht mehr von Bedeutung zu sein. Was passiert ist, tut ihm aufrichtig leid, aber ich weiß nicht, ob ich die Richtige dafür bin, ihn durch sein Tal zu begleiten."

Klang das lieblos? Siegte die Liebe nicht über alles, rechnete sie Böses nicht zu? Gab sie nicht niemals auf? Sollte sie nicht niemals versagen?

„Ein verbitterter Mann wird noch verbitterter, wenn er nicht alles an Gott abgibt – seinen Stolz, seinen Ruf, seine Identität.", bemerkte Miss Anna sachlich.

„Aber sollen wir einander nicht lieben und beistehen?"

„Jeremiah muss seine Niederlage verarbeiten, so wie du deine Situation verarbeiten musstest."

„Haben Sie eigentlich jemals einen Mann geliebt, Miss Anna?" Ellen tupfte sich mit einem zusammengeknüllten Taschentuch die Tränen von den Wangen. Seit zwei Monaten betete sie mit dieser Frau zusammen und eigentlich wusste sie nichts über sie.

„Früher einmal, ja."

„Miss Anna, Sie lächeln ja!" Ellen beugte sich vor, neugierig, mehr über diesen Mann zu erfahren, der sie nach all diesen Jahren noch zum Erröten brachte wie ein junges Mädchen.

„Mein Vater bestand darauf, dass ich meine Ausbildung auch nach dem Schulabschluss fortsetzte, darum besuchte ich das College in Charleston. Oh, Ellen, das war ein Fest. Der Krieg war vorbei und der Campus so lebendig und fröhlich. Meine Zimmerkameradinnen waren ganz besondere Mädchen. Wir wurden beste Freundinnen – bis zu dem Tag, an dem wir unserer Wege gingen. Auf allen Bällen und Partys waren wir anzutreffen. Einige der jungen Männer wollten mir den Hof machen, aber ich hatte viel zu viel Spaß, um mich auf einen Jungen festzulegen."

Ellen stieß sie verschwörerisch mit der Schulter an. „Sie sind mir ja eine, Miss Anna."

„Und dann bin ich Lenny begegnet. Er war ein Hingucker, so stark und männlich. Hatte viele Auszeichnungen für seine Tapferkeit im Krieg bekommen. Meine Freundinnen und ich standen gerade am Tisch mit den Erfrischungen. Wir unterhielten uns über ihn und bewunderten ihn, als er ganz zielstrebig zu uns herüberkam." Miss Anna zeigte mit den Händen, wie viel breiter seine Schultern waren als ihre. „Breite Schultern, lachende blaue Augen und dichte, gelockte schwarze Haare, wie wir sie selbst nach Stunden des Aufdrehens nicht hinbekamen. Damals gab es noch keine so tollen Lockenstäbe wie heute. Na ja, wie ich schon sagte, da stand er also, und wir Mädchen erstarrten wie vier rote Eis am Stiel." Sie legte die Hände ineinander.

Ellen stützte ihr Kinn in die Hand. „Wussten Sie, dass er gekommen war, um sich mit Ihnen zu unterhalten?"

„Ach, du meine Güte, nein!" Miss Annas Blick wanderte in die Ferne, als könnte sie Lenny am Horizont ihrer Erinnerungen erblicken, und strich in Gedanken versunken über den Rand ihres Kragens. „Meine Freundin Peggy war die hübscheste von uns. Alle Jungen hatten es auf sie abgesehen."

„Außer Lenny."

„Außer Lenny." Viel Gefühl schwang in ihrer Stimme mit. „Er war innendrin mindestens so gut, wie er äußerlich aussah."

„Miss Anna, spannen Sie mich nicht so auf die Folter! Hat er Sie gefragt?" Der Zauber der Erinnerung trug Ellen mit sich fort. Wie kam es, dass Miss Anna hier in einer alten Kapelle gelandet war, anstatt mit dem Mann, den sie liebte, alt zu werden?

„Er forderte mich zum Tanzen auf, und als er mit mir über die Tanzfläche glitt, wusste ich, dass ich für immer in seinen Armen bleiben wollte."

Sie seufzte.

Ellen seufzte ebenfalls.

„Sechs Monate später bat er meinen Vater um meine Hand, aber ich will ehrlich sein, ich glaube, Papa hatte ihn ein wenig gedrängt." Ihr leises Schnauben kam aus einem fernen Ort tief in ihrem Herzen. „Papa liebte ihn genauso sehr wie ich."

„Und so haben Sie ihn geheiratet. Lenny Jamison."

„Jawohl, ich habe ihn geheiratet. Er war meine ganze Welt. Zehn Jahre später starb er. Wir hatten keine Kinder."

Ellen zupfte an dem zerknüllten Papiertuch in ihrer Hand. „Oh, Miss Anna, Ihr Herz ist bestimmt zerbrochen."

„In eine Million Scherben. Er stand draußen im Garten und schaute zu unserem Pfirsichbaum hoch. Dann rief er mich, ich solle zu ihm kommen. Es war ein wunderschöner Frühlingsnachmittag. Ich wollte schnell noch mein Geschirr fertig spülen und hielt gerade die Pfanne unter das Wasser, als er vor meinen Augen zusammenbrach. Bis ich bei ihm war, war er bereits tot."

Ellen strich sanft über Miss Annas Arm. Wie konnte sie nach dieser Geschichte so viel Frieden und Selbstsicherheit in Bezug auf ihr Leben ausstrahlen? „Das tut mir so leid."

„Das Letzte, was Lenny zu mir sagte, war: ‚Anna, komm und sieh dir das an!'" Lächelnd schaute sie Ellen an. „Ein unglaublich tiefsinniger Mann, findest du nicht?"

„Miss Anna, wie können Sie darüber Scherze machen? Sie sprechen über den Mann, den Sie geliebt haben. Wie ging es weiter?"

„Ich habe mein Leben weitergelebt. Aber Lenny war wirklich alles für mich gewesen. Ich musste erst wieder lernen, eigenständig zu atmen. Papa holte mich zu sich nach Hause. Irgendwann begann ich für ihn zu arbeiten und übernahm schließlich seine Firma."

„Wollten Sie nicht wieder heiraten?"

„Lange Zeit nicht. Ich habe Lenny so vermisst. Ich war verloren und verwirrt. Aus lauter Verzweiflung fiel ich eines Nachts auf die Knie und flehte Gott an, mir zu zeigen, wie ich den Schmerz überwinden und etwas Sinnvolles mit meinem Leben anfangen könnte." Sie drückte ihre Bibel fester an ihre Brust. „Du bist die dritte Generation, weißt du, Ellen."

237

Ellen schaute sie lange an. „Von Witwen? Bitte nicht, ich bin ja noch nicht mal verheiratet!"

„Du meine Güte, nein." Miss Anna tätschelte Ellens Bein. „Dorothy Morris hat täglich in dieser alten Kapelle gebetet. Als Lenny starb, forderte sie mich auf, mit ihr zusammen zu beten. Ich hatte in der Bibel von meiner Namensvetterin gelesen, einer Frau namens Anna, die im Tempel gebetet hat. Ich dachte also, ich könnte es ja mal probieren und sehen, was Dorothy hier eigentlich seit Jahren jeden Morgen tat."

„Oh, ach so." Die Ehrfurcht, die Ellen verspürte, konnte das Gefühl des Schreckens nicht verdrängen. Ellen wollte Gott nah sein, aber im tiefsten Inneren war sie nicht sicher, ob sie bereit war, den Preis dafür zu bezahlen. „Und so haben Sie mich ausgewählt, wie Dorothy Sie ausgewählt hat?"

„Nicht ich – *er* hat es getan."

„Und was mache ich jetzt in Bezug auf Jeremiah?"

„Bete. Mehr kannst du nicht tun. Bete und setze die Himmel in Bewegung, um eine Antwort zu bekommen."

Regen verdunkelte den Himmel, als Ellen zum Büro ihres Vaters unterwegs war. Sie parkte den Wagen auf dem Besucherparkplatz neben Papas Cadillac und nahm eine Tüte mit Bubbas Butterbrötchen und selbst gemachter Erdbeermarmelade vom Beifahrersitz.

Als Vertreter war Papa sehr viel mit dem Auto unterwegs, aber seit Ellen denken konnte, nutzte er die stillen Morgenstunden im Büro, um den Papierkram zu erledigen. Sie versuchte es an der Vordertür. Sie war offen und so schlüpfte sie in den Empfangsbereich.

Im vergangenen Jahr hatte Arlene Coulter die Büros umgestaltet, Ellen zuliebe zu einem guten Preis. Sie hatte den alten rostfarbenen Teppich aus den 1970er-Jahren durch helles Parkett ersetzt, die dunkle Holzvertäfelung entfernt und die nüchterne Büroeinrichtung aus Plastik und Holzimitat gegen Möbel aus echtem Kirschholz und ergonomische Bürostühle ausgetauscht.

238

Ein leichter Nieselregen tropfte gegen die Scheiben. Vom Empfangsbereich aus schaute Ellen den Flur entlang und sah, dass das Licht in Papas Büro brannte.

„Papa?" Warum hatte sie sich nicht die Mühe gemacht, vorher anzurufen? Dies war die einzige Zeit, wo er einmal ungestört arbeiten konnte. „Papa?" Sie klopfte leise und spähte in sein riesiges, rechteckiges Büro mit der großen Fensterfront.

Er hatte Kopfhörer auf und hörte nichts.

Lächelnd trat sie vor seinen Schreibtisch und schwenkte die Tüte mit den Brötchen vor seiner Nase. „Hallo, Papa ..."

Er riss sich die Kopfhörer vom Kopf. „Ellen, was machst du denn hier?"

Sie ließ sich in den Ledersessel vor seinem Schreibtisch sinken, auf dem er bestanden hatte. *„Dieses Schnickschnackzeug ist gut für den Empfangsbereich, aber ich behalte meine Sachen."*

„Ich habe Brötchen mitgebracht."

„Aus dem *Cottonfield?*" Papas Interesse war geweckt.

„Natürlich aus dem *Cottonfield.*" Als sie die Tüte öffnete, drang der leckere Buttergeruch zu ihm herüber.

Papa wirbelte herum, öffnete die untere Tür seines Aktenschrankes und holte zwei Teller hervor. „Okay, her damit."

„Jeremiah ist wieder da, Papa." Sie nahm ein Brötchen, bevor sie ihm die Tüte reichte.

Er lehnte sich auf seinem Stuhl zurück. Für den Augenblick war die Brötchentüte uninteressant. „Und?"

„Er hat bei der Gemeinde in Dallas gekündigt, was eine lange und traurige Geschichte ist, und jetzt möchte er mich heiraten."

„Ich verstehe."

Ellen drehte das kleine Glas mit der Erdbeermarmelade auf. „Er hat eine Stelle an der Florida State University angenommen, als Assistent des Sportdirektors."

„Aha."

„Kannst du noch was anderes sagen als ‚ich verstehe' und ‚aha'?"

„Bestimmt. Dieser Junge scheint die Angewohnheit zu haben,

zuerst einen Job anzunehmen und dich dann zu bitten, seine Frau zu werden."

Ellen legte ihr Brötchen auf den Teller. Eigentlich war sie gar nicht hungrig. „Das stimmt."

Papa beugte sich vor und stützte die Arme auf dem Schreibtisch ab. „Liebst du ihn?"

„Wenn das so wäre, wäre ich dann unsicher?"

Auf Papas Gesicht legte sich sein „väterlicher" Ausdruck, bei dem die Falten um die Augen und die Nase besonders hervortraten. „Was ist mit Heath?"

Ihr Kopf ruckte hoch. „Heath? Was hat er denn damit zu tun?"

„Ich will dir nur helfen, die Dinge für dich zu klären."

„Nein, du machst die Angelegenheit unnötig kompliziert. Wie kommst du auf den Gedanken … Papa, Heath ist ein Freund. Punkt." *Wie viel Uhr ist es? Halb neun?* Der Morgen hatte kaum begonnen und sie war bereits fix und fertig.

„Ellen, du hast gebetet, viel Zeit mit Gott verbracht. Du hast dich verändert. Ich sehe das doch und merke es an deiner Haltung."

„Prima, Papa, aber inwiefern hilft mir das, eine Antwort in Bezug auf Jeremiah zu finden?" Ellen konnte nicht mehr länger auf ihrem Stuhl sitzen bleiben. Sie ging zum Fenster und öffnete die Rollos. Der Regen war stärker geworden. „Er hätte Dallas verlassen können, ohne vorher herzukommen. Er hätte direkt nach Talahassee gehen können, und ich hätte es nie erfahren. Aber das hat er nicht getan. Er ist zu mir zurückgekommen."

„Sag mir, wie hat sich diese Geschichte mit der Gemeinde auf Jeremiah ausgewirkt?"

„Er ist verbittert und verwirrt."

„Und du willst einen Mann heiraten, der mitten in einer Identitäts- und Glaubenskrise steckt? Ellen, bedenk doch, wie froh du sein kannst, dass du dieses Debakel in Dallas nicht miterleben musstest."

„Ich weiß, Papa, glaub mir. Aber vielleicht war es nur eine Frage des Zeitpunkts. Vielleicht musste ich zuerst alle meine Hoffnungen und Wünsche loslassen, und vielleicht schenkt Gott sie mir jetzt neu. Ist eine Krise ein Grund, die Liebe eines Menschen zurückzuweisen?" Der Regen reinigte die Stadt von dem Schmutz, der sich während des heißen, trocknen Juli angesammelt hatte.

Papa stellte sich neben sie. „Triff deine Entscheidung nicht übereilt oder weil deine biologische Uhr tickt. Lass dir Zeit. Wenn du und Jeremiah nach einiger Zeit immer noch der Meinung seid, ihr solltet heiraten, dann werde ich dich unterstützen."

Sie legte den Kopf an seine Schulter. „Danke, Papa."

„Aber wenn ich du wäre, würde ich nach Hause fahren, in den Spiegel schauen und mich fragen, warum jedes Mal, wenn der Name *Heath McCord* fällt, deine Augen so aufleuchten, dass sie eine stürmische Nacht erhellen könnten."

„Captain McCord, Sie sehen gut aus heute Morgen." Colonel Norman Sillin schnappte sich einen Stuhl und nahm Platz, ohne sich die Mühe zu machen, seine dicke Winterjacke aufzuknöpfen.

Chet rappelte sich mühsam hoch. Aber die Gipsverbände an seinem Arm und Bein machten ihn praktisch bewegungsunfähig. „Sir, ich kann es kaum erwarten, mich wieder zum Dienst zu melden."

„Nicht mit diesen Dingern." Der Colonel deutete auf die Verbände. „Sogar ein Hitzkopf wie Sie braucht zwei gesunde Arme und Beine. Vermutlich haben Sie schon gehört, dass eine Gruppe Eskimos, die vom Fischen kam, Sie aus dem Wasser gefischt hat."

„Das hörte ich, Sir."

Die diensthabende Schwester schob den Postwagen durch die Zimmer. Sie war dunkelhaarig und zierlich, ganz anders als Kelly, die groß war und lange, rotblonde Haare hatte. Aber das Lächeln der Schwester weckte trotzdem in ihm die Sehnsucht nach seinem Mädchen zu Hause. „Ein Brief für den Captain."

„Danke."

Der Brief war von Kelly. Chet legte den Umschlag hin und wandte seine Aufmerksamkeit wieder seinem vorgesetzten Offizier zu.

„Der Arzt sagt, dass Sie noch ein paar Monate nicht einsatzfähig sein werden."

„Das ist aber nicht meine Prognose."

„Sie könnten einstweilen die neuen Rekruten ausbilden, aber sobald es geht, möchten wir Sie wieder in der Luft sehen."

„Vielen Dank, Sir."

„Das Pflegepersonal hier behauptet, Sie hätten etwas von japanischen U-Booten gemurmelt, als Ihr Bein versorgt wurde."

Vielleicht war es eine Folge des Absturzes oder nur seine Fantasie, aber Chet hätte schwören können, dass ihm ein Hauch von Kellys Parfüm in die Nase drang. „Ja, Sir, ich habe auf ein U-Boot erster Klasse im Golf von Alaska gefeuert, etwa hundertfünfzig Meilen von der Küste entfernt."

Colonel Sillin notierte etwas in seinem kleinen Buch. „Sieht so aus, als wären sie näher, als uns klar war. In der Zwischenzeit bemühen wir uns, Verstärkung hierher zu bekommen. Jack Chennault und seine Neulinge, die alle weniger als acht Flugstunden zu verzeichnen haben, haben Washington gestern verlassen." Der Colonel erhob sich. „Aber auf dem Weg hierher haben sich seine kleinen Lämmer verirrt und sind nun über ganz Alaska verteilt."

Chet grinste. Das Eisenerz im alaskischen Boden störte die Funktion der Instrumente. „Wissen wir, wo sie stecken?"

Der Colonel steckte sein Notizbuch in seine Innentasche. „Nicht einmal sie wissen, wo sie sind. Ich habe keine Ahnung, wo ich die Suchtrupps hinschicken soll. Das ist Chennaults Problem."

„Sie kennen doch das Sprichwort: Gib nie einem Jungen den Auftrag, Männerarbeit zu verrichten."

„Was Sie nicht sagen." Der Colonel lächelte, stellte seinen Stuhl an seinen Platz und wandte sich zum Gehen. „Ruhen Sie sich aus. Und lesen Sie diesen parfümierten Brief von zu Hause."

„Jawohl, Sir." Chet ließ sich in die Kissen sinken; ein scharfer Schmerz durchfuhr seinen ganzen Körper – den Arm, das Bein, den Kopf. Er nahm den Brief zur Hand und freute sich zuallererst an Kellys Schrift. So hatte er sie kennengelernt. Er hatte im Gemischtwarenladen gearbeitet und sie unterschrieb immer für die Ware, die ihre Mama bestellt hatte. Chet führte den weißen Umschlag an die Nase und atmete den Duft tief ein, bevor er ihn aufriss.

Der Duft weckte Erinnerungen an ihre letzte gemeinsame Nacht in ihm. Er bereute nicht, dass sie ihrer Leidenschaft nachgegeben hatten, allerdings bedauerte er, dass er Kelly in Schwierigkeiten gebracht hatte. Aber er hatte ihr versichert, er würde sofort aufhören, wenn sie es wollte.

Kelly war Pastorentochter und ein wirklich gutes Mädchen. Sie sprach von Jesus, als wäre er ihr Freund. Es war verrückt von ihr, sich mit einem wie ihm abzugeben. Aber er liebte sie auf eine Art, die schon beinahe wehtat. So sehr, dass er auch ihren Gott lieben könnte, wenn es sein müsste.

Der Brief war ein heilsamer Balsam, wie ein kühlendes Bad nach einem langen Tag auf den Feldern seines Vaters im Lowcountry. Er war verrückt nach Kelly, nach dem Leben, das er mit ihr führen wollte.

In dem trüben Licht, das durch die verschmutzten Fenster der Krankenstation drang, las Chet seinen Namen, von ihrer wunderschönen Hand geschrieben.

Lieber Chet,

Liebster, ich zittere, während ich Dir diesen Brief schreibe, und hoffe, er erreicht Dich bei guter Gesundheit. Wochen sind vergangen, seit der letzte Brief von Dir eintraf.

Chet hörte fast den vorwurfsvollen Ton ihrer Stimme und lächelte. Der Brief in seinem Koffer umfasste mittlerweile zehn Seiten, verschmiert und verwischt von immer neuen Korrekturen. Er konnte nun mal nicht so leicht über seine Gefühle reden wie Kelly. Ihre Stimme und ihr Herz sprachen aus diesen Seiten und erreichten seine Seele.

Auf seinen Patrouilleflügen über die alaskischen Küsten hatte

243

er der Frau, die er liebte, in Gedanken schon ein Dutzend Briefe
geschrieben, doch sobald er seinen Stift auf das Papier setzte,
waren alle Worte wie weggewischt.

Bitte schreibe mir bald, damit ich weiß, dass Du mich immer
noch liebst. Liebster, Du musst mich lieben, denn wir bekommen ein Baby. Ich bin jetzt im vierten Monat. Mama hat bemerkt, dass mein Bauch immer dicker wird, und kam gestern
Abend in mein Zimmer. Sie war sehr aufgebracht und enttäuscht. Ich wusste, dass das so sein würde. Ich bedauere, was
wir getan haben, aber ich freue mich auf unser Baby. Kann ich
beides so stark empfinden?

Doch jetzt müssen wir uns überlegen, wie wir es Papa beibringen. Vermutlich wird er sehr wütend sein, aber was soll's? Ich
bin eine erwachsene Frau. Wir haben die Reihenfolge eben um-
gekehrt und es wird mir sehr schwer fallen, das vor der Gemeinde zu bekennen, aber was geschehen ist, ist geschehen.

Stell Dir vor, mein Liebster, ein Baby! Unser Baby. Ich hoffe, es
wird so aussehen wie Du.

Sonst ist alles hier wie immer. Christie und Hank streiten sich
immer noch ständig. Sie sind wie Hund und Katze. Rose vermisst Ted Bell sehr, aber er schreibt ihr. (Schreibst Du mir bitte
auch, Liebling?)

Meine Arbeit bei der Zeitung hält mich auf Trab und verhin-
dert, dass ich vor Sorge um Dich verrückt werde. Neulich hat
mir der Redakteur Cray Harris doch tatsächlich einen Artikel
überlassen. Ich schwöre, er hätte sich genauso gern sein Bein
ohne Betäubung absägen lassen, so schlimm war es für ihn,
einer Frau einen Artikel zu übertragen. Du weißt, Chet, ich bin
eigentlich häuslich veranlagt und wünsche mir eine Familie,
aber dieser Mann bringt mich dazu, dass ich am liebsten „Suff-
ragetten vor!" schreien würde.

Ich denke, ich komme jetzt besser zum Ende, damit ich den Brief Mr McKenney mitgeben kann, wenn er vorbeikommt, um die Post abzuholen. Ich liebe Dich sehr, mein Liebling.

Deine Kelly

Das war's. Heath schloss das Dokument. Wenn er noch ein weiteres Wort schreiben müsste, würde er seinen Laptop gegen die Wand feuern. Genug bearbeitet und umgeschrieben. Für diese Szene hatte er Tage gebraucht. Wieso waren ihm die ersten beiden Romane so leicht von der Hand gegangen? *Weil sie nicht gut waren, darum.* Dieser Roman sollte ein Erfolg werden.

Schick es einfach ab. Lass Nate entscheiden.

Heath rief sein E-Mail-Programm auf, hängte das Exposé und die bisher geschriebenen Seiten an, schrieb schnell eine kurze Mitteilung für Nate und klickte auf „Senden", bevor ihn der Mut verließ.

Draußen lockten die Sonne und der Wind. Er hatte noch ein paar Stunden Zeit, bis er Alice abholen musste … Schnell zog er sein Hemd aus, seine alten Shorts an, tauschte seine Flipflops gegen Arbeitsstiefel und holte seine Schnitzwerkzeuge.

Dampf stieg von dem vom Regen durchtränkten Boden auf, und die Hitze belebte ihn. Heath warf die Kettensäge an und machte sich an die Arbeit. Die Vibration brachte sein träges Blut in Wallung.

Nach einer Weile trat er zurück, um sein Werk zu betrachten, schob die Schutzbrille nach oben, zog die Kopfhörer ab und putzte sich mit dem Ärmel den Schweiß ab. Er war mit dem Ausdruck des Engels, der sich langsam aus dem Holz heraushob, zufrieden.

Ein Finger tippte ihm auf die Schulter.

„Ellen."

„Hallo." Sie strich sich die Haare aus dem Gesicht und deutete auf die Schnitzarbeit. „Das wird ja wunderschön." Sie trat um ihn herum, ließ ihre Hand über den Kopf des Engels gleiten. Plötzlich zuckte sie zurück.

„Nimm dich vor Splittern in acht."

„Das kommt etwas zu spät." Ellen zog den kleinen Holzsplitter aus ihrer Hand. „Wie läuft es mit dem Buch?"

„Ich habe meinem Agenten heute Morgen einen Entwurf geschickt."

War sie hergekommen, um mit ihm zu plaudern? Heath war auf der Hut, beobachtete sie. Obwohl er es nicht wollte, war er zornig auf sie. Weil sie ihn versetzt hatte an dem Abend, an dem sie eigentlich gemeinsam Essen gehen wollten; weil sie so unglaublich attraktiv war und weil sie ihm unter die Haut ging. Zornig auf sich, weil er sie ohne Vorsichtsmaßnahmen an sich herangelassen hatte.

„Er hat mich gebeten, seine Frau zu werden. Nochmal", erklärte sie.

Das ersparte ihm die Frage. „Ist das denn das, was du willst?" Heath beugte sich vor und blies das Sägemehl von den grob behauenen Zehen des Engels.

„Ich weiß nicht. So vieles hat sich verändert. Er ist jetzt bei der FSU, Assistent des Sportdirektors."

„Na, siehst du. Du musst keine Pastorenfrau sein und den Erwartungen gerecht werden, die von Seiten der Gemeinde an dich gestellt werden. Wie ich höre, gibt es bei der FSU einen hervorragenden Fachbereich für Künstlerische Gestaltung."

„Ich habe nicht Ja gesagt." Sie riss einen Holzspan ab, der aus dem Körper des Engels hervorragte.

„Ellen, ich –" Er fuchtelte mit der Kettensäge vor ihr herum, schließlich warf er sie auf den Boden. Ein feuchter Grasklumpen blieb an der Kette hängen. „Wo ist das Mädchen mit den klirrenden Armreifen und dem wieder erwachten Selbstvertrauen? Das Engelfedern verliehen bekommt und einen verzweifelten, allein erziehenden Vater, der nicht klar denken kann, mit seinem Kind zur Notaufnahme kutschiert? Die Frau, die ihre Ängste und die Vergangenheit überwindet und den Mut hat, wieder zu träumen?"

Tränen traten in ihre grünen Augen. „Sie steht hier vor dir."

Er griff nach einem Stück grobem Schmirgelpapier. „Ich verstehe Frauen wie dich nicht."

246

„Ach, tatsächlich? Ich verstehe Männer wie dich nicht."

„Was gibt es da zu verstehen? Ich bin ein unkomplizierter, einfacher, aufrichtiger Mensch." *Schmirgel, schmirgel, schmirgel.* Er bearbeitete den Engel mit solchem Kraftaufwand, dass seine Muskeln schmerzten.

„Ha! Einfach? Sicher nicht. Aufrichtig? Vielleicht. Warum reagierst du so empfindlich auf Jeremiah, einen Mann, den du nicht einmal kennst?"

Schmirgel, schmirgel, schmirgel. „Weil ich diesen *Typ* Mann kenne, Ellen. Ich habe Hunderte von ihnen kennengelernt. Ihr aufgeblasenes Ego lässt sie selbstbewusst wirken, aber im Grunde sind sie nur auf der Suche nach jemandem, der ihr Ego noch mehr stärkt."

„Du täuschst dich."

Heath hielt im Schmirgeln inne. „Um deinetwillen hoffe ich das. Hast du übrigens deine Arbeiten an Mitzy geschickt?"

Ellen streckte ihm die Zunge heraus. „Ja, schon vor zwei Wochen. Zufrieden?"

Schmirgel, schmirgel, schmirgel. „Ich sehe Großes auf dich zukommen, Ellen."

Als er sie anschaute, rutschte seine Hand an dem grob behauenen Engel ab, und ein dicker Splitter bohrte sich in seinen Finger, direkt unter seinen Nagel. Er ließ das Schmirgelpapier fallen und stieß einen unterdrückten Fluch aus.

„Heath, was ist?" Ellen nahm seine Hand. „Zeig mal."

„Nur die Ruhe." Aus einem Reflex heraus versuchte er seine Hand wegzuziehen, als sie an dem Splitter zog.

Ellen ließ nicht locker. „Lass mich das Ding herausziehen. Sei kein ein Meter neunzig großes Baby."

„Vierundneunzig. Ein Meter vierundneunzig."

„Dann eben ein Meter vierundneunzig." Ellen versuchte den Holzsplitter herauszuziehen, aber sie bekam ihn nicht richtig zu fassen. Heath wand sich und zuckte zusammen. Jetzt wusste er wieder, warum er vor Jahren das Schnitzen aufgegeben hatte. Es lag nicht an seinem Job, nicht einmal am Zeitmangel. Es waren die Splitter! Und die Nadeln, die man brauchte, um sie herauszukriegen. „Ellen, du wirst eine Nadel brauchen. Anders wird es nicht gehen."

„Komm mit nach oben in mein Studio. Ich habe mir gerade eine neue Nähausstattung gekauft."

Im grellen Licht von Ellens winzigem Bad sterilisierte sie eine Nadel mit Alkohol. Dann schaute sie Heath in die Augen. „Bereit?" Die Spitze der Nadel lag auf seinem Finger.

„Ich bin bereit. Du auch?" Er hätte sich den Splitter selbst herausholen können, aber seine Florence Nightingale roch so frisch wie ein warmer Frühlingstag. Der Geruch erinnerte ihn an den Morgen, als er in Alices Krankenzimmer gekommen war und sie an ihrem Bett gesessen und ihre Hände eingecremt hatte.

Ellen atmete tief durch, zielte mit der Nadel ... und hielt inne.

Heath legte seine Hand unter ihre. „Glaub mir, mir wird es mehr weh tun als dir. Stich einfach zu."

Nach einigen Versuchen und viel Überwindung gelang es ihr, den Splitter herauszuschälen. „So, siehst du, das war doch gar nicht so schlimm."

„Für wen – für dich oder für mich?"

„Für mich." Seine Hand festhaltend, suchte sie in ihrem Medizinschrank nach dem Desinfektionsmittel.

Auf einmal war der Splitter ganz unwichtig. Er hätte sie am liebsten an sich gezogen und geküsst. „Ich muss los."

Sie gab seine Hand frei. „Okay, Heath. Ich weiß, was du über Jeremiah denkst. Aber ich muss da allein durch, unsere Beziehung für mich klären."

„Ja, ich weiß." Er zog sie sanft an sich und schloss seine Arme um sie. Als sie die Umarmung erwiderte, hätte er beinahe über dieses zarte, neue Gefühl gesprochen, das in seiner Seele Wurzeln schlug.

Zum zweiten Mal in seinem Leben hatte sich Heath McCord in eine Frau verliebt.

Kapitel 22

*Herzliche Einladung
zur großen Eröffnung
von*

**Juliannes
Schönheitssalon**

*Meridian Road
am 7. Juli
19 - 21 Uhr*

Im Salon drängten sich die Gratulanten, jeder mit einem Pappbecher Punsch in der Hand, und warteten darauf, dass sie ihre fünf-minütige Gratis-Nacken-massage, Maniküre oder Frisurenberatung bekamen.

Papa schob den Bürger-meister, der zufällig ein Freund von ihm aus Kindertagen war, zu den Maniküretischen. Ein Fotograf von der *Gazette* knipste ihn, während Lacy seine Hände in Seifenwasser tauchte. Julianne strahlte, die Königin ihres Universums und außer sich vor Freude über ihr Reich. Rio, in einem rosa Kleid und weißen Schuhen, ahmte jede von Juliannes Bewegungen nach, bis hin zu ihrem fröhlichen Lachen. Sie hatte Alice im Schlepptau, die grüne Crocs und das blassgrüne Kleid trug, das Rio zu klein geworden war.

Zu jeder halben Stunde verloste Julianne einen Preis. Ellen vermutete, dass die Preise von Danny Simmons gestiftet worden waren. Der kleine Salon war die ganze Zeit gut gefüllt. Die bisher verlosten Preise waren ein „Wellnesstag" bei Julianne, Gutscheine für *Luther*, das *Panini* und das *Cottonfield Café*, ein Abend im *Beaufort Inn* und Kosmetik.

Um 20:00 Uhr stand Julianne an den Tischen mit den Erfrischungen und läutete ihre alte Schulglocke. „Sooooo! Dieses Mal wird ein iPod Nano verlost."

Große Aufregung wegen des Preises. „Zieh meinen Namen", rief Ellen, aber Julianne brachte sie zum Schweigen. „Die Schwestern der Inhaberin sind von der Verlosung ausgeschlossen."

249

Ein empörtes Murmeln erhob sich unter den Garvey-Mädchen. Auch gut. Während Ellen zusammen mit Sara Beth, Mary Jo und Karen an den Getränketischen stand, beschäftigte sie nicht so sehr die Frage, wer den iPod gewinnen würde. Vielmehr überlegte sie, warum Danny Simmons nicht hier war.

Julianne schloss die Augen und zog ein Los heraus. Lächelnd las sie den Namen vor. „Alice McCord."

Die Augen des Mädchens wurden rund und ihr Mund formte ein kleines O. Sie starrte Ellen an.

„Du hast gewonnen, Schatz. Geh und hol deinen Preis ab."

Im Schneckentempo schlich Alice nach vorn. Mit gesenktem Blick streckte sie die Hand aus.

Julianne legte den rechteckigen iPod in ihre Handfläche. „Herzlichen Glückwunsch."

„D-danke." Sie rannte zu Ellen. „Ich habe gewonnen, ich habe gewonnen!"

Ellen hockte sich vor sie hin. „Da wird dein Papa aber staunen." Heath war zu Hause und arbeitete an seinem Roman. Sein Agent war nach wie vor nicht besonders angetan von der Liebesgeschichte aus dem Zweiten Weltkrieg, aber er hatte ihm zumindest ein Feedback gegeben.

„Ellen." Mama lehnte sich über ihre Schulter. „Der Punsch geht zur Neige, aber es ist auch schon nach acht. Denkst du, wir sollten noch welchen machen?"

„Bisher ist noch niemand gegangen, und es ist noch eine Stunde zu überstehen." Ellen nahm den Punschbehälter und ging damit in den Nebenraum, als gerade Juliannes Freundinnen aus der Highschool eintrafen. Julianne hatte den Windfang an der Rückseite zu einem Pausen- und Vorratsraum umgestaltet. Als Ellen die Tür öffnete, hörte sie eine angestrengte, geflüsterte Unterhaltung.

„Willst du unsere Beziehung denn für immer geheim halten?"

„Die Eröffnung ist weder der richtige Zeitpunkt noch der richtige Ort dafür, und das weißt du ganz genau."

In der Ecke entdeckte Ellen Danny und die zornige Julianne. Nun hatte sie die Antwort auf ihre Überlegung, wo Danny wohl steckte. Sie deutete auf den Behälter. „Ich brauche noch Punsch."

Als sie den Kühlschrank öffnete, um die Zutaten für Omas berühmten Kirschpunsch herauszunehmen, lauschte Ellen auf das Flüstern hinter sich. Es gefiel ihr nicht, dass durch dieses Gespräch Juliannes Freude an ihrem großen Tag getrübt wurde. Danny hatte kein recht dazu. Partner, Investor, Freund, was immer er war – wie konnte er es wagen, hier hereinzuplatzen und während der Eröffnung von Juliannes Salon Ansprüche an sie zu stellen?

„Lass es bitte." Julianne.

„Na gut, aber wir sprechen noch mal darüber." Natürlich Danny.

Er stürmte an Ellen vorbei, als sie gerade die Gelatinepackungen aufriss und in den Punschbehälter gab. Er zog die Tür leise hinter sich ins Schloss. Die Schwestern blieben in bedrücktem Schweigen zurück.

Ellen schraubte eine Flasche Ginger Ale auf. Während ihre Schwester leise weinte, betete sie still. „Wirst du es mir erzählen?"

„Immer Fragen, das ist unsere Ellen." Julianne riss zwei Papiertücher aus der Schachtel.

„Immer Geheimnisse, das ist unsere Julie."

Julianne tupfte sich die Augen ab. „Alles läuft so gut. Warum muss er mich so bedrängen?"

„Auf die Gefahr hin, dass ich noch eine Frage stelle – worum ging es denn überhaupt?"

Diesen Augenblick wählte Mama, um nachzusehen, wo ihr Erfrischungskomitee (Ellen) blieb. „Ist der Punsch fertig? Gerade sind noch mal zwanzig Leute gekommen. Mary Jo führt sie herum. Julianne, wirst du noch einen Preis verlosen?"

„Ja." Sie hielt ihr verheultes Gesicht von Mama abgewandt und tat so, als würde sie die Haarfarben in den Regalen neu ordnen. „Bitte doch Papa, das für mich zu übernehmen, ja? Der Preis ist das Wochenende in Hilton Head."

251

Anstatt zuzustimmen und sich zu entfernen, kam Mama in den Raum und schloss die Tür hinter sich. Als wäre es nicht auch so schon eng und stickig hier drin. Ellen wandte den Blick ab. Wenn sie Mama anschaute, würde sie einknicken. Jede Familie hatte ihren Spitzel und ihren Verräter. Die Garvey-Mädchen hatten Ellen. Den Singvogel erster Klasse. Sie konnte nichts dagegen machen. Ein Blick von Papa oder Mama, und sie zersprang wie kaltes Glas in einem heißen Ofen.

„Alles in Ordnung bei euch?" Mama trat zwischen Ellen und Julianne.

Ellen rührte im Punsch und starrte zu Boden.

„Alles in Ordnung, Mama." Julianne sortierte die Schachteln. „Was machen die denn hier? Die gehören doch gar nicht hierher."

„Ellen?" Mama drehte sich nun zu ihr. „Geht es um Jeremiah? Ihr beiden Mädchen wirkt ganz durcheinander." Der Mama-Radar funktionierte immer noch bestens.

„Ganz bestimmt nicht Jeremiah, Mama." Ellen rührte wild im Punsch, und beinahe wäre etwas übergeschwappt. „Der Punsch ist fertig. Kannst du mir die Tür aufhalten?"

„Ich werde eurem Vater sagen, dass er die Ziehung übernehmen soll. Komm mit, Julianne. Du kannst deine Sachen später sortieren."

Mama ging hinaus, und Julianne packte Ellen am Arm. „Kein Wort, Singvogel. Du hast dein großes Ehrenwort gegeben."

Ellen biss die Zähne aufeinander. Vielleicht waren sie mittlerweile zu alt für ein großes Ehrenwort. „Also gut, aber was immer zwischen euch los ist, bring es in Ordnung!"

„Das ist nicht so einfach."

„Tu es trotzdem." Ellens Bein verkrampfte sich allmählich, weil sie damit die Tür aufhielt. „Ich muss diesen Punsch jetzt auf den Tisch stellen, aber unser Gespräch ist noch nicht zu Ende."

„Oh doch."

„Oh nein."

Heath war am Küchentisch eingeschlafen. Den Kopf auf seinem Laptop, schnarchte er friedlich, als sein Handy ihn aus dem Schlaf riss.

Er sprang auf, stieß sich das Knie am Tischbein, und taumelte ins Wohnzimmer hinüber.

„McCord."

„Hier spricht Nate."

„Nate wer?"

„Sehr witzig. Wie läuft es?"

„Sag du es mir. Hast du meine Seiten bekommen?" Allmählich nahm sein Gehirn seine Funktion auf und er konnte wieder anfangen zu denken.

„Hast du meine E-Mail nicht bekommen?"

Heath schaute auf seine Uhr. Vier Uhr? Mist. Schon vor einer halben Stunde hätte er Alice aus der Vorschule abholen sollen. Er sprang von der Couch auf, suchte nach den Schlüsseln und seinen neuen Schuhen.

„Welche E-Mail?" *Vergiss die Schuhe. Geh barfuß.*

„Ja, ich habe dir eine E-Mail geschrieben. Darin steht, dass mir der Roman gefällt. Ich fange an, Chet zu mögen. Deinen Entwurf habe ich an sechs Verlage geschickt."

Heath stürmte zur Küchentür hinaus und rannte zum Wagen. „Schon eine Reaktion bekommen?" Er klemmte sich das Handy zwischen Schulter und Kinn, schnallte sich an und setzte rückwärts aus der Einfahrt.

„Ich habe es doch gerade erst abgeschickt, Heath. Das Verlagsgeschäft ist schwierig. Die Marketingabteilung will das eine, die Lektoren etwas anderes."

„Raus mit der Sprache, Nate."

„Sie haben es abgelehnt."

„Alle?" Das saß.

„Ja. Im Augenblick besteht wohl kein Interesse an einem Kriegsroman. Justizthriller, New Yorker Verbrechen, Spannung – ja, aber keinen Liebesroman in Kriegszeiten."

„Verstehe." Heath merkte, wie sehr er sich einen Buchvertrag gewünscht hatte. Chet und Kelly hatten es verdient, dass ihre

Geschichte erzählt und gelesen wurde. Er hielt am Stoppschild an und reihte sich in den Spätnachmittagsverkehr ein. Wenn er bei der Klappbrücke noch aufgehalten würde, dann käme er richtig zu spät.

„Sie sind scharf auf einen weiteren Roman wie *Die Firma.*"

„Was ist mit neuartig und originell?"

Nate seufzte. „Also gut, einen neuen und frischen Roman wie *Die Firma.* Heath, du hast gut recherchiert, dein Stil ist gut, die Charaktere gefallen mir und auch das Setting stimmt, aber für Kriegsromane gibt es im Augenblick einfach keinen Markt."

„Du hast bestimmt dein Möglichstes getan."

„Höre ich da einen gewissen Zweifel in deiner Stimme? Hey, alter Freund, ich habe mich mit gefühlten tausend Lektoren getroffen, habe deinetwegen zu viel Kaffee getrunken und eine Menge Mittagessen spendiert."

„Okay, dann gib mir einen Rat." Heath stieg in die Bremsen, als der Verkehr über der Brücke langsamer wurde. So ein Mist, er musste tatsächlich vor der Brücke warten. Weit hinten in der Ferne konnte er zwei Boote mit hohen Masten erkennen, die ohne Hast auf die Brücke zusegelten. Die hatten bestimmt kein Töchterchen, das auf seinen verspäteten Papa wartete.

„Mach ruhig mit dem Buch weiter. Noch gebe ich nicht auf. Ich finde schon noch einen Verlag, der es herausbringt. Aber das kann dauern. Vielleicht fängst du in der Zwischenzeit mit einem Justizthriller an. Bei deinem Schreibstil, der sich übrigens sehr verbessert hat, denke ich, dass wir ihn verkaufen werden, bevor die Tinte noch getrocknet ist. Mit deinen Erfahrungen vor Gericht könntest du doch bestimmt innerhalb von einem Monat etwas zustande bringen. Vergiss nur nicht, die Namen zu ändern, wegen der Persönlichkeitsrechte."

„Wie stehen meine Chancen mit der Kriegsgeschichte bei einem anderen Verlag?" Heath trommelte mit den Fingern auf sein Lenkrad. Wenn nicht seine Verspätung und Nates Nachricht gewesen wären, hätte er den Ausblick von der Anhöhe vor der Brücke bestimmt genossen – der blaue Himmel, die Reflexion des

254

Lichts auf dem von der Sonne geküssten Fluss, das friedliche Dahintreiben eines Segelboots auf dem Heimweg.

„Ein Freund von mir ist Lektor in einem neuen Verlag. Ein sehr kleiner Verlag, aber durchaus ernst zu nehmen. Ich könnte ihm das Manuskript schicken. Wenn sie es wollen, wird der Vorschuss allerdings nicht so üppig ausfallen."

„Schick es hin."

„Ich halte dich auf dem Laufenden."

„Wenn ich es zurückhalten muss, um zuerst etwas zu schreiben, das mehr dem Geschmack der Massen entspricht, dann mache ich das."

„Behalte es einfach im Hinterkopf, Heath. Und denke nicht, dass du dich unter Preis verkaufst. In deiner Seele lebt mehr als nur eine Art von Buch. Also, du schreibst einen Justizthriller, etablierst dich, dann kannst du Liebesgeschichten aus dem Zweiten Weltkrieg nachschieben."

Heath dankte ihm. Als Nate auflegte, warf Heath sein Handy auf den Beifahrersitz und trommelte ungeduldig mit den Händen auf das Lenkrad. *Nun macht schon.* Niemand wollte also eine Kriegsgeschichte. Selbst Schuld. Heath war der Meinung, die Welt könnte durchaus ein paar Kriegsgeschichten vertragen. Die Menschen vergaßen so leicht.

Die Brückenampel schaltete auf Grün, und Heath wartete darauf, dass sich die Autoschlange in Bewegung setzte. *Na los.* Die weiß gestrichene Kindertagesstätte kam wenige Minuten später in Sicht. Heath bog auf den Parkplatz ein und schaltete den Motor aus. Die Spätnachmittagssonne überzog den Garten mit feinem Gold. Die Tagesstätte wirkte verlassen. Er riss seine Tür auf.

„Alice? Ist jemand da?"

Er wollte gerade zur Tür gehen, als er Alice entdeckte. Sie saß allein mit baumelnden Füßen auf einer Bank.

„Hallo, Schätzchen."

Ihr Kopf ruckte hoch. Schmutzstreifen zogen sich über ihre Wangen und ihr Kinn; ihre Augen waren vom Weinen verquollen.

„P-P-Papa." Sie sprang von der Bank. Der Rucksack rutschte von ihren schmalen Schultern. Als sie in Heaths Arme sprang, umklammerte sie seinen Hals so fest, dass es ihn beinahe würgte. Sie zitterte am ganzen Körper.

„Schsch, alles in Ordnung, alles ist gut, Papa ist da. Papa ist ja da." Heath versuchte, ihr ins Gesicht zu sehen, aber sie hielt es an seinen Hals gedrückt.

Er drückte sie an sich und sprach beruhigend auf sie ein, während er zur Eingangstür ging und sie aufstieß. „Ist jemand da?"

Millie kam ihm im Flur entgegen. Ihr Mund war zu einem dünnen Strich zusammengezogen. „Schau an, Sie haben es endlich geschafft."

„Würden Sie mir bitte erklären, warum mein Mädchen ganz allein draußen auf der Bank sitzt und weint?"

„Sie wollte nicht hier drin auf Sie warten." Millie ging um einen niedrigen Tisch herum und schob die kleinen Stühle darunter. „Sie war davon überzeugt, dass Sie nicht mehr kommen."

„Warum sollte sie so etwas denken? Alice, Papa möchte, dass du aufhörst zu weinen. Bitte." Er stellte sie auf den Boden, wischte ihr mit dem Daumen die Tränen ab, aber ihr kleiner Arm blieb fest um seinen Hals geschlungen.

Die Erzieherin ging zum nächsten Tisch weiter. „Wo ist Alices Mama, Mr McCord?"

„Nicht da. Und Sie hätten mich anrufen müssen, wenn sie so aufgebracht war."

„Wir haben es versucht. Aber je länger es dauerte, desto größer wurde ihre Angst. Ist ihre Mama tot?"

„Sie ist im vergangenen August gestorben."

Millies Gesichtsausdruck wurde weicher. „Sie dachte, Sie kämen nicht, weil Sie ihre Mama im Himmel besuchen würden. Und wenn Sie erst mal im Himmel wären, würden Sie nicht mehr zurückkommen."

Heath erkannte in Alices Worten seine Erklärung für den Tod wieder. „Haben Sie sie denn nicht beruhigt und ihr gesagt, dass ich auf jeden Fall komme?"

Millie hielt in ihrer Tätigkeit inne. „Mr McCord, der Tod ist für Kinder ein schwieriges Thema. Weil sie das nicht ganz begreifen, neigen Erwachsene dazu zu denken, alles sei gut, wenn sie –"

„Seit wir hergezogen sind, macht sie sich eigentlich recht gut."

„Hat Alice von ihrer Angst gesprochen, verlassen zu werden?"

„Nicht mit mir, nein."

Die Frau kniete sich neben Alice und strich ihr mit der Hand über ihr tränennasses Gesicht. „Alles ist gut. Siehst du? Wie ich es dir gesagt habe." Sie schaute zu Heath hoch. „Vielleicht sollten Sie ihr den Unterschied zwischen Tod und einer Verspätung erklären."

Warum musste sie ihm das Gefühl geben, alles verkehrt zu machen? „Das werde ich."

Heath nahm Alice auf den Arm. Auf dem Weg zum Wagen gab er ihr ein Versprechen, das er nur in der Theorie halten konnte. „Papa wird dich nie verlassen. Ich bin für dich da. Ich werde deinen Freunden im Nacken sitzen, dir das Autofahren beibringen, dich zum College bringen und irgendwann in der fernen Zukunft mit dir zum Altar schreiten."

Ihr Griff lockerte sich, als er die Wagentür öffnete. „I-ich ha-hatte so A-Angst." Sie krabbelte in ihren Sitz.

„Ja, und das tut mir leid. Manchmal verspäten sich Papas, aber das bedeutet nicht, dass sie gar nicht kommen. Verstehst du?"

Sie nickte, aber er war nicht ganz überzeugt. Er würde sehr genau auf Anzeichen für Verlassensängste achten müssen.

„K-kann ich ein Eis bekommen?"

„Ein Eis? Vor dem Abendessen?"

„B-bitte!"

„Also gut, ein Eis für ein kleines tapferes Mädchen." Er schnallte sie an, dann legte er seine Hand an ihr Kinn. „Alice, sieh mich an. *Ich werde dich nie verlassen.* Verstehst du?"

Sie legte den Kopf gegen ihren Kindersitz. „Nicht wie Mama?"

„Süße, Menschen sterben. Wir können das nicht voraussagen oder verhindern, aber so weit es in meiner Macht steht, werde ich sehr, sehr lange für dich da sein." Er strich mit der Hand über ihr

257

Knie, an dem er eine neue Schürfwunde entdeckte. „Mama hat dich über alles geliebt, Alice. Sie ist jetzt im Himmel, weil sie versucht hat, anderen Mamas und ihren Kindern zu helfen. Und weißt du was, von ihrer Arbeitsstelle hat sie eine große Auszeichnung bekommen, weil sie so tapfer war. Wie wäre es, wenn wir die in dein Zimmer stellen?"

„Hat sie auch ein Eis bekommen, weil sie so tapfer war, wie ich?"

„Ja." Er lächelte und strich mit der Hand ihre zerzausten Haare glatt. „Wann immer du Angst oder Fragen hast, kommst du zu mir und wir reden darüber, okay?" Er kitzelte sie. „Okay?"

Sie runzelte die Stirn und schob seine Hand fort. „K-können wir jetzt das Eis holen?"

„Jawohl, Miss."

Heath freute sich an Alices fröhlichem Geplapper, als sie zur Eisdiele und anschließend nach Hause fuhren. Alles war wieder gut.

Ein feuchter, grauer Nebel, ungewöhnlich für einen Julitag, hing über dem Fluss, als Ellen von ihrer morgendlichen Gebetszeit nach Hause fuhr. In den vergangenen Tagen hatte sie die Zeit in der Kapelle genutzt, um mit Gott über Jeremiah zu sprechen.

Er hatte sich mittlerweile in seiner Wohnung in Tallahassee eingerichtet und rief täglich an oder schrieb ihr E-Mails. Gestern Abend, bevor sie sich verabschiedeten, hatte er ihr wieder einmal versichert, dass er sie liebe. „Bitte sag doch endlich, dass du mich heiratest, Ellen!"

Sein Geständnis weckte Erinnerungen an ihre ursprünglichen Gefühle für ihn, und Ellen fragte sich, ob sie überhaupt jemals aufgehört hatte, ihn zu lieben.

Papa hatte sie neulich, als sie auf seiner Couch lag, Filme anschaute, während der Werbeblocks über ihr nächstes Gemälde nachdachte und das Ganze Arbeit nannte, ermahnt, in Bezug auf Jeremiah endlich eine Entscheidung zu treffen oder mit ihm Schluss zu machen.

Die ganze Situation frustrierte sie. Er hatte sie sitzen lassen. Die Entscheidung, ihn zurückzunehmen oder nicht, sollte ihr doch eigentlich leicht fallen – aber nein, so war es nicht. Ihr Herz verweigerte die Zustimmung. Aber aus irgendeinem abwegigen Grund wollte sie ihm eine faire Chance geben. Und seltsamerweise hatte sie das Gefühl, dass auch Jesus gern wollte, dass sie sich diese Zeit des Nachdenkens nahm.

Nachdem sie den Wagen neben der Garage abgestellt hatte, rannte Ellen die Treppe zum Studio hoch. Sie hatte sich vorgenommen, zuerst ihre Wohnung aufzuräumen und zu putzen und dann mit der Arbeit an den Gemälden zu beginnen, die sie geplant hatte.

Bisher hatte sie drei halbwegs anständige Bilder für Darcys Ausstellung – Bilder, die sie für würdig erachtete. Aber seit dem Gespräch mit Mitzy spürte Ellen, wie ihr Selbstvertrauen wuchs. Vielleicht hatte Heath ja recht – große Dinge standen an. Darcy Campbell hatte sich mit der Werbung für den Kunstspaziergang im Sommer wirklich Mühe gegeben. In den Annoncen in Zeitungen und Zeitschriften und auf den Einladungszetteln stand Ellens Name unmittelbar neben dem von Sir Lloyd Parcel, als wäre sie jemand. Die Kunstszene schüttelte vermutlich verständnislos den Kopf.

Gestern hatte Darcy angerufen und bestätigt, dass die bekannte Kunstkritikerin Ruby Barnett während der Ausstellung zufällig in der Stadt sein würde. So viel zu ihrem Versprechen, den Ball flach zu halten.

Nachdem sie ihre Schlüssel und die Tasche auf den Arbeitstisch gelegt hatte, schaute Ellen sich im Studio um. Sie wusste nicht so recht, wo sie anfangen sollte.

Ellen schaltete die Klimaanlage an und holte eine Flasche Wasser aus dem Kühlschrank. Das Bett lockte. Vielleicht war es in Ordnung, ein kleines Morgenschläfchen zu halten. Dies schien einer jener Tage zu sein, den sie voller Tatendrang anging und an dem sie dann doch nichts zustande brachte.

Ellen sah aus dem Fenster in den Garten und wünschte sich, sie besäße einen Pool. Eine Runde Schwimmen am Nachmittag wäre toll. Vielleicht sollte sie zu Mama und Papa oder Sara Beth hinüberfahren. Aber wenn sie das tat, dann würde sie vermutlich wieder nur herumlungern, noch dort zu Abend essen, und alles, was sie sich vorgenommen hatte, bliebe unerledigt.

Sie entwickelte sich tatsächlich zu einer richtigen gescheiterten Künstlerin!

Nachdem sie beschlossen hatte, sich an die Arbeit zu machen, statt sich auf die faule Haut zu legen, holte sie ihre Palette hervor und stellte das Gemälde „Das Buch der Erinnerung", das sie vor einigen Tagen begonnen hatte, auf die Staffelei. Sie hatte einen Vers aus dem Alten Testament gelesen, in dem es darum ging, dass Gott Gesprächen zuhörte und Notizen niederschrieb. Erschreckte sie der Gedanke? Ja, aber er faszinierte sie auch. Eines Morgens kamen ihr während der Gebetszeit Sätze in den Sinn, die man vielleicht in Gottes Notizbüchern finden konnte, und sie beschloss, sie auf die Leinwand zu bringen:

„Ist Gott nicht wunderbar?"

„Jesus liebt dich, mein Freund."

„Hier, nimm diesen Becher mit kühlem Wasser."

„Hier hast du etwas Geld. Es ist nicht viel, aber ich hoffe, es hilft dir weiter."

„Ich vergebe dir."

Mit ihrem Spachtelmesser begann sie die Farben zu mischen. Sie hörte eine Autotür zuschlagen und schaute aus dem Fenster. Heath?

Danny Simmons.

Er entdeckte sie am Fenster und gab ihr zu verstehen, dass er gern heraufkommen würde. Ellen öffnete die Tür und wartete.

„Morgen, Ellen." Danny war braun gebrannt, was durch sein weißes Nobel-Poloshirt besonders hervorgehoben wurde.

„Wie geht es Ihnen, Danny?" Ellen deutete auf den Hocker am Arbeitstisch.

Der Ausdruck in seinen Augen zeigte, welcher Kampf in ihm tobte. Konnte er zu Ende bringen, was er hier anfangen wollte?

„Keine Sorge, ich beiße nicht."

Er setzte sich auf den Stuhl. „Sie haben noch nicht gehört, warum ich hier bin."

Ellen lehnte sich mit verschränkten Armen an den Arbeitstisch. „Warum sind Sie hier?"

„Ich will Ihre Schwester heiraten."

Sie zögerte. „Warum sagen Sie mir das?"

„Weil ich Sie bitten möchte, mit ihr zu sprechen und sie davon zu überzeugen, dass es das Richtige ist. Sie weist mich ab, wann immer ich ihr einen Antrag mache."

„Vergessen Sie es, Danny. Ich werde Julianne zu nichts überreden. Wenn sie Sie abweist, dann wird es einen guten Grund dafür geben. Vielleicht sollten Sie in Erwägung ziehen, sie in Ruhe zu lassen."

Das Licht im Raum veränderte sich, als die Sonne hinter einer Wolke verschwand.

„Ich habe Sie beide beobachtet, Ellen. Julianne respektiert Sie und hört auf Sie."

Ellen starrte ihn verblüfft an. „Sie hört nie auf mich."

„Bei Julianne und mir geht es um mehr."

Sein Tonfall ließ sie aufmerken. „Und was wäre das?"

„Rio ist meine Tochter, Ellen." Er sagte es ohne Zögern, ohne Raum für Fragen.

„*Sie* sind Rios Papa?" Das erschien ihr verrückt, aberwitzig. Alle möglichen Geständnisse hatte Ellen von ihm erwartet, aber damit hätte sie nie gerechnet.

„Ich möchte endlich reinen Tisch machen, Julianne heiraten und eine Familie sein. Rio nennt mich Mr Danny. Meine eigene Tochter ... Mr Danny!"

Sie starrte ihn an. „Ich – das kann ich nicht glauben. Sie?"

„Ja, ich."

Ellen ging um ihre Staffelei herum, die Hand in den Nacken gepresst. Sie schaute ihn an. „Das ist unglaublich."

„Also, werden Sie mir helfen oder nicht?" Die Verzweiflung in seinen Augen spiegelte sich in seiner Stimme wieder.

„Wenn Rio Ihre Tochter ist, wo haben Sie in den vergangenen vier Jahren gesteckt?"

„Draußen vor dem Fenster. Julianne ließ mich nicht an sich heran. Erst in diesem Jahr konnte ich sie erweichen."

„Warum nehmen Sie nicht allen Mut zusammen und sprechen mit Papa?"

Er lachte. „Sie würde mich umbringen! Sie werden es nicht glauben, aber ich habe alles versucht. Es tut mir leid, Ihnen das zu sagen, aber Sie sind meine letzte Hoffnung."

„Gut zu wissen."

Danny stand vom Hocker auf und lief ein wenig herum. „Ellen, ich bin achtundvierzig und geschieden. Meine Exfrau hasst mich und beeinflusst die Kinder dementsprechend. Sie kommen nur zu mir, wenn sie Geld brauchen. Jetzt bietet sich die Gelegenheit, Unrecht wiedergutzumachen, etwas Gutes für zwei Menschen zu tun, die ich mehr liebe als mein eigenes Leben." Sein Blick blieb an Ellen hängen. „Tun Sie, was Sie für das Beste halten, aber ich würde Ihnen ewig dankbar sein, wenn Sie mir helfen könnten."

„Sie überschätzen meinen Einfluss."

„Wie ich höre, sind Sie eine Frau des Gebets. Wenn Sie keinen Einfluss haben, vielleicht hat Gott ihn."

Er hat gehört, dass ich bete? „Vielleicht."

„Danke, Ellen." Danny verließ das Studio, ohne sich umzuschauen.

Durch das Fenster sah sie ihm nach und zum ersten Mal konnte sie die Sehnsucht seines Herzens nachempfinden. *„Meine eigene Tochter nennt mich Mr Danny."*

262

Kapitel 23

In Juliannes Salon herrschte Hochbetrieb, als Ellen eintraf. Die Türglocke kündigte ihre Ankunft an.

„Was machst du denn hier?" Julianne schaltete gerade den Rasierer an, um ihrem Kunden den Nacken zu scheren.

„Ich wollte mit dir reden." Vielleicht hätte sie bis nach Ladenschluss warten sollen, aber das Gespräch mit Danny hatte ihr keine Ruhe mehr gelassen. Sie hatte versucht zu malen, aber als sie zum hundertsten Mal einen inneren Dialog mit Julianne führte, beschloss sie, das Gespräch nicht mehr länger aufzuschieben.

„Guten Tag, Ellen", rief Mrs Pratt ihr über die Schulter zu. Sie ließ sich gerade die Nägel polieren. „Wie ich höre, ist Jeremiah wieder zurückgekehrt."

Großes Mundwerk. Sprich über dein eigenes Leben, wenn du tratschen willst! Vielleicht war es doch keine so gute Idee, während der Geschäftszeiten herzukommen. „Das stimmt, Mrs Pratt." Mehr brauchte diese Frau nicht zu wissen.

Julianne war fertig mit ihrem Kunden, einem jungen Mann. Sie dankte ihm für sein Kommen und schnappte sich den Besen. „Was ist los, Schwesterherz?"

„Kann ich mit dir reden? Allein?" Ellen deutete auf den Pausen-/Vorratsraum.

„Das klingt ernst." Julianne fegte die braunen Haare auf ein Kehrblech. „Ich sehe nur mal eben nach Miss Dora." Sie ging hinüber zu den Trockenhauben, hob die Haube hoch, betastete die Lockenwickler und erklärte der Kundin, sie müsse sich noch fünf Minuten gedulden.

Im hinteren Raum lockten Donuts, aber Ellen beschloss, standhaft zu bleiben und die Finger davonzulassen.

Julie riss den Kühlschrank auf. „Jetzt, wo ich mein eigenes Geschäft habe, kann ich mir gar nicht mehr vorstellen, wie du die Galerie verkaufen konntest."

263

„Liebe macht eben blind.‘‘

„Vielleicht, aber sie sollte einen nicht dumm machen.‘‘ Julianne nahm eine Flasche heraus und warf die Kühlschranktür wieder zu. „Was ist los? Geht es um Jeremiah?‘‘ Sie nahm die Handtücher aus dem Trockner. „Ich sage es geradeheraus, Ellen – der Mann hat dich nicht verdient. Willst du ihn nach dem, was er getan hat, wirklich noch heiraten?‘‘

„Menschen machen Fehler, Julie.‘‘

„Aber man sollte denselben Fehler nicht zweimal machen.‘‘

„Ist das der Grund, warum du Mama und Papa nicht von Danny erzählen willst?‘‘

Julianne zuckte mit keiner Wimper, sondern fuhr fort, ihre Handtücher zusammenzulegen. Ihre roten Lippen zogen sich zu einem schmalen Strich zusammen. „Sie brauchen doch nicht zu wissen, mit wem ich ausgehe –‘‘

„Er hat es mir erzählt.‘‘

„Was hat er dir erzählt?‘‘ Julianne schnappte sich ein weiteres Handtuch aus dem Wäschekorb. „Danny Simmons ist es gewöhnt zu bekommen, was er möchte, und es macht mich wütend, dass er meint, herumlaufen und über meine Angelegenheiten reden zu müssen.‘‘

„Er scheint der Meinung zu sein, dass Rio nicht allein deine Angelegenheit ist.‘‘ Ellen nahm ebenfalls ein Handtuch, um es zusammenzufalten. Sie sprach mit ruhiger Stimme, um ihrer Schwester zu vermitteln, dass sie auf ihrer Seite stand.

Julianne schleuderte ein gefaltetes Handtuch mit solcher Wucht auf den Stapel, dass er zu Boden fiel. Fluchend bückte sie sich, um die Handtücher aufzuheben. „Jetzt muss ich sie noch mal waschen.‘‘

„*Ist* er Rios Papa?‘‘

„Du mit deinen Fragen.‘‘ Sie warf die Handtücher in die Maschine, maß das Waschpulver ab und gab es dazu, dann schlug sie die Öffnung zu.

„Das verstehe ich nicht, Julie. Du nimmst ein Handtuch, das nur zwei Sekunden auf einem sauberen Boden gelegen hat, nicht mehr für deine Kunden, aber du bist bereit, deine Familie und

264

deine Freunde in dem Glauben zu lassen, dass Rio das Ergebnis eines flüchtigen Abenteuers ist?"

„Du kannst Handtücher nicht mit meinen persönlichen Angelegenheiten vergleichen." Ihre Hände zitterten, als sie nach den restlichen Handtüchern im Wäschekorb griff.

„Julie." Ellen nahm ihre Hände. „Stimmt es?"

Es klopfte leise an der Tür und Lacy rief: „Julianne, dein nächster Kunde ist da."

„Danke, ich komme sofort." Julianne betrachtete Ellen. Sie wurde langsam wieder ruhiger. „Und wenn es so wäre?"

„Dann kannst du mit ihm ins Reine kommen, ihn heiraten und aus dem Loch, das du dein Zuhause nennst, ausziehen. Rio könnte einen Papa haben, Julie."

„So einfach ist das nicht."

Ellen schlug mit der flachen Hand auf die Waschmaschine. Ihre Armreifen klirrten gegen das Metall. „Warum nicht? Warum ist bei dir alles so kompliziert? Weißt du, wie erleichtert Papa und Mama wären? Vielleicht ein wenig pikiert wegen der Altersfrage und der Tatsache, dass Danny Papas Freund ist und so, aber Julie, sie wären außer sich vor Freude."

Der stahlharte Ausdruck in ihren braunen Augen sprach von Juliannes Entschlossenheit. Ellen wusste, dass das verschleierte Geständnis ihrer Schwester nicht bedeutete, dass sich auch nur ein Ziegel in ihrer Mauer gelockert hatte. „Ich werde niemandem irgendetwas erzählen. Und du stehst immer noch unter dem Großen Ehrenwort."

„Es tut mir leid, aber das ist nicht in Ordnung. Julie, du bist mir eine Erklärung schuldig, warum du diese Sache nicht ins Reine bringen möchtest. Da ist ein Mann, der dich liebt und sich danach sehnt, das Richtige zu tun."

„Mein Kunde wartet." Julianne trat um Ellen herum.

„Geh nicht durch diese Tür, Julie."

Entnervt seufzend ließ Julianne sich gegen die Tür sinken. Mit hoch erhobenem Kopf starrte sie an Ellen vorbei an die Wand. „Du willst eine Erklärung? Du denkst, alles ist schwarz oder weiß? *Gestehe, Julie, und alle deine Probleme sind gelöst.* Nein,

265

so ist es nicht. Nichts kann mir die Scham nehmen. Ich schäme mich, Ellen, und allein der Gedanke daran bereitet mir fast körperliche Schmerzen." Ihre Worte flogen wie Pfeile in Ellens Richtung.

„Du bist nicht die erste Frau, die ein uneheliches Kind auf die Welt gebracht hat." Ellen versuchte, dem Gespräch die Spitze zu nehmen.

Juliannes Augen schimmerten feucht, während sie sich auf die Unterlippe biss. „Er ist seit drei Jahren geschieden. Rio ist vier."

Ellen verschränkte die Arme, als hätte sie gerade erst rechnen gelernt. „Okay, das ist eine kleinere Komplikation –"

„Eine kleinere Komplikation? Du denkst, ich würde in das Haus unserer Eltern flattern und gestehen, dass ich eine Affäre mit einem verheirateten Mann gehabt habe? Auf keinen Fall! Es war schon schlimm genug, ihnen zu gestehen, dass ich schwanger war. Wann immer ich mit ihnen zusammen bin, spüre ich ihre Enttäuschung."

„Du betrachtest sie durch die Brille deiner Schuldgefühle, Julie. Sie lieben dich; sie sind stolz auf dich. Wie die Pfauen sind sie bei deiner großen Eröffnungsfeier durch den Salon stolziert."

„Okay, vielleicht ist die Schande, dass ihre Tochter ein uneheliches Kind bekommen hat, mittlerweile verblasst. Außerdem hat die Hälfte ihrer Freunde dasselbe erlebt. Es ist jetzt nicht mehr so beschämend, aber Ellen, wenn ich jetzt zugebe, dass Danny Rios Vater ist …" Sie schnappte sich ein Papiertuch aus der Schachtel und tupfte ihre Augen ab. „Das werde ich nicht tun. Danny muss damit leben."

„Liebst du ihn denn? Und wenn es gar nicht um dich oder Danny oder Mama und Papa geht? Könnte es um Rio gehen und was das Beste für sie ist?"

„Das Beste für sie ist, was ich sage. Danny lässt mir keine große Wahl, Ellen. Wenn ich mit ihm zusammenbleiben will, muss die Wahrheit ans Licht kommen. Er besteht darauf. Er will nicht mehr länger im Hintergrund bleiben, und ehrlich gesagt, ich kann ihm das nicht mal übel nehmen. Aber Ellen, dies ist ein Tal, das unsere Liebe nicht überbrücken kann."

„Nicht einmal für Rio?"

Julianne senkte den Blick und schüttelte den Kopf. „Das klingt so einfach, aber ... " Eine Träne hing an ihrem Kinn. Sie wischte sie mit dem Handrücken ab. „Stell dir doch den Ausdruck auf ihren Gesichtern vor, wenn sie erfahren, dass ihre jüngste Tochter ein Verhältnis mit einem verheirateten Mann eingegangen ist, noch dazu mit einem von Papas Freunden. Das ist doch Stoff für einen Albtraum. "

Lacy klopfte erneut. „Kommst du? Er sagt, er hätte es eilig."

„Bin gleich da, Lacy."

Wie hatte Julie diese Last so lange allein ertragen können? Ellen wäre unter dem Druck zusammengebrochen. „Auf die Gefahr hin, dass ich daherrede wie eine alte Frau – ich denke, ich kenne jemanden, der dir die Last deiner Schuldgefühle abnehmen kann."

„Ich habe gebetet, Ellen, falls du das meinst." Julianne überprüfte ihr Makeup im Spiegel, bevor sie die Tür öffnete. „Vielleicht sind einige von uns einfach dazu bestimmt, an eine schwere Last gekettet zu sein."

267

Kapitel 24

Seit dem Gespräch mit Nate hatte Heaths Entschlossenheit in Bezug auf seinen Roman ziemlich gelitten. Außer um seine E-Mails abzurufen, hatte er seinen Laptop nicht mehr angerührt.

Sollte er weiter an einem Buch schreiben, das niemand lesen wollte? Ein richtiger Künstler würde diese Frage vermutlich bejahen. Kunst um der Kunst willen. Ellen schien bereit zu sein, Gemälde zu schaffen, auch wenn sie keiner jemals zu Gesicht bekommen würde. Aber sie hatte ein anderes Problem als er. Bei ihr lag es an der Unsicherheit. Bei ihm war es ein Effizienzproblem.

Vielleicht war Heaths praktische Veranlagung daran schuld. Oder sein Ego. Aber wenn er seine ganze Kraft in die Vorbereitung eines Falles investierte, ein Buch schrieb oder einen Engel aus einem Baumstumpf schnitzte, dann sollten auch andere davon profitieren.

Vielleicht sollte er doch besser nach Manhattan zurückkehren. In letzter Zeit fehlte es ihm, morgens mit dem Gefühl aufzuwachen, auf ein bestimmtes Ziel hinzuarbeiten, während des Duschens über den Fall nachzudenken, an dem er gerade arbeitete, und auf der Zugfahrt in die Stadt Akten zu lesen. Und neulich abends hatte er einen unglaublichen Heißhunger auf das Kebab des Inders an der Ecke Lexington und 49. Straße verspürt.

Er warf sich auf die Couch und griff nach der Fernbedienung, zappte durch ein paar Kanäle und schaltete den Fernseher wieder aus. Er war ruhelos. Bereit, sein Leben wieder in Angriff zu nehmen. Als er hierher gezogen war, hatte er sich selbst vergessen wollen, sich verlieren an einem Ort, an dem es keine Verbindung zu Ava gab. Aber kurz vor dem Jahrestag ihres Todes war er wieder bereit, sich finden zu lassen.

Er trat hinaus auf die Veranda, ließ sich im Schaukelstuhl nie-

268

der und lauschte auf das Lied des Flusses. Vielleicht bedeutete ihm das Schreiben eines Buches doch nicht so viel wie die Überwindung der Trauer. In der Rückschau musste er sagen, dass er es bisher ganz gut gemacht hatte. Nur eine Tür blieb noch: Der Brief.

Heath überlegte einen Augenblick, dann ging er in die Küche. Avas Brief stand immer noch auf dem Fensterbrett, ausgeblichen von der Sonne des Südens. Er trat durch die Küchentür auf die Veranda und ging hinunter zum Anlegesteg, vorbei an dem noch nicht fertig gestellten Engel. Zwischen den beiden Pfosten ließ er sich nieder und dachte über seine Möglichkeiten nach, während sein Blick über den Fluss hinweg zum Horizont wanderte.

Er konnte den Brief hier und jetzt ins Wasser werfen und vergessen, dass Ava ihn je geschrieben hatte. Oder er konnte ihn lesen und seiner ersten großen Liebe endgültig Lebewohl sagen. Oder er konnte den Brief wieder hineintragen und auf das Fensterbrett zurückstellen.

Feigling. Lies ihn doch einfach.

„Heath, bist du da?"

Heath hob den Kopf und lauschte.

„Heath?" Ein Klopfen an seiner Haustür.

„Hier draußen am Fluss."

Ein Mann im dunklen Anzug kam um das Cottage herum. *Rick? Was um alles in der Welt macht er hier?* Heath stopfte den Brief in die Tasche seiner Shorts und begann zu lachen, als sich Rick auf dem Weg zum Anlegesteg die Kleider vom Leib riss. Die Jacke hing an seinem Finger, die Krawatte war gelockert, der oberste Knopf aufgeknöpft. „Es waren angenehme siebzehn Grad, als ich New York verließ. Wie warm ist es hier, fünfunddreißig?"

„Zweiunddreißig. Was machst du denn hier? Komm mit ins Haus, da ist es etwas kühler."

Heath führte Rick in die Küche und öffnete zwei Dosen eisgekühlte Cola.

„Vielen Dank, mein Junge." Rick trank die halbe Dose leer. Als er absetzte, um Luft zu holen, musste er rülpsen. „Entschuldige, das ging nicht anders."

Heath ließ sich auf dem Stuhl seinem Chef und Freund gegenüber nieder. Es war schön, ihn zu sehen. „Also, du bist doch nicht den weiten Weg hergekommen, um eine Cola mit mir zu trinken, oder?"

„Du hast mir gemailt, dass dein Buch abgelehnt wurde, darum dachte ich: *Schmiede das Eisen, solange es heiß ist, Calloway.* Habe den ersten Flug hierher gebucht."

„Du willst einen Mann, der gerade eine Phase der Schwäche durchlebt, übervorteilen?"

Rick prostete Heath mit seiner Cola zu. „Was immer nötig ist. Der Kampf drüben wird allmählich unangenehm. Alte Schule gegen neue. Ich brauche dich." Ricks Botschaft war immer noch dieselbe. „Sie verwandeln meine Kanzlei in eine Wettbewerbsmaschinerie, in der es um den Reingewinn geht. Die erste Besprechungsrunde am Morgen? Es geht um Geld, Profite, abrechnungsrelevante Stunden. Als ich die Kanzlei gründete, wollte ich mehr Gerechtigkeit in die Welt bringen. Das wollten auch alle, die für mich arbeiteten. Jetzt geht es darum, durch das Gesetz Kohle zu scheffeln."

„Ich bin ziemlich sicher, dass ich im September zurückkomme."

„Mach doch ein ‚Ich bin sicher‘ daraus, und ich wäre ein glücklicher Mann. Doc hat Olivia überredet, deine Partnerschaft zu übernehmen, falls du nicht zurückkehrst." Rick trank den letzten Rest seiner Cola aus. „Ein Mann arbeitet sein ganzes Leben lang für etwas, an das er glaubt, dann trifft er eine einzige schlechte Entscheidung, und schon stellen ein paar rotznasige Harvard-Absolventen alles auf den Kopf."

„Erkennst du, wo du falsch gelegen hast, Rick? Bei den Harvard-Absolventen." Heath sah auf seine Uhr. „Ich muss Alice abholen. Möchtest du mitkommen? Dann können wir hinterher irgendwo zu Abend essen."

„Wusstest du eigentlich, dass auf den Inlandsflügen keine Mahlzeiten mehr serviert werden?"

„Ich werte das als ein Ja." Heath schnappte sich seine Schlüssel und schob Rick zur Hintertür hinaus, wo er Avas Brief schnell wieder auf die Fensterbank stellte.

Auf der Veranda des *Luther* war es um 17:00 Uhr immer noch sonnig und warm.

Von dem Tisch aus, an dem Ellen mit Jeremiah saß, konnte sie die rechte Hälfte des Parks sehen, den funkelnden Beaufort River und die Boote, die verschlafen an den Anlegestellen im Hafen trieben.

„Dieser Job ist wie für mich gemacht, Ellen." Jeremiah gab einen Klecks Dressing auf seinen Salat. „Die Leute sind toll; wir passen hervorragend zusammen, teilen gemeinsame Ideen und Ziele."

„Das freut mich, Jerermiah. Und, hast du mittlerweile eine Wohnung gefunden?"

„Ja, aber", er pADACkste in seinen Salat, „dieses Mal würde ich lieber auf dich warten. Unsere Heiratserlaubnis ist noch gültig und Pastor O'Neal könnte uns noch heute trauen, wenn wir das wollten." Er fing ihren Blick auf, übermittelte ihr leidenschaftliche Dinge, die unausgesprochen blieben.

Wenn er diesen Vorschlag gestern gemacht hätte, als er die Einfahrt zum Cottage hochgefahren und in ihr Studio geplatzt war, dann hätte sie vielleicht Ja gesagt. Das Bett war ein einladender, weicher Ort gewesen, um ihn zu begrüßen und sich wieder an ihn zu gewöhnen.

In den Wochen, seit er wieder in ihr Leben getreten war, hatte Jeremiah das Thema Heirat nicht mehr angesprochen, bis gestern Abend, als er geflüstert hatte: „Ich liebe dich, Ellen. Ich will dich."

Gestern Abend war Ellen diejenige gewesen, die die Reise seiner Küsse an ihrem Hals und am Rand ihres Tops entlang hinterfragt hatte. Richtig? Falsch? Alles in ihr schrie danach, ihren Gefühlen nachzugeben.

„Ellen, was meinst du?" Jeremiah steckte eine Gabel voll Salat in den Mund.

271

„Ich weiß nicht, Jeremiah. Das klingt toll, aber –" Sie mischte das Dressing unter ihren Salat. Sein Selbstvertrauen und seine Aufregung waren ansteckend, aber dass er jetzt so auf die Heirat drängte, weckte ihren Widerstand. Während sie Monate gebraucht hatte, um ihre Enttäuschung zu überwinden, war Jeremiah mit Raketengeschwindigkeit weitergezogen. Ellen fühlte sich lahm wie eine Schnecke und im Vergleich zu ihm langweilig.

Er tupfte sich die Lippen mit der Serviette ab. „Kann ich dich nicht von einer schnellen Hochzeit überzeugen?"

„*Wenn* wir heiraten, Jeremiah, dann richtig. Das letzte Mal haben wir viele Menschen enttäuscht." *In erster Linie mich.*

„Umso mehr Grund, jetzt nicht so viel Aufwand zu betreiben. Wir heiraten in aller Stille und richten später einen Empfang aus. Das spart uns und deinen Eltern die Kosten –"

„Hallo, Ellen!" Ein blonder Lockenkopf landete auf ihrem Schoß.

„Alice, wo kommst du denn her?" Ellen nahm das Mädchen in die Arme und gab ihm einen Kuss auf die Stirn.

„Ich bin mit m-meinem Papa hier." Alice deutete zu Heath hinüber, der mit einem älteren Mann zu ihrem Tisch kam.

„Hey, das ist ja eine Überraschung!"

„Ellen, das ist mein Chef, Rick Calloway." Heath deutete auf den schlanken, grauhaarigen Mann, der sehr distinguiert wirkte. „Er hatte Lust auf einen guten Burger."

Ellen schaute zu ihm auf, während sie Alices Haare mit den Fingern durchkämmte. „Dann sind Sie hier genau richtig. Wie war es heute in der Tagesstätte, Alice?"

„Wir haben Ameisen."

„Ehrlich?" Ellen band die Haare des Kindes zu einem Pferdeschwanz.

„Eine Ameisenfarm!" Heath schaute in väterlichem Stolz auf sie herab.

„Ja, eine Farm, aber sie bauen kein Gemüse an." Sie nickte ganz ernsthaft mit dem Kopf.

„Nicht? Zu schade, wir lieben doch Gemüse."

272

„Außer Brokkoli." Alice zog die Nase kraus.

„Und wie gefällt Ihnen der Süden, Mr Calloway?"

„Heiß. Aber wunderschön."

„Man gewöhnt sich dran." Sie stellte Jeremiah den anderen vor. Die Männer reichten sich die Hand.

„Jeremiah hat früher für die *Dallas Cowboys* gespielt, Rick", erklärte Heath.

„Tatsächlich? Das war meine Lieblingsmannschaft. Aber heute bin ich natürlich für die *Giants*."

Diese Bemerkung leitete ein Gespräch über Football ein, bis die Kellnerin kam und fragte, ob Heath und sein Begleiter sich an diesen Tisch setzen wollten.

Ellen versteifte sich. Jeremiah und Heath am selben Tisch – da würde sie keinen Bissen herunterbringen.

„Ach nein, danke", lehnte Heath ab. „Wir müssen geschäftliche Dinge besprechen, das wäre langweilig für die anderen. Wir nehmen den leeren Tisch in der Ecke."

Jeremiah ließ sich die Rechnung bringen. Nachdem er den Beleg unterschrieben hatte, standen sie auf.

Ellen schaute zu Heath hinüber. „Bis bald."

„Ich wünsche dir einen guten Abend, Ellen."

Rick ließ seinen Blick über das Wasser schweifen. „War das die Malerin?"

„Woher weißt du das?" Heath hatte mit ihr abgeschlossen. Ellen war wieder mit Jeremiah zusammen.

„Der Ausdruck auf deinem Gesicht war eindeutig. Bringt sie meine Pläne, dich nach New York zurückzuholen, in Gefahr?"

Rick sollte einfach seinen blöden Radar ausschalten und den atemberaubenden Ausblick genießen. „Ich dachte, du hättest Hunger. Konzentrier dich auf die Speisekarte, damit wir bestellen können."

Rick lachte leise in sich hinein, während er seine Speisekarte aufschlug. „Wie auch immer, ich freue mich, denn du bist wieder

273

im Land der Lebenden angekommen. Und es ist gut, dass ich beschlossen habe, herzukommen und dich darauf aufmerksam zu machen, dass auch in New York viele attraktive Frauen leben."

„Das kann man nicht vergleichen." Heath überflog die Burger-Auswahl, nahm aber nicht wirklich wahr, was er las. „Vermutlich wird sie den Typ da eben heiraten."

„Vermutlich? Ich kenne einen Rechtsanwalt, der mit einem *Vermutlich* einen Freispruch erwirkte. Du musst aktiv werden! Der Barbecue-Burger hört sich gut an."

Heath schaute Rick an. „Wenn ich aktiv würde, könnte das deine Pläne über den Haufen werfen."

„Nimm sie doch einfach mit. Ein verheirateter Heath ist ein glücklicher Rechtsanwalt." Rick klappte seine Speisekarte zu. „Wag es nicht, geknickt und ohne sie zurückzukommen. Ich werde keine Nachsicht mit dir üben."

Heath hatte Rick sehr gut verstanden. Eigentlich hatte er auch nichts anderes von ihm erwartet.

„Irgendeine Rückmeldung von Mitzy Canon?"

„Nichts weiter als die Bitte um eine Auswahl ihrer Werke." Heath nahm einen von Alices Buntstiften und fing an, ihr Bild auszumalen.

„Hey, das ist meins." Mit finster gerunzelter Stirn schob sie seine Hand beiseite. „Du kannst dein eigenes ausmalen."

Rick lachte. „Sie hat dich gut im Griff."

Heath legte seine Hand auf ihren Kopf. „Wir sind auf einem guten Weg."

Die Kellnerin kam an ihren Tisch, um die Getränkebestellung aufzunehmen und Rick wählte eine Auswahl an Vorspeisen. „Liebst du sie?"

Heath versteckte sich hinter seinem Glas Eistee. „Nein, es ist eher eine Schwärmerei."

274

Jeremiah nahm Ellen in seine Arme und küsste ihre Schläfe. Ellen legte ihre Hand auf seine Brust. Der Wind, der nach Wasser und Gras duftete, trug ihr auch einen Hauch von Jeremiahs Rasierwasser in die Nase.

„Das Angebot steht noch", sagte er, während er sich herunterbeugte, um sie zu küssen. „Ich rufe Eli an, und in einer Stunde bist du meine Frau."

„Jeremiah, das ist doch nicht dein Ernst! Was ist mit unseren Familien und Freunden?"

„Sie würden es verstehen."

„Trotzdem, ich möchte meine Familie dabeihaben. Und meine Freunde. Außerdem soll ich bei Darcys Sommerausstellung einige Gemälde ausstellen. Damit bin ich voll ausgelastet. Und wer weiß, vielleicht will ja auch Mitzy Canon meine Arbeiten in ihrer Galerie zeigen. Ich kann nicht einfach –"

„Du kannst in Tallahassee malen. Und hierherkommen, wann immer du möchtest."

Mit ihren Ausreden kam sie nicht weiter. „Es geht nicht ums *Tun*, Jeremiah. Es geht um das *Sein*. Die Frage ist, kann ich mit dir zusammen sein? Kann ich dir vertrauen? Wird wieder etwas dazwischenkommen, das dich veranlasst, dich und deine Karriere vor mich zu stellen?"

„Das war doch der alte Jeremiah."

„Der alte? Hm. Seit unserer Trennung sind erst vier Monate vergangen, und nur wenige Wochen, seit du deine Pastorenstelle aufgegeben hast."

Sie spazierten Seite an Seite durch die warme Abendluft zum Parkplatz am Hafen. „Ich habe mich verändert, Ellen. Sieh genau hin, dann wirst du es erkennen", sagte Jeremiah fast schon beschwörend.

Wenn sie so genau hinschauen musste, hatte er sich dann tatsächlich verändert?

Lässig schritt er neben ihr her. „Wer ist eigentlich diese Mitzy Canon, die du erwähnt hast?"

„Sie führt eine Galerie in New York und durch ihre Vernetzung und Erfahrung hat sie sich den Ruf erworben, die Karriere von

Künstlern zu fördern. Wenn sie sagt, ein Maler ist gut, dann hat er es geschafft."

„Und sie ist der Meinung, dass du gut bist?"

Ellen zuckte die Achseln. „Dein Wort in Gottes Ohr. Bisher schaut sie sich meine Arbeiten nur an und überlegt, ob sie sie in ihrer Frühjahrsausstellung zeigt."

Er blieb stehen und zog Ellen an sich. „Hmm, das klingt ja spannend."

Ach, tatsächlich? Er konnte ihr nichts vormachen. Aber er gab sich wenigstens Mühe. Sein Atem und seine Lippen waren heiß auf ihrer Wange, ihrem Hals.

Und wenn sie Pastor O'Neal tatsächlich anriefen? Würde er sie überhaupt trauen?

Jeremiahs Hände strichen über ihre Taille und Hüften. Ellen stockte der Atem. „Also, Jer –"

Als sein Handy klingelte, löste er sich von ihr. „Hey, Alex, was gibt's?"

Ellen ließ sich an einen Zementpfosten sinken. *Neue Regel: Triff niemals eine Entscheidung, wenn du Körperkontakt mit Jeremiah hast.* Sie wischte sich den Schweiß von der Stirn und atmete tief durch, um ihren Herzschlag zu regulieren.

Jeremiah ging hin und her. „Das ist nicht dein Ernst ... Er hat eine Absichtserklärung unterzeichnet? Ausgezeichnet. Der Trainer war doch sicher sehr erleichtert ... Ja, Florida hat ihn beinahe überzeugt ..."

Als er wieder bei ihr vorbeikam, nahm Ellen ihn am Arm und führte ihn zu den Schaukeln, bei denen sie neulich abends mit Heath und den Mädchen gewesen war. Bis jetzt hatte sie nicht mehr daran gedacht, aber Heaths Geschichte klang noch in ihrem Herzen nach. Sie ließ sich nieder, setzte die Schaukel in Bewegung und spürte, wie ihre Sinne zu ihr zurückkehrten. Eine Spontanheirat? Nein, das würde sie nicht tun.

Als Jeremiah sein Telefon zuklappte, strahlte er über das ganze Gesicht.

„Ha! Wir standen wegen diesem Highschool-Quarterback in großer Konkurrenz mit der Universität von Florida."

„Und ihr habt gewonnen?"

„Ja. Das wird das Team gewaltig aufpeppen."

Sein Handy klingelte erneut. Das Telefonat dauerte ein paar Minuten, und als Jeremiah es beendet hatte, versuchte Ellen, das Gespräch wieder aufzunehmen. „Du wolltest mehr über Mitzy Canon erfahren. Sie hat mich um eine Auswahl meiner Werke gebeten und ich habe sie ihr geschickt."

Jeremiah schaute sie eindringlich an. „Schatz, irre ich, oder hast du dieser Dame, deren Urteil Künstler schafft oder vernichtet, mittelmäßige Arbeiten geschickt? Künstler brauchen im Normalfall Jahre, um wirklich gut zu werden. Du hast eine Galerie gehabt. Vor einem Monat hast du erst wieder ernsthaft mit dem Malen begonnen. Ist es wirklich gut, dass diese Mitzy deine Gemälde jetzt schon sieht?"

Furcht raubt einem den Atem in den seltsamsten Augenblicken. „Ich habe ihr einige meiner neusten Arbeiten geschickt, Jeremiah. Heath fand sie gut."

„Heath? Dieser Typ liebt dich, Ellen. Er ist nicht objektiv. Was macht er überhaupt beruflich?"

„Er ist Rechtsanwalt und Schriftsteller."

Jeremiah schaute sie bedeutungsvoll an. *Siehst du?*

„Er würde mich nicht anlügen, Jeremiah." Sie hatten genügend Zeit miteinander verbracht, und sie wusste, dass Heath aufrichtig und ehrlich war.

„Nicht absichtlich, aber du weißt ja, Männer sind wegen eines hübschen Gesichts schon in den Krieg gezogen."

„Vielen Dank, du bist mir wirklich eine große Hilfe." Ihr Herz begann zu rasen. *Keine Panik, Ellen. Er redet nur dumm daher.*

„Tut mir leid, aber ich bin nun mal Perfektionist. Wenn du nicht ganz sicher bist, dass du dein Bestes zeigen oder tun kannst, dann warte, bis du es kannst."

Nur weiter, gerate schön in Panik, Ellen. Er hat ja recht. Jeremiahs kleine Rede ließ alle Zweifel und Ängste wieder hochkommen, die Ellen während der Zeit des Betens und Malens besiegt zu haben glaubte. „Was soll ich denn machen, sie etwa

277

anrufen und zurückrudern?" *Hilf mir doch, Jeremiah. Gib mir einen Rat.*

„Das ist vielleicht gar keine schlechte Idee." Wieder das Handy. „Franklin!" Jeremiah hörte zu und langsam breitete sich wieder das Lächeln auf seinem Gesicht aus. „Ja, Pete, das habe ich gehört. Ja, tolle Neuigkeiten …"

Warum war es nur so heiß? Ellen hob ihre Haare im Nacken an. Hatte Jeremiah recht mit dem, was er gesagt hatte?

Als er sein Gespräch endlich beendete, hakte sie nach. „Und wenn ihr meine Arbeiten nun einfach gefallen, Jeremiah? Wäre das nicht unglaublich? Ich würde zum ersten Mal in New York ausstellen."

„So etwas kann vorkommen. Aber Ellen, komm schon, das ist höchst selten. Sich als Schriftsteller, Maler oder gar als Sportler durchzusetzen, dauert doch eigentlich Jahre, und –" Wieder das Handy. Er nahm das Gespräch entgegen. Natürlich. *Warum auch nicht? Schließlich hat er ja nichts Wichtiges zu tun.*

„Ja, ist das zu glauben? Dieser Junge wird uns auch die anderen mitziehen, die wir haben wollen …"

Einem Impuls folgend riss Ellen Jeremiah das Telefon aus der Hand und schleuderte es mit aller Kraft in das trübe Wasser des Hafens.

„Ellen, was –" Jeremiah sprang vor, um es aufzufangen, aber es war viel zu spät. Mit einem lauten Klatschen versank das Handy im Wasser. Vermutlich kümmerten sich nicht einmal die Fische darum. „Was ist denn in dich gefahren?"

„Ich habe es satt, mit diesem Ding zu konkurrieren."

„Das war wichtig!"

„Nein, es war eigentlich nur Blabla. Unser Gespräch war wichtig! Ich werde nicht um deine Aufmerksamkeit buhlen. Das", sie deutete mit der Hand auf ihn, dann auf sich, „ist genau das, was ich meine. In deiner Welt ist kein Raum für mich, Jeremiah. Siehst du das denn nicht?"

„Nein, das sehe ich nicht. In meiner Welt ist sehr viel Platz für dich."

278

Wie in einem großen kosmischen Witz begann Ellens Handy mitten im Satz zu klingeln. Jeremiah funkelte sie an.

„Das ist das erste Mal an diesem Abend." Ellen fischte es aus ihrer Tasche. „Hallo?"

„Ellen Garvey? Hier spricht Mitzy Canon."

Kapitel 25

1. Juni 1942, Umnak Island, Aleuten

Eine unheimliche Stille lag über dem Lager, als Chet sein Zelt verließ und in die trübe Dämmerung des aleutischen Sommermorgens trat. Er zog den Reißverschluss seiner Jacke hoch. Durch den kühlen Wind lief er zur Startbahn, wo die neuen P-40 standen.

Eine Gruppe Rekruten schlief dicht aneinandergedrängt unter dem Bauch eines der Flugzeuge, ohne Aussicht auf bessere Quartiere. Umnak war ein neuer, schlecht ausgerüsteter Posten. Als er ans Ende der Stahlmattenstartbahn kam, schweifte Chets Blick über den grauen, weiten Horizont hinweg. Kein einziger Baum, kein Busch, der den Augen eine Abwechslung bot. Nur Grau.

Er dachte an das, was Kelly in ihrem letzten Brief geschrieben hatte. Er hatte jedes Wort auswendig gelernt, kannte jeden Schnörkel, jeden i-Punkt und jeden Querstrich beim T ihrer eleganten Handschrift. Er hatte sich für einen Helden gehalten, bis sie von ihrer Tapferkeit schrieb. Auch wenn sie das nie Mut nennen würde. Ein Teil von ihm wollte in eine P-40 klettern und den nebelverhangenen Bergen zurufen: „Ich bin der glücklichste Mensch auf der Welt."

Das Wissen, dass er ein Kind gezeugt hatte, das Wissen um die innere Stärke seiner zukünftigen Frau veränderte sein Herz und seine Einstellung zu diesem Krieg. Er würde wieder nach Hause kommen. Er würde den Sonnenaufgang über dem Ozean sehen und beobachten, wie der Mond über dem Sumpfgras aufging.

„So früh schon auf den Beinen, Captain?" Leutnant Cimowsky reichte ihm eine Tasse schwarzen Kaffees. „Er schmeckt, wie ein Kuhfladen riecht, aber er ist heiß und wird Ihnen einen Energieschub bringen."

Chet steckte seinen Finger durch den Griff. „Genau das, was ich bestellt hatte."

Cimowsky deutete mit dem Kopf in den Nebel. „Denken Sie, da oben hat sich irgendwo die Sonne versteckt?"

„Sonne? Was ist das, Sonne?"

Cimowsky lachte und schlürfte etwas von seinem Kaffee. „Der große gelbe Ball, der uns früher immer geweckt hat."

Chet seufzte. „Es ist so lange her. Viel zu lange."

Cimowsky hob seinen Becher. „Unheimlich, nicht? Als würde etwas nicht stimmen. Eine Stille, leiser als die Stille."

Chets Magen knurrte. „Ja, irgendetwas ist im Busch. Ich sehe es zwar nicht, aber ich spüre es."

Cimowsky stieß Chet an. „Kommen Sie, wir holen uns was zum Beißen."

„Komme gleich nach." Chet fischte Kellys Brief aus seiner Innentasche. Er war zerknittert vom ständigen Auffalten.

Mein Liebling,

ich hoffe, dieser Brief erreicht Dich bei guter Gesundheit. Ich vermisse Dich so sehr. Unser Baby wächst von Tag zu Tag, und ich denke ununterbrochen an Dich und bete zu Gott, dass er Dich beschützen möge. Klingeln Deine Ohren? Ich habe bestimmt hundert Mal mit ihm über Dich gesprochen.

Mama und ich haben Papa neulich von der Situation erzählt. Er war sehr aufgebracht und enttäuscht und ich habe geweint, bis mir alles wehtat. Dann kam er zu mir, Chet, gab mir einen Kuss und betete für mich, Dich und unser Baby.

Ich fragte ihn, ob ich es der Gemeinde mitteilen könnte. Ich wollte nicht, dass hinter meinem Rücken getratscht würde. Wenn ich meine Sünde bekannte und bereute, könnten sie mir doch nichts anhaben, nicht?

Papa lehnte das ab, aber ich glaube, Mama und Jesus haben ihn überzeugt. Und so bin ich am heutigen Sonntag in der

Gemeinde aufgestanden und habe bekannt, was ich getan hatte.

Chets Magen krampfte sich zusammen, als er sich vorstellte, wie Kelly ganz allein aufstand und ihre Sünde bekannte. Als wäre sie die einzige Beteiligte.

„Ich bin schwanger", bekannte ich. „Ja, ich habe gesündigt, habe mich von meiner Leidenschaft mitreißen lassen, doch ich liebe meinen Mann und er liebt mich. Wir werden das in Ordnung bringen. Aber vor Gott und vor euch bereue ich es."

Oh Liebling, ich zitterte wie Espenlaub! Richter Brown saß rechts in der ersten Reihe mit einem finsteren Blick. Mrs Parsons beschimpfte mich laut und forderte, dass Papa mich aus der Gemeinschaft ausschließen sollte.

Und dann stand ausgerechnet Carl Nixon in der hintersten Reihe auf und gestand: „Ich habe seit sechs Monaten eine Affäre." Und seine Frau saß wie vom Blitz getroffen neben ihm. Arthur Samson erhob sich als Nächster. „Ich vertrinke das Geld meiner Familie." Ginger Levine stand auf und sagte, sie könne nicht aufhören, über andere zu tratschen, und sie wüsste, dass sie durch die Gerüchte, die sie verbreitete, vielen Menschen geschadet hätte. Und dann erlebten wir die reinste Erweckungsveranstaltung. Die Menschen traten weinend vor den Altar und baten Gott und einander um Vergebung. Alle hatten vergessen, was ich gebeichtet hatte. Danach war die Liebe so spürbar im Raum, dass man sie mit Händen greifen konnte.

Ich glaube, unser Kind wird Großes vollbringen. Es ist noch nicht einmal geboren und sieh nur, was es ausgelöst hat!

Chet faltete den Brief zusammen und steckte ihn weg. Kelly Carrington, sein tapferes Mädchen. „Gott", flüsterte er, „wenn du Kelly und all diesen Menschen vergeben kannst, dann kannst du vielleicht auch mir vergeben."

Er hatte die Worte kaum ausgesprochen, als ein Gefreiter aus dem Hangar auf das Flugfeld stürmte.

„Die Japaner! Die Japaner!" Er setzte seinen Helm auf und hechtete in einen Bunker.

Chets Blick schoss zu der grauen Suppe über seinem Kopf. Er konnte nichts sehen, aber er hörte das Brummen der feindlichen Flugzeuge. Schnell warf er seinen Becher fort und rannte zu seinem Flugzeug.

Eine Wagentür knallte. Heath hob den Kopf und lauschte. Irgendwie steckte er noch in der Szene, die er gerade überarbeitet hatte. Gefiel ihm diese Sache mit der kollektiven Beichte? War das zu fromm? Vielleicht, aber bestimmt authentisch für die 1940er-Jahre, die eine Ära der Heilung und Erweckung gewesen waren.

Wie hieß das Flugzeugmodell, mit dem die Japaner zu den Aleuten geflogen waren? Er sollte das besser noch mal bei Google recherchieren.

Eine zweite Wagentür knallte. Stimmen. Heath schob seinen Laptop zur Seite und erhob sich. 22:15 Uhr. Im Haus war es still, abgesehen von dem Klappern seines Keyboards. Heath hatte Alice vor einer Stunde zu Bett gebracht, und bisher war sie dort auch geblieben. Rick hatte sich kurz vor 22:00 Uhr in Heaths Zimmer zurückgezogen. Morgen früh würde er von Charleston nach New York zurückfliegen und musste sehr zeitig aufstehen.

Laute Stimmen. Der Lärm kam von der Küchenseite des Hauses, darum ging Heath zum Kühlschrank, ohne Licht anzuschalten. Während er gierig eine halbe Flasche Wasser auf einen Zug leerte, spähte Heath zum Fenster hinaus, über Avas Brief hinweg. Ellen? Im Licht der Treppe konnte er ihre Silhouette ausmachen.

Ein breiterer, dunklerer Schatten folgte ihr. Das war vermutlich Jeremiah.

Ihre Stimmen wurden lauter, dann wieder leiser. Sie drehte sich zu ihm um und wieder von ihm fort. Er ergriff ihren Arm. *Kämpf für dich selbst, Ellen. Lass dich nicht von ihm manipulieren!* Heath hätte gern die Tür geöffnet und sie angefeuert. Aber das hier ging ihn nichts an. Wenn er an Jeremiahs Stelle wäre, würde er um Ellen kämpfen. Sie war jedes Gefühl, jede Investition wert.

Die Silhouetten standen eine ganze Weile voneinander getrennt, dann berührte Ellen mit ihrem Arm Jeremiahs. Sie deutete zum Studio und stieg die Treppen hoch. Es dauerte ein paar Sekunden, aber dann kam er ihr nach. Seine Erfahrungen bei Gericht hatten Heath gelehrt, Körpersprache zu lesen, aber als er jetzt durch die Brille seiner eigenen Emotionen hinaus in die Dunkelheit starrte, wusste er sie nicht zu deuten. *Tragen sie ihren Streit drinnen aus? Versöhnen sie sich?*

Als sein Handy klingelte, fuhr er zusammen, rannte ins Wohnzimmer und schnappte es sich vom Couchtisch. „McCord."

„Rufe ich zu spät an?" Nate hatte mal wieder vergessen, auf die Uhr zu sehen, bevor er wählte. Geräusche waren im Hintergrund zu hören – Gelächter, Gläserklirren und das Klappern von Geschirr.

„Du rufst doch immer spät an." Heath machte es sich auf der Ottomane bequem.

„Ja, der Grund dafür ist, dass ich hier draußen für dich bleche." Die Stimmen wurden leiser.

„Du blechst für mich? Bei einer Party?"

„Ein feudales Essen für alte Verlegerkumpel von mir."

„Ach ja?" Heath umklammerte die Wasserflasche. Sich einem schwierigen Richter zu stellen war kein Problem. Eine Jury zu überzeugen ein Spaziergang. Aber die Aussicht, dass sein Buch erneut abgelehnt werden könnte – die machte ihn nervös.

„Wie es scheint, interessieren sie sich tatsächlich für eine Liebesgeschichte aus dem Krieg. Ihrer Meinung nach wird diese Zeit in den nächsten Jahren ein Comeback feiern, und sie sind auf der Suche nach guten Manuskripten."

„Hast du was von diesem kleinen Verlag gehört?"

Ein, zwei Sekunden vergingen, bevor Nate gestand: „Die haben es abgelehnt, Heath."

„Das dachte ich mir schon." Heath rutschte zur Sesselkante.

„Blöderweise hatten sie gerade eine Kriegsgeschichte eingekauft. Dein Stil hat ihnen aber gut gefallen. Und heute lässt es sich ganz gut an. Heath, wir werden einen Platz für diese Geschichte finden. Aber wenn du lieber an einem Justizthriller arbeiten willst –"

Heath ließ sich in den Sessel sinken. „Rick ist ganz überraschend zu Besuch gekommen, Nate."

„Kann er ohne dich nicht leben?"

„So ungefähr. Er wollte mich nur an die Sechsmonatsfrist erinnern. Ich werde voraussichtlich Mitte September wieder in New York sein." Seine Entscheidung fiel schnell, ohne großes Überlegen. „Ich schätze, ich habe meine Ambitionen, Schriftsteller zu werden, jetzt erstmal auf Eis gelegt."

„Heath, gib nicht auf. Du hast Talent und wirst irgendwann einen Durchbruch schaffen. Schick mir weiter, was du hast, und ich werde sehen, dass ich es unterbringe. Mensch, ich tue das ebenso sehr für Ava wie für dich."

Heath verabschiedete sich, warf sein Handy auf den Tisch und klappte seinen Laptop zu. Nachdem er das Licht ausgeknipst hatte, streckte er sich auf der Couch aus und zog die Decke über sich. Lange Zeit starrte er in die Dunkelheit, betete wortlos und suchte die Weisheit des Himmels.

Leise Schritte tappten über den Flur, und ein kleiner warmer Körper schmiegte sich an ihn. Heath rollte sich auf die Seite, strich Alice über die Haare und küsste ihre Wange. Morgen früh würde er Rick seine Zusage geben – im September würde er in die Kanzlei zurückkehren.

Tiefe Stille herrschte in der Gebetskapelle, als Ellen am Montagmorgen hereinkam und sich auf ihrem Stammplatz in der zweiten Reihe rechts niederließ.

Miss Anna kniete vorn am Alter, die Hände in stummer Anbetung erhoben.

Ellen schlug ihre Bibel auf und versuchte sich auf die hervorgehobenen Verse zu konzentrieren, aber ihre Tränen machten ihr das unmöglich. Sie schniefte und betete eine ganze Weile und versuchte, sich innerlich auf Gott einzustimmen, trotz der Ereignisse des vergangenen Wochenendes.

„Willst du mir davon erzählen?" Miss Anna schob Ellen zur Seite und setzte sich neben sie.

Ellen wischte sich die Tränen ab und putzte sich die Nase mit einem schon ziemlich durchgeweichten Taschentuch. „Jeremiah und ich … es ist vorbei."

„Und du bedauerst es?"

„Nein." Ellen hob den Kopf und kämpfte gegen ihre Gefühle an. „Nicht wirklich, aber ganz bestimmt wollte ich das Ganze nicht zweimal durchmachen."

„Nun, jetzt weißt du es eben genau: Er ist nicht der Richtige für dich."

Ellens Lachen erhellte ihre eigene Traurigkeit. „Ich wollte, dass er es ist, aber als ich genauer hinschaute, Miss Anna, habe ich die Wahrheit erkannt."

„Man sitzt nicht so lange vor dem Herrn, ohne dass man anfängt, das Unausgesprochene zu hören."

„Außerdem hat die New Yorker Galeriebesitzerin angerufen. Die, zu der Heath McCord den Kontakt hergestellt hat, und –"

„Heath McCord! Der gefällt mir. Er erinnert mich an meinen verstorbenen Mann. Nur dass er einen Verlust betrauert."

Ellen lachte trotz ihrer Tränen. „Wollen Sie mich mit ihm verkuppeln?"

„Nein, nein, ich sage es ja nur, für den Fall, dass du meine Meinung hören willst."

„Wir sind nur Freunde." Sehr gute Freunde, wenn sie es genau bedachte.

286

„Vermutlich ist es nicht klug, sich jetzt schon wieder auf einen weiteren emotionalen Eiertanz einzulassen."

Ellen fand Miss Annas Wortwahl lustig. Aber bei der Erinnerung an den Tanz mit Heath wurde ihr ganz warm.

„Erzähl mir von dieser Galeriebesitzerin."

„Sie heißt Mitzy Canon. Sie hat in der Kunstwelt etwas zu sagen, und sie rief mich an, um mir in aller Deutlichkeit klarzumachen, dass ich eine absolute Amateurin sei. Sie hat meine Arbeiten an andere Galeriebesitzer und Kritiker geschickt, die sie in ihrer Meinung bestätigt haben."

Miss Anna lachte. „Ich verstehe. Gott erhöht den Einsatz, damit er sich dir zeigen kann."

„Ich habe nicht das Gefühl, dass er im Augenblick auf meiner Seite steht."

„Oh, oh, liebe Freundin, wie willst du jemals seine Güte und Treue kennenlernen, wenn du nie einen Goliat besiegst? Bei ihm ist nichts unmöglich."

Miss Anna umklammerte die Rückenlehne der vorderen Bank, zog sich mühsam auf die Beine und sammelte ihre Bibel, ihr Notizbuch und den alten Pullover ein. „Wir sehen uns morgen früh."

Ellen beschloss, noch ein wenig länger zu beten. „Ich werde da sein."

Miss Anna blieb in der offenen Tür stehen. Ihr Gesicht war engelsgleich, ihre Augen strahlten. „Ja, ich weiß, du wirst da sein."

„Wally, hallo, hier spricht Ellen Garvey … Danke, es geht. Hör zu, ich habe mich gefragt …" Sie lief in ihrem Studio auf und ab. Jetzt, wo sie ihn tatsächlich angerufen hatte, kam sie sich dumm vor, aber sie wollte ihre Zeit sinnvoll nutzen, ein wenig Geld verdienen und nicht alle ihre Ersparnisse ausgeben, bis sie wieder mit Kunst ihren Lebensunterhalt bestreiten konnte. „Brauchst du jemanden in deiner Rasenmähermannschaft?"

Er war verblüfft. So laut, dass sie es hören konnte, klatschte er mit der Hand auf das Lenkrad und wiederholte für seinen Beifahrer, wer immer das sein mochte, ihr Anliegen. „Das ist Ellen Garvey. Sie sucht einen Job. …"

„Wally, ich meine es ernst. Ich habe hier sozusagen einen Rückschlag erlitten und ich dachte, ich könnte etwas Geld verdienen, damit ich aus dem Studio ausziehen kann … Ich kann nicht verstehen, was du … Wally, hör auf zu lachen!"

Ellen unterbrach die Verbindung. Also gut, vielleicht war das keine so gute Idee gewesen, aber *verflixt*, konnte sie denn nicht irgendeinen Teil ihres Lebens selbst bestimmen? Sie trat gegen ihre Staffelei. Die begann zu schwanken. Ihre Reaktion war furchtbar gefühlsduselig, selbst nachdem sie eine Nacht darüber geschlafen und gebetet hatte. Aber sie hatte beschlossen, ihren Goliat zu besiegen, indem sie eine Zeit lang von Malerei und Männern Abstand nahm.

Die Studiotreppe knarrte, und Ellens Blick wanderte zur Tür. Jemand kam zwei Stufen auf einmal nehmend die Treppe hoch. Und sie wusste auch, wer das war. Als er auf der obersten Stufe angekommen war, rief sie: „Komm rein, Heath. Die Tür ist offen."

Er platzte ins Studio. „Woher wusstest du, dass ich es bin?"

„Du nimmst immer zwei Stufen auf einmal."

„Du hast mich also durchschaut." Er lächelte.

„Ja, McCord, ich habe dich durchschaut." Ellen sammelte ihre Papiere auf dem Arbeitstisch zusammen – Rechnungen, ausgedruckte E-Mails, Notizen, die sie sich während ihrer Gebetszeit gemacht hatte, vorwiegend Anregungen für Gemälde – und legte sie auf einen ordentlichen Stapel.

„Alles in Ordnung?"

Ellen staubte den Tisch mit der Hand ab. „Ja, alles in Ordnung. Warum?"

„Ich habe gehört, wie du neulich mit Jeremiah nach Hause gekommen bist. Klang nach einer unerfreulichen Diskussion."

Hmm, richtig. „Ich habe ihm seinen Ring zurückgegeben. Es ist endgültig vorbei."

288

„Das tut mir leid, Ellen." Er beugte sich vor, um ihr ins Gesicht zu sehen.

Sie wedelte mit den Händen vor seinem Gesicht herum. „Nein, das stimmt nicht. Sprich es ruhig aus: Du hast es ja gleich gesagt. Er ist ein Egomane. Ich hätte es wissen müssen, als er *Renaissance* nicht buchstabieren konnte."

Er schaute sie verständnislos an. „Renaissance?"

„Das ist eine lange Geschichte, aber ich habe immer gesagt, der Mann, den ich einmal heirate, muss *Renaissance* buchstabieren können. So eine Art Lackmustest, natürlich nachdem ich mich davon überzeugt habe, dass er Jesus liebt."

Während sein Blick in die Ferne wanderte, begann Heath zu buchstabieren. „R-e-n-a-i-s-s-a-n-c-e."

Ellen läutete eine imaginäre Glocke. „Klingeling. Wir haben einen Gewinner, Johnny. Sagt dem Mann, was er gewonnen hat. Ein wunderbares, glückliches Leben an Ellen Garveys Seite. Sag nur ...", ihre Worte kamen zögernder, „... ich will ..." Sie brach ab. Er schaute sie an. Himmel, es war so heiß hier drin! „Mist, was ist denn nur wieder mit dieser alten Klimaanlage los?"

Heaths T-Shirt klebte an seinem Körper. „Ist sie mal wieder kaputt? Es ist wirklich schrecklich heiß."

Ellen knipste den Schalter ein und schaute Heath an. „Besser?"

„Sehr viel besser." Er knibbelte an einem dicken Farbtropfen auf dem Arbeitstisch herum. „Es ist gut, dass du es noch einmal mit Jeremiah probiert hast, Ellen. Wirklich. Jetzt bist du ganz sicher."

Ellen lief auf und ab und ihr Blick wurde allmählich klarer. „Ich habe die ganze Zeit nicht erkannt, dass Jeremiah nicht der Richtige für mich ist, weil ich es nicht wissen wollte. Ich, eine Frau mit College-Abschluss, habe einfach den Kopf in den Sand gesteckt."

„Jetzt mach dich nicht selbst runter, Ellen. Es erfordert viel Mut, sich von einem erfolgreichen, gut aussehenden Mann abzuwenden, der dir Liebe, Hingabe und die Ehe verspricht."

„Als ob du sein größter Fan wärst."

„Ich bin *dein* Fan. Und ich konnte es kaum ertragen, dich an der Seite eines Heuchlers wie ihm zu sehen."

Sie schnappte sich den Besen aus der Ecke. „Früher konnte ich nicht verstehen, wieso Frauen bei Männern bleiben, die sie betrügen oder misshandeln. Ich hielt sie für verrückt. Jetzt verstehe ich ansatzweise, warum man so etwas tut." Tränen traten ihr in die Augen. „Was wäre geschehen, wenn ich keine Familie, keine guten Freunde, keine Gebets-Mentorin wie Miss Anna gehabt hätte? Was wäre, wenn ich Jesus nicht kennen würde? Diese Frauen haben einfach Angst, das einzige aufzugeben, was ihnen so etwas wie Sicherheit zu geben scheint."

„Du hast recht, Ellen. Das macht mich dankbar."

„Ach – ich jammere herum. Was ich erlebt habe, war nicht wirklich eine Katastrophe. Du hast deine Frau verloren. Wie das sein muss, kann ich mir gar nicht vorstellen, Heath." Ellen zeigte mit dem Besenstiel auf ihn.

„Ellen, im September gehe ich nach New York zurück."

Sie hörte auf zu fegen. „Ich verstehe."

„Rick braucht mich, und Nate hat nicht viel Erfolg mit meinem Buch. Wieder mal wurde es von einem Verlag abgelehnt."

„Mitzy Canon hat meine Arbeiten auch abgelehnt."

Er sank spürbar in sich zusammen. „Was hat sie gesagt?"

„Blabla, noch zu unreif, blabla, nicht konkurrenzfähig, blabla, zweite Meinung von Kritikern und Galeriebesitzern, blabla, Sie sollten etwas anderes mit Ihrem Leben anfangen, blabla."

„Vergiss Mitzy Canon. Sie ist ein Snob."

„Warum hast du mich ihr überhaupt empfohlen? Sie hat gesagt, ich solle mich wieder in meinem Loch verkriechen."

„Aber das wirst du nicht tun." Heath sprang von seinem Hocker und ging zu den Gemälden, die an der Wand lehnten. „Ellen, wann immer ich deine Bilder sehe, empfinde ich etwas."

„Das Gefühl, dass du dich übergeben musst?"

„Hey, stopp, nein. Ich empfinde ... Hoffnung, Inspiration."

Er zuckte die Achseln. „Ich verspüre den Wunsch, etwas zu schreiben; mit Worten das zu schaffen, was du mit Farben bewirkst."

„Dann bedien dich ruhig, nimm die Gemälde. Verschenk sie zu Weihnachten an Freunde und Familienangehörige."

Er ließ die Luft aus seinen Lungen entweichen, sodass Ellen seinen Atem beinahe noch auf der anderen Seite des Studios spürte. „Du willst sie doch bei dem Kunstspaziergang im Sommer ausstellen."

„Ich habe Darcy heute angerufen und abgesagt. Sie ist ausgetickt, aber sie wird sich schon wieder einkriegen. In einem hatte Jeremiah recht: Wenn man nicht wirklich gut ist, sollte man nicht in der ersten Liga spielen wollen."

„Er ist wirklich kein sonderlich netter Mensch, was?" Heath stellte das Feder-Gemälde beiseite und nahm ein anderes zur Hand. Die Innenstadt von Beaufort.

„Ich habe sein Handy in den Fluss geworfen!" Ellen musste plötzlich lachen und stützte sich prustend auf dem Besen ab,

Heath fuhr zu ihr herum. „Mutig." Er grinste.

„Das fand ich auch." Drei Tage später konnte sie immer noch darüber lachen.

„Warum hast du das gemacht?"

„Ich wollte mit ihm reden, und er hat ständig telefoniert. Es ging um Footballspieler und Prämien und Verträge. Es war dumm und ich hätte es nicht tun sollen, aber ich hatte einfach die Nase voll. Diese Episode war einfach so typisch für unsere Beziehung." Ellen lehnte den Besen an den Tisch und ordnete ihre Pinsel. Huckleberry kam gleich zur Malstunde. „Also zurück nach New York. Nimmst du Alice mit?"

„Ich dachte, das wäre vielleicht eine Möglichkeit."

„Rio wird sich die Augen ausheulen."

„Alice auch. Sie liebt Rio. Und dich."

„Sie ist etwas ganz Besonderes, Heath. Ava wäre stolz auf sie." Ellen schraubte das Glas mit Terpentin auf, tauchte ein Papiertuch hinein und putzte damit ihre bereits gereinigte Palette. „Hast du den Brief eigentlich inzwischen gelesen?"

„Ich habe es versucht, wurde aber immer wieder unterbrochen. Besucher, Anrufe. Aber ich habe mir vorgenommen, ihn bis zum Ende des Sommers zu lesen. Der Zeitpunkt ist gekommen, das weiß ich."

„Jemand wird dein Buch veröffentlichen, Heath."

„Du wirst deine Gemälde auf der ganzen Welt ausstellen."

„Ha! Nicht, wenn ich sie gar nicht male."

„Wenn ich verspreche, weiterzuschreiben, versprichst du mir, weiterzumalen?"

Sie warf die Tücher in den Mülleimer und verknotete die weiße Tüte. „Vielleicht. Vielleicht."

Als sie mit der Mülltüte um den Tisch herum kam, streckte Heath die Arme aus, zog sie an sich und drückte seine Wange auf ihren Kopf.

Ellen ließ die Mülltüte fallen und vergrub ihr Gesicht in seinem nach Seife duftenden Hemd.

An: Ellen Garvey
Von: CSweeney
Betreff: Ich komme nach Hause

Hey Ellen,

Mitch und ich haben heute beschlossen, Weihnachten in Beaufort zu verbringen! Ich kann es kaum erwarten. Wir werden mein altes Boot hervorholen und den Coosaw entlang schippern.

Ich würde gern mehr schreiben, aber Carlos und ich fliegen zu einer Sitzung nach Thailand.

Liebe Grüße, Caroline

Die Lichter waren gedimmt. Eine beruhigende Stille hing über dem Cottage. Heath ging zu Alices Zimmer. Der nackte Fußboden war kalt an seinen Sandalen.

In den vergangenen Nächten war sie nicht mehr zu ihm ins Bett gekrochen. Er betete, dass die Rückkehr nach New York keinen Rückschlag für sie bedeuten würde. Während er sich ganz vorsichtig auf ihre Bettkante setzte, um sie nicht aufzuwecken, dachte Heath über seine Entscheidung nach. Nicht dass er seine Meinung noch groß ändern konnte.

„Ich wollte es dir schon erzählen, Alice – wir gehen nach New York zurück", flüsterte er in die Dunkelheit. „Nicht sofort, aber in ein paar Wochen. Ich habe mit Opa gesprochen. Thanksgiving werden wir mit ihm und mit Onkel Mark, Tante Linda und den Cousins feiern."

Das Gefühl, dass er Ellen vermissen würde, verdrängte er.

Nachdem er ihre Laken glatt gestrichen hatte, kehrte Heath ins Wohnzimmer zurück, dann ging er in die Küche. Ohne näher darüber nachzudenken, griff er nach dem Brief, drehte ihn um und riss den Umschlag auf. Zwei Seiten fielen heraus. Damit ging er ins Wohnzimmer.

Lieber Heath,

Schatz, ich bin in Eile, aber ich wollte Dir meine Gedanken mitteilen, bevor wir abfahren. Ich war traurig, dass wir mitten im Gespräch unterbrochen wurden. Du warst sauer auf mich, und es ist nicht schön, dass wir uns nicht wieder versöhnen konnten. Zumal ich so weit von Dir entfernt bin. Ich habe den Eindruck, dass wir in letzter Zeit in einen Machtkampf verstrickt sind. Heath, das möchte ich nicht. Und du auch nicht, denke ich.

Sei nicht böse auf mich, weil ich diesen Auftrag angenommen habe. Es ist etwas, das ich unbedingt tun muss und ich bin davon überzeugt, dass Gott bei mir ist. Bete zu ihm, damit du Frieden darüber findest, und ich auch.

Ich wollte dir die großen Neuigkeiten gern persönlich mitteilen, aber ich kann einfach nicht mehr warten. Außerdem hat ein Mann doch das Recht zu erfahren, wenn er Vater wird, nicht? Wie und wann er diese Nachricht erfährt, ist letztlich nicht so wichtig wie die Nachricht selbst, oder?

Ich bin schwanger, Heath! Ich fühlte mich in letzter Zeit nicht wohl und schob es auf die Arbeitsbelastung, doch dann kam mir ein Gedanke … Ein Test hat meine Vermutung bestätigt. Ich hätte es Dir sofort erzählen sollen, als ich heute Abend anrief. Dann hätten wir vielleicht nicht gestritten. Vielleicht hätten wir aber auch nur noch mehr gestritten. Es tut mir leid, Schatz.

Ich bin jetzt ungefähr in der achten Woche. Die vergangenen Monate waren so hektisch, dass ich nicht wirklich auf meinen Körper geachtet habe. Das ist eine Überraschung, nicht? Zuerst wollten wir gar kein Kind und jetzt haben wir bald zwei! Vielleicht wird dieses meine Füße bekommen, wo unser Mädchen leider deine geerbt hat.

Ich weiß, es ist schwer zu glauben, aber diese Schwangerschaft stachelt meine Leidenschaft dafür, das Bewusstsein für die medizinische Versorgung der Frauen hier im Irak zu fördern, noch mehr an. Die Kliniken und Krankenhäuser werden ausgeplündert. Die Dörfer werden überfallen, die Bewohner entführt und eingeschüchtert. Wir leben in Freiheit, Heath, und diesen Menschen fehlt es an allem.

Wie wäre es mit einem kleinen Bruder für Alice? Wir könnten ihn Ben nennen. Der Name gefällt mir gut.

In drei Wochen bin ich wieder zu Hause. Dann feiern wir unser neues Kind. Ich hoffe, es hat deine Augen, deine Nase und deinen Mund – weil sie einfach vollkommen sind – und deine sportlichen Fähigkeiten. Aber meinen Verstand.

Gib Alice einen Kuss von mir. Sag ihr, dass ich sie liebe und ganz schrecklich vermisse. Ich rufe Dich an, sobald es geht.

Ich liebe Dich so sehr, aber das weißt Du ja.

Dein Mädchen
Ava

Kapitel 26

Dicke Regenwolken hingen am Himmel, als Ellen zur Kapelle fuhr. In ihr regte sich die Sehnsucht, in Gottes Gegenwart zu sein.

Die Kapelle kam in Sicht und Ellen bremste ab, bevor sie auf den Parkplatz abbog. Die Renovierungsmannschaft hatte endlich das vordere Fenster instand gesetzt und das Sperrholz entfernt, sodass das alte Gebäude nicht mehr wie eine Kulisse für *Fluch der Karibik* aussah.

Der Boden der Kapelle stöhnte unter Ellens Schritten, als sie durch den Gang lief. Miss Annas Platz vor dem Altar war leer.

Ellen legte ihre Bibel und ihr Notizbuch ab und setzte sich an die Stelle, wo die alte Dame normalerweise kniete. *Hallo, Gott, ich bin's, Ellen.* Zum ersten Mal in ihrem Leben fing sie an zu begreifen, warum er der *Friedefürst* hieß.

„Ellen?"

Sie öffnete ein Auge. *Jesus?* Die Stimme von Jesus klang erstaunlich ähnlich wie die von Julianne. Ellen schlug die Augen auf und schaute über die Schulter zurück. „Hey, was machst du denn hier?"

Sie stand am Ende des Gangs, steif und zitternd, mit einem gehetzten Blick. Ihre dunkelbraunen Haare waren zu einem lockeren Pferdeschwanz zusammengebunden, als hätte sie keine Zeit gehabt, sich ordentlich zu frisieren. Ein brauner Fleck prangte auf ihrem orangefarbenen Oberteil.

„Julie?" Ellen stand vom Boden auf.

„Ich kann nicht schlafen, nichts essen." Ihre Schwester rang die Hände. „Mein Herz klopft so stark, dass ich kaum Luft bekomme. Ich bin total nervös, schreie Rio grundlos an. Gestern Abend hat sie ihre Milch umgestoßen und ich hätte ihr beinahe eine Ohrfeige verpasst." Julianne brach in Tränen aus.

„Schsch, ist ja schon gut." Ellen nahm sie bei den Schultern und führte sie zur ersten Bankreihe. „Erzähl mal, was los ist."

296

Eine ganze Weile konnte Julianne sich nicht beruhigen. Sie lehnte sich an Ellens Schulter und weinte zum Erbarmen. Die Tränen tropften auf ihren Schoß und hinterließen große dunkle Flecken auf ihrem Rock.

Als sie den Kopf hob, war Ellens Oberteil nass geweint. „Kannst du mir erzählen, was das ausgelöst hat?" Ellen holte sich die Schachtel mit den Papiertüchern vom Altar.

„Du! Du warst der Auslöser." Julianne riss einige Papiertücher aus der Schachtel und tupfte sich das Gesicht ab.

Ellen dachte über die letzten Wochen nach. Sie hatte Julianne kaum zu Gesicht bekommen.

„Du musstest ja unbedingt mit mir über Danny sprechen und darüber, dass wir endlich die Wahrheit sagen sollten. Hättest du ihm nicht sagen können, er solle sich um seine eigenen Angelegenheiten kümmern?"

„Julianne, sollte ich ihn etwa ignorieren? ‚Oh, hallo Danny, danke, dass du vorbeigekommen bist und mir von dir, Rio und Julie erzählt hast. Was hältst du übrigens von diesem Wetter?' Süße, er möchte das Unrecht wiedergutmachen. Er will dir und Rio seinen Namen geben, ein Zuhause, eine Familie."

Julianne putzte sich die Nase. „Ich habe es ihm schon hundertmal gesagt: Das kann ich Papa und Mama nicht antun."

„Geht es hier wirklich um Papa und Mama? Sie lieben dich doch und wollen das Beste für dich und Rio. Vielleicht müssen sie mal schlucken, aber dann werden sie sich für dich freuen!"

Julianne senkte den Kopf. „Ich bin eine furchtbare Enttäuschung für sie. Eigentlich von Anfang an!"

„Wie kommst du denn auf den Gedanken?"

„Ach komm, Ellen, nach dir wollte Mama doch gar kein weiteres Kind mehr." Julianne zerknüllte das feuchte Papiertuch zwischen ihren Fingern. „Ich habe gehört, wie sie es gesagt hat. Aber Papa hat sich einen Sohn gewünscht –"

„Julie, das ist nicht fair. Weder dir noch ihnen gegenüber. Mama wollte kein weiteres Kind, weil Sara Beth so anstrengend war. Und Papa hat nicht einmal andeutungsweise durchblicken lassen, dass er enttäuscht darüber wäre, nur Töchter zu haben."

„Ich weiß, ich weiß, aber irgendwie ist das bei mir hängen geblieben, vielleicht wenn Mama sich beschwert hat, dass sie nie ein eigenes Leben hatte, oder wenn Papa sich darüber ausgelassen hat, dass ein Mann bei so viel Östrogen im Haus nie ins Bad käme."

„Aber Julie, du weißt doch, dass Papa nun mal gern solche Sprüche klopft ... und dass er nie damit andeuten wollte, er hätte lieber Söhne gehabt als uns!"

„Er liebt Sport, aber keiner von uns interessiert sich dafür. Du bist vielleicht die Einzige, die entfernt dazu bereit ist, ihm zuzuhören, wenn er sich über Handicaps beim Golf auslässt."

„Julie, Papa liebt dich. Ich habe immer gewusst, dass du sein Lieblingskind bist, weil du Mama besonders ähnlich siehst. Und jede von uns hätte ein Sohn sein können und ist es nicht geworden. Den Schuh musst du dir doch nicht anziehen."

„Ich war die Einzige, die nicht aufs College gegangen ist."

„Okay, jetzt drückst du aber auf die Tränendrüse."

Julianne begann wieder zu schluchzen und ließ sich an Ellens Schulter sinken. Ellen strich ihr die Haare aus den Augen und flüsterte leise: *Gott, ich kann ihr nicht helfen, aber du kannst es. Bitte zeig ihr deine Liebe.*

Die hübsche, energische und selbstbewusste Julianne konnte nun ihre Achillesferse nicht mehr verbergen: Scham.

„Ich werde mit dir zu unseren Eltern gehen", versprach Ellen schließlich.

Julianne hob den Kopf und putzte sich die Nase mit einem frischen Papiertuch. „Ich weiß." Ihre Stimme war leise und tränenerstickt. „Aber das ändert ja nichts an meinen Gefühlen."

„Darf ich dieses Mal für dich beten?"

Juliannes Tränen flossen immer noch. „Denkst du, Gott würde mir jemals vergeben? Ich ... ich schäme mich so für mich selbst!" Sie warf Ellen einen traurigen Blick zu. „Als wir uns kennenlernten, wollte seine Frau gerade zu ihm zurückkommen."

„Sünde ist Sünde, Julie. Wann sie passiert ist und wie schlimm sie in unseren Augen war, ändert nichts an Gottes Bereitschaft, uns zu vergeben. Mit den Konsequenzen allerdings müssen wir leben. Deine Sünde ist auf jeden Fall nicht so schlimm, dass sie nicht vergeben werden könnte. Du musst Gott nur darum bitten."

Julianne ließ sich auf die Knie sinken, zuerst leise weinend, dann wurde ihr Schluchzen immer heftiger. „Oh Gott, oh Gott, oh Gott, bitte, bitte, es tut mir so leid, so schrecklich leid. V-v-vergib mir bitte. Ich kann ... ich kann diese Scham nicht länger ertragen."

Tränen rollten über Ellens Wangen, als sie Zeugin der Erlösung ihrer Schwester wurde.

„Ist das nicht Einbruch und Verletzung der Privatsphäre?"

„Vielleicht, aber ich habe schließlich einen Schlüssel." Ellen hatte Heath am ersten Tag erklärt, dass sein Schlüssel auch ins Schloss des Studios passte. Er trat beiseite, damit Darcy Campbell eintreten konnte, und schaltete das Licht an.

Nachdem Ellen sich geweigert hatte, Darcy ihre Gemälde zu überlassen, hatte Heath Darcy aufgesucht und sie gefragt, ob sie bereit sei, zu ungewöhnlichen Maßnahmen zu greifen. Darcy hatte gelacht. „Da sind Sie bei der Richtigen gelandet."

Der Plan? Den richtigen Augenblick abzuwarten und die Gemälde zu stehlen. Nein, stopp, sie *auszuleihen*. Am Nachmittag war Heath zu Ellen gekommen, um Hallo zu sagen. Aber eigentlich wollte er in Erfahrung bringen, wann sie einmal nicht da war. Volltreffer. Sie würde zum Abendessen mit Julianne bei ihren Eltern sein. An diesem Abend.

„Und hier wohnt sie?"

„Vorübergehend." Heath steckte seinen Schlüssel in die Tasche. „Ihre Gemälde stehen dort drüben."

Fünf Minuten lang, die sich endlos hinzogen, studierte Darcy jedes Bild und schüttelte fassungslos den Kopf. „Es war richtig, dass Sie mich angerufen haben, Heath." Sie nahm das Gemälde mit den Federn zur Hand. „Das ist fabelhaft."

„Na, dann los."

Darcy nahm zwei von den sechs Gemälden, die sie sich ausgesucht hatte, und eilte zur Tür. „Sie wird sehr wütend werden, nicht?"

„Wie eine Hornisse." Heath brachte die beiden größten Gemälde zu Darcys Auto. „Aber es ist ja zu ihrem eigenen Besten."

„Hoffen wir nur, dass sie das auch so sieht."

Heath legte die Gemälde vorsichtig in den Kofferraum. „Ich übernehme die volle Verantwortung dafür, Darcy. Wenn sie Sie attackiert, geben Sie mir die Schuld."

„Was? Damit Sie den ganzen Ruhm einheimsen können?" Darcys raues Lachen sagte ihm, dass sie für eine gute Auseinandersetzung immer zu haben war.

„Wie Sie wollen."

„Ich denke gern positiv. Wir nennen es einfach verspätete Dankbarkeit."

In Mamas Esszimmer war nichts zu hören als das Klappern der Gabeln auf den feinen Tellern und das Klirren des Eises in den Gläsern. Dann und wann eine Äußerung: „Das Hähnchen ist sehr gut, Mama", und: „Kannst du mir bitte das Maisbrot reichen?"

Ellen suchte in ihrem Gedächtnis nach einer lustigen Geschichte, die das lastende Schweigen durchbrechen könnte, aber ihr fiel einfach nichts ein. *Vollkommene Leere.*

Auf der Hinfahrt hatte sie mit Julianne eine Strategie ausgearbeitet, doch die konnte eigentlich an nichts anderes denken, als dass sie bald nicht mehr zur Familie Garvey gehören würde.

„Sie werden dich schon nicht enterben."

„Ich höre Papa förmlich schon sagen: ‚Für mich bist du gestorben.'"

„Wie oft hast du eigentlich *Anatevka* gesehen?"

„Unzählige Male. Rio mag Tevye so gern."

Ellen nutzte die Gelegenheit, um Julie daran zu erinnern, dass sie in South Carolina lebten und weder in Bezug auf den Glauben noch die Kultur irgendeine Verbindung zum Russland des 19. Jahrhunderts hätten, und sie sollte auf die Liebe Gottes ver-

300

trauen, wenn sie schon kein Vertrauen zu der Liebe ihrer Eltern hätte.

Schließlich warf Papa seine Serviette auf den Tisch. „Also gut, was ist los? Ellen, Julianne? Seit vierzig Jahren lebe ich in einem Haus voller Frauen und noch nie ist es so still gewesen. Ellen, geht es um Jeremiah? Ruft er dich immer noch an?"

„Nein, Papa. Er respektiert meine Entscheidung. Unsere Beziehung ist endgültig beendet." Ellens Blick wanderte zu Julianne, die gerade ein Stück Maisbrot in den Mund steckte.

„Ihr zwei seid nicht mehr so still gewesen, seit ihr im Mutterleib wart." Er sah Mama an. „Was denkst du?"

„Ich bin genauso neugierig wie du." Mama holte den Eistee und füllte die Gläser nach, obwohl das gar nicht nötig gewesen wäre. Als sie die Karaffe hart auf dem Tisch abstellte, trat Erschrecken in ihre blauen Augen. „Es ist doch nichts mit Rio, oder?"

„Nein, Mama, nein, Rio geht es prima", erklärte Julianne, den Mund voller Maisbrot. Sie trank einen Schluck Tee und setzte erneut an. „Papa, Mama …" Sie brach so abrupt ab, als wäre sie mit hundert Meilen pro Stunde gegen einen Baum geprallt.

Papa hakte nach. „Julianne?"

„Also ehrlich, ihr macht mir Angst." Mama rückte nervös ihren Stuhl zurecht.

Julianne schaute zu Ellen, die ihr ermutigend zunickte. „Ich habe Rio heute Abend nicht mitgebracht, weil sie bei ihrem Vater ist."

Papa starrte sie an. Mama klappte den Mund auf, doch sie schloss ihn sofort wieder. Ellen wollte herüberreichen und Juliannes Kinn anheben, ihr den Schleier der Scham vom Gesicht reißen, aber dieses Geständnis trug ja dazu bei, ihn für immer zu entfernen.

„Und wer könnte das wohl sein?", fragte Papa ruhig und sanft, ganz und gar nicht wie ein alter Brummbär.

„Julianne, das ist ja wunderbar." Mama legte eine ganz besondere Betonung auf das Wort *wunderbar* – eine leichte Übertreibung, die bedeuten sollte: *„Was ist hier los?"*

„Ich wusste die ganze Zeit, wer Rios Papa ist. Ich habe es nicht erzählt, weil ich nicht wollte, dass irgendjemand es erfährt." Julianne starrte auf ihre Hände in ihrem Schoß.

„Ich verstehe." Mama klang genau so, wie eine Mutter klingt, die feststellen muss, dass eine ihrer Töchter das Gefühl hat, mit ihren Problemen nicht zu ihr kommen zu können.

„Und warum erzählst du uns das ausgerechnet jetzt?" In Papas Stimme lag Mitgefühl, gleichzeitig aber auch eine Aufforderung.

Julianne hob den Kopf und versuchte zu lächeln. „Gebt ihr mir eine Minute?" Sie sprang vom Tisch auf und verschwand im Bad.

„Was weißt du, Ellen?", fragte Papa. Er nahm Messer und Gabel zur Hand, legte sie aber dann mit einem Seufzen wieder auf den Tisch.

„Ich habe es selbst gerade erst erfahren. Könnt ihr bitte geduldig und verständnisvoll sein?"

„Hat sie Angst?", fragte Papa.

„Ein wenig. Aber vor allem quält sie die Scham."

Mama legte sich eine Hand an die Stirn. „Du meine Güte, mein Herz hämmert wie verrückt. Nie hätte ich damit gerechnet, dass sie noch damit herausrücken würde. Das liegt doch jetzt vier Jahre zurück." Mamas Gesicht verzog sich, als wäre ihr gerade ein Gedanke gekommen. „Ellen, ist er ein Krimineller? Ein Mörder? Verheiratet?"

„Mama, bitte warte doch auf Julianne."

Ihre kleine Schwester kehrte mit dem Telefon in der Hand zurück. „Ich habe ihn gerade angerufen. Er kommt hierher."

„Würde es dir etwas ausmachen, uns zu sagen, wer es ist?", fragte Papa.

Julianne blieb stehen und legte die Hände an die Stuhllehne. „Es ist ... es ist Danny Simmons. Er ist Rios Vater."

Im Zimmer wurde es totenstill.

Die Küchentür fiel ins Schloss, ohne dass vorher angeklopft worden wäre. Heath schaute auf. „Wer ist da?"

Ellens Flipflops klatschten auf den Holzfußboden und mit in die Hüften gestemmten Händen baute sie sich vor ihm auf. „Wo sind sie?"

Wo sind sie? Heath brauchte eine Weile, um aus dem Jahr 1942 in die Gegenwart zurückzukommen und zu überlegen, warum Ellen ihn so böse anfunkelte.

Ach ja, die Gemälde. „Wo ist was?"

„Du hast sie gestohlen! Meine Gemälde!" Ihre Armreifen klimperten, als sie ausladend zu ihrem Studio deutete.

Leugnen hatte wohl keinen Zweck. „Ich habe Darcy angerufen. Sie hat sie mitgenommen."

„Wie ist sie in mein Studio gekommen? Hast du sie reingelassen?"

Heath erhob sich, um eine gewisse Ausgewogenheit in diese Auseinandersetzung zu bringen. „Du hast mir gesagt, dass mein Schlüssel auch für das Schloss des Studios passt, darum –"

„Das ist doch unglaublich!" Sie wedelte mit den Händen. Heath zog vorsichtshalber den Kopf ein. „Dazu hattest du kein Recht. Für wen hältst du dich eigentlich?"

„Für einen Freund."

„Nein, ein Freund schleicht sich nicht heimlich in Wohnungen ein."

„Aber ein Freund zwingt den anderen, sich seinen Ängsten zu stellen."

Sie tippte ihm mit dem Finger an die Brust. „Du nimmst dir Freiheiten heraus, die dir nicht zustehen, Freundschaft hin, Freundschaft her. Das ist *meine* Arbeit, *meine* Karriere, *meine* Entscheidung. Darf ich dich daran erinnern, dass mir, als du das letzte Mal versucht hast, meine Arbeiten in die Öffentlichkeit zu bringen, gesagt wurde, ich solle an den Kindertisch zurückkehren und die richtige Kunst den Erwachsenen überlassen?"

„Ich lasse nicht zu, dass du wegen einer versnobten Galeristin deine Talente versauern lässt."

„Das ist einfach unerhört, weißt du das?"

„Ellen, ich sehe, wie du jeden Morgen zum Beten in die Kapelle fährst. Ich spüre den Frieden, der von dir ausgeht. Und doch kannst du nicht glauben, dass Gott größer ist als Mitzy Canon?"

Sie blieb an der Küchentür stehen. „Ohne deine Erlaubnis hätte ich doch auch dein Buch nie an einen Verleger oder auch nur einen Freund geschickt. Schon gar nicht, wenn du mir anvertraut hättest, wie unsicher du deswegen bist. Aber genau das hast du mir angetan."

Oh Mann, sie hatte recht! Sie war durch die Tür verschwunden, bevor er sich noch bei ihr entschuldigen konnte. Er rannte ihr in den Garten nach. „Ellen, warte! Bleib stehen." Aber mit langen Schritten lief sie zu ihrem Wagen.

„Heath, du reist in ein paar Wochen ab, richtig? In einem Monat? Wir werden einen Waffenstillstand für diese Zeit vereinbaren. Du hältst dich von mir fern, und ich werde mich ganz gewiss von dir fernhalten. Ich glaube nicht, dass ich deine Art von Freundschaft aushalten kann."

Kapitel 27

Darcys Galerie öffnete an einem sternenlosen Abend am letzten Augustwochenende ihre Türen für den Kunstspaziergang im Sommer. Die *Gazette* hatte einen netten Artikel über Ellens Arbeiten veröffentlicht, aber an diesem Abend würde Ruby Barnett ihr Urteil abgeben.

Am Morgen, nachdem Heath und Darcy ihre Gemälde gestohlen hatten, traf sich Ellen mit der Galeriebesitzerin auf einen Kaffee. „Ich werde Ihnen Ihre Gemälde nicht zurückgeben. Behalten Sie den Kaffee."

„Dann lassen Sie mir keine Wahl. Ich werde vor Gericht gehen."

„Dann lassen Sie mir keine Wahl. Ich werde Sie wegen Vertragsbruch verklagen."

Schach und matt.

Und so lungerte Ellen nun schon seit fast einer Stunde vor der Galerie herum, abseits, im Dunkeln, und beobachtete das Kommen und Gehen der Besucher der Galerie. Bisher hatte sie noch keinen gehört, der sich empört hätte.

„Was machst du denn hier draußen?"

Erschrocken fuhr Ellen zusammen und schrammte sich dabei den Arm an der Baumrinde auf. „Heath! Was für eine tolle Idee, sich mitten in der Nacht an Menschen heranzuschleichen und sie zu erschrecken."

„Mitten in der Nacht? Es ist erst acht." Er stand zu dicht bei ihr. „Was machst du hier?"

„Wonach sieht es denn aus? Ich werde jedenfalls *nicht* hineingehen."

„Willst du dich im Ernst den ganzen Abend hier draußen verstecken?"

„Ja."

Er trat noch näher, viel zu nah für ihren Geschmack. „Immer noch sauer auf mich?"

Nicht wirklich. „Natürlich."

Sein Blick verweilte einen Moment lang auf ihrem Gesicht, bevor er sich umdrehte und in der hereinbrechenden Nacht verschwand. Ellen verschränkte die Arme, lehnte sich an den Baum und überlegte kurz, dass Heath vielleicht, ganz vielleicht recht haben könnte. *Geh rein, bring es hinter dich.* Gestern nach der Gebetszeit hatte sie durch die Schaufenster in Darcys Galerie gespäht und ihre ausgestellten Bilder gesehen.

Die Gemälde sahen gar nicht aus wie ihre – in neuen Rahmen kamen sie an der ockergelben Wand sehr gut zur Geltung.

„Es tut mir leid."

Als Ellen sich umdrehte, stand Heath mit einer einzelnen weißen Rose vor ihr. „Netter Versuch, McCord."

„Freunde?"

Sie berührte die samtweichen Blütenblätter der Rose. „Ja. Tut mir leid, dass ich mich so angestellt habe."

„Entschuldige, dass ich mir deine Bilder ausgeborgt habe." Heath packte ihre Hand und zog sie vorsichtig über den Bürgersteig zum Eingang der Galerie. „Ich würde dein Debüt nicht verpassen wollen. Darf ich dich hineinbegleiten?"

„Ja, bitte."

Die Galerie erstrahlte in hellem Glanz, die Böden waren poliert und die Scheinwerfer genau auf die Gemälde ausgerichtet. Es roch nach Zimt und getrockneten Ölfarben. Darcy hatte den ursprünglichen Grundriss des Hauses erhalten und benutzte das große Esszimmer als ihren Hauptausstellungsraum. Und dort hingen Ellens Gemälde.

Karens Absätze klapperten über den Boden, als sie herüberkam, um Ellen zu begrüßen, die mit Heath die Galerie betrat. „Hey! *Federn* ist ein fantastisches Gemälde."

„Hmpf."

Galeriebesucher kamen und gingen. Mozartmusik aus den Lautsprechern an der Wand untermalte ihren Rundgang. Heath drückte Ellens Hand, und Ellen beschloss, sich in seinem Schatten zu halten. Sara Beth traf wenige Minuten später mit ihrem Mann Parker ein, und nach ihnen kamen noch Julianne und Danny.

Und was war das Schönste in Darcys Galerie? Die strahlende Julianne, die endlich ihre Scham überwunden hatte. „Na, Danny, habe ich es dir nicht gesagt?", meinte sie zu ihrem Verlobten. „Ellens Bilder sind wundervoll."

„Ja, das hast du. Vielleicht könnte ich einige für meine Gebäude erwerben."

„Tu das, Schatz", meinte Julianne, „bevor sie berühmt ist und wir sie uns nicht mehr leisten können."

Nach Juliannes Geständnis beim Abendessen bei Mama und Papa war Danny mit Rio vorbeigekommen. Sein Erscheinen hatte viele Fragen aufgeworfen und wilde Gefühle hochkommen lassen.

Papa bat Danny in sein Arbeitszimmer, wo eine lautstarke Auseinandersetzung stattfand. Mama lenkte Rio mit einem Buch ab. Julianne starrte durch die Verandatüren ins Freie, und Ellen saß in der Küche und betete.

Aber als der Abend zu Ende ging, lag Julianne in Dannys Armen, Mama wischte sich die Tränen von der Wange und Papa stimmte der Hochzeit seiner jüngsten Tochter im November zu.

„Julianne, da ist Carl. Lass uns ihn eben begrüßen." Danny führte seine Verlobte auf die andere Seite des Raums.

Heath beugte sich zu Ellen herab. „Ist das Rios Vater?"

„Ja. Sie hat unseren Eltern endlich alles erzählt. Ich habe eine gute Tat für meine Schwester getan, während mein Freund mich ausgeraubt hat."

Grinsend rieb sich Heath die Hände. „Was? Wir haben doch auch eine gute Tat getan."

„Wie auch immer." Sie stieß ihn mit der Hüfte an.

Darcy führte eine elegant gekleidete Schwarze durch den Raum. „Hier, das sind Ellen Garveys Arbeiten, Ruby. Sind sie nicht faszinierend?"

Ellen trat hinter Heath hervor. Sie würde sich ihr stellen; warum sollte sie sich auch verstecken.

„Nur sechs? Wie gut, dass Sie Sir Lloyd Parcel ausstellen, Darcy, sonst würde ich das als Zeitverschwendung betrachten." Ruby kramte in ihrer schwarzen Umhängetasche herum.

307

Nur sechs? Sie gefallen ihr nicht. Erde, tu dich unter mir auf.

Darcy warf Ellen einen Blick zu. „Ruby, dies ist die Künstlerin, Ellen Garvey."

Ellen ging mit ausgestreckter Hand auf Ruby zu. „Schön, Sie kennenzulernen."

Fast widerstrebend ergriff Ruby Ellens Finger. „Das sagen Sie jetzt. Warten Sie, bis Sie meine Kritik gelesen haben."

Schluck.

Ruby Barnett schritt langsam an Ellens Bildern entlang, betrachtete jedes der sechs Gemälde und machte sich Notizen. Als sie bei *Federn* angekommen war, sank ihr Arm herab.

Karen und Sara Beth standen neben Heath und Ellen. Julianne kehrte zurück und flüsterte: „Ist das die Kritikerin? Was macht sie da?"

„Ich habe keine Ahnung."

Irgendetwas an *Federn* hatte Rubys Aufmerksamkeit erregt. Oder ihre Missbilligung. Denen, die die Geschichte dieses Bildes kannten, war das Gemälde eine Ermutigung. Aber jemanden, der nicht darüber Bescheid wusste, würde diese einfache Darstellung der weißen Federn auf einem mitternachtsblauen Tuch wohl nicht ansprechen.

Nach einem Augenblick kritzelte Ruby etwas auf ihren Block und ging zum nächsten Gemälde weiter. Ellen beobachtete, wie ihre Schultern langsam in sich zusammensackten. Sie wollte anscheinend noch etwas schreiben, hielt dann aber inne und steckte den Block in ihre Tasche.

„Darcy, wo sind die Bilder von Sir Lloyd Parcel? Ich habe ihn in London kennengelernt. Ein faszinierender Mann."

Darcy mied Ellens Blick. „Seine Gemälde hängen im vorderen Raum, Ruby. Sind Sie sicher, dass Sie nicht noch –"

„Die Parcels bitte."

„Durch diese Tür." Darcy winkte ihre Assistentin Christine herbei. „Bitte bring Miss Barnett ein Glas Wasser."

Heath strich Ellen tröstend über die Schultern. „Tut mir leid."

„Wie unhöflich." Karen lief um die kleine Familiengruppe herum. „Ich werde sie fragen, was –"

308

„Karen, wag das bloß nicht!" Ellen hielt ihre ältere Schwester fest. „Du willst es doch nicht noch schlimmer machen, indem du sie beleidigst! Ich sehe schon ihren Kommentar vor mir: ‚Ellen Garveys amateurhafte Arbeiten wurden nur noch untertroffen durch das Verhalten ihrer unreifen Schwester'."

Karen gab frustriert nach. Sie konnte ihre Enttäuschung nicht verbergen. „Na gut. Aber sie hat die Gemälde kaum angeschaut."

„Sie bewertet Hunderte Gemälde pro Jahr, Karen. Sie braucht nicht lange hinzuschauen, um zu erkennen, ob etwas gut ist oder nicht."

„Dann bin ich hier fertig." Karen griff um Julianne herum nach dem Arm ihres Mannes. „Möchtest du deine Frau zum Abendessen ausführen? Wir sollten den Abend ohne Kinder nutzen. Julie, Danny, kommt ihr mit? Was ist mit euch beiden?" Karen schaute zu Heath und Ellen.

„Ich denke, ich bleibe noch ein bisschen hier", antwortete Heath.

„Ich auch." Ellen spürte eine vertraute Atmosphäre in dem alten Esszimmer, die sie noch ein wenig genießen wollte.

„Hallo, Ellen! Tolle Bilder." J. D. Rands dröhnende Stimme durchbrach die gepflegte Stille in dem Ausstellungsraum. Eine hübsche Brünette hing an seinem muskulösen Arm.

„Guten Abend, J. D. Erinnerst du dich noch von Deans Party an Heath McCord?"

„Ja, Bubba, schön, Sie zu sehen." Die beiden Männer gaben sich die Hand. „Das ist Eloise Bell, neu in der Stadt."

„Schön, Sie kennenzulernen."

„Danke. Mir gefallen Ihre Bilder!"

Heath stieß Ellen an. Ruby war zurückgekommen und stand vor den *Federn*. J. D. zog mit Eloise weiter.

„Ruby?" Darcy stellte sich zu ihr. „Alles in Ordnung?"

„Ja." Ihre Antwort klang erstickt.

Ellen und Heath standen an der Treppe und beobachteten die Szene. Als Ruby den Kopf senkte und ihre Schultern zu beben begannen, flüsterte Darcy ihr etwas zu. Ruby schüttelte den Kopf, murmelte etwas und sank langsam zu Boden. Darcy verschwand in der Toilette vorne links und kehrte mit einer Schachtel Papiertücher zurück. Sie kniete neben Ruby nieder.

Weitere Galeriebesucher kamen herein, entdeckten Ruby auf dem Boden und zogen sich taktvoll wieder zurück.

„Das ist der Grund, warum du malen solltest, Ellen", flüsterte Heath. „Deine Bilder rühren die Menschen an ihren verborgensten Stellen an."

Es waren vielleicht zehn Minuten vergangen, als Ruby den Kopf hob und Ellen mit tränenfeuchten Augen anschaute.

„Mein Vater war Musiker", erklärte sie, während sie sich mit der Hand auf dem Fußboden abstützte. „Er ist mit einer Blues-Band durch die Südstaaten gereist. Das Geld, das er nicht für Essen und Frauen ausgegeben hat, hat er für meinen Bruder James und mich nach Hause geschickt. Ich war zwölf Jahre alt und versteckte die Ein- und Fünfdollarnoten in einer Zigarrenkiste unter einem losen Brett in meinem Schlafzimmer, damit meine Mutter sie nicht für Fusel ausgeben konnte."

„Das haben Sie mir nie erzählt, Ruby", sagte Darcy.

Heath schob Ellen näher an sie heran.

„Ich habe so vieles verdrängt, Darcy. Wir lebten am Stadtrand von Charleston in einer Hütte; anders kann man unsere Behausung nicht nennen. Aber James und ich hielten sie sauber, lernten eifrig in der Schule und passten auf Mama auf."

„Was hat es mit den Federn auf sich, Ruby?", fragte Darcy.

„Eine ganze Menge", murmelte sie. „An einem heißen Sommernachmittag kurz nach dem Krieg wollte Papa wieder zu einer seiner Veranstaltungen fahren. Mama stritt mit ihm, als gäbe es kein Morgen. Ich versteckte mich unter meinem Bett, vergrub den Kopf in meinen Armen, weinte und betete, Mama solle ihn in Ruhe lassen. Türen wurden zugeknallt. Mama verpasste Papa eine Ohrfeige, bettelte und schrie, er solle zu Hause bleiben, sich einen Job beim Bau oder in der Krebsfischerei suchen. Aber die Musik war Papas große Leidenschaft."

Sie atmete tief durch. „Und dann auf einmal höre ich: ‚Psst, Ruby, Schatz.' Da stand Papa mit zwei perfekt geformten weißen

Federn." Rubys Blick wanderte zu dem Gemälde. „Genau wie die auf diesem Gemälde."

„Sie sind eines Tages wie aus dem Nichts aufgetaucht", erklärte Ellen. „Eine in einer Gebetskapelle, zwei in meinem Studio."

Ruby rappelte sich vom Boden auf und Heath stützte sie leicht am Ellbogen. Sie klopfte ihr dunkelblaues Leinenkostüm ab. „Papa behauptete, sie stammten von unseren persönlichen Schutzengeln. Er sagte, sie würden James und mich beschützen. Er war wunderbar, mein Papa."

„Was ist mit ihm geschehen?", fragte Ellen.

Ruby schaute sie an, dann ging sie hinüber zu dem Gemälde. „Er ist nie mehr nach Hause gekommen. Als keine Briefe und kein Geld von ihm mehr kamen, hat Mama nach ihm suchen lassen, aber was genau passiert ist, haben wir nie erfahren. Wir hörten, er hätte sich in Mississippi mit einem weißen Mädchen eingelassen und sei gelyncht worden. Ein anderes Gerücht besagte, der Wagen der Band sei in einem schlimmen Sturm von der Fahrbahn abgekommen. Mama stürzte total ab. James und ich gingen von zu Hause fort, sobald wir konnten. Ich hatte Papas Federn in einer Zedernkiste unter dem Brett in meinem Schlafzimmer aufbewahrt. Als ich am College war, brannte das Haus ab und die Federn mit ihm. Diese Federn waren alles, was ich noch von meinem Papa hatte. Ich trauere bis heute um sie."

„Miss Barnett, bitte nehmen Sie das Gemälde. Ich möchte es Ihnen schenken."

„Miss Garvey, ich bin Kritikerin. Wenn ich Kunst als Geschenk annehmen würde, könnte ich kein ehrliches Wort mehr schreiben. Ich *kaufe* die Bilder, die mir gefallen." Rubys leises Lachen zerschnitt die letzten Fäden der Anspannung. „Darcy, ich möchte dieses Bild kaufen."

„Kluge Entscheidung, Ruby." Darcy warf Ellen einen vielsagenden Blick zu.

„Es ist lange her, dass ich das letzte Mal wegen meinem Papa geweint habe, aber eine Neueinsteigerin hat die harte Kritikerin in die Knie gezwungen."

„Vielleicht hatte ich ja etwas Hilfe von oben."

Ruby holte Notizblock und Stift aus ihrer Handtasche. „Daran zweifle ich nicht."

Ellens Eltern hatten sich bereit erklärt, auf Alice aufzupassen, wenn Heath zur Eröffnung von Ellens Ausstellung gehen wolle. Bedeutungsvolles Augenzwinkern.

Es war lange her, seit der Vater eines Mädchens Heath bedeutungsvoll zugeblinzelt hatte. Wenn er genau überlegte – hatte überhaupt jemals ein Vater ihm bedeutungsvoll zugeblinzelt?

Avas Vater hatte ihn nur einmal auf Herz und Nieren geprüft und dann leise brummend gesagt: „Er ist in Ordnung."

Heath freute sich darüber, dass Truman Garvey ihn offensichtlich mochte und ihm unausgesprochen seinen Segen gab. Aber in wenigen Tagen würde er abreisen und er wollte nichts anfangen, das er nicht zu Ende bringen konnte. Ellens Trennung von Jeremiah war so lange noch nicht her und sie hatte diese Geschichte noch nicht überwunden.

Sie bog hinter ihm in die Einfahrt ihrer Eltern ein. Heath wartete an der Treppe auf sie. „Mir geht Rubys Geschichte immer noch nach."

„Wann immer ich sie vor mir sehe, wie sie auf dem Boden sitzt und schluchzt, ist es um meine Fassung geschehen." Ellen klammerte sich an seinen Hemdsärmel. „Es ist beschämend, Heath. Dass Gott mich gebraucht hat, obwohl mein Glaube so schwach war und ich so böse auf Darcy und dich gewesen bin."

Er ergriff ihre Hand. „Das ist erst der Anfang, Ellen. Vermutlich wirst du gar nicht erfahren, wie viele Menschen sich durch deine Bilder angesprochen fühlen. Ruby ist der erste Tropfen."

Sie drückte ihre Stirn an seine Brust und weinte leise. Er hielt sie fest und ließ Gott vollenden, was er begonnen hatte.

„Ich sehe sicher schrecklich aus", sagte Ellen, als sie sich schließlich von ihm löste und sich über die Wangen fuhr. „Das Mascara soll angeblich wasserfest sein."

„Du siehst bezaubernd aus, Ellen, trotz der Tränen." Heath

nahm ihr Kinn in die Hand und wischte ihr die Schminke unter den Augen fort. „Aber du solltest der Kosmetikfirma mitteilen, dass der Begriff *wasserfest* nicht wirklich zutrifft."

Im Haus sprang Alice ihm in die Arme. „Papa!" Dann wechselte sie zu Ellen.

Rio berührte sie mit ihrem schillernden Zauberstab. „Wir sind Prinzessinnen."

„Ich sehe es. Sehr hübsch."

Alice strich über ihr Satinkleid. „Ich bin Cinder-nella. Rio ist Schneeweißchen."

Heath nahm sie auf den Arm. „Und ich bin dein schöner Prinz."

„Nein, nein." Alice lachte, als hätte er den Verstand verloren. „Du bist doch mein *Papa*. Mein Prinz ist Zac Efron."

Heath stellte Alice wieder auf den Boden und warf Ellen einen verblüfften Blick zu. „Wer ist Zac Efron?"

„Der hübsche Hauptdarsteller aus *Highschool Musical*. Kennst du den etwa nicht?" Sie schüttelte den Kopf.

Truman schlug Heath auf den Rücken. „Willkommen in meiner Welt, Junge. Kann ich Ihnen ein Bier bringen?"

„Oh ja, bitte."

Ellen stützte grinsend ihre Ellbogen auf die Theke und schnappte sich eine Karotte, an der sie zu knabbern begann.

Kreischend flatterten die beiden Mädchen durch den Raum und berührten die ganze Einrichtung mit ihren Zauberstäben. Schließlich verschwanden sie nach oben.

Ellen gab ihrer Mama, die gerade leere Eiscremeschalen zum Geschirrspüler trug, einen Kuss auf die Wange.

„Erzähl, wie war die Eröffnung? Wir wollen morgen Abend mit Doug und Esther zur Ausstellung gehen."

„Besser, als ich gedacht hatte. Den Leuten scheinen meine Gemälde zu gefallen."

Heath verzog das Gesicht. Noch vor zehn Minuten hatte sie an seiner Brust geweint, weil sie so bewegt darüber war, dass Gott durch sie gesprochen hatte. „Ellen, erzähl doch, was geschehen ist."

313

„Es … es war …" Sie erzählte, was sie mit Ruby Barnett erlebt hatten, und Heath unterbrach sie mit den Adjektiven und Einzelheiten, die Ellen aus Bescheidenheit für sich behielt.

Ihre Eltern hörten gespannt zu. Diese Begebenheit schien sie nicht zu überraschen.

„Das ist nur der Anfang, Ellen", meinte Truman.

„Das habe ich ihr auch gesagt."

„Wir werden es sehen. Ruby Barnett ist eine von vielen."

Heath trank von seinem Bier und unterhielt sich mit Truman über Golf, während Ellen und ihre Mutter Juliannes und Dannys Hochzeit im November planten.

Als Alice in der Küche auftauchte, mahnte Heath zum Aufbruch. „Es ist schon sehr spät, Spatz. Du solltest längst im Bett liegen."

„Wir sehen uns zu Hause", sagte Ellen, die mit Rio zu ihrem Wagen ging.

Kaum waren sie losgefahren, da war Alice auch schon eingeschlafen. Heath betrachtete sie im Rückspiegel, wie sie zusammengesunken in ihrem Kindersitz hing. Die Rückkehr nach New York würde viel schwieriger werden, als er gedacht hatte.

Am Cottage angekommen, nahm Heath Alice auf die Arme. Rio war auch eingeschlafen und Ellen trug sie hinter ihm her ins Haus. Sie legten die schlafenden Schönheiten in Alices Bett und knipsten das Licht aus.

„Wollen wir uns noch ein wenig auf die Veranda setzen? Es ist so ein schöner Abend." Er wollte sich noch nicht von ihr trennen.

„Ja, ich würde gern noch ein bisschen draußen sitzen und den Tag nachklingen lassen."

Der Wind frischte auf und strich durch das Fliegengitter auf der Veranda. „Das gibt Regen", bemerkte Heath zerstreut und schob seinen Stuhl näher an Ellens heran.

„Ich habe …", sie drückte ihre Hand auf ihren Bauch, „… das Gefühl, als hätte ich genau das getan, was meine Bestimmung ist. Ist das nicht seltsam?"

„Nein, ich denke, wir alle erleben manchmal solche besonderen Momente."

„Was wäre gewesen, wenn du die Gemälde nicht geholt hättest? Wenn Darcy meinem Drängen nachgegeben und sie an mich zurückgegeben hätte? Dann hätte ich diesen Abend gar nicht erlebt."

„Aber du *hast* ihn erlebt."

„Dieses Jahr ...", sie war so aufgewühlt, dass ihre Stimme zitterte, „ ... war ziemlich schlimm für mich. Aber Gott in seiner Gnade und Weisheit macht es wieder gut. Er macht alles gut."

Heath setzte den Schaukelstuhl mit dem Absatz in Bewegung. „Als ich in einer Nacht nach Avas Tod nicht schlafen konnte, schaltete ich den Fernseher ein, und aus irgendeinem unerfindlichen Grund hörte ich mir einen Fernsehprediger an, der mit sehr viel Pathos sprach. Mann, das war kaum zu ertragen, aber ein Satz traf mich mit voller Wucht und half mir über die kommenden Monate hinweg. Jesus, sagte er, wurde gekreuzigt, starb und wurde von den Toten auferweckt, um uns die Herrlichkeit des Himmels zugänglich zu machen. Jedem von uns. Ich erinnere mich, dass er die Worte ‚jedem von uns‘ ständig wiederholte. In diesem Augenblick begriff ich, dass er *mich* meinte – den zerbrochenen, trauernden, zornigen Heath McCord. Das machte mir mein Los erträglicher."

„Es stimmt, aber es ist so schwer zu begreifen."

„Ich habe Avas Brief gelesen."

Ellen wandte sich zu ihm um. „Wann?"

„Vor etwa einer Woche."

„Sagst du mir ... ich meine, war es ein guter Brief?"

„Es war seltsam, ihre Worte zu lesen, wie sie von Dingen schrieb, als wären sie gestern geschehen, aber zu wissen, dass seitdem schon mehr als ein Jahr vergangen war. Sie schrieb, wie sehr sie unseren Streit bedauere, aber ich kann mich schon gar nicht mehr richtig an diese Auseinandersetzung erinnern."

„Bist du froh, dass du ihn gelesen hast?"

„Ich bin froh, dass ich ihn gelesen habe und dass sie ihn geschrieben hat. Ich werde ihn für Alice aufheben, damit sie besser versteht, wie viel Leidenschaft ihre Mutter für ihren Job empfunden hat, und damit sie ihre Schrift kennenlernt. Ich weiß gar nicht, ob ich im Computerzeitalter noch irgendetwas sonst in ihrer Handschrift besitze. Vielleicht ein paar Karten."

Ellen lehnte sich auf ihrem Stuhl zurück. „Es ist irgendwie nicht fair, dass du ihr nicht antworten kannst."

„Eine Antwort würde ja nur mir weiterhelfen und mich trösten. *Sie* ist jetzt an einem besseren Ort, sie braucht meine Entschuldigung nicht mehr. Aber in dem Brief stand noch etwas anderes."

„Etwas Gutes oder etwas Schlechtes?"

„Sie war schwanger." Der Wind rüttelte an dem Fliegengitter und die Verandalampen begannen zu schwingen.

Ellen fuhr mit aufgerissenen Augen herum. Das war ein Schock! „Ach du meine Güte, das ist ja .... und du wusstest gar nichts davon? Wolltet ihr denn noch mehr Kinder?"

„Wir hatten ... ", er räusperte sich, „die ... Vorsichtsmaßnahmen weglassen, sodass eine Schwangerschaft durchaus im Bereich des Möglichen lag, aber wir haben es nicht bewusst darauf angelegt. In dem Brief kam ihre große Freude darüber zum Ausdruck."

Ellen rutschte von ihrem Stuhl und kniete neben ihm nieder. Ihre Hand lag auf seinem Knie, wie in der Nacht in der Notaufnahme. „Und wie kommst du damit klar?"

Er verschränkte seine Finger mit ihren. Das fühlte sich gut an. „Ich habe ein paar Tage gebraucht, um nachzudenken und diese Nachricht zu verarbeiten. Auch der alte Zorn kam wieder in mir hoch, aber ich habe es einfach satt, mich vom Tod bestimmen zu lassen, von der Vergangenheit. Ich freue mich darauf, eines Tages im Himmel mein zweites Kind kennenzulernen, aber ich glaube, für den Moment habe ich es geschafft." Heath schaute ihr in die Augen. „Bin ich zu hart?"

„Nein, nur menschlich, und das zeigt, dass endlich die Heilung eingesetzt hat."

Er fuhr mit dem Finger über ihr Kinn. „Ich werde dich vermissen."

„Und was werde ich ohne dich machen, ohne dein Kettensägengerassel im Garten, ohne dass du mir mit mir Teller zerschmeißt

316

und mich in den Hintern trittst, wenn ich aufgeben will?" Sie drückte ihre Wange an seine Hand.

„Du bist viel stärker, als dir klar ist, Ellen. Weißt du eigentlich, wie viel du zu meiner und Alices Heilung beigetragen hast, wie sehr du mir geholfen hast, mein Herz wieder zu öffnen?" Er strich mit der Hand über ihre weichen Haare und dachte: *Wenn ich meinen Gefühlen folgen würde, dann würde ich sie jetzt auf meinen Schoß ziehen und küssen ...* „Mir fällt da gerade etwas ein."

Ellen setzte sich wieder in ihren Stuhl, während er hineinging und mit einer CD zurückkam, die er Ellen vor die Nase hielt, bevor er sie in den tragbaren CD-Spieler einlegte.

„Was ist das? Versteh ich nicht."

„Du wirst es schon verstehen." Er schaltete das Gerät ein, drückte einen Knopf, und das Lied „Neither One of Us" begann zu spielen. „Komm, tanz mit mir."

Als sie zu ihm trat, atmete Heath tief den Duft ihrer Haut ein, spürte die Rundung ihrer Hüfte unter seiner Hand und führte sie langsam zum Rhythmus der Musik und ihrer pochenden Herzen.

Kapitel 28

Nachdem er Alice in ihrem Kindersitz angeschnallt hatte, rannte Heath zwei Stufen auf einmal nehmend die Treppe zum Studio hoch. „Ellen, bist du fertig?" Die Tür rappelte, als er leicht anklopfte.

Sie öffnete ihm mit verschlafenem Blick und sehr sexy. Seine Hand prickelte noch bei der Erinnerung daran, wie er sie neulich abends im Arm gehalten hatte. „Was ist los?"

„Ich muss dir etwas zeigen." Er folgte ihr ins Studio, hielt aber Abstand. Ihr letzter Tanz hatte einen Funken entzündet, den er nicht noch weiter anfachen wollte. „Was hast du gestern Abend gemacht? Eine wilde Party gefeiert?"

„Hach, ja, Mama und ich, wir haben mit Julie ihre Hochzeit geplant. Das war vielleicht was." Sie bückte sich zu dem kleinen Kühlschrank hinunter und nahm eine Cola light heraus. „Irgendwie werde ich heute gar nicht richtig wach. Nach der Gebetszeit bin ich wieder ins Bett gefallen und eingeschlafen."

Er verzog das Gesicht. „Hast du es gut verkraftet, eine Hochzeit zu planen?"

„Ach du meine Güte, ja. Bitte, das Mädchen soll doch endlich heiraten." Sie fuhr sich mit der Hand durch ihre zerzausten Haare. „Mein eigenes Heiratsfiasko habe ich längst überwunden. Außerdem habe ich Julie schon seit der Zeit vor Rios Geburt nicht mehr so glücklich erlebt." Sie bot ihm eine Cola an.

„Kannst du denn ein paar Stunden für mich erübrigen?"

„Klar, allerdings habe ich Julie versprochen, Rio vom Babysitter abzuholen. Ist Alice im Kindergarten oder bei dir?"

„Sie sitzt schon im Auto. Holen wir Rio ab und dann los."

„Nicht so schnell. Wo geht es hin und gibt es unterwegs etwas zu essen?"

„Es ist eine Überraschung, und Essen kann definitiv mit eingeplant werden."

„Habe ich fünf Minuten, um zu duschen und mich anzuziehen?"

Heaths Augen weiteten sich. „Dazu brauchst du nur fünf Minuten? Bitte heirate mich!"

„Okay", erwiderte sie mit träger, verschlafener Stimme.

Sein Pulsschlag beschleunigte sich. *Du bringst mich total durcheinander, Ellen Garvey. Und du merkst es nicht einmal.*

„Also, bis gleich. Fünf Minuten."

An der Tankstelle füllte Heath den Tank auf und kaufte für Ellen einen Karton Donuts. Er warf sie ihr zu, als er sich wieder ans Steuer setzte. „Ich denke, die sollten fürs Erste die Bedingungen erfüllen."

Sie riss die Packung auf. „Was, kein Kaffee dazu? Geizhals."

Grinsend ließ er den Motor an. „Man sollte die Latte nie zu hoch hängen. Wo muss ich hin, um Rio abzuholen?"

„Ja, der Ruf muss gewahrt werden. Bieg da vorne links ab, dann die erste rechts."

Nachdem sie Rio abgeholt hatten, verließ Heath St. Helena Island. Die Fenster waren heruntergelassen, im Radio lief ein Lied von Sara Evans, und der Wind strich durch das Wageninnere. Schließlich hielt er vor einem blassgelben Holzhaus an, das sich zwischen Pinien und Eichen an eine kleine Anhöhe kuschelte.

Er schaltete den Motor aus und öffnete seine Tür. „Was hältst du davon?"

Ellen stieg aus, während Heath die Mädchen abschnallte. „Willst du es kaufen?"

„Ja." Er nahm Alice auf den Arm und stellte sich neben Ellen, die Rio an der Hand hielt. „Ein eigenes Häuschen in St. Helena. Nichts Großartiges, aber als Marsha Downey es mir gezeigt hat, habe ich mich sofort in das Haus verliebt."

Alice legte ihre Hände an Heaths Gesicht. „Werden wir hier wohnen, Papa?"

Er stupste sie mit seiner Nase an. „Ja, wenn wir hier zu Besuch sind. Wollt ihr euch das Haus ansehen?"

319

„Jaaa!" Alice wand sich von seinem Arm und ergriff Ellens Hand. Im Schatten der Bäume gingen sie zum Eingang.

Diese Szene rührte Heath an. Sie waren wie eine Familie. Doch er würde weggehen. Er hatte sich bereits in die aktuellen Fälle der Kanzlei eingearbeitet und sich auf seinen ersten Arbeitstag vorbereitet. Sein Roman lag im Augenblick auf Eis. Aber Ellen brachte ihn dazu, einen neuen Bereich seiner Seele zu erforschen, einen Teil seines Herzens zu entdecken, der nur für sie reserviert war.

War es möglich, die große Liebe zweimal zu erleben?

Heath stellte sich vor, wie sie, alt und grau geworden, zusammen auf der Veranda dieses Cottages saßen und sich über ihre Kinder unterhielten. Ellen würde in einem lichtdurchfluteten Atelier malen, während er an seinem nächsten Bestseller schrieb. Und wenn der Mond am Himmel aufging, würde er sie in seine Arme nehmen und zur Melodie ihres Herzens mit ihr tanzen.

„Heath. Hey, hast du mich nicht gehört? Willst du noch eine Veranda anbauen?" Ellen schaute ihn lächelnd an.

Schweiß trat ihm auf die Stirn. Und dabei stand er doch im Schatten. „Äh, ja. Hatte noch gar nicht darüber nachgedacht, aber sicher, warum nicht?"

„Diese Seite des Hauses wird abends im Schatten liegen. Eine Veranda wäre hier perfekt."

Na toll, du Dummkopf, du stellst dir deine späten Jahre mit einer Frau vor, die sich Gedanken um eine Veranda und Schatten am Abend macht.

Ellen trat zur Seite, und er schloss die Tür auf. Im Cottage drehte sie sich einmal um die eigene Achse, um den Raum in sich aufzunehmen. „Ich verstehe, warum du dich in dieses Haus verliebt hast."

„Der Verkäufer hat es noch renoviert."

Das Cottage erschien ihm jetzt noch hübscher als an dem Nachmittag, an dem er es mit Marsha besichtigt hatte. Der Boden aus Kieferndielen glänzte in dem Licht, das durch die Fenster hereinfiel. Die hellen Wände, deren Farbe einen Stich ins Rosa

320

ging, strahlten Wärme aus. Und das Schönste war, dass Ellen in diesem Zimmer stand.

„Es ist so schön hell hier drin." Sie ging zur hinteren Ecke und schaute durch das Fenster nach draußen. „Hier könnte man malen."

„Ich lasse dir den Schlüssel da. Dann kannst du wirklich hier malen."

Sie wirbelte mit verschränkten Armen zu ihm herum. „Allmählich kommt es bei mir an: Du wirst uns verlassen."

„Ja, ich ..." Er klimperte mit den Schlüsseln. Hörte er da Sehnsucht in ihrer Stimme? „Ellen, ich möchte –"

Alice platzte mit Rio im Schlepptau ins Zimmer. „Welches Zimmer bekomme ich, Papa?"

„Such dir eins aus, aber das große ist für mich." Heath zwinkerte Ellen zu.

„Wirst du denn überhaupt Zeit haben, zu Besuch zu kommen?", fragte sie.

„Zuerst bestimmt nicht. Aber vielleicht im Frühling."

„Im Frühling?", wiederholte sie flüsternd.

Heath empfand ebenso – der Frühling war noch unendlich weit weg. „Also, wie findest du den Kamin? Er wurde ganz neu gemacht. Und hier ist die Küche. Die eine Wand wurde herausgenommen, um den Raum zu vergrößern."

„Es ist toll, Heath." Ellen lehnte sich an die Granittheke, und zum ersten Mal, seit er sie kannte, sah er so etwas wie unterdrückte Leidenschaft in ihrem Blick. „Was wolltest du eben sagen?"

„Ich weiß nicht. Es ist schwer in Worte zu fassen –"

Alice und Rio wurden übermütig. Sie tobten durch die Zimmer, knallten die Türen, und ihre Schreie hallten durch den Flur.

„Hey, Alice, Rio, die Balken biegen sich schon von eurem Lärm. Kommt, wir gehen nach draußen."

Eine blonde und eine braune Rakete schossen an Heath und Ellen vorbei und durch die Küchentür nach draußen in den Garten. „Cool! Eine Schaukel!"

321

„Mann, das ist, als würde man in einem Tom-und-Jerry-Zeichentrickfilm leben."

„Alice hat sich sehr verändert. Sie ist schon lange nicht mehr das verängstigte, stotternde Kind, das vor ein paar Monaten hier angekommen ist", bemerkte Ellen. Sie ging zur Hintertür und schaute nach draußen.

„Du hast viel zu ihrer Entwicklung beigetragen, Ellen. Sie brauchte eine Frau in ihrem Leben."

„Sie ist so liebenswert, Heath. Ava wäre stolz auf sie."

„Irgendwie denke ich, dass sie zusieht und uns anfeuert." Heath drückte den Griff der Fliegengittertür herunter. „Wollen wir uns den Garten ansehen?"

Ellen nickte. „Natürlich. Wie ich höre, gibt es eine Schaukel."

Unter einer alten Eiche versuchten Rio und Alice, in den alten Reifen zu klettern, der als Schaukel diente, aber es gelang ihnen nicht. Heath setzte die beiden Mädchen in den Reifen und stieß sie leicht an. Der Duft, den der Wind mit sich trug, ließ den Herbst schon erahnen.

„Der Herbst in New York ist schön", meinte Ellen unvermittelt. Sie griff nach den von der Eiche herabhängenden Moosfetzen. „Footballsaison, bunte Bäume, windige Tage und kalte Nächte."

„Und ich werde in einem Büro eingesperrt sein und es erst verlassen dürfen, wenn es draußen schon dunkel ist, um dann in einer finsteren U-Bahn nach Hause zu fahren."

„Ich könnte nie tun, was du tust."

„Ich könnte nie tun, was *du* tust."

„Und was wäre das? Ich mach doch nichts Besonderes."

„Das kannst du doch nicht immer noch denken! Warum nur empfinden schöne, talentierte Frauen so viel Unsicherheit?"

„Liegt das vielleicht am Klima?"

Heath lachte. „Dann hat es sich aber über die Grenzen der Südstaaten hinweg verbreitet. Ellen, an fünf Tagen in der Woche sitzt du morgens in der Kapelle vor dem König der Könige. Anbetung ist keine Einbahnstraße. Du willst ihm dienen, doch genauso sehr sehnt er sich danach, dich zu beschenken. Hör doch auf, dich dagegen zu sträuben."

Ellen schwieg. Hatte er seine Grenzen vielleicht überschritten?

„Du hast recht, Heath. Ich vergesse das und konzentriere mich zu sehr auf meine Schwächen."

„Tun wir das nicht alle?" Er wollte das in der Küche unterbrochene Gespräch wieder aufnehmen, aber Rio begann zu schreien, und Alice stimmte sofort in ihr Gekreische ein. Eine von ihnen hatte aus der Schaukel aussteigen wollen und der anderen dabei wehgetan, und in kürzester Zeit hatte sich der schönste Streit entwickelt.

„Okay, ihr zwei, hört auf. Rio, Alice hat dich nicht absichtlich an den Haaren gezogen." Heath holte die Mädchen aus der Schaukel. „Wo sind eure Puppen?"

„In meinem Zimmer." Alice verschränkte die Arme und schaute Rio schmollend an.

„Dann lauft und holt sie, damit wir losfahren können. Wer möchte etwas essen?"

Alle.

„Auf was hast du Lust?", fragte er Ellen.

„Ich habe den ganzen Sommer noch nicht gegrillt."

Er zog eine Augenbraue in die Höhe. „Also werfen wir ein paar Würstchen auf den Grill?"

„Oh ja!"

Dann und wann schaute Ellen von dem Kunstbuch hoch, das auf ihrem Schoß lag, und beobachtete Heath, der die letzten Ecken und Kanten seines Engels glattschmirgelte. Es würde noch etwa eine Stunde lang hell sein und er wollte den Engel unbedingt fertigstellen, bevor er abreiste.

Sie hatten einen schönen Tag miteinander verlebt: Heath, Ellen, Alice und Rio. Nachdem sie sich Heaths Häuschen angesehen hatten, waren sie zum Supermarkt gefahren, um Grillgut zu besorgen. Immer wieder mussten sie die kleinen Streitereien von Rio und Alice schlichten.

Der Duft nach Gegrilltem hing noch in der Luft, als Julianne und Danny vorbeikamen. Sie verspeisten die letzten beiden Würstchen und riefen dann nach Rio. „Komm, wir wollen nach Hause fahren."

Heute Abend wollten sie Rio vorsichtig auf die Wahrheit über „Mr Danny" vorbereiten. Als sie fort waren, setzte Heath Alice in die Badewanne und brachte sie danach zu Bett, während Ellen die Küche aufräumte.

Da Ellen noch keine Lust hatte, sich in ihr Studio zurückzuziehen, beschloss sie, ein Kunstbuch durchzublättern, während Heath weiter an seinem Engel arbeitete. „Nimm dich vor Splittern in acht, McCord", rief Ellen ihm zu, bevor sie sich wieder in ihr Buch vertiefte. Danny wollte ein Gemälde für sein Büro, und Ellen suchte Anregungen für ein Bild mit ausgeprägten Licht- und Schatteneffekten.

„Ha, du willst mich nur wieder mit einer Nadel misshandeln." Heath trat zurück und begutachtete sein Werk.

Ellen legte ihr Buch zur Seite und schlenderte barfuß über den Rasen. „Nimmst du den Engel mit nach New York?"

Heath wischte sich den Schweiß von der Stirn. „Ganz bestimmt schleppe ich den nicht mit nach Manhattan. Ich kann ihn hierlassen oder in mein neues Haus stellen."

Ellen fuhr mit der Hand über die Wölbung des Engelsflügels. „Das mag vielleicht seltsam klingen, aber ich bin davon überzeugt, dass ein Engel über der Gebetskapelle Wache hält. Können wir ihn dort aufstellen?"

„Aber natürlich. Tolle Idee."

Kapitel 29

An: CSweeney
Von: Ellen Garvey
Betreff: Liebe?

Habe mich in meinen Mieter Heath verliebt. Aber er reist in ein paar Tagen ab. Muss mich bis dahin zusammenreißen. Er ist einfach so ... real. Ich habe das Gefühl, dass er mich besser kennt als ich mich selbst. Er ist verwitwet, kommt aber langsam über seinen Schmerz hinweg und ist ehrlich mit sich, mit mir.

Seufz.

Wie geht es dir?

Liebe Grüße,
Ellen

August 1942

Zusammen mit den übrigen Staffelführern betrat Chet zur Einsatzbesprechung die Wellblechhütte. In dem Raum standen ein Schreibtisch und vier Stuhlreihen. Colonel Chennault stand vor einer Karte der Aleuten.

Als Chet sich in der letzten Reihe neben dem Heizofen niederließ, verspürte er ein seltsames Prickeln in seinem Magen. Das gefiel ihm nicht. Irgendetwas war im Busch.

Leutnant Jason Webb saß neben ihm, den Kragen seiner Windjacke hochgeschlagen. Es war erst September, aber hier herrschten bereits winterliche Temperaturen. „Dank Onkel Sam weiß ich jetzt, wie sich ein Eis am Stiel fühlt."

325

„Entspann dich, Webb, es ist immer noch Sommer", meinte Chet. „Warte bis zum Herbst."

Als der Zeiger auf die volle Stunde umsprang, begann Chennault mit seiner Einsatzbesprechung. „Wir rücken vor."

Chet beugte sich vor. Ja, irgendetwas war im Busch. Zu dumm, gerade als er sich in Umnak ein wenig eingelebt hatte. Abends konnten sie Filme anschauen, sie genossen die Vorzüge der Elektrizität, und auch das Essen war genießbar.

Chennault deutete mit seinem Zeigestock auf die Karte. „Adak liegt zweihundertfünfzig Meilen vom Feind entfernt auf Kiska. Wir schleichen uns durch die nächste Tür ein, Jungs."

Als der Colonel die Einsatzbesprechung beendet hatte, warf er Chet ein kleines schwarzes Kästchen zu. „Captain McCord, ich denke, diese Majorsabzeichen werden Ihnen gut stehen."

Chet fing seine Beförderung aus der Luft auf. „Vielen Dank, Sir."

Noch heute Abend würde er Kelly schreiben und ihr von seiner Beförderung berichten, obwohl er sie natürlich lieber damit überrascht hätte, dass er nach Hause kam.

21:00 Uhr. Heath schob seinen Laptop zur Seite. Seine Schultern waren verspannt, weil er sich so intensiv auf die Szene konzentriert hatte. Dies war der letzte Abend, an dem er an dem Buch arbeiten konnte, bevor die Kanzlei ihn wieder mit Haut und Haaren verschlang.

Das Buch war jetzt etwa zur Hälfte fertig, und wenn er am Wochenende und abends daran weiterarbeitete, konnte er es in fünf oder sechs Monaten fertig haben. Falls Rick ihn nicht mit Arbeit überhäufte.

Aber er war nicht zufrieden mit seiner Entscheidung zurückzugehen. Er hatte das Gefühl, die falsche Ausfahrt gewählt zu haben. Die Rückkehr nach Manhattan würde ihm schwer fallen.

Nur der Abschied.

Er lief durch den Flur, stieg über die Kisten hinweg, die er bereits gepackt hatte – die meisten mit Alices neuen Spielsachen –, und schaltete das Licht im Flur an, um nach seiner Tochter zu sehen. Ihre Arme und Beine hatte sie von sich gestreckt, und ihre zerzausten Haare flossen über das Kissen.

Vor zwei Tagen hatte er 300 Dollar für neue Kleidung ausgegeben, als ihre kleinen Jeans von heute auf morgen Hochwasser bekamen und ihre Shirts kaum noch den Bauch bedeckten. Im November würde sie fünf werden, und damit kam sie der gefürchteten Pubertät ein Jahr näher.

Ganz vorsichtig schob er ihre Beine unter die Decke. Dann ließ er sich auf ihrer Bettkante nieder und stützte die Arme auf seine Knie.

„Was meinst du, Alice, soll Papa Ellen einfach packen, sie küssen, bis sie keine Luft mehr bekommt, und ihr sagen, dass sie davon noch mehr haben kann, und dann einfach davongehen und hoffen, dass sie mitkommt?" Sein Geständnis brachte ihn zum Lachen. „Papa hält scheinbar viel von seinen Küssen, nicht?"

Wie gut, dass Alice tief und fest schlief. Eine Vierjährige brauchte eigentlich nichts über das Liebesleben ihres Vaters zu wissen.

Heath betete stumm und lauschte eine Weile auf ihr Atmen, dann ging er in die Küche, wo er sich eine Tasse abgestandenen Kaffee aufwärmte und damit auf die Veranda trat.

Der Abend war warm und weich. Aber bevor er sich niederlassen konnte, klingelte sein Handy. So spät – das konnte nur Nate sein.

„Was macht das Meisterwerk aus dem Zweiten Weltkrieg?"

Heath trank seinen Kaffee. „Meisterwerk? Ein großes Wort für so ein kleines Buch."

„Ich habe es verkauft."

„Sag das noch mal." Der Schaukelstuhl knarrte, als Heath sich darin niederließ.

„An einen Verlag namens *Beil Harbor Press*. Es hat ihnen gefallen, Heath. Natürlich muss das Manuskript noch überarbeitet werden, aber Wade Donovan, der Cheflektor, hat gesagt, sie seien auf der Suche nach einem Kriegsroman, und deiner sei genau das

327

Richtige. Ihm gefällt dein Stil, und er hat ein gutes Angebot gemacht."

Heath würde sein Geständnis vermutlich bereuen, aber er musste es trotzdem sagen: „Nate, das Buch ist doch noch gar nicht fertig. Und wer ist *Bell Harbor Press*?"

„Kannst du es innerhalb von sechs Monaten fertigstellen? Ich habe denen gesagt, das sei kein Problem. Das ist ein kleiner, aber feiner Verlag aus Boston. Sie haben einige Bestseller herausgebracht. Das ist heute dein Glückstag, Heath."

„Ich weiß nicht, was ich sagen soll."

„Sag ‚Vielen Dank, Nate', und du schuldest mir ein Mittagessen, wenn du wieder hier bist. Dann können wir die Details besprechen."

„Okay. Nate, vielen Dank, Mann."

Heath sah nach, ob im Studio noch Licht brannte. Das erhellte Fenster über der Garage sagte ihm, dass Ellen noch wach war. Er schaute noch einmal nach Alice, dann rannte er durch den Garten und zwei Stufen auf einmal nehmend die Treppe zum Studio hoch.

Im Licht der frühen Dämmerung lief Ellen über das vom Morgentau noch feuchte Gras zu Heath, der mit Alice neben seinem Van wartete. Die Kleine trug Rosa und ihre Haare waren oben auf dem Kopf zu einem Pferdeschwanz hochgebunden wie bei Pebbles von der Familie Feuerstein. Heath trug ein gestärktes, sauberes Oberhemd und sah sehr elegant aus. Sein Blick war auf sie fixiert.

Was siehst du, Heath?

Gestern Abend war Heath wegen seines Buchvertrags ganz aufgeregt gewesen. Sie hatte unruhig geschlafen und die ganze Zeit versucht, ihre Gefühle zu analysieren. In der Dunkelheit hatte sie mit Jesus gesprochen: „Er ist doch nur ein Freund, richtig? Ein sehr guter Freund. Ich meine, wie könnte er mehr sein? Ich habe gerade erst mit Jeremiah Schluss gemacht; er hat gerade erst die letzte Tür hinter seinem Leben mit Ava geschlossen. Ich kann doch mein Herz nicht einem Mann schenken, der gerade von hier weggeht. Das ist verrückt. Außerdem, ich habe keine Ahnung, was er überhaupt für mich empfindet, und …"

Als sie ihre innere Auseinandersetzung nicht mehr länger ertragen konnte, hatte sie sich ihren iPod geschnappt, die Stöpsel in die Ohren gesteckt und die Stimme in ihrem Kopf mit Musik übertönt.

„Alles gepackt und fertig?", rief sie jetzt betont fröhlich, ganz und gar nicht ihrer Stimmung entsprechend.

„Sieht so aus."

Ellen hockte sich vor Alice, damit sie ihr in die Augen sehen konnte. „Ich werde dich vermissen."

Die Unterlippe des kleinen Mädchens zitterte. Ihre blauen Augen schwammen in Tränen. „Ich will nicht nach New York." Alice warf sich in Ellens Arme. „Wer soll mich denn da frisieren?"

„Oh, Schatz …" Ellen biss sich auf die Lippe, um nicht loszuprusten. Während ihres Aufenthalts hier hatte sich Alice von einem kleinen Mädchen in ein großes Mädchen verwandelt. „Alice, du hast doch deine Nanny, Junie. Und eines Tages wird dein Papa vielleicht auch lernen, wie man einen Pferdeschwanz macht. Vielleicht. Und wenn nicht, dann wirst du es sowieso bald selbst machen können."

Heath warf ihr einen entrüsteten Blick zu. „Hast du mich gerade beleidigt?"

„Ja."

„Aber ich will *dich*!" Alice klammerte sich noch fester an sie.

Ellen vergrub ihr Gesicht in Alices duftenden Haaren und ihre Augen füllten sich mit Tränen.

Heath kniete sich neben sie. „Alice, wir haben doch darüber gesprochen, weißt du nicht mehr? Rick braucht Papa für eine kleine Weile."

Aber die Kleine war untröstlich und hing weinend in Ellens Armen. „Schsch, Alice, alles wird gut. Wir telefonieren und unterhalten uns über den Computer. Dabei können wir uns sogar sehen, weil Papa eine Internetkamera hat."

„Und wir kommen wieder her, sobald es geht." Heath suchte Ellens Blick.

„Bis zum Frühling ist es noch lange hin."

„Ja, ich weiß." Heath schüttelte den Kopf. „Ich hatte an Weihnachten gedacht, aber nachdem ich den Roman jetzt wirklich untergebracht habe, werden wir das zeitlich wohl nicht schaffen. Ich werde an den Abenden, Wochenenden und Feiertagen schreiben müssen."

„Wenn du müde und frustriert bist, denk dran, dass ich für dich bete."

„K-kannst d-du nicht n-nach New York kommen und mich besuchen?" Diese Idee tröstete Alice ein wenig. Sie fuhr sich mit der Hand über die feuchten Wangen.

„Warum eigentlich nicht?" *Wenn dein Papa mich einlädt.*

Heath starrte sie an. „Wirklich?"

„Ja, vielleicht."

Er lächelte. „Mir gefällt, wie du das *Vielleicht* ausgesprochen hast. So, Alice, wir müssen uns jetzt auf den Weg machen."

„Ich wünsch euch eine gute Fahrt. Wir telefonieren bald." Ellen gab Alice einen Kuss und drückte sie noch einmal fest an sich, bevor Heath sie in ihrem Kindersitz anschnallte und die Tür schloss.

Heath betrachtete sie eine ganze Zeit lang schweigend. „Ich will mich nicht verabschieden."

„Dann tu es doch nicht." Sie zog die Schultern hoch und schauderte, obwohl es nicht kalt war.

„Was meinst du?"

Ellen trat mit der Schuhspitze ins Gras. „Ich weiß nicht. Ich werde dich vermissen. Sehr."

„Ich liebe dich, Ellen." Dieses Geständnis brach einfach aus ihm hervor, ohne dass er es bewusst gesteuert hätte, und legte damit alle unausgesprochenen Gefühle offen.

„Es könnte sein – vielleicht –, dass auch ich mich in dich verliebt habe. Ich konnte nicht schlafen, musste die ganze Zeit darüber nachdenken."

Er küsste sie, warm und zärtlich, und zog sie ganz fest an sich.

Als er den Kopf wieder hob, drückte sie ihr Gesicht an seine Brust. „Und was nun, Herr Anwalt?"

Heath drückte ihr einen Kuss auf die Stirn. „Ich weiß es nicht. Das ist nicht die Abschiedsrede, die ich vorbereitet hatte."

„Ist das nicht verrückt?"

„Ein bisschen." Heath küsste sie erneut, hielt ihr Gesicht in seinen Händen. „Ellen, als ich herkam, wäre ich nie auf den Gedanken gekommen, dass ich mich wieder neu verlieben könnte. Mein einziger Wunsch war, meine Trauer zu überwinden und mehr Zeit mit meiner Tochter zu verbringen."

„Ich hätte auch niemals gedacht, dass wir einmal so hier stehen würden. Eigentlich sollte ich jetzt mit Jeremiah verheiratet sein und in Dallas leben."

„Nein, Ellen, ich glaube, es sollte genau so sein, wie es ist."

Alice klopfte an die Autoscheibe und rief: „Papa, wann fahren wir?"

„*Jetzt* will sie los!" Heath öffnete die Tür. „Noch einen Augenblick, Papa spricht gerade noch mit Ellen."

Heath geleitete Ellen zur Fahrerseite, lehnte sich an den Wagen und zog sie an sich. „Der Rechtsanwalt in mir sagt: *Sei vernünftig, nutze diese Zeit der Trennung, versichere dich deiner Gefühle. Der Mann in mir sagt: Geh mit ihr zu Pastor O'Neal und heirate sie auf der Stelle.*"

Ellen gab ihm einen flüchtigen Kuss. „Ich glaube, ich wusste es eigentlich schon an dem Abend, als Jeremiah zurückkam."

„Ich wusste es in dem Augenblick, als ich am ersten Tag mit Alice ins Cottage kam. Du hast mich mit deinen grünen Augen so wunderbar streng angeschaut." Er grinste und hauchte ihr einen Kuss auf die Lippen. „Ellen, du bist alles, was ich brauche. Als ich dich erst zwei Tage kannte, war ich bereits eifersüchtig auf Jeremiah. Ich weiß nicht, was die Zukunft uns bringen wird, aber wollen wir es miteinander versuchen?"

Leiser Zweifel überfällt einen zu den unmöglichsten Zeiten.

„Jede Faser in mir schreit Ja, aber da ist diese kleine Stimme, die mich warnt, dass es nicht funktionieren wird." Ellen richtete seinen Kragen und fuhr mit der Hand über seine Hemdknöpfe.

„Sag dieser kleinen Stimme, sie soll still sein und lieber auf mich hören."

„Halt den Mund und hör auf Heath."

Ihr Gesichtsausdruck brachte ihn zum Lachen. Er drückte sie an sich und gab ihr einen Kuss auf die Wange. „Lassen wir es doch langsam angehen. Wir telefonieren, bleiben per Mail in Verbindung und warten ab, wie sich alles entwickelt."

Ellen schaute zu ihm hoch. „Okay. Doch, ich bin ziemlich sicher, dass ich dich liebe, McCord."

„Und ich weiß ganz genau, dass ich dich liebe, Garvey."

An: Ellen Garvey
Von: CSOneal
Betreff: Re: Liebe?

Liebe? Wirklich? Du liebst deinen Mieter? Ellen, Mädchen, die Liebe begegnet uns, wenn wir am wenigsten damit rechnen. Schau dir nur Mitch und mich an. Du brauchst keine Angst vor einer Fernbeziehung zu haben. Das kann auch Vorteile haben. Ich freue mich so für dich! Bist du glücklich? Was gibt es Neues?

Muss los. Vor meiner Abreise sind noch viele Details zu klären. Später mehr.

Alles Liebe,
Caroline

Oktober

Ellen saß in einem leeren Friseurstuhl in Juliannes Salon und verkrampfte sich, als ihre Schwester begann, Rubys Kritik ihrer Gemälde in der Zeitschrift *Art News* vorzulesen. Ihre Armreifen rutschten bis zum Ellbogen hoch, als sie die Hände über ihre Ohren legte.

Julianne begann zu lesen:

**Wild Heart Galerie
Beaufort, South Carolina**

*Die Künstlerin Ellen Garvey aus dem Lowcountry stellte erst-
mals während des Kunstspaziergangs im Sommer in der Galerie Wild Heart von Darcy Campbell sechs Gemälde aus.*

*Garveys Bilder, zum Beispiel Mädchen im Gras oder Das
Erinnerungsbuch, sind sentimental und durchdacht provozie-
rend. Ihr Stil, geprägt vom Impressionismus, reicht nicht an
dessen Meister heran, doch ihre Bilder fesseln den Betrachter
und lassen ihn nicht los.*

*Garveys Arbeit vermittelt eine geistliche Tiefe, die bei den
Künstlern der heutigen Zeit selten zu finden ist. Sie geben eine
Botschaft des Friedens und der Hoffnung weiter. In einer Welt,
die nach Antworten sucht und sich nach Trost sehnt, sprechen
Garveys Arbeiten ohne Worte.*

*Sie ist eine frische Stimme in der Kunstszene und ich heiße sie
herzlich willkommen.*

Ruby Barnett

Julianne seufzte. „,Und ich heiße sie herzlich willkommen'", wiederholte sie. „Ellen, das ist ja fantastisch!"
 Ellen griff nach der Zeitschrift. *Frische Stimme. Geistliche
Tiefe.* Mit Gott konnte man wirklich Unmögliches tun. Caroline
hatte es zuerst bewiesen.
 „Du wirst bestimmt berühmt", meinte Lacy. Sie knallte mit
ihrem Kaugummi, schnappte sich den Besen und begann zu
fegen.

„Wohl kaum." Aber Ellen tat Lacys Zuversicht gut. Sie las den Artikel noch einmal durch und nahm sich vor, ein Dutzend Exemplare der Zeitschrift zu kaufen, nur für den Fall, dass dies ihre erste und letzte gute Kritik war.

„Also gut, soll ich dir jetzt die Haare schneiden oder willst du das noch ein paar Mal lesen?" Julianne schob Ellens Stuhl vor den Spiegel.

„Lass mich doch meinen Erfolg genießen. Es könnte mein letzter sein."

Sie las die Kritik noch einmal durch und analysierte jeden Satz. Was genau meinte Ruby damit? Klang es jetzt noch genauso gut wie beim dritten oder vierten Durchlesen?

Als ihr Handy in ihrer Handtasche zu klingeln begann, warf Julianne ihr die Tasche zu. „Lasst mich wissen, wann Ihr bereit seid, Euch frisieren zu lassen, Euer Hoheit."

Auf dem Display stand *Heath*. „Hallo!"

„Habe gerade die *Art News* gelesen."

Ellen strich mit der Hand über die Seite. „Was? Herr Rechtsanwalt, Sie haben doch keine Zeit, sich mit schnöden Kunstmagazinen abzugeben. Arbeitest du nicht an einem großen Fall?"

„So viel Zeit muss sein. Und, bist du überwältigt?"

„Was? Nein! Ich hab es natürlich nicht anders erwartet. *Pffff.* Wer braucht schon Ruby Barnett? Ich weiß auch so, dass ich ein großes Talent bin. Heath, ich sage dir, mein Telefon klingelt ununterbrochen."

„Was du nicht sagst."

Ellen lachte. „Okay, ich strahle über das ganze Gesicht."

„Ich bin stolz auf dich." Er atmete tief durch. Das Geräusch kitzelte Ellen im Ohr. „Ich habe *Coffin Creek im Nebel* in meinem Büro aufgehängt. Es bekommt begeisterte Kritiken von sämtlichen Klienten und Partnern."

„Im Cottage riecht es noch nach dir, aber du bist nicht da."

„Es riecht nach mir? Ellen, putz das Haus!"

„Dann verliere ich ja den letzten Rest von dir. Wenn du nicht persönlich hier sein kannst, dann will ich wenigstens deinen Duft um mich haben, solange er da ist."

Julianne zog Ellen aus dem Stuhl. Sie hatte eine andere Kundin. Ellen ließ sich unter einem Haartrockner nieder. „Was macht das Buch?"

„Es ist mühsam, aber ich komme weiter. Ich habe all meinen Mut zusammengenommen und dir heute Morgen die erste Hälfte geschickt."

„Endlich! Es wird mir bestimmt gefallen, Heath. Ich weiß es."

„Ellen, noch etwas. Ich weiß, wir wollten uns zu Weihnachten sehen, aber ich habe einen schwierigen Fall übernommen. Der beschäftigt mich den ganzen Tag und schleicht sich auch noch in die Abende ein. Ich werde die Feiertage zum Schreiben brauchen."

Ellen blätterte abwesend die Seiten der Zeitschrift um. „Oh, okay. Ich verstehe. Vielleicht kann ich zu dir fliegen … irgendwann. Ich meine, wenn du das möchtest …"

„Ob ich das möchte? Wenn du wüsstest, Ellen! Aber ich habe im Augenblick wirklich keine Zeit. Ich komme kaum rechtzeitig nach Hause, um Alice eine Geschichte vorzulesen und sie ins Bett zu bringen."

„Aber wie sollen wir miteinander weiterkommen, wenn wir nie zusammen sind? Wenn sich deine Meinung geändert hat, Heath, dann sag es bitte."

„Meine Meinung hat sich nicht geändert. Es ist wirklich eine Zeitfrage, Ellen. Aber es geht ja nicht mehr lange so. Hab noch etwas Geduld, dann habe ich das hinter mir."

„Dann muss ich dir sagen, dass mir das ziemlich bekannt vorkommt, Heath. Jeremiah hat dasselbe mit mir gemacht."

„Aber ich bin nicht Jeremiah."

„Ich lasse das nicht noch einmal mit mir machen." Ellen schaute ihr Spiegelbild grimmig an.

„Können wir später darüber sprechen? Ich muss ins Gericht."

„Ich weiß nicht, Heath. Vielleicht sind wir nicht füreinander bestimmt. Vielleicht waren wir beim Abschied nur in einer rührseligen Stimmung."

Lange Zeit kam darauf nichts. Dann ein tiefer Seufzer. Ellen stellte sich vor, wie er an seinem Schreibtisch stand und sich mit

335

der Hand durch die Haare fuhr. „Wie sind wir von ‚Ich bin sicher, dass ich dich liebe‘ zu dieser Variante gekommen?“

„Wir hatten einen Monat Zeit, um nachzudenken, zu beten und uns wieder in unseren Alltag einzufinden.“

„Willst du mir sagen, dass du Schluss machen möchtest?“

„Nein, aber ich versuche herauszufinden, welche Aussichten diese Beziehung hat.“

„Können wir das heute Abend besprechen?“

Sie richtete sich auf. „Ja, klar. Ich wünsche dir einen guten Tag bei Gericht.“

„Danke. Ciao.“

Ellen beendete die Verbindung und starrte auf die Kunstzeitschrift in ihren Händen.

Kapitel 30

An diesem Morgen betete Ellen allein in der Kapelle, an Miss Annas Platz vor dem Altar. Ihre Mentorin war gestern nicht zur Gebetszeit erschienen, aber als Ellen angerufen hatte, um nachzufragen, ob es ihr gut ging, versicherte sie ihr, dass alles in Ordnung sei.

„Meine Knochen schrien nach etwas Ruhe, das ist alles. Morgen bin ich wieder da. Ich spüre, dass der Herr mich drängt."

Ellen warf einen verstohlenen Blick zur Tür. Vielleicht kam sie später. Es war ja noch Zeit. Ellen hatte heute Schwierigkeiten, sich zu konzentrieren. Ihre Gedanken wanderten von dem Gemälde für Danny, an dem sie gerade arbeitete, zu dem, was Heath bei ihrem Gespräch gestern Abend gesagt hatte: *Vielleicht sollten wir wirklich einen Schritt zurücktreten und unsere Beziehung noch einmal überdenken.*

Sie hatte sich in den Schlaf geweint. Auch wenn sie zu keinem Entschluss gekommen waren, vermutete Ellen doch, dass Heath auf ihre eigenen Zweifel reagierte. *Gott, ich bin eine Beziehungssaboteurin. Warum tue ich das immer wieder?* Weil er in New York war und sie hier? Wenn der Schmerz in ihrem Herzen ein Indiz dafür war, dann liebte sie ihn heute noch mehr als gestern. *Herr, bewahre mich vor mir selbst. Ich lege Heath, unsere Beziehung und alle meine Ängste in deine Hände. Werde du groß in mir und lass mich kleiner werden.*

Die Kapellentür quietschte. Ellen erhob sich von den Knien. „Miss Anna?"

„Morgen, Ellen."

„Guten Morgen, Pastor O'Neal."

Er setzte sich in die erste Reihe und klopfte auf den Sitzplatz neben sich. „Setz dich zu mir."

„Ist alles in Ordnung?"

„Heute haben wir den ersten kalten Morgen in diesem Herbst." Pastor O'Neal blies in seine Hände und lachte leise. „Früher gab es in der Kapelle einen Kamin, dort drüben, neben dem Abendmahlstisch. Aber als das Ding beinahe in Flammen aufging, wurde er herausgenommen."

„Ich habe das Gefühl, dass Sie nicht hierhergekommen sind, um Ihre Erinnerungen an den Kamin mit mir auszutauschen. Geht es Mitch gut? Und Caroline?"

„Es geht ihnen prima. Sie werden zu Weihnachten herkommen." Er rutschte unbehaglich auf seinem Platz herum und räusperte sich. „Ich schätze, ich brauche gar nicht erst versuchen, um den heißen Brei herumzureden ... Miss Anna ist heute Nacht im Schlaf gestorben, Ellen."

Nein. Unmöglich. Ihre Haut begann zu prickeln. „Aber ... nein! Ich habe doch gestern noch mit ihr gesprochen."

„Ihre Schwester hat sie in ihrem Bett gefunden. Sie lächelte." Seine Augen schimmerten feucht und er starrte auf den Fußboden.

„Vermutlich hat Jesus sie persönlich abgeholt", flüsterte Ellen.

„Hätte sie es anders gewollt?"

„Hätte er es anders gewollt?" Tränen liefen Ellen über die Wangen. „Was soll ich nur ohne sie machen?"

Pastor O'Neal trat neben sie und reichte ihr einen Zettel. „Anna gab mir das schon vor zwei Monaten für dich. Sie bat mich, es dir erst zu geben, wenn der richtige Zeitpunkt gekommen ist. Ich wüsste schon, wann das sein würde, meinte sie."

Ellen fuhr mit dem Handrücken über ihre feuchten Wangen und nahm den Brief entgegen.

„Ich fände es schön, wenn du bei ihrer Beisetzung ein paar Worte sagen würdest."

„Das mache ich sehr gern." Eine Träne tropfte von ihrem Kinn.

Pastor O'Neal legte väterlich den Arm um Ellens Schultern und hob die Hand zum Himmel. Mit seiner schönen Baritonstimme begann er zu singen: „Mir ist wohl ... in dem Herrn."

Ellens Knie wurden weich. Weinend ließ sie sich zu Boden sinken. *Ja, mir ist wohl. Aber Miss Anna, da ist noch so vieles, über das ich gern mit Ihnen sprechen würde.*

Das Lied war zu Ende, aber es hing noch im Raum, hallte zwi-

338

schen den dunklen Dachbalken wider. Ellen weinte, das Gesicht in den Teppich gedrückt. Neben ihr türmten sich die Papiertücher auf. Als der Schmerz nachließ, richtete sie sich auf und las den Zettel in ihrer Hand.

In ihrer zittrigen Schrift hatte Miss Anna auf den Umschlag geschrieben: „Für Ellen." Die blaue Tinte ihres Füllfederhalters hatte gekleckst. Ellen faltete den Briefbogen auf.

Mach weiter. Mehr stand dort nicht.

Ellen lächelte, obwohl die Tränen erneut zu fließen begannen, und eine kleine weiße Feder landete auf dem Brief, rutschte über den Rand und fiel auf Ellens Schoß.

An: Heath McCord
Von: Ellen Garvey
Betreff: Miss Anna

Hallo Heath,

Pastor O'Neal hat mich heute Morgen in der Kapelle besucht. Miss Anna ist gestorben. Wie kann ich in ihre kleinen, großen, bescheidenen Schuhe schlüpfen, Heath? Sie hat 40 Jahre vor Gott gestanden. 40 Jahre. Wird das Leben angesichts dieser Tatsache nicht ganz einfach?

Sie hinterließ mir eine Anweisung, die mich sehr aufgewühlt hat: „Mach weiter." Und wieder bekam ich eine Feder geschenkt. Ich habe fast den ganzen Tag geweint, aber allmählich gewinne ich die Fassung wieder. Heute Abend gehe ich zu Mama und Papa. Bis zu Juliannes Hochzeit sind es nur noch zwei Wochen.

Heath, all dies hat mir gezeigt, dass ich mir viel zu viele Gedanken über mein Leben mache, alles zu sehr unter Kontrolle haben will. Ja, ich tue so, als würde ich Gott vertrauen, aber das stimmt nicht. Unsere Auseinandersetzung von neulich tut mir leid. Es tut mir leid, dass ich dich so bedrängt habe und dass ich dich mit Jeremiah verglichen habe. Das ist nicht fair und das weiß ich auch. Bitte verzeih mir.

Ich habe mein Herz und meine Ängste, dich und unsere Beziehung zum tausendsten Mal an Gott abgegeben. Und ich werde es wieder und wieder tun, bis ich wirklich loslassen kann.

Ich liebe dich. Ohne Wenn und Aber. Nur du und ich.

Gib Alice einen Kuss von mir. Vielleicht können wir am Wochenende mal telefonieren.

Ich hoffe, du lässt dich von der Justiz nicht von deinem Roman abhalten. Bitte nicht. Ich bin gerade dabei, das Buch zu lesen, und ich bin begeistert. Ich erkenne in Kelly sehr viel von mir. Hmmmm, Chet gefällt mir und die Geschichte fasziniert mich. Du bist ein wunderbarer Schriftsteller, Heath. Ich habe die Aleuten nie gesehen, aber ich habe das Gefühl, mit Chet dort zu sein.

Wir reden bald,

Deine Ellen

An: Ellen Garvey
Von: Heath McCord
Betreff: Miss Anna

Ellen, es tut mir so leid, von Miss Annas Tod zu hören. Mein Herz trauert mit dir. Ich wünschte, ich könnte bei dir sein. Ich rufe dich heute Abend an.

Das Buch macht Fortschritte. Habe gerade Kapitel 20 beendet. Dein Input hat mir geholfen, vor allem bei Kellys Charakter. *Du hast das Auge einer Künstlerin, Ellen, auch über das Malen hinaus ... Ja, in Kelly steckt sehr viel von dir. Du warst meine Muse.*

Mir tut unsere Auseinandersetzung auch leid. Wir müssen beide wohl wieder ganz neu lernen, eine Beziehung zu gestalten. Nun, ich zumindest. Ava war zeitweise mehr auf ihre Karriere fixiert als ich, und sie hatte nichts dagegen, dass ich lange im Büro blieb und meine Zeit in den Beruf investierte, Zeit, die ich dann nicht für sie hatte. Ich sehe, dass das bei dir anders ist. Offen gestanden, das kann ich gut verstehen, denn eigentlich entspricht es mir auch nicht.

Ich vermisse dich. Mehr als du ahnst. Ich höre die CD von Gladys Knight so oft, dass Alice sie schon mitsingen kann. Ich muss dann immer lachen.

Oh weh, ich höre Rick im Flur.

Ich liebe dich,
Heath

Dezember

Heath starrte aus seinem Bürofenster im 20. Stock und beobachtete die Schneeflocken, die aus den grauen Wolken auf die Lexington Avenue fielen, auf der winzig kleine Leute, alle in Schwarz gekleidet, dahinhuschten.

Er hatte das Gefühl, dieses schwarzgraue Manhattan nicht noch vier lange Monaten ertragen zu können. Bestimmt würde er verrückt werden. Im Internet hatte er gesehen, dass in Beaufort angenehme Temperaturen von 13 Grad herrschten und der blaue Himmel nur etwas verhangen war.

„Gelangweilt? Von deinen Fällen?"

Ricks Stimme riss ihn aus seinen Träumereien. „Ich denke

341

nach." Heath lächelte über diese Halbwahrheit. Er dachte tatsächlich nach, aber nicht über seine Fälle.

Er vermisste das Lowcountry; er vermisste den modrigen Geruch der Sümpfe und seine Nachmittage mit Alice. Die Vormittage mit Chet und Kelly fehlten ihm auch. Er war gern mit einer Tasse Kaffee auf die Veranda getreten und hatte zu Ellens Studiofenster hochgeblickt. In solchen Augenblicken brachte allein das Wissen um ihre Gegenwart ihn zum Lächeln.

Rick nahm in dem Clubsessel Platz, der Heath früher immer an Ava erinnert hatte. Doch jetzt war er nichts weiter als ein Erinnerungsstück an ein Leben, an das er keinerlei Bindung mehr empfand.

„Als ich als junger Anwalt bei *Bernstein und Barrows* gearbeitet habe", sagte Rick langsam und mit einer bestimmten Absicht, „kam der alte Bernstein häufig in die Büros der Partner und erkundigte sich nach Einzelheiten zu unseren Fällen. Er fragte uns, was wir über die Seniorpartner wussten, was wir übereinander wussten."

Heath hörte zu. Darüber hatte Rick bisher noch nie mit ihm gesprochen.

„Ich hielt immer nach ihm Ausschau, weil ich nicht überrascht werden wollte. Wenn ich von meinen Akten aufsah und er dastand, wollte ich zumindest vorbereitet sein."

„Was bezweckte er damit?"

„Er wollte herausfinden, welche Partner das Zeug zu einem guten Anwalt hatten. Wer auch die Einzelheiten parat hatte. Wer auf die Menschen achtete."

„Willst du mir damit irgendwas mitteilen?"

„Ja. Dein Funke ist erloschen, Heath. Es ist nicht Avas Tod. Du bist nicht mehr mit dem Herzen dabei."

Heath ließ die Luft entweichen, wippte mit seinem Stuhl hin und her. Er wollte Rick nicht enttäuschen. „Es sind doch erst ein paar Monate."

Rick beugte sich vor und drückte die Handflächen aneinander. „Du nützt mit nichts, Heath, wenn du nicht mit dem Herzen dabei bist."

Heath nahm den Stift zur Hand, den Ava ihm geschenkt hatte, nachdem er sein Examen bestanden hatte. „Die Umstellung ist nicht leicht gewesen."

Der ältere Mann lachte. „Ja, und die schöne Malerin trägt auch nicht gerade dazu bei, dass du dich hier wieder einlebst. Auch der Buchvertrag nicht."

„Im neuen Jahr finde ich mich bestimmt wieder in eine Routine ein." Das war nötig, wenn er Ellen in seinem Leben haben wollte. Zeit für sie zu finden musste seine oberste Priorität sein.

Rick ging zur Tür und blieb mit der Hand am Türknauf stehen. „Der Wetterbericht sagt heftigen Schneefall voraus. Wenn du dich beeilst, bekommst du noch einen Flug nach Charleston, bevor die Flughäfen geschlossen werden. Wie ich höre, soll es zu Weihnachten im Süden sehr angenehm sein."

Heath schaute ihn an. „Was willst du damit sagen?"

„Heath, liebst du sie?"

Er klickte seinen Stift ein und aus, ein und aus. „Ja, das tue ich."

„Dann flieg zu ihr. Wenn Avas Tod etwas Gutes bewirkt hat, dann, dass du begriffen hast, wie vergänglich das Leben ist. Du hast eine zweite Chance auf die große Liebe bekommen. Was machst du noch hier?"

„Ich lasse es langsam angehen."

„Langsam angehen? Heath, ich weiß, dass du nichts überstürzen, dein Wort halten und mir gegenüber loyal sein möchtest. Aber ehrlich, ich kann dein langes Gesicht nicht mehr ertragen. Ich werde schon mit Doc und Tom klarkommen. Den Laden zu verkaufen und den ganzen Tag Tennis zu spielen erscheint mir von Tag zu Tag verlockender. So, jetzt setz dich ins Flugzeug, sonst wirst du gefeuert." Rick zog die Tür hinter sich ins Schloss.

„Danke, Rick", rief Heath ihm nach. Während er wieder hinaus in den grauen Tag starrte, gingen ihm Sätze aus Ellens Mail durch den Sinn. *Ich liebe dich. Ohne Wenn und Aber. Nur du und ich.*

Heath griff zum Telefon. „Pam, buchen Sie mir zwei Flüge nach Charleston, nonstop. Egal was es kostet."

343

Dann rief er Junie an. „Bitte packen Sie für Alice Sachen für eine Woche in South Carolina ein. Holen Sie sie aus der Schule und kommen Sie mit ihr an den Flughafen JFK. Die Einzelheiten sage ich Ihnen noch durch."

Als er seinen Mantel vom Haken riss, überlegte er, ob er noch Zeit hatte, zu *Tiffany* zu fahren.

Ellen saß zwischen Caroline und Jessy an einem Tisch im *Cottonfield Café* und hörte zu, wie der wilde Wally von Mitch O'Neals erstem Touchdown als Quarterback der Beaufort High erzählte. Selbstverständlich hatte er den Pass vorbereitet.

„Ich schaute mich um und stand hinter der Verteidigung. Die haben mich einfach umgenietet, aber zuvor warf Mitch eine perfekte Spirale zu Olinski."

Sie hatten die Geschichte schon unzählige Male gehört. Und sie hörten zum unzähligsten Mal gebannt zu. Das war Tradition.

„Mitch." Andy Caseton, der Inhaber des *Cottonfield Café*, beugte sich über die Schulter des Countrysängers. „Einige der Gäste lassen fragen, ob du vielleicht was singen würdest. Zwar ist heute nicht unser regulärer Musikabend, aber was meinst du?" Sein strahlendes Lächeln ließ Mitch keinen Raum für ein Nein.

„Och ja, bitte, Mitch", drängte Ellen. „Ich würde gern ein paar von deinen neuen Songs hören."

Er fragte Caroline nach ihrer Meinung. „Was meinst du, Schatz?"

„Klar, mach doch. Vor etwas mehr als einem Jahr hat deine Musik dieses Café gerettet."

Mitch trat auf die Bühne und klopfte ans Mikrofon. „Hallo an alle! Andy meinte, einige von euch wollten ein Lied von mir hören, und da ich ja, wie ihr wisst, hier aufgewachsen bin, komme ich diesem Wunsch sehr gern nach." Er spielte einen Akkord und stimmte seine Gitarre. „Wie immer ist es schön, wieder zu Hause in Beaufort zu sein."

Ellen lehnte sich zurück, im Einklang mit sich und ihrer Heimat. Sie hatte ihre morgendliche Gebetszeit beibehalten und wei-

344

ter gemalt. Sie vermisste Miss Anna und vor allem Heath. Aber sie war zufrieden.

„Für den Fall, dass ihr es noch nicht wisst", sagte Mitch, der auf seinem Hocker saß, „Caroline hat mir im Sommer die Ehre erwiesen, meine Frau zu werden."

Leiser Applaus ertönte im Raum. Ellen fuhr mit der Hand über Carolines Schultern

„Das folgende Lied habe ich für sie geschrieben."

Ellen entspannte sich auf ihrem Stuhl, während alle Gäste im Raum Mitchs romantischer Ballade lauschten. Das Lied tat ihr richtig gut. Plötzlich vibrierte das Handy in ihrer Handtasche. Sie nahm die Tasche auf den Schoß und kramte in der Ansammlung von Dingen nach ihrem Handy.

Sie hatte eine SMS erhalten. Ellen hielt das Handy hoch und las die Nachricht auf dem kleinen Bildschirm. Von Heath! Lächelnd öffnete sie die SMS.

Wo bist du?

Ellen drückte auf „Antworten": *Im CC mit der Gang. C und M sind da.*

Was für eine seltsame Nachricht. Warum schickte er ihr an einem Freitagabend eine SMS? Ellen ließ das Handy auf ihrem Schoß liegen, stützte ihr Kinn in die Hand und konzentrierte sich wieder auf Mitchs Gesang. Sein neues Album musste sie unbedingt haben.

Etwa in der Mitte von Mitchs viertem Lied entstand Unruhe im Raum, Stühle wurden hinter ihr gerückt und Julianne flüsterte Jessy etwas zu, die wiederum Caroline auf die Schulter tippte.

Ellen schlug mit der Hand auf den Tisch. „Was ist denn los −"

Heath stand vor ihr. Müde und erschöpft, als hätte er einen langen Tag hinter sich. Seine Haare waren zerzaust und standen in alle Richtungen ab, die Krawatte hatte er gelockert, und sein brauner Mantel hing ihm schief über die Schultern. „Hallo."

„Heath!" Ellen erhob sich langsam. Ihr Pulsschlag beschleunigte sich. „Was machst du denn hier?"

345

„Ist an diesem Tisch wohl noch Platz für eine weitere Person?"

Julianne sprang so schnell auf, dass sie über Dannys Füße stolperte. „Ja, sicher, setz dich auf meinen Stuhl. Hallo, Heath, willkommen."

„Hallo, Julianne. Herzlichen Glückwunsch zur Hochzeit."

„Danke."

„Ich habe Alice bei euren Eltern abgesetzt. Als ich ging, hat Rio vor Freude immer noch gequietscht."

„Sie hat sie so vermisst."

„Julianne", fragte Ellen, „wusstest du davon? Jessy?"

„Ganz und gar nicht."

„Woher sollte ich davon wissen?"

Auf der Bühne setzte Mitch seinen Vortrag fort. Heath ging zu ihr hinüber. „Rick hat mich gefeuert. Er sagte, ich gehöre hierher, zu dir."

„Das hat er nicht!"

Heath nickte. „Doch. Und er hat recht."

Sie taumelte; ihre Gefühle wurden übermächtig. Ihre Haltung begann zu bröckeln. „Was … was willst du damit sagen?"

Er trat näher. „Ich liebe dich. Ich möchte mit dir zusammen sein. Wenn das überhaupt möglich ist, bist du die zweite große Liebe meines Lebens, und ich wäre dumm, wenn ich noch länger von dir fortbliebe."

Okay. Ja, das ist ein guter Grund, hier zu sein. Ellen brach in Tränen aus und warf sich in seine Arme. „Ich würde auch mit dir nach New York gehen, Heath. Was immer nötig ist, aber ich möchte mit dir zusammen sein."

Er küsste sie, fest und selbstsicher. „Heirate mich." Seine Lippen strichen über ihre Ohren. „Heirate uns!"

Mitchs Lied ging zu Ende; sein letzter Akkord hing im Café.

Heath kniete vor ihr nieder. „Ich habe mit deinem Vater gesprochen. Er sagt, ich könnte dich haben, wenn du mich willst."

„Ich … ich glaube, ich falle gleich um."

Die Frau am Nebentisch beugte sich zu Heath und Ellen vor. „Das ist noch viel besser als der Gesang des Jungen."

346

Ellen warf ihr einen Blick zu. Mrs Paladino. Ausgerechnet. Die Tratschkolumnistin der Lokalzeitung. „Pssst."

Den Blick fest auf Ellen geheftet, holte Heath ein blaues Schächtelchen aus seiner Tasche. „Willst du mich heiraten, Ellen?"

„Du meine Güte, von *Tiffany*!", platzte Mrs Paladino heraus; sie hatte die Bedeutung des Wortes „Pssst" nicht verstanden. „Los, Mädchen! Wenn Sie ihn nicht heiraten, dann tue ich es."

„Marie", protestierte der Mann an ihrem Tisch, „du bist bereits mit mir verheiratet."

Mrs Paladino winkte ab. „Ach, halt den Mund. Also, Mädchen, werden Sie nun Ja sagen?"

Ellen kniete sich zu ihm auf den Boden. Sie wollte ihm in die Augen sehen, wenn sie ihm ihre Liebe gestand. „Einen Sommer lang warst du mein Freund; du hast mich davor bewahrt, den Verstand zu verlieren, du hast mich herausgefordert zu glauben, wo es unmöglich erschien. Ich fühle mich sehr geehrt, dich zu kennen und dich meinen Freund zu nennen. Ich kann es kaum glauben, dass ich dich eines Tages zum Mann haben werde. Ja, Heath McCord, ich will dich heiraten."

Seine Lippen legten sich auf ihre. Weich und zärtlich zuerst, dann hungrig und leidenschaftlich suchten sie den Weg zu ihrem Herzen.

Um sie herum brach Jubel im Café aus. Bea schob sich zwischen sie und rief: „Kuchen auf Kosten des Hauses!"

Heath zog Ellen auf die Füße und wirbelte mit ihr durch den Raum. Die Gäste gratulierten ihnen mit Schulterklopfen und tränenreichen Umarmungen.

Mama und Papa kamen mit Rio und Alice hereingeplatzt, gefolgt von der ungeschminkten Sara Beth mit ihren Kindern.

„Auf die Gefahr hin, dass ich meinen Ruf als attraktive Frau verliere, habe ich alle zum Wagen getrieben, als Mama anrief. Diese Feier wollte ich auf keinen Fall verpassen."

Auch die anderen Garvey-Schwestern trudelten ein, während die Angestellten des *Cottonfield Café* Platten mit Andys lockerem weißen Kuchen herumreichten.

347

Heath ließ Ellens Hand nicht mehr los.

Es war ein langes Jahr gewesen, aber Miss Anna hatte recht behalten: Wüstenzeiten bringen einen weiter. Ellen hatte viel über sich, über die Liebe und die Kraft des Gebets gelernt.

„Ellen, wo ist dein Kuchen?", fragte Bea aufgeregt. „Andy, ich brauche noch ein Stück Kuchen für die Braut."

Ellen drückte ihre Hand auf ihren Magen. „Ich kriege bestimmt nichts herunter, Bea."

Als der Kuchen kam, griff Ellen danach. Ein Bissen würde bestimmt gehen. Aber die Blondine riss den Teller zurück.

„Was um alles in der Welt ist das denn?" Bea blinzelte und pickte eine perfekt geformte weiße Feder vom Kuchen. „Du meine Güte. Ellen, ich werde dir ein anderes Stück besorgen. Der Braut ein Stück Kuchen mit einer Feder zu geben …"

Heath legte seinen Arm um Ellen und zog sie an sich. Durch einen Tränenschleier schaute sie zu ihm auf. Gott wusste es. Er hatte es immer gewusst, und auf seine einzigartige Weise hatte er Ellen mit seinem ganz eigenen Markenzeichen gesegnet. Er war immer bei ihr gewesen – jetzt und damals –, in den Augenblicken der Dunkelheit, in den Zeiten des Lichts; wenn sie zweifelte und wenn sie glaubte.

Hatte sie eine Vorstellung davon, was Liebe, Seelenfreundschaft und Vollkommenheit wirklich waren? Ganz und gar nicht. Aber sie verstand, dass Gott diesen Augenblick segnete, ihr Heath als einzigartiges Geschenk gab.

„Bea, bitte nicht." Ellen streckte die Hand aus. „Ich möchte dieses Stück Kuchen und die Feder."

„Was? Der ist doch bestimmt verseucht. Du weißt doch gar nicht, wo diese Feder herkommt."

Heath lachte. Er nahm die Feder zwischen Zeigefinger und Daumen. „Oh doch, das wissen wir."

Dank

In der Bibel lese ich, dass es meine höchste Pflicht ist, Liebe zu üben. Wenn ich an einem Buch arbeite, komme ich dieser Verpflichtung häufig nicht nach. Dies ist mein schwacher Versuch, den Menschen, in deren Schuld ich stehe, zu danken:

Jesus, dem Gott-Menschen – real, ewig, voller Liebe und Erbarmen. Ich bin so froh, dich zu kennen und zu lieben, weil du mich zuerst geliebt hast. Meine Liebesschuld an dich kann nie abgetragen werden, aber täglich schenke ich dir mein Herz. Ich gehöre dir, du bist mein.

Meinem Mann, der mir Mut macht und für mich betet und mir hilft, auf der richtigen Seite der Linie zu bleiben. Ohne dich würde ich das ganz bestimmt nicht schaffen. Du bist ein erstaunlicher, aufrichtiger Mann nach dem Herzen Gottes.

Susie Warren, Freundin meines Herzens, du bist die Königin der Fiktion, eine Quelle neuer Anregungen und hast mich so oft davor bewahrt, den Verstand zu verlieren. Danke, dass du mir während der Arbeit an diesem Buch so oft geduldig zugehört hast und dass du mich in den guten Zeiten angefeuert hast. Deine Freundschaft ist ein unglaubliches Geschenk und ein großer Segen für mich.

Christine Lynxwiler, danke für das Brainstorming an dem Sonntag nach der Konferenz und für deine Freundschaft und dass du mir immer wieder Mut machst.

Meiner Familie. Ich bin so froh, eure Tochter, Schwägerin und Schwester, Nichte und Kusine zu sein.

Meiner Freundin Chelle für deine Gebete, dein offenes Ohr und die Frage: „Wie läuft es?“

Dem Team bei Thomas Nelson, dass ihr mir die Möglichkeit gegeben habt, meinem Traum zu folgen. Ihr seid die Besten. Danke, dass ich eure Bühne teilen darf.

Ami McConnell, meiner herausragenden Lektorin. Danke, dass du an mich geglaubt hast, dass du mein Manuskript überarbeitet und mich mit Worten ermutigt hast, die noch immer in meinem Herzen nachklingen.

Leslie Peterson, ebenfalls eine herausragende Lektorin. Danke für deine Zeit, deine Einsichten und deine Fähigkeit zu sagen: „Gut gemacht. Aber diesen Punkt solltest du noch ändern."

Karen Solemn, für deine Ermutigung und Leitung.

Katie Sulkowski, dass du mir so schnell eine Freundin geworden bist und dass du mich herausgefordert hast, ein Stück weiter zu schauen.

Den Künstlern, die mit mir über ihre Erfahrungen gesprochen haben: John Houghton, Elizabeth Brandon, Deana Bowdish von *The Gallery* in Beaufort. Und Brett Stebbins, der mir einen Pinsel in die Hand gedrückt hat.

Meinem Schwiegervater John Hauck, dass du während des Zweiten Weltkriegs auf den Aleuten für uns gekämpft hast, damit wir in Freiheit leben können. Ich werde dein Opfer nicht vergessen. Ich liebe dich.